毛主席为青少年选的阅读诗词

 编

中国人民大学出版社
·北京·

毛主席为我们选古诗词

众所周知，毛主席是伟大的革命家、政治家、军事家、诗人。而在我们这些在他身边长大的孩子心目中，他更是一位慈祥的长辈和诲人不倦的好老师。

现在就给大家讲讲珍藏在我心中六十多年、鲜为人知的毛主席给我们当老师，为我们选古诗词，教我们背古诗词的故事。

一九四九年一月三十一日，中国人民解放军开进北平，宣告古都北平和平解放。三月下旬，毛主席率中央机关、军委作战部从西柏坡出发来到北平，进驻香山“劳动大学”，这里是中共中央和毛主席在人民解放战争走向全国胜利过渡期的总指挥部。香山位于北平西郊，距西直门约20公里，是历史悠久的风景名胜，有唐、辽、金、明、清等朝代众多的古迹。

毛主席住在香山“双清别墅”，朱德、刘少奇、周恩来、任弼时等住在“来青轩”。我们一家四口（爸爸叶子龙、妈妈蒋英、我和妹妹叶丽亚）住在半山亭机要室旁边的一间平房里。

双清别墅是一座依山而建的小庭院，有双股泉水从山上的石缝中流出，故得名“双清”。清朝乾隆皇帝题写的“双清”二字就刻在小院西南的石壁上，山泉水潺潺流入院内的小池塘，池畔建有纳凉的六角亭，那张毛主席观看《南京解放》号外的著名照片就是在此亭拍的。亭子的北边有一排坐北朝南的平房，推开房门便是客厅，几个旧沙发占满了大半个房间，五大书记（毛泽东、朱德、刘少奇、周恩来、任弼时）常在此开会研究国事。毛主席还在此会见了大批民主人士，如李济深、张治中、柳亚子、黄炎培、傅作义等。客厅的两侧分别有门通向两个小房间，左边的一间是毛主席的卧室，右边是办公室兼书房，书架上摆放着从延安辗转千里，历经千辛万苦带出来的宝贵书籍。在小院的西北角还有两处平房，坐北朝南的平房住着江青，坐西朝东的平房则由李敏、李讷居住。因年久失修，别墅早已失去了昔日的豪华，门窗陈旧，已看不出油漆原来的颜色。为防空袭，房屋的玻璃上贴满了“米”字纸条，院内铺的地砖早已不知去向，坑坑洼洼。院内苍松翠竹，幽静别致，是避暑纳凉的好地方。在小院东南的山脚下挖有备用的防空洞，好像从未启用过。不过，这里倒是我们这些孩子“探险”“藏猫猫”的好去处。

我们家住地离双清别墅特别近，走路几分钟就能到。爸爸在毛主席身边工作多年，我们姐妹和李讷一起长大，彼此非常熟悉。当时李敏刚从苏联回国，是个“洋娃娃”，但很快我们就成为无话不谈的好朋友、好伙伴，天天在一起玩耍。我们一起爬山，采野花，捉蝴蝶……有时，我们也会模仿学校上课，用树枝在地上写汉字，相互教认，或者出几道算术题，在地上演算。李敏也不时地教我们几个俄文字母，说几个俄文单词。

中共中央在香山的历史，是中国共产党领导下的人民解放战争走向全国胜利的历史，是筹备召开新政协、建立新中国的历史。

我们这些孩子感到大人们都特别特别忙碌，也非常兴奋。但在百忙之中，他们仍不忘关怀教导我们这些暂时无学可上的娃娃，利用一切机会见缝插针地教我们学知识，长见识。那时，香山机关食堂在山下，每日三餐必须下山吃，毛主席经常带领我们下山用餐，然后散步上山。这也是我们在毛主席面前“显摆”自己“技能”的好机会，看谁迈的步子大，看谁能最快到达双清别墅……有时刚刚爬了不到一半的路程，我们就累得双腿发软，直不起腰来，还大口大口地喘着粗气。毛主席见状说：“娃娃们，你们知道怎样爬山才不会太累吗？”我们边走边摇头说：“不知道，您赶快告诉我们吧。”毛主席边给我们演示，边说：“像这样走才不累。”只见他从山路的右边斜着向上走到路左边，又从左边斜着向上走到右边，“之”字形向上走。我们紧跟在毛主席后边，扭来扭去爬上山，果然没有那么累了。毛主席停下脚步对我们说：“这是劳动人民在实践中总结的规律，这里面有个力学的问题，等你们中学学物理后就会明白其中的道理。”多年后我到黄山，亲眼见到挑夫负重走“之”字步爬山，健步如飞。

一九四九年七月一日，毛主席还带我们参加了在先农坛举行的“庆祝中国共产党建党二十八周年大会”，不少人看见我们说，还有这么小的共产党员！当时我心里别提多美了，暗下决心长大后一定要参加共产党，为共产主义事业奋斗一生。

记得有一天，李敏、李讷、叶丽亚和我在双清别墅西北角那块巴掌大的平地上正玩得高兴，毛主席突然出现在我们面前，问：“娃娃们，你们在玩什么呀？”李讷一边在地上画的方格子上蹦蹦跳跳，一边回答：“跳房子。”毛主席很有兴趣地看着我们跳得满头大汗，说：“都出汗了，停下来休息一下吧。”过了一会儿，又对我们说：“新中国很快就要诞生了，你们也都长大啦，该上学读书了，学好本领将来建设新中国。现在没有条件上学，我教你们背古诗好不好呀？”我们边拍手边说：“好呀，太好了。现在就教我们吧。”毛主席想了想说：“好，我就先教你们背一首李白的诗吧。”说完就用他那浓浓的湖南乡音吟诵起来：

故人西辞黄鹤楼，
烟花三月下扬州。
孤帆远影碧空尽，
唯见长江天际流。

听完后，我们几个人都面带难色。那时李敏刚从苏联回国，汉语讲得还不熟练。我在延安及西柏坡上学的时间加起来仅一年多，李讷和叶丽亚都只在西柏坡念了几个月书，我们“学历”最高的也只有初小水平，还不能理解这首诗的含义。我问毛主席：“这首诗讲的是什么意思，您给我们讲讲好吗?”毛主席耐心解释道：“这是唐朝大诗人李白送别他的好朋友孟浩然的一首诗，诗名是《送孟浩然之广陵》。说的是在繁花似锦的三月，诗人在黄鹤楼送好朋友乘船去扬州，船渐渐远去，消失在天空尽头，诗人仍在深情伫望。”毛主席深入浅出的解说使我们明白了诗的含义，很快我们都能流畅地背诵这首诗了。这是我会背的第一首古诗，所以记得特别牢。六十多年过去了，每当我背诵这首诗的时候，当年毛主席教我们背诗的情景仍历历在目。

此后，每当我们发现毛主席稍有时间，或陪他散步、吃饭时，总缠着他教我们古诗，毛主席总是尽力满足我们的要求。在我的记忆中我们还背过：

《登鹳雀楼》　王之涣

白日依山尽，
黄河入海流。
欲穷千里目，
更上一层楼。

《春晓》　孟浩然

春眠不觉晓，
处处闻啼鸟。
夜来风雨声，
花落知多少。

《静夜思》　李白

床前明月光，
疑是地上霜。

举头望明月，
低头思故乡。

毛主席教我们背诵过的其他古诗还有很多，因时间久远，记不清了。

有一天，毛主席边散步边检查我们背古诗，看我们背得不错，非常高兴："娃娃们，跟我到办公室，我写几个字奖励你们。"我们跟着他走进办公室，围在办公桌旁，只见毛主席挺直腰杆，饱蘸浓墨，右手悬腕写下了"叶丽亚、李讷、叶燕子延安人"几个

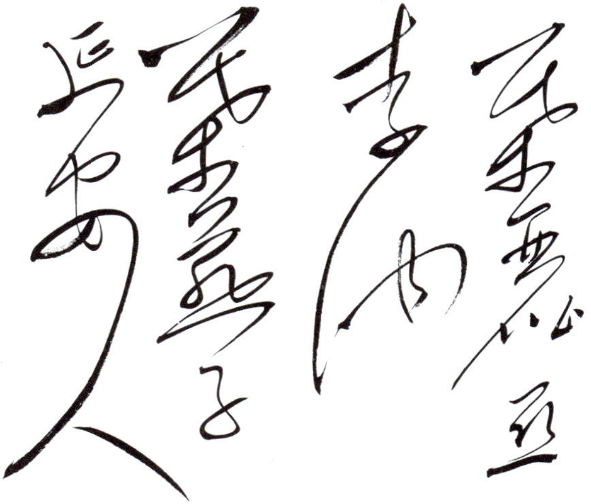

大字送给我们。后来，毛主席还挥毫书写了李白的《将进酒》（片段）送给了我们：

君不见黄河之水天上来，
奔流到海不复回。
君不见高堂明镜悲白发，
朝如青丝暮成雪。
人生得意须尽欢，
莫把金樽空对月。

这几幅墨宝至今仍然在我们家珍藏。

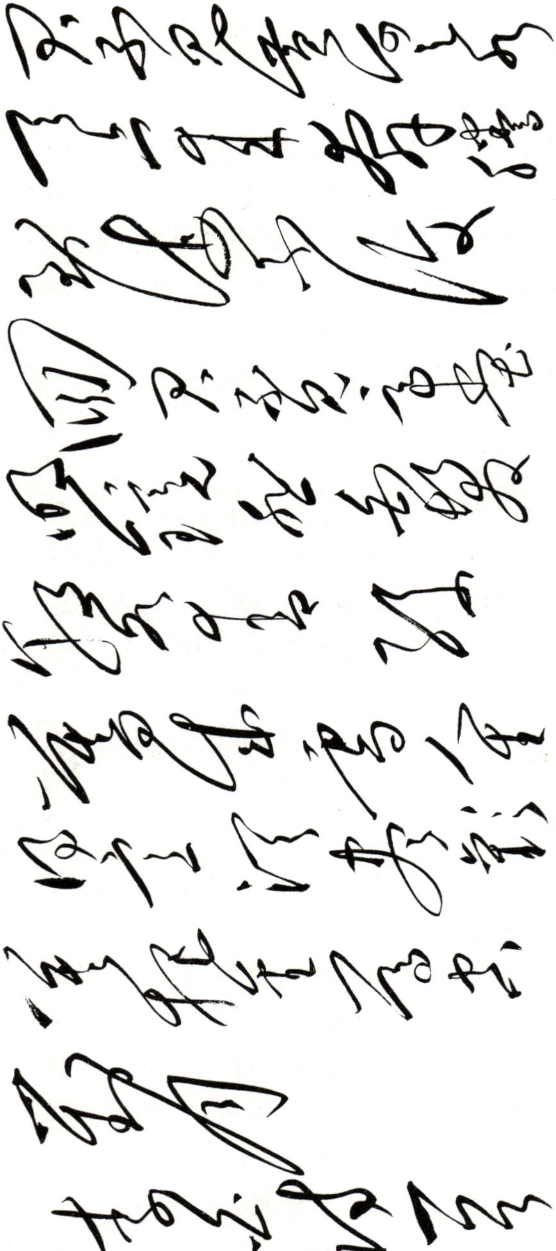

新中国成立后，我们分别进入八一小学、育英小学读书，每周只能回家一次。毛主席日理万机，抽不出时间亲自教我们背古诗了，但他依然十分关注我们的学习。他对我们说：“你们现在上学了，别忘记继续学习背诵古诗词，它是我们民族文化的精华。我选些古诗词，你们可在课外和假期学习，看不懂的地方可以问我和老师。”此后他陆续给我们一些用老式铅字打字机打出来的古诗稿，让我们自己学习背诵。这些诗稿打印在薄纸上，竖排版，字为蓝色，对折起来可以装订成“小书”。在当时的条件下，只能是将两张薄纸夹着一张复写纸，直接用打字机打出来几份。我请教过当时的打字员阿姨，她告诉我：“用这种方法一次打两三份效果很好，要打四五份效果差些，有的字会不清楚。”我记得当时给李敏、李讷姐儿俩各一份，我和妹妹各一份，其余还有几份，是否还送给什么人，它们是否被保留了下来，我就不清楚了。后来，为了弄清这些问题，我拿着古诗稿原件专门拜访了李讷，她看见原件立刻说：“这就是爸爸为我们选的古诗词，可惜我的那份丢了，你一定要好好保存。”我问是否还记得当时都给了谁，她说：“姐姐和我各有一份，你们姐儿俩一人一份，还有远新有一份。”我问她：“你记得毛主席给我们古诗稿的时间吗?”李讷说：“是咱们搬进中南海以后不久。”

这是我拥有的第一本属于自己的“古书”。一九四六年在延安抗日小学读书时我有过课本。一九四七年三月撤离延安时，课本及一些暂时用不着的生活用品都留在了延安，埋入地下或藏在山洞里，准备收复延安后取回。后来我们随中央后方工作委员会转战于山西、陕西，居无定所，一年多时间没读过书，直到一九四八年五月到达西柏坡后，才正式到中央机关小学读书。我们十几个不同年级的孩子挤在一间教室里。上课时老师将不同年级学的内容分别抄在黑板上，我们再按自己的年级将板书抄在纸上，这就是我们的“课本”。有了这段经历，我对毛主席给我们的“小书”特别珍惜、爱护：每当获得一部分诗稿都会仔细将它对折装订好，再放到一个大信封中，几个月下来我已经装订成厚薄不等的九本小册子。

毛主席善于利用各种机会关心、帮助青少年学习中国古代文学。一九五四年七月，毛主席给在北戴河休假的李敏、李讷写信，告诉她们北戴河、秦皇岛、山东一带是曹操到过的地方，让她们读读曹操的《观沧海》，还劝她们闲暇时看点古典文学作品，学习和了解中国文化。也正是在毛主席“看点古典文学作品”的指导下，在刚上初中的假期里，我就开始读《水浒》《三国演义》《红楼梦》等古书了；也正是在毛主席的言传身教下，我渐渐地爱上了读书。毛主席还特许我们这些孩子借阅他的藏书呢，不过他的大部分古籍线装书对我们来说太难懂了。

毛主席也十分重视身边工作人员和年轻卫士们的学习。新中国成立不久，他对我爸爸叶子龙说：“我想办一个业余学校，让卫士和身边的工作人员在不影响工作的前提下，比较系统地学习文化知识。”正是在毛主席的倡导和关怀下，中南海业余学校很快开学了，开设语文、数学、地理、政治、自然等课程。毛主席还用自己的钱为学员购置了课本和学习用品，大家除值班和出差之外，都坚持学习。经过数年学习，这些贫苦出身的年轻战士都达到了初中文化水平，还有一些同志被保送到工农速成中学，以后又上了大学，为国家做出了更大的贡献。

毛主席还亲自为身边的卫士检查作业，纠正错别字，批改日记，教背古诗词。有一次，毛主席给卫士张仙朋改日记时，在日记本上抄写了王昌龄的《从军行》、辛弃疾的《摸鱼儿》，耐心讲解后让张仙朋背下来。

六十多年来，毛主席为我们选编的这几本古诗稿随着我们家庭的变化经历了风风雨雨。我们在清理“文化大革命”抄家返还物品时，发现了这几本古诗稿，它竟然奇迹般地被保存了下来，实属不易。

从工作岗位退下来后，我想重温这些诗稿。当我找出发黄的信封，小心翼翼地抽出古诗稿时，只见订书钉处已锈迹斑斑，薄如蝉翼的纸张多处变黄发脆，有的边缘已粉碎脱落，我真不忍心，也不敢再去翻动它，不得不又一次将它放入信封珍藏。

随着时间的推移，这份古诗词在我心中的分量越来越沉甸甸的：这是毛主席为青少年精选的古诗词呀！他希望朝气蓬勃的青少年学习掌握博大精深的中华文化，传承中华民族的伟大精神，担负起中华民族复兴的重任。这是咱们共同的财富，我愿将这些古诗词奉献给广大青少年朋友。

这本古诗词选编共计二百九十二首，包括民歌、童谣、古诗等，排列顺序采纳了毛主席选编的九册顺序，我们仅删除了重复打印的三首诗，并对原稿中的个别错字进行了更正，还对几处明显遗漏的部分进行了补充。为了方便青少年学习和背诵，本书采用简体字横排版，并做了简单注释。

希望青少年通过诵读古典诗文，益心智，怡性情，启迪思想，滋养人生，汲取精神力量，增加正能量。也希望中老年朋友通过背诵古诗词，保持思想活力，健脑养生，陶冶情操，健康长寿。更希望通过这本书为研究毛主席提供一些史料，为教文学的老师们提供教学参考资料。编辑出版这本书也是为了让广大青少年了解毛主席，了解源远流长、博大精深的中国文化，表达对毛主席的尊敬和缅怀之情。

二〇一五年六月十日

目　录

一

三

四

五

六

九

一

击壤歌①

佚名

日出而作，日入而息。凿井而饮，耕田而食。
帝力于我何有哉②！

题解

《击壤歌》是一首远古先民的歌谣。这首歌谣用口语化的表述方式，吟唱出了生动的田园风景，歌颂了远古时代纯朴的帝尧之风。

注释

① 壤：一种古代儿童玩具，以长方形木块做成。游戏时，置“壤”于地，于远处以另一木块击之，中者为胜，此为“击壤”。

② 帝力：帝尧的作用或功绩。何有：有何，意指有什么关系。此句汉王充《论衡·艺增》引作“尧何等力”，宋郭茂倩《乐府诗集·杂歌谣辞一》引作“帝何力于我哉”。

南风歌

佚名

南风之薰兮①，可以解吾民之愠兮。
南风之时兮，可以阜吾民之财兮②。

题解

《南风歌》为上古歌谣。这首歌谣抒发了中国先民对“南风”既赞美又祈盼的感情。

注释

① 南风：又称薰风。

② 阜：丰富。

采薇歌

伯夷、叔齐

登彼西山兮，采其薇矣[1]。以暴易暴兮，不知其非矣。
神农虞夏忽焉没兮[2]。吾适安归矣？吁嗟徂兮[3]，命之衰矣！

作者

伯夷、叔齐（生卒年不详），商末孤竹君长子和幼子。

题解

这首诗表达了伯夷、叔齐义不食周粟的个人气节。

注释

① 薇：菜名，俗名野豌豆。

② 忽焉：忽然。

③ 徂（cú）：往。

衣铭

佚名

桑蚕苦[1]，女工难[2]，得新捐故后必寒。

题解

语出《后汉书·朱穆传》注所引《太公阴谋》，此处依明冯惟讷《古诗纪》卷五《古逸》第五。此铭表达了东汉时代的苛政之酷和桑女的悲苦命运。

注释

① 桑蚕：种桑养蚕。

② 女工：指纺织、刺绣诸事。

书　车

佚名

自致者急[1]，载人者缓。取欲无度，自致而反[2]。

题解

语出《太平御览》卷五百九十。此铭以车行驶速度为喻，告诫人们为人处世切勿贪得无厌，否则会自食其果。

注释

① 自致：自达，指空车行驶，自致其处。急：快。

② 自致：自求，自己招致。反：指相反的结果。

书　履

佚名

行必履正[1]，无怀侥幸[2]。

题解

语出《太平御览》卷五百九十，又见明冯惟讷《古诗纪》卷五《古逸》第五。此铭诫励人们言行要光明正大，走正道。

注释

① 履正：犹言“履中”，指走正道。

② 无：通“毋”或“勿”。

书　锋

佚名

忍之须臾①，乃全汝躯。②

题解

语出《意林》卷一，又见明冯惟讷《古诗纪》卷五《古逸》第五。此铭以锋刃作比，喻指能忍求全者可成大事。

注释

① 须臾：片刻。

② 汝：你，指“锋”。

饭牛歌

佚名

南山矸，白石烂，生不逢尧与舜禅。
短布单衣适至骭①，从昏饭牛薄夜半②，长夜漫漫何时旦？
沧浪之水白石粲，中有鲤鱼长尺半。
敝布单衣裁至骭③，清朝饭牛至夜半。
黄犊上坂且休息，吾将舍汝相齐国。
出东门兮历石班，上有松柏青且阑。
粗布衣兮缊缕，时不遇兮尧舜主。
牛兮努力食细草，大臣在尔侧，吾当与汝适楚国。

题解

《饭牛歌》是一首先秦古歌。相传春秋时卫人宁戚喂牛于齐国东门外，待桓公出，叩牛角而唱此歌，后用作寒士自求用世的典故。

注释

① 适：刚刚，才。骭（gàn）：小腿。

② 薄：迫，近，接近。

③ 裁：才，仅仅。

琴　歌

佚名

百里奚，五羊皮，忆别时，烹伏雌[1]，炊扊扅[2]，今日富贵忘我为[3]？

题解

语出《颜氏家训·书证》。此歌是说，人不论贫富，都应坚守道德底线。

注释

① 伏雌：母鸡。伏，通“孵”。

② 扊扅（yǎnyí）：门闩。

③ 为：语气词，表感叹。

忼慨歌

佚名

贪吏而不可为而可为[1]，廉吏而可为而不可为。

贪吏而不可为者，当时有污名；而可为者，子孙以家成[②]。
廉吏而可为者，当时有清名；而不可为者，子孙困穷被褐而负薪[③]。
贪吏常苦富，廉吏常苦贫。独不见楚相孙叔敖[④]，廉洁不受钱？

题解

此歌出自明冯惟讷《古诗纪》卷二《古逸》第二。楚相（令尹）孙叔敖一生清廉。晋挚虞《文章流别论》引《孙叔敖碑》曰："书敖临卒，将无棺椁。"诗歌以孙叔敖为榜样，对古代官场贪腐现象及其价值观予以无情的谴责。

注释

① 贪吏而不可为而可为：第一个"而"为助词，相当于"之"；第二个"而"为连词，相当于"却"。下句中的两个"而"字，解释同此。

② 家成：成家，发家。

③ 被（pī）褐：穿粗衣。

④ 独：表反问，难道。

子产诵二章

佚名

取我衣冠而褚之[①]，取我田畴而伍之[②]，孰杀子产，吾其与之[③]。

我有子弟，子产诲之，我有田畴，子产殖之[④]，子产而死[⑤]，谁其嗣之？

题解

语出《左传·襄公三十年》。子产执政四年，改革成功。民众获利，由反对改革到赞成改革，

富有启发性。

注释

① 褚：通“贮”，缴纳财务税。
② 伍：通“赋”，缴纳田税。
③ 与：帮助。
④ 殖：增加产量。
⑤ 而：若，如果，表假设。

渔父歌

佚名

日月照照乎寖已驰[①]，与子期乎芦之漪[②]。
日已夕兮，予心忧悲，月已驰兮，何不渡为[③]？
事寖急兮将奈何，芦中人，岂非穷士乎？

题解

语出《吴越春秋·王僚使公子光传》。渔父大义凛然，一身正气，救人于危难之中。

注释

① 寖：同“浸”，渐渐。
② 漪：岸边。
③ 为：语气词，表反问。

徐人歌

佚名

延陵季子兮不忘故[①]，脱千金之剑兮带丘墓[②]。

题解

语出汉刘向《新序·节士》。这首诗歌颂了守信用、重情谊的美德。

注释

① 延陵季子：季札，春秋时吴国王寿梦第四子，因封于延陵（今江苏常州），所以称为延陵季子。

② 带：挂。

越谣歌

佚名

君乘车，我戴笠[①]，他日相逢下车揖。
君担簦[②]，我跨马，他日相逢为君下[③]。

题解

此歌出自明冯惟讷《古诗纪》卷二《古逸》第二。据晋周处《风土记》记载，古代越人“性率朴”，“初与人交有礼”，要杀鸡设坛以祭，此歌即为当时的祝词。歌词朴实无华，设想彼此今后相见，不论身居何位，都该以礼相待。

注释

① 戴：或作“带”。

② 担簦（dēng）：背着伞，喻长途辛苦跋涉。簦，长柄笠，类似今天的雨伞。

③ 下：指下马相揖。

琴　歌

佚名

乐莫乐兮新相知①，悲莫悲兮生别离。

题解

语出《楚辞·九歌·少司命》，语序与原文相反。少司命是主宰人间子嗣生育和儿童命运的女神。诗句借与少司命相识之乐和离别之苦，道出了人世间相知相识、生死离别时所具有的普遍感情。

注释

① 莫：无定代词，没有什么（快乐）。

吴夫差时童谣

佚名

梧宫秋①，吴王愁。

题解

此童谣出自明冯惟讷《古诗纪》卷三《古逸》第三。据南朝梁任昉《述异记》记载，吴王夫差“立春宵宫，为长夜之饮”，“又作天池，……日与西施为水嬉”，为胜利冲昏头脑，已丧失越国灭吴的警惕。童谣对后人具有强烈的警示意义。

注释

① 梧宫：长满秋梧的宫殿。当指吴王夫差建在句容山上的“别馆”。

乌鹊歌

何氏

南山有乌，北山张罗[①]。乌自高飞，罗当奈何！
乌鹊双飞，不乐凤凰。妾是庶人，不乐宋王！

作者

《乌鹊歌》相传为战国时宋康王舍人韩凭妻何氏所作。

题解

这首诗抒写了作者忠于爱情，不贪富贵、不畏权势的坚贞情操。

注释

① 罗：捕鸟的网。

渡易水歌

荆轲

风萧萧兮易水寒，壮士一去兮不复还[①]。

作者

荆轲（？—前227），战国末期卫国人。

题解

语出《战国策·燕策三》。这首诗是荆轲将为燕太子丹去秦国刺杀秦王，在易水离别之际所作。诗句凝重，氛围悲壮，体现了作者一往无前、视死如归的精神。

注释

① 壮士：指荆轲。

《太公兵法》引黄帝语

佚名

日中不彗[①]，是谓失时；操刀不割，失利之期；执柯不伐[②]，贼人将来。

涓涓不塞，将为江河；荧荧不救[③]，炎炎奈何。两叶不去，将用斧柯。

为虺弗摧[④]，行将为蛇。

题解

语出《六韬·守土》。此古谚引自明冯惟讷《古诗纪》卷十《古逸》第十。一至六诗句，是说做事应恪尽职守，不能尸位素餐，居其位而不尽其职。“涓涓不塞”以下，是说做事要有预见性，应防患于未然，方可成大事。

注释

① 彗（wèi）：通“熭”，晒干，烤干。

② 柯：斧子。

③ 荧荧：小火。

④ 虺（huǐ）：小蛇。

《左传》引逸诗

佚名

翘翘车乘[①]，招我以弓。岂不欲往，畏我友朋。

俟河之清，人寿几何？兆云询多[②]，职竞作罗[③]。

虽有丝麻，无弃菅蒯。虽有姬姜[④]，无弃蕉萃[⑤]。

凡百君子，莫不代匮。

题解

第一至四句语出《左传·庄公二十二年》，第五至八句语出《左传·襄公八年》，第九至十四句语出《左传·成公九年》。逸诗前八句告诫人们，遇事关键时刻应当机立断，不可犹豫不决。逸诗九至十四句警示人们，做事应有长远规划，要从长计议。

注释

① 翘翘：高高的样子。

② 云：句中助词，无实义。

③ 职竞：只争辩。职，通“只”。竞，争，争辩。

④ 姬姜：美女代称。

⑤ 蕉萃：同“憔悴”，指憔悴之女。

《左传》引古人言

佚名

畏首畏尾，身其余几？虽鞭之长[①]，不及马腹。

题解

第一二句语出《左传·文公十七年》，第三四句语出《左传·宣公十五年》。第一二句是说作决策时不能瞻前顾后，犹豫不决，关键时刻必须当机立断。第三四句是说事物是复杂的，遇事应当全面考虑，不可贸然行事。

注释

① 虽：即使。

《国语》引古谚

佚名

兽恶其网，民怨其上[①]。众心成城，众口铄金。从善如登[②]，从恶如崩[③]。

题解

第一至二句语出《国语·周语中》。鲁成公十六年，晋楚鄢陵大战，晋大胜。晋卿郤至把全部功劳归于自己，遭周臣单襄公的强烈谴责，以说明“君子不自称”和“圣人贵让”的道理。进而又以“兽”和“网”、“民”和“上”的关系为喻，说明统治天下的人一定要先得民心，得到百姓拥护，政权才能稳固，国家才能长治久安。第三至六句语出《国语·周语下》。第三至四句说明群众的力量很大，众心齐，泰山移，众口一词，舆论的力量是不可低估的。第五至六句以登山和山崩为喻，说明人们学坏容易学好难的道理，借以鼓励人们积极向上，加强自我修养。

注释

① 怨：《国语·周语中》作“恶”。
② 如登：如登山之难。
③ 如崩：如山崩之易。

《慎子》引古谚

佚名

不聪不明[①]，不能为王；不瞽不聋[②]，不能为公。

题解

语本《太平御览》卷四百九十六引《慎子》逸文。此谚以耳目功能为喻，说明尊者在上，处事既要严格（耳聪目明），又要灵活（故作瞽聋），宽大为怀，方可取得百姓的信任。

注释

① 聪：听觉灵敏。

② 瞽：双目失明。

《战国策》引古谚

佚名

宁为鸡口，无为牛后。削株掘根[①]，无与祸邻[②]，祸乃不存。

题解

第一至二句语出《战国策·韩策一》，这是苏秦说韩王所引之“鄙语”，后世此语含有强烈的竞争意味。第三至四句语出《战国策·秦策一》，这是张仪说秦王所引之古谚，意指有你无我。

注释

① 削株掘根：犹言“斩草除根”。

② 无与祸邻：不要和可带来灾祸之国为邻。意指要消灭它。

《史记》引古语

佚名

蓬生麻中，不扶自直，白沙在泥，与之皆黑。
当断不断①，反受其乱。长袖善舞，多钱善贾②。
农不如工，工不如商，刺绣文不如倚市门③。

题解

第一至四句语出《荀子·劝学》，说明后天教育和客观环境对人成长的影响。第五至六句语出《史记·春申君列传》，说明遇事不能犹豫不决，应抓住时机，当机立断。第七至八句语出《韩非子·五蠹》，比喻做事所凭借的条件优越，容易获得成功。第九至十一句语出《史记·货殖列传》，是说古人虽然视经商为“末业”，但它却是脱贫致富的最好途径。

注释

① 断：决断。
② 贾（gǔ）：做买卖。
③ 市：集市。

《汉书》引古谚

佚名

狡兔死，走狗烹；飞鸟尽，良弓藏；敌国破，谋臣亡。
不习为吏，视已成事①。
水至清则无鱼，人至察则无徒②。
千人所指，无病而死。

题解

第一至六句语出《史记·淮阴侯列传》，《汉书·韩信传》所引，文字略有差异。《史记》原文作“狡兔死，良狗烹；高鸟尽，良弓藏；敌国破，谋臣亡”。这几句是以“狡兔”“飞鸟”为喻，谴责古代统治者在功成业就之后杀害有功之人。第七至八句语出《汉书·贾谊传》，是说如果不会做官办事，就要先看看以往的法规成例，这是鼓励人们向实践学习。第九至十句语出《汉书·东方朔传》。最后两句语出《汉书·王嘉传》，是说众怒难犯，否则会自食其果。

注释

① 成事：已有的法规条例。

② 徒：众。

刘向《别录》引古语

佚名

唇亡而齿寒，河水崩，其坏在山[①]。

题解

语出《说苑·谈丛》。此古语喻两事关系密切，利害相关。

注释

① 坏：崩塌。

《牟子》引古谚

佚名

少所见，多所怪，见橐驼言马肿背[①]。

题解

此古谚引自明冯惟讷《古诗纪》卷十《古逸》第十。此谚讽喻少见多怪，孤陋寡闻者。

注释

① 橐（luò）驼：同“骆驼”。

《魏志》王昶引谚

佚名

救寒无若重裘[1]，止谤莫若自修[2]。

题解

语出《三国志·魏书·王昶传》。此谚以救寒重裘为喻，说明自修其德是停止毁谤的最好方式。

注释

① 重（zhòng）：加上。

② 谤：议，毁谤。

《梁史》引古语

佚名

屋漏在上，知之在下[1]。

题解

语出《论衡·答佞》，又见唐姚思廉《梁书》卷三《本纪》第三。此古谚以屋漏自知为喻，说明人世间任何奸佞狡猾之人都是可以辨别的。

注释

① 知之：犹言“知之者”。《论衡·答佞》原作“屋漏在上，知者在下。漏大，下见之著；漏小，下见之微。”

《史照通鉴》疏引谚

佚名

足寒伤心，民怨伤国。

题解

语本《群书治要》卷四十六，又见明冯惟讷《古诗纪》卷十《古逸》第十。足居体之下，民为国之基。此谚告诫执政者，治国理政当顺民心，合民意，以民为本。

注释

① 怨：心怀不满，怨恨。

大风歌

刘邦

大风起兮云飞扬，威加海内兮归故乡，安得猛士兮守四方[1]！

作者

刘邦（前256或前247—前195），汉高祖。

题解

这首诗抒发了对国家尚不安定的担心和惆怅。

注释

① 安得：怎样得到。

鸿鹄歌

刘邦

鸿鹄高飞，一举千里。羽翼已就[①]，横绝四海。
横绝四海，又可奈何？虽有缯缴[②]，将安所施[③]？

题解

此诗或称《楚歌》。这首诗通篇都是比喻，表明了刘邦对改立太子一事的无能为力，反映了西汉初期皇家嫡庶之间为夺权而展开的尖锐斗争。

注释

① 就：成，丰满。

② 缯缴（zhuó）：猎取飞鸟的射具。

③ 将：一本作“尚”。安所：何处。

垓下歌

项羽

力拔山兮气盖世，时不利兮骓不逝[①]。
骓不逝兮可奈何，虞兮虞兮奈若何[②]！

作者

项羽（前232—前202），楚国人，秦末农民起义军领袖。

题解

这首诗是西楚霸王项羽败亡之前吟唱的一首诗，充分展示了作者的性格特征，渲染了英雄末路的悲壮气氛。

注释

① 骓（zhuī）：毛色黑白相间的马。

② 若：你，此处指虞姬。

耕田歌

刘章

深耕穊种①，立苗欲疏。非其种者，锄而去之。

作者

刘章（生卒年不详），汉高帝孙，齐王刘肥之子。

题解

这首诗出自《史记·齐悼惠王世家》。作者不满吕氏专政，借写农谚歌为名，展现了他的政治抱负和铲除吕氏党羽的决心。

注释

① 穊（jì）：稠密。

秋风辞

刘彻

秋风起兮白云飞，草木黄落兮雁南归。
兰有秀兮菊有芳，怀佳人兮不能忘。
泛楼船兮济汾河，横中流兮扬素波①。
箫鼓鸣兮发棹歌②，欢乐极兮哀情多。
少壮几时兮奈老何！

作者

刘彻（前156—前87），汉武帝。

题解

这首诗以景物起兴，描写了楼船中歌舞盛宴的热闹场面，并以感叹人生易老作结。

注释

① 扬素波：激起白色波浪。

② 棹（zhào）歌：船工摇船时所唱的歌。

李夫人歌

刘彻

是耶，非耶[1]？立而望之。翩何姗姗其来迟[2]？

题解

这首诗是汉武帝因思念李夫人而作。

注释

① 耶：语气词，同“邪”。《汉书·外戚传》作“邪”。

② 翩：言翩翩然，步履轻盈的样子。《汉书·外戚传》作“偏”。“翩”“偏”通。

落叶哀蝉曲

刘彻

罗袂兮无声，玉墀兮尘生[1]。

虚房冷而寂寞，落叶依于重扃[2]。

望彼美之女兮，安得感余心之未宁？

题解

这首诗是汉武帝因思念李夫人而作。

注释

① 墀（chí）：台阶。

② 扃（jiōng）：门。

悲愁歌

刘细君

吾家嫁我兮天一方，远托异国兮乌孙王[1]。
穹庐为室兮毡为墙[2]，以肉为食兮酪为浆。
居常土思兮心内伤[3]，愿为黄鹄兮归故乡[4]。

作者

刘细君（生卒年不详），女，西汉宗室，江都王女。汉武帝元封时命为公主，嫁与乌孙国王昆莫。

题解

这首诗表达了作者远嫁西域后对亲人和家乡的思念之情。

注释

① 乌孙：汉代时西域国名。

② 穹庐：游牧民族居住的帐篷。

③ 居常：平常，平时。土思：思念故土。

④ 黄鹄：天鹅。

白头吟

卓文君

皑如山上雪，皎若云间月。闻君有两意，故来相决绝。
今日斗酒会，明旦沟水头。躞蹀御沟上[1]，沟水东西流。
凄凄复凄凄，嫁娶不须啼。愿得一心人，白头不相离。
竹竿何嫋嫋[2]，鱼尾何簁簁[3]。男儿重意气，何用钱刀为[4]！

作者

卓文君（生卒年不详），女，西汉诗人。

题解

这首诗塑造了一个个性鲜明的女性形象，表达了主人公对失去爱情的悲愤和对纯真爱情的渴望。

注释

① 躞蹀（xièdié）：失意徘徊的样子。

② 嫋嫋：摇动的样子。

③ 簁簁（shāishāi）：形容鱼摆尾的样子。

④ 钱刀：古时的钱有铸成马刀形的，叫做刀钱，所以钱又称为钱刀。

诗四首

苏武

骨肉缘枝叶，结交亦相因。四海皆兄弟，谁为行路人？
况我连枝树，与子同一身。昔为鸳与鸯，今为参与辰[1]。

昔者长相近，邈若胡与秦[2]。惟念当乖离，恩情日以新。
鹿鸣思野草，可以喻嘉宾。我有一樽酒，欲以赠远人。
愿子留斟酌，叙此平生亲。

结发为夫妻，恩爱两不疑。欢娱在今夕，燕婉及良时[3]。
征夫怀远路，起视夜何其[4]。参辰皆已没，去去从此辞。
行役在战场，相见未有期。握手一长叹，泪为生别滋。
努力爱春华，莫忘欢乐时。生当复来归，死当长相思。

黄鹄一远别，千里顾徘徊。胡马失其群，思心常依依。
何况双飞龙，羽翼临当乖。幸有弦歌曲，可以喻中怀。
请为《游子吟》，泠泠一何悲！丝竹厉清声[5]，慷慨有余哀。
长歌正激烈，中心怆以摧。欲展《清商曲》，念子不能归。
俯仰内伤心，泪下不可挥。愿为双黄鹄，送子俱远飞。

烛烛晨明月，馥馥秋兰芳。芬馨良夜发，随风闻我堂。
征夫怀远路，游子恋故乡。寒冬十二月，晨起践严霜。
俯观江汉流，仰视浮云翔。良友远别离，各在天一方。
山海隔中州，相去悠且长。嘉会难再遇，欢乐殊未央[6]。
愿君崇令德，随时爱景光。

作者

相传为西汉人苏武所作。苏武（？—前60），武帝时中郎将，天汉元年出使匈奴，被扣，誓死不降。昭帝时得归，拜为典属国。

题解

第一首，抒写的是兄弟骨肉的离别之情。第二首，表现的是征夫别妻的主题。第三首，表现的是客居在外又送客归故里的离愁别绪。第四首，是身在中

州者为友人南归而写的送别诗。此四首和下李陵三首，相传为彼此赠别之作。

注释

① 参（shēn）、辰：二星名。

② 邈：远。

③ 燕婉：和顺的样子。

④ 其（jī）：语气词，表疑问。

⑤ 厉：凄厉。

⑥ 未央：未尽。

与苏武诗三首

李陵

良时不再至，离别在须臾。屏营衢路侧[1]，执手野踟蹰。
仰视浮云驰，奄忽互相逾[2]。风波一失所，各在天一隅。
长当从此别，且复立斯须[3]。欲因晨风发[4]，送子以贱躯。

嘉会难再遇，三载为千秋。临河濯长缨，念子怅悠悠。
远望悲风至，对酒不能酬。行人怀往路，何以慰我愁。
独有盈觞酒，与子结绸缪[5]。

携手上河梁，游子暮何之。徘徊蹊路侧，悢悢不能辞[6]。
行人难久留，各言长相思。安知非日月，弦望自有时。
努力崇明德，皓首以为期。

作者

相传为李陵所作。李陵（？—前74），名将李广之孙，汉武帝时任骑都尉。

题解

这三首诗在情景描摹中传达了挚友送别、游子辞乡之情。

注释

① 屏营：彷徨。

② 奄忽：急剧。

③ 斯须：片刻，一会儿。义同“须臾”。

④ 因：凭借。

⑤ 绸缪（chóumóu）：情意缠绵的样子。

⑥ 悢悢（liàngliàng）：惆怅的样子。

别歌

李陵

径万里兮度沙漠①，为君将兮奋匈奴。
路穷绝兮矢刃摧，士众灭兮名已隤②。
老母已死，虽欲报恩将安归③？

题解

这首诗是作者在漠北送别苏武时所作，表达了他屈降匈奴后英雄末路、故国难归的辛酸。

注释

① 径：通“经”，行经。

② 隤（tuí）：败坏。

③ 安归：何归。

歌一首

李延年

北方有佳人，绝世而独立[①]。一顾倾人城，再顾倾人国。
宁不知倾城与倾国[②]，佳人难再得！

作者

李延年（？—前87），汉代音乐家。

题解

这首诗赞颂了一位举世无双的绝色美女。

注释

① 独立：超群出众。
② 宁（nìng）：难道，表反问。

怨　诗

王昭君

秋木萋萋，其叶萎黄。有鸟处山，集于苞桑[①]。
养育毛羽，形容生光。既得升云，上游曲房[②]。
离宫绝旷，身体摧藏。志念抑沈，不得颉颃[③]。
虽得委食[④]，心有徊惶。我独伊何[⑤]，来往变常。
翩翩之燕，远集西羌。高山峨峨，河水泱泱。
父兮母兮，道里悠长。呜呼哀哉，忧心恻伤。

作者

相传为西汉王昭君所作。王昭君（生卒年不详），元帝竟宁元年因和亲而入匈奴为单于阏氏，卒葬匈奴。

题解

这首诗描写了作者远嫁的离愁别绪。

注释

① 苞桑：丛生的桑树。

② 曲房：皇宫内室。

③ 颉颃（xiéháng）：鸟儿上下翻飞。

④ 委：堆。

⑤ 伊：句中助词，无实义。

怨歌行

班婕妤

新裂齐纨素，皎洁如霜雪。裁成合欢扇，团团似明月。
出入君怀袖，动摇微风发。常恐秋节至，凉飙夺炎热。
弃捐箧笥中[①]，恩情中道绝。

作者

相传为班婕妤所作。班婕妤（生卒年不详），汉成帝宫中女官，西汉女文学家。

题解

这首诗以扇喻人，咏物言情，道出了一位女子时过宠衰、恩断情绝后的哀怨之情。

注释

① 弃捐：抛弃，舍弃。箧笥（qiè sì）：泛指箱子。小箱子称箧，方形竹编

的盛器称筲。

四愁诗

张衡

张衡不乐久处机密，阳嘉中，出为河间相。时国王骄奢，不遵法度，又多豪右并兼之家。衡下车，治威严，能内察属县，奸猾行巧劫，皆密知名。下吏收捕，尽服擒。诸豪侠游客，悉惶惧逃出境。郡中大治，争讼息，狱无系囚。时天下渐弊，郁郁不得志，为四愁诗。效屈原以美人为君子，以珍宝为仁义，以水深雪雰为小人。思以道术为报，贻于时君，而惧谗邪不得以通。其辞曰：

我所思兮在太山，欲往从之梁父艰。侧身东望涕沾翰[1]。美人赠我金错刀，何以报之英琼瑶。路远莫致倚逍遥[2]，何为怀忧心烦劳？

我所思兮在桂林，欲往从之湘水深。侧身南望涕沾襟。美人赠我金琅玕，何以报之双玉盘。路远莫致倚惆怅，何为怀忧心烦伤？

我所思兮在汉阳，欲往从之陇阪长。侧身西望涕沾裳。美人赠我貂襜褕[3]，何以报之明月珠。路远莫致倚踟蹰，何为怀忧心烦纡？

我所思兮在雁门，欲往从之雪纷纷。侧身北望涕沾巾。美人赠我锦绣段，何以报之青玉案。路远莫致倚增叹，何为怀忧心烦惋？

作者

张衡（78—139），东汉科学家、文学家。

题解

此诗为伤时忧世之作。作者目睹朝政日坏，自己虽有济世之志，却又担心小人谗言，处处碰壁因而郁郁寡欢，咏叹再三。

注释

① 翰：鸟羽，借指衣襟。

② 倚：通“猗”，语气词，表感叹。

③ 襜褕（chānyú）：直襟单衣，非正式朝服，男女通用。

饮马长城窟行

蔡邕

青青河边草，绵绵思远道。远道不可思，宿昔梦见之[①]。
梦见在我傍，忽觉在他乡。他乡各异县，展转不可见。
枯桑知天风，海水知天寒。入门各自媚，谁肯相为言！
客从远方来，遗我双鲤鱼[②]。呼童烹鲤鱼[③]，中有尺素书。
长跪读素书，书中竟何如：上有加餐食，下有长相忆。

作者

相传为蔡邕所作。蔡邕（133—192），东汉文学家、书法家。

题解

这首诗表现了思妇对行人的思念。

注释

① 昔：夜。

② 遗（wèi）：赠送。双鲤鱼：代指信函。

③ 烹：煮，喻拆信函。

羽林郎

辛延年

昔有霍家奴，姓冯名子都。依倚将军势，调笑酒家胡。
胡姬年十五，春日独当垆[①]。长裾连理带，广袖合欢襦。
头上蓝田玉，耳后大秦珠。两鬟何窈窕，一世良所无。
一鬟五百万，两鬟千万余。不意金吾子[②]，娉婷过我庐。
银鞍何煜爚[③]，翠盖空踌躕。就我求清酒，丝绳提玉壶。
就我求珍肴，金盘脍鲤鱼。贻我青铜镜，结我红罗裾。
不惜红罗裂，何论轻贱躯。男儿爱后妇，女子重前夫。
人生有新故，贵贱不相逾。多谢金吾子[④]，私爱徒区区[⑤]。

作者

辛延年（生卒年不详），东汉诗人。

题解

《羽林郎》是一首歌颂卖酒女子胡姬不畏强暴，反抗霍家豪奴调戏的诗歌，表现了酒家女誓不可侮的凛然正气。

注释

① 当垆：卖酒。

② 金吾子：指执金吾，是汉代掌管京师治安的禁卫军长官。这里指调戏女主人公的豪奴。

③ 煜爚（yùyuè）：光彩，光耀。

④ 多谢：多次拒绝。

⑤ 私爱：单相思。

董娇娆

宋子侯

洛阳城东路，桃李生路傍。花花自相对，叶叶自相当。
春风东北起，花叶正低昂。不知谁家子，提笼行采桑。
纤手折其枝，花落何飘飏[1]。请谢彼姝子[2]：“何为见损伤[3]？”
“高秋八九月，白露变为霜。终年会飘堕，安得久馨香？”
“秋时自零落，春月复芬芳。何时盛年去，欢爱永相忘！”
吾欲竟此曲，此曲愁人肠。归来酌美酒，挟瑟上高堂。

作者

宋子侯（生卒年不详），东汉人。

题解

这首诗以花拟人，设为问答，感叹青春易逝、女子红颜不如春花，也包含了作者自叹人生短促、青春不再的感慨。

注释

① 飏：飞扬，飘扬。
② 请谢：请问。
③ 见：被。

盘中诗

苏伯玉之妻

山树高，鸟鸣悲。泉水深，鲤鱼肥。空仓雀，常苦饥。

吏人妇，会夫希[1]。出门望，见白衣。

谓当是，而更非。

还入门，中心悲。北上堂，西入阶。急机绞，杼声催。

长叹息，当语谁。君有行，妾念之。出有日，还无期。

结巾带，长相思。君忘妾，未知之。妾忘君，罪当治。

妾有行，宜知之。黄者金，白者玉。高者山，下者谷。

姓者苏，字伯玉。人才多，知谋足。

家居长安身在蜀，何惜马蹄归不数。

羊肉千斤酒百斛，令君马肥麦与粟。

今时人，知四足。与其书，不能读。当从中央周四角[②]。

作者

相传为汉时苏伯玉之妻（生卒年不详）所作。

题解

这是一首思妇盼归诗，以措辞精练的三字句为主，且多处用比兴手法，结尾用七言点明盼归主旨，最后揭示读法。

注释

① 希：稀少。

② 周：回环，反复。

古怨歌

佚名

茕茕白兔[①]，东走西顾。衣不如新，人不如故。

题解

这首诗最初见于《太平御览》卷六百八十九，题为《古艳歌》。这首诗写出了弃妇被弃后的复杂感情：前两句写弃妇被迫出走，虽走而仍恋故人；后两句是写弃妇规劝故人应当念旧，重修旧好。

注释

① 茕茕（qióngqióng）：孤苦无依的样子。

悲愤诗

蔡琰

汉季失权柄①，董卓乱天常。志欲图篡弑，先害诸贤良。
逼迫迁旧邦，拥王以自强。海内兴义师，欲共讨不祥。
卓众来东下，金甲耀日光。平土人脆弱，来兵皆胡羌。
猎野围城邑，所向悉破亡。斩截无孑遗②，尸骸相撑拒。
马边悬男头，马后载妇女。长驱西入关，迥路险且阻。
还顾邈冥冥，肝脾为烂腐。所略有万计，不得令屯聚。
或有骨肉俱，欲言不敢语。失意几微间，辄言毙降虏！
要当以亭刃，我曹不活汝！岂敢惜性命，不堪其詈骂。
或便加棰杖，毒痛参并下。旦则号泣行，夜则悲吟坐。
欲死不能得，欲生无一可。彼苍者何辜？乃遭此厄祸！
边荒与华异，人俗少义理。处所多霜雪，胡风春夏起。
翩翩吹我衣，肃肃入我耳。感时念父母，哀叹无终已。
有客从外来，闻之常欢喜。迎问其消息，辄复非乡里。
邂逅徼时愿③，骨肉来迎己。己得自解免，当复弃儿子。
天属缀人心，念别无会期。存亡永乖隔，不忍与之辞。

儿前抱我颈，问母欲何之？
人言母当去，岂复有还时？
阿母常仁恻，今何更不慈？
我尚未成人，奈何不顾思！

见此崩五内，恍惚生狂痴。号呼手抚摩，当发复回疑。
兼有同时辈，相送告别离。慕我独得归，哀叫声摧裂。
马为立踟蹰，车为不转辙。观者皆歔欷，行路亦呜咽。
去去割情恋，遄征日遐迈④。悠悠三千里，何时复交会？
念我出腹子，胸臆为摧败。既至家人尽，又复无中外⑤。
城郭为山林，庭宇生荆艾。白骨不知谁，从横莫覆盖。
出门无人声，豺狼嗥且吠。茕茕对孤景，怛咤靡肝肺⑥。
登高远眺望，魂神忽飞逝。奄若寿命尽，傍人相宽大。
为复强视息，虽生何聊赖！托命于新人，竭心自勖励⑦。
流离成鄙贱，常恐复捐废。人生几何时，怀忧终年岁。

作者

蔡琰（生卒年不详），字文姬，蔡邕之女，汉末女诗人。

题解

这首诗描写了作者在汉末大动乱中的悲惨遭遇，是汉末社会动乱和人民苦难生活的实录。

注释

① 汉季：汉末。
② 孑遗：残留，遗留。
③ 徼：通“侥”，侥幸。
④ 遄（chuán）征：疾行。
⑤ 中外：内亲外戚，泛指亲友。
⑥ 怛咤（dázhà）：悲痛而哀叹。
⑦ 勖（xù）励：勉励。

梁甫吟

佚名

步出齐城门，遥望荡阴里。里中有三坟，累累正相似。

问是谁家墓，田疆古冶子①。力能排南山，文能绝地纪②。

一朝被谗言，二桃杀三士。谁能为此谋？国相齐晏子。

题解

《梁甫吟》为汉乐府古辞。这首诗描写的是春秋时齐相晏婴设计“二桃杀三士”之事。通过对死者的伤悼，谴责谗言害贤的阴谋。

注释

① 田疆：即田开疆。公孙接、田开疆和古冶子是齐景公手下的三勇士。相国晏婴设计，让三人评功摆好，争吃桃而最终杀掉了他们。这里因诗歌句式关系只提到两人，并将姓名做了压缩。

② 地纪：即“地纲”，指维系大地的四条绳索。

战城南

佚名

战城南，死郭北，野死不葬乌可食。

为我谓乌：且为客豪①！野死谅不葬，腐肉安能去子逃！

水声激激，蒲苇冥冥。枭骑战斗死，驽马裴徊鸣②。

梁筑室③，何以南，何以北？禾黍不获君何食？愿为忠臣安可得！

思子良臣，良臣诚可思：朝行出攻，暮不夜归！

题解

《战城南》是一首反对战争的民歌。这首诗借助战士之口，描写了战争的残酷，表达了反对战争的情绪。

注释

① 客：战死者。豪：通“嚎”，哭号。

② 裴徊：同“徘徊”。

③ 梁：桥梁。

有所思

佚名

有所思，乃在大海南。何用问遗君[1]？
双珠玳瑁簪，用玉绍缭之。闻君有他心，
拉杂摧烧之[2]。摧烧之，当风扬其灰。
从今已往，勿复相思！相思与君绝！
鸡鸣狗吠，兄嫂当知之。妃呼豨[3]！
秋风肃肃晨风飔[4]，东方须臾高知之[5]。

题解

《有所思》属乐府《鼓吹曲辞》。这首诗描写了一个女子从热烈的相思，到对负心汉的痛恨决绝，以及决绝又犹豫彷徨的复杂心情。

注释

① 问遗（wèi）：赠与。

② 拉杂：折碎。

③ 妃呼豨：象声词。

④ 飔：凉爽。

⑤ 高：通“皓”，白，天亮。

陌上桑

佚名

日出东南隅，照我秦氏楼。秦氏有好女，自名为罗敷。
罗敷善蚕桑，采桑城南隅。青丝为笼系，桂枝为笼钩。
头上倭堕髻，耳中明月珠。缃绮为下裙，紫绮为上襦。
行者见罗敷，下担捋髭须。少年见罗敷，脱帽著帩头①。
耕者忘其犁，锄者忘其锄。来归相怨怒，但坐观罗敷②。
使君从南来，五马立踟蹰。使君遣吏往，问是谁家姝？
秦氏有好女，自名为罗敷。罗敷年几何？二十尚不足，
十五颇有余。使君谢罗敷③：“宁可共载不？”罗敷前置词：
使君一何愚！使君自有妇，罗敷自有夫。东方千余骑，
夫婿居上头。何用识夫婿？白马从骊驹④；青丝系马尾，
黄金络马头；腰中鹿卢剑，可值千万余。十五府小史，
二十朝大夫，三十侍中郎，四十专城居。为人洁白皙，
鬑鬑颇有须⑤。盈盈公府步，冉冉府中趋。坐中数千人，
皆言夫婿殊。

题解

《陌上桑》为汉乐府古辞。这首诗叙述了采桑女子秦罗敷拒绝太守调戏引诱的故事，刻画了一位美丽、机智、坚贞的女子形象。

注释

① 著：显露。帩头：古代男子束发的纱巾。

② 但坐：只因。

③ 谢：请问。

④ 骊驹：纯黑色的马。

⑤ 鬑鬑（liánlián）：胡须舒朗的样子。

长歌行

佚名

青青园中葵，朝露待日晞[①]。阳春布德泽，万物生光辉。
常恐秋节至，焜黄华叶衰[②]。百川东到海，何时复西归？
少壮不努力，老大徒伤悲。

题解

《长歌行》为汉乐府古辞。这首诗以草木、阳春、江河起兴，勉励人少年之时应该奋发努力，珍惜每一寸光阴，切莫因虚度年华而悔恨。

注释

① 晞：干。

② 焜（kūn）黄：草木凋落枯黄的样子。

西门行

佚名

出西门，步念之。今日不作乐，当待何时？

夫为乐[1]，为乐当及时。何能坐愁怫郁[2]，当复待来兹。
饮醇酒，炙肥牛。请呼心所欢，何用解愁忧。
人生不满百，常怀千岁忧。昼短苦夜长，何不秉烛游?
自非仙人王子乔，计会寿命难与期。
人寿非金石，年命安可期?贪财爱惜费，但为后世嗤。

题解

《西门行》为汉乐府古辞。这首诗表现了人生无常、生命忧患的永恒主题。

注释

① 夫（fú）：句首语气词。
② 怫（fú）郁：心情忧郁。

孤儿行

佚名

孤儿生，孤儿遇生[1]，命当独苦。父母在时，乘坚车，驾驷马。父母已去，兄嫂令我行贾。南到九江，东到齐与鲁。腊月来归，不敢自言苦。头多虮虱，面目多尘土。大兄言办饭，大嫂言视马。上高堂，行趣殿下堂[2]，孤儿泪下如雨。

使我朝行汲，暮得水来归；手为错，足下无菲[3]。怆怆履霜，中多蒺藜；拔断蒺藜肠肉中[4]，怆欲悲。泪下渫渫，清涕累累。冬无复襦，夏无单衣。居生不乐，不如早去，下从地下黄泉。春风动，草萌芽。三月蚕桑，六月收瓜。将是瓜车，来到还家。瓜车反覆，助我者少，啖瓜者多。愿还我蒂，独且急归。兄与嫂严，当兴

较计[5]。乱曰[6]：里中一何诧诧[7]！愿欲寄尺书，将与地下父母：兄嫂难与久居。

题解

《孤儿行》为汉乐府古辞。这首诗描写了一位孤儿遭受兄嫂虐待的悲惨遭遇，泪痕血点，声声控诉，全诗充满了真切的感染力。

注释

① 遇：通“偶”，偶然。

② 行：又。趣：通“趋”。

③ 菲：通“扉”，草鞋。

④ 肠：即“腓肠”，胫后的肉。

⑤ 较计：即“计较”，纠纷。

⑥ 乱：乐歌的末章，结束语。

⑦ 诧诧：吵闹声。

伤歌行

佚名

昭昭素明月，辉光烛我床。忧人不能寐，耿耿夜何长！
微风吹闺闼[1]，罗帷自飘扬。揽衣曳长带，屣履下高堂[2]。
东西安所之？徘徊以彷徨。春鸟翻南飞，翩翩独翱翔。
悲声命俦匹[3]，哀鸣伤我肠。感物怀所思，泣涕忽沾裳。
伫立吐高吟，舒愤诉穹苍。

题解

《伤歌行》为汉乐府古辞。这首诗是一首闺情诗，表现了婚姻不能自主的痛苦。

注释

① 闺闼（tà）：内室。

② 屣（xǐ）履：趿着鞋。

③ 命俦匹：招呼伴侣。以孤鸟为喻。

古歌

佚名

秋风萧萧愁杀人，出亦愁，入亦愁；座中何人，谁不怀忧？令我白头。

胡地多飙风[1]，树木何修修[2]。离家日趋远，衣带日趋缓。

心思不能言[3]，肠中车轮转。

题解

《古歌》为汉乐府古辞。这首诗表现了游子怀念故土的主题，用质朴的语言抒写了浓重的思乡之情。

注释

① 飙（biāo）风：暴风。

② 修修：象声词，形容树木在风中发出的声音。

③ 思：悲。

二

古　诗

佚名

上山采蘼芜[1]，下山逢故夫。长跪问故夫[2]："新人复何如？"
"新人虽言好，未若故人姝[3]。颜色类相似，手爪不相如。"
"新人从门入，故人从阁去[4]"。"新人工织缣，故人工织素[5]。
织缣日一匹，织素五丈余。将缣来比素，新人不如故。"

悲与亲友别，气结不能言。赠子以自爱，道远会见难。
人生无几时，颠沛在其间。念子弃我去，新心有所欢。
结志青云上，何时复来还？

题解

这两首诗都是汉代的乐府诗。第一首诗写弃妇和故夫偶遇时的一番简短对话，表现了弃妇和故夫久别重逢后互倾衷肠的内心痛苦，同时也揭露了故夫喜新厌旧的为人卑劣。第二首诗写亲友惜别之情，情真意切，感人至深。

注释

① 蘼芜：一种香草，又叫"江蓠"。

② 长跪：腰伸直了跪着，示恭敬。

③ 姝：好。

④ 阁：旁门，小门。

⑤ 缣（jiān）、素：都是绢。素色洁白，缣色带黄，素贵而缣贱。

古诗一首

佚名

步出城东门，遥望江南路。前日风雪中，故人从此去。

我欲渡河水，河水深无梁①。愿为双黄鹄，高飞还故乡。

题解

《古诗一首》是汉代的乐府诗，也是一首游子思归诗。前四句写出行送客，后四句写游子欲归而不能。

注释

① 梁：桥梁。

古诗二首

佚名

采葵莫伤根①，伤根葵不生。结交莫羞贫，羞贫友不成。

甘瓜抱苦蒂，美枣生荆棘。利傍有倚刀②，贪人还自贼③。

题解

《古诗二首》是汉代的乐府诗。这两首诗借采葵、甘瓜和美枣为喻，讽刺了人世间的势利之交和见利忘害的人生哲学。

注释

① 葵：冬葵，一种野菜名。

② 倚：挨着，靠着。“利”字，从禾，从刀。

③ 贼：伤害。

淮南民歌

佚名

一尺布，尚可缝；一斗粟，尚可舂。兄弟二人不能相容[1]。

题解

这是一首汉文帝时民间流传的歌谣，语出《史记·淮南衡山列传》。歌谣以尺布斗粟尚可缝而共衣、舂而共食为喻，讽刺了古代封建统治者为争权夺势而兄弟内斗、反目成仇的不良品质。

注释

① 兄弟二人：指汉文帝刘恒和淮南厉王刘长。

匈奴歌

佚名

失我焉支山[1]，令我妇女无颜色。
失我祁连山，使我六畜不蕃息[2]。

题解

这首歌谣收录于《乐府诗集》卷八十四。汉武帝元狩二年(前121)，霍去病将军万余骑出征陇西，讨伐匈奴，收焉支、祁连二山，得首虏甚众。此歌为匈奴人失二山而作。

注释

① 焉支山：又称燕支山或胭脂山，在今甘肃山丹县东南。山有植物叫“红蓝”，其花鲜者可作化妆颜料。

② 蕃息：繁衍，滋生。

成帝时歌谣

佚名

邪径败良田，谗口乱善人[①]。桂树华不实，黄爵巢其颠[②]。
昔为人所羡，今为人所怜。

题解

这是一首西汉成帝时的民歌，收录于《乐府诗集》卷八十八。歌谣揭露了西汉末年汉成帝统治时期外戚王氏骄横枉法、排挤忠良的黑暗现实，反映了人民对此的反思。

注释

① 谗口：说坏话的人。

② 黄爵（què）：黄雀。爵，通“雀”。

城中谣

佚名

城中好高髻[①]，四方高一尺。城中好广眉，四方且半额。
城中好大袖，四方全匹帛。

题解

《城中谣》是东汉初流行的一首童谣，收录于《乐府诗集》卷八十七。童谣暗讽了当时上行下效、盲目跟风的不良风气。

注释

① 髻（jì）：盘在头上的发结。

短歌行

曹操

对酒当歌，人生几何？譬如朝露，去日苦多[1]。
慨当以慷[2]，幽思难忘。何以解忧？惟有杜康。
青青子衿，悠悠我心。但为君故[3]，沉吟至今。
呦呦鹿鸣，食野之苹。我有嘉宾，鼓瑟吹笙。
明明如月，何时可掇[4]？忧从中来，不可断绝。
越陌度阡，枉用相存[5]。契阔谈讌[6]，心念旧恩。
月明星稀，乌鹊南飞。绕树三匝[7]，何枝可依？
山不厌高，海不厌深。周公吐哺，天下归心。

作者

曹操（155—220），魏武帝，三国时政治家、军事家、诗人。

题解

这首诗以乐府古题创作而成，抒发了作者纳贤才、立大业的远大政治抱负。

注释

① 苦：甚，很。
② 当：定当。
③ 但：只。
④ 掇（chuò）：通“辍”，停止。
⑤ 枉用：枉费。
⑥ 谈讌（yàn）：边宴饮，边交谈。
⑦ 匝（zā）：周，圈。

观沧海

曹操

东临碣石，以观沧海。水何澹澹①，山岛竦峙②。
树木丛生，百草丰茂。秋风萧瑟，洪波涌起。
日月之行，若出其中；星汉灿烂③，若出其里。
幸甚至哉！歌以咏志。

题解

这首诗描写了作者登山观海所见到和想象的雄浑壮丽的景象，同时也显示了一位政治家的雄才大略和广阔的胸怀。

注释

① 澹澹（dàndàn）：水波动荡的样子。

② 竦峙：高高直立。

③ 星汉：银河。

土不同

曹操

乡土不同，河朔隆寒。流澌浮漂①，舟船行难。
锥不入地，蘴籁深奥②；水竭不流，冰坚可蹈。
士隐者贫，勇侠轻非③；心常叹怨，戚戚多悲。
幸甚至哉！歌以咏志。

题解

这首诗描写了隆冬萧瑟的北方景物，表现了民生凋敝、社会秩序动荡不安的现状。

注释

① 流澌：流凌。

② 葑（fēng）䓖：芜菁、䓖蒿，均蔬菜名。深奥：犹言深藏。

③ 轻非：轻易做出非法之事。

龟虽寿

曹操

神龟虽寿，犹有竟时。腾蛇乘雾[1]，终为土灰。
老骥伏枥，志在千里。烈士暮年[2]，壮心不已。
盈缩之期[3]，不但在天；养怡之福，可得永年。
幸甚至哉！歌以咏志。

题解

这首诗表现了作者老当益壮、积极进取的人生态度。

注释

① 腾蛇：传说中会飞的蛇。

② 烈士：指怀有雄心壮志、急于建功立业之人。

③ 盈缩：指人的寿命长短。

薤　露[1]

曹操

惟汉二十世，所任诚不良。
沐猴而冠带[2]，知小而谋强[3]。
犹豫不敢断，因狩执君王。
白虹为贯日[4]，己亦先受殃。

贼臣执国柄，杀主灭宇京。荡覆帝基业，宗庙以燔丧。
播越西迁移[5]，号泣而且行[6]。瞻彼洛城郭，微子为哀伤[7]。

题解

这首诗描述了东汉末年政治动乱、民不聊生的悲惨情景，表达了作者的忧患意识和哀痛之情。

注释

① 薤（xiè）露：薤叶上的露水，喻人命短浅，人生易逝。《薤露》亦为古乐府《相和曲》名，古代的挽歌。

② 沐猴：猕猴。

③ 知：同“智”。

④ 白虹为贯日：白色长虹穿日而过，这是一种少见的天象变化，古人认为是灾难的征兆。

⑤ 播越：颠沛流离。

⑥ 且：通“徂”，往，到。

⑦ 微子：殷纣王的庶兄。此处是诗人以微子而自况。

蒿里行[1]

曹操

关东有义士[2]，兴兵讨群凶。初期会盟津[3]，乃心在咸阳[4]。
军合力不齐，踌躇而雁行。势利使人争，嗣还自相戕[5]。
淮南弟称号[6]，刻玺于北方[7]。铠甲生虮虱，万姓以死亡。
白骨露于野，千里无鸡鸣。生民百遗一，念之断人肠。

题解

这首诗描写了东汉末年群雄争战、民遭涂炭的场景，揭示了人民因战乱而蒙受的巨大苦难。

注释

① 蒿里行：古乐府《相和曲》名，也是古代的挽歌。又言人死魂归蒿里，故言“蒿里”。

② 关东：函谷关以东。

③ 初期：最初的期望。盟津：即孟津。

④ 乃心：其心，指“义士”之心。以上两句借历史写现实，意指希望会合讨伐董卓的群雄直捣洛阳。

⑤ 嗣还：不久以后。

⑥ 弟：指袁绍弟袁述。董卓被杀后，袁述割据江淮，于建安二年（197）称帝于寿春。

⑦ 玺：皇帝用的玉印。袁绍占据冀、青、幽、并四州后，于初平二年（191），谋立幽州牧刘虞为帝，并为之刻印。

苦寒行[1]

曹操

北上太行山，艰哉何巍巍！羊肠坂诘屈[2]，车轮为之摧。
树木何萧瑟，北风声正悲。熊罴对我蹲，虎豹夹路啼。
溪谷少人民，雪落何霏霏[3]！延颈长叹息，远行多所怀。
我心何怫郁，思欲一东归。水深桥梁绝，中路正徘徊。
迷惑失故路，薄暮无宿栖。行行日已远，人马同时饥。
担囊行取薪，斧冰持作糜[4]。悲彼东山诗[5]，悠悠使我哀。

题解

这首诗描写了严寒时节在太行山中行军的艰辛，流露出厌战情绪，但主要反映了诗人积极向上的奋发精神。

注释

① 苦寒行：古乐府《清调曲》名。

② 羊肠坂：地名，在今山西壶关东南。诘屈：曲折盘旋。

③ 霏霏（fēifēi）：雪大的样子。

④ 斧冰：以斧凿冰。斧，作动词用。糜：粥。

⑤ 东山：《诗经》篇名。诗写远征士卒对故乡的无限思念。

东西门行①

曹操

鸿雁出塞北，乃在无人乡。举翅万里余，行止自成行。
冬节食南稻，春日复北翔。田中有转蓬②，随风远飘扬。
长与故根绝，万岁不相当。奈何此征夫，安得去四方③？
戎马不解鞍，铠甲不离傍。冉冉老将至④，何时返故乡？
神龙藏深泉，猛兽步高冈。狐死归首丘⑤，故乡安可忘？

题解

这首诗描写的是征夫思乡之情，也有作者自伤之意。

注释

① 东西门行：古乐府《瑟调曲》名。此题又作《却东西门行》。

② 转蓬：飞蓬，菊科植物。

③ 去：离开。

④ 冉冉：渐渐。

⑤ 首丘：把头朝向生活过的洞穴，比喻征夫不能忘记故乡。

善哉行[1]

曹丕

上山采薇，薄暮苦饥[2]。溪谷多风，霜露沾衣。
野雉群雊[3]，猴猿相追。还望故乡，郁何垒垒[4]！
高山有崖，林木有枝。忧来无方，人莫之知。
人生如寄，多忧何为？今我不乐，岁月如驰。
汤汤川流[5]，中有行舟。随波转薄，有似客游。
策我良马，被我轻裘。载驰载驱，聊以忘忧。

作者

曹丕（187—226），魏文帝，三国时魏国的建立者、文学家。

题解

此诗主要是写游子思乡之情。长期的流落他乡、漂泊不定的生活，使之感念人生如寄，岁月如驰，这又使人平添无限惆怅之情。

注释

① 善哉行：古乐府《瑟调曲》名。
② 薄：接近。
③ 雊（gòu）：雉鸣。
④ 垒垒（léiléi）：重叠堆积的样子。
⑤ 汤汤（shāngshāng）：水势浩大的样子。

杂　诗

曹丕

漫漫秋夜长，烈烈北风凉。展转不能寐，披衣起彷徨。
彷徨忽已久，白露沾我裳。俯视清水波，仰看明月光。
天汉回西流，三五正纵横[1]。草虫鸣何悲，孤雁独南翔。
郁郁多悲思，绵绵思故乡。愿飞安得翼，欲济河无梁。
向风长叹息，断绝我中肠[2]。

西北有浮云，亭亭如车盖[3]。惜哉时不遇，适与飘风会[4]。
吹我东南行，行行至吴会[5]。吴会非我乡，安得久留滞？
弃置勿复陈，客子常畏人。

题解

这两首诗都是游子诗。第一首诗描写了游子对家乡的深切思念之情。第二首诗描写了游子漂泊流离的人生遭遇。他乡虽好，终非久留之地。

注释

① 三五：指天空中稀疏的星斗。
② 中：同“衷”。
③ 亭亭：高高耸立的样子。
④ 适：恰好，正好。
⑤ 吴会：指吴郡和会稽郡。

燕歌行[1]

曹丕

秋风萧瑟天气凉，草木摇落露为霜。
群燕辞归雁南翔，念君客游思断肠。
慊慊思归恋故乡[2]，君何淹留寄他方[3]？
贱妾茕茕守空房，忧来思君不敢忘，不觉泪下沾衣裳。
援琴鸣弦发清商[4]，短歌微吟不能长。
明月皎皎照我床，星汉西流夜未央。
牵牛织女遥相望，尔独何辜限河梁[5]？

题解

这首诗描写的是一位妇女在秋夜思念客居在外的丈夫，情感委婉细致，凄切感人。

注释

① 燕歌行：古乐府《平调曲》名。此曲多写离别之情。
② 慊慊（qiǎnqiǎn）：怨恨的样子。
③ 君何：《古诗源》作“何为”。
④ 清商：曲调名。此曲特点是音节短促，凄清悲凉。
⑤ 独：难道，表反问。

箜篌引[1]

曹植

置酒高殿上，亲友从我游。中厨办丰膳，烹羊宰肥牛。

秦筝何慷慨[2]，齐瑟和且柔。阳阿奏奇舞[3]，京洛出名讴[4]。
乐饮过三爵，缓带倾庶羞[5]。主称千年寿，宾奉万年酬。
久要不可忘[6]，薄终义所尤[7]。谦谦君子德，磬折欲何求[8]。
惊风飘白日，光景驰西流。盛时不可再，百年忽我遒[9]。
生存华屋处，零落归山丘。先民谁不死，知命复何忧？

作者

曹植（192—232），三国魏诗人。

题解

这首诗在描写宴饮欢乐的同时，又嗟叹时光流逝、人生短促，并表达了对建立不朽功业的渴求。

注释

① 箜篌（kōnghóu）引：古乐府《瑟调曲》名。箜篌，一种拨弦乐器。

② 慷慨：指音调奋昂激越。

③ 阳阿：培养优秀舞女之地。奏：进献，表演。

④ 名讴：著名的歌曲。

⑤ 庶羞：各种美味。

⑥ 久要：旧约。

⑦ 薄终：犹言“始厚终薄”。终薄，指友情渐渐淡薄。

⑧ 磬折：屈身如磬以示恭敬。

⑨ 遒（qiú）：尽。

赠白马王彪

曹植

黄初四年五月，白马王、任城王与余俱朝京师，会节气。到洛阳，任城王薨。至七月，与白马王还国。后有司以二王归藩，道路宜异宿止，意毒恨之。盖以大别在数日，是用自剖。与王辞焉，愤而成篇。

谒帝承明庐，逝将归旧疆。清晨发皇邑[①]，日夕过首阳。
伊洛广且深，欲济川无梁。泛舟越洪涛，怨彼东路长。
顾瞻恋城阙，引领情内伤。
太谷何寥廓，山树郁苍苍。霖雨泥我途[②]，流潦浩纵横[③]。
中逵绝无轨[④]，改辙登高冈。修坂造云日，我马玄以黄[⑤]。
玄黄犹能进，我思郁以纡。郁纡将何念，亲爱在离居。
本图相与偕，中更不克俱[⑥]。鸱枭鸣衡轭[⑦]，豺狼当路衢。
苍蝇间白黑，谗巧令亲疏。欲还绝无蹊，揽辔止踟蹰。
踟蹰亦何留？相思无终极。秋风发微凉，寒蝉鸣我侧。
原野何萧条，白日忽西匿。归鸟赴乔林，翩翩厉羽翼。
孤兽走索群，衔草不遑食。感物伤我怀，抚心长太息。
太息将何为？天命与我违。奈何念同生，一往形不归。
孤魂翔故域，灵柩寄京师。存者忽复过，亡没身自衰。
人生处一世，去若朝露晞。年在桑榆间，影响不能追。
自顾非金石，咄唶令心悲。
心悲动我神，弃置莫复陈。丈夫志四海，万里犹比邻。
恩爱苟不亏，在远分日亲。何必同衾帱[⑧]，然后展殷勤。
忧思成疾疢[⑨]，无乃儿女仁[⑩]。仓卒骨肉情，能不怀苦辛？
苦辛何虑思，天命信可疑。虚无求列仙，松子久吾欺。
变故在斯须，百年谁能持？离别永无会，执手将何时？
王其爱玉体，俱享黄发期。收泪即长路，援笔从此辞。

题解

这是一首抒情长诗，描写了曹植与白马王曹彪在回封地的途中被迫分离时的悲痛心情。全诗层层设喻，借助叙事和抒情手法的综合运用揭示了受打击、受迫害，有志难伸的悲怆心境。

注释

① 皇邑：皇城，指京都洛阳。

② 霖雨：连续几日的大雨。

③ 流潦：积水。

④ 中逵：中途。逵，四通八达的大路。

⑤ 玄以黄：玄而黄，即“玄黄”。马病的样子。

⑥ 克：能。

⑦ 鸱枭（chīxiāo）：猫头鹰。衡轭：代指天子车子，暗指君主。

⑧ 衾帱：被子和帐子。

⑨ 疢疢（chèn）：疾病。

⑩ 无乃：恐怕，只怕，表推测。儿女仁：儿女之爱，儿女之情。

送应氏诗二首

曹植

步登北邙阪①，遥望洛阳山。洛阳何寂寞，宫室尽烧焚。
垣墙皆顿擗②，荆棘上参天。不见旧耆老③，但睹新少年。
侧足无行径，荒畴不复田。游子久不归，不识陌与阡。
中野何萧条，千里无人烟。念我平常居，气结不能言。

清时难屡得，嘉会不可常。
天地无终极，人命若朝霜。
愿得展嬿婉④，我友之朔方。
亲昵并集送，置酒此河阳。

中馈岂独薄[5]？宾饮不尽觞。爱至望苦深，岂不愧中肠？
山川阻且远，别促会日长。愿为比翼鸟，施翮起高翔[6]。

题解

这两首诗是曹植路过洛阳时送别应玚（yáng）、应璩（qú）兄弟所作。第一首写洛阳遭董卓之乱以后的荒凉景象，第二首写朋友分别时的依依不舍之情。

注释

① 北邙：山名，亦称“北芒”，在今洛阳北。
② 顿：塌坏。擗（pì）：分裂。
③ 耆：六十岁以上的老人。
④ 嬿婉：美好的样子。意指顺心遂意。
⑤ 中馈：指代酒食。
⑥ 施翮：展翅。

杂　诗

曹植

高台多悲风，朝日照北林。之子在万里，江湖迥且深[1]。
方舟安可极，离思故难任[2]。孤雁飞南游，过庭长哀吟。
翘思慕远人[3]，愿欲托遗音。形影忽不见，翩翩伤我心。

转蓬离本根，飘摇随长风。何意回飚举[4]，吹我入云中。
高高上无极，天路安可穷？类此游客子，捐躯远从戎。
毛褐不掩形，薇藿常不充[5]。去去莫复道[6]，沉忧令人老。

题解

第一首诗是怀人之作，描写了因怀念远方亲友而产生的沉忧之苦。第二首诗以转蓬为喻，描写了从戎在外的游子飘忽不定的生活，同时也展示了作者的悲苦境遇。

注释

① 迥（jiǒng）：远。

② 难任：难以承受。

③ 翘思：翘首仰望孤雁而思念远人。

④ 迴飚：大旋风。

⑤ 藿：豆叶。

⑥ 去去：犹言“算了算了”，是作者自我宽慰的话。

七哀诗

曹植

明月照高楼，流光正徘徊①。上有愁思妇，悲欢有余哀。
借问叹者谁？言是宕子妻②。君行逾十年，孤妾常独栖。
君若清路尘，妾若浊水泥。浮沉各异势，会合何时谐？
愿为西南风，长逝入君怀。君怀良不开③，贱妾当何依？

题解

这首诗明写闺怨，实为讽君。全诗借一个思妇对丈夫的思念和怨恨，含蓄地吐露了诗人在政治上遭受打击之后的愤懑心情。

注释

① 徘徊：指月光缓缓而动。

② 宕子：荡子，离乡外游、久出不归的人。

③ 良：实在，确实，表肯定。

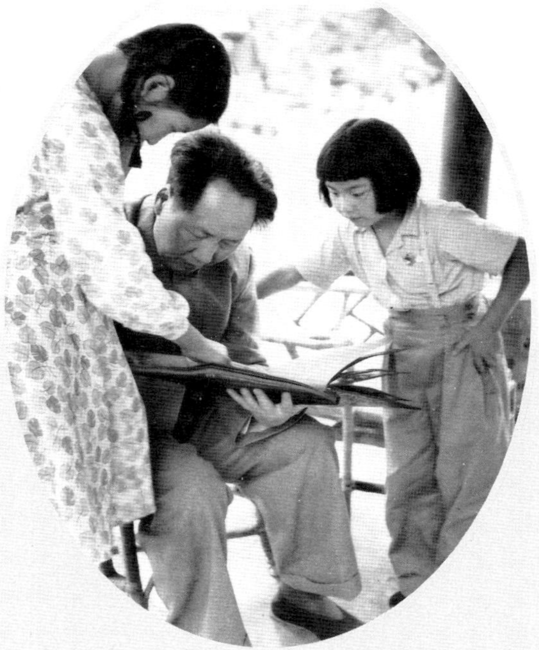

三

入彭蠡湖口[1]

谢灵运

客游倦水宿，风潮难具论。洲岛骤回合，圻岸屡崩奔[2]。
乘月听哀狖[3]，浥露馥芳荪。春晚绿野秀[4]，岩高白云屯。
千念集日夜，万感盈朝昏。攀崖照石镜[5]，牵叶入松门[6]。
三江事多往，九派理空存[7]。灵物吝珍怪，异人秘精魂。
金膏灭明光[8]，水碧缀流温。徒作千里曲[9]，弦绝念弥敦[10]。

作者

谢灵运（385—433），南朝宋诗人。

题解

此诗通过对彭蠡湖口壮观景色的描写，表达了作者对于宦海沉浮的愤懑不平。

注释

① 彭蠡湖：即今江西鄱阳湖。彭蠡湖口：今九江口，即鄱阳湖与长江交接处。

② 圻（qí）岸：曲岸。圻，通“碕”。碕，岸。

③ 狖（yòu）：长尾猿。

④ 秀：用为动词，草木开花。

⑤ 石镜：山名。

⑥ 松门：山名。

⑦ 九派：九江。

⑧ 金膏：道教传说中的仙药。

⑨ 千里曲：曲名，即《千里别鹤》曲。

⑩ 弥敦：越深。

入华子冈是麻源第三谷①

谢灵运

南州实炎德②，桂树凌寒山。铜陵映碧涧，石磴泻红泉。
既枉隐沦客③，亦栖肥遁贤④。险径无测度，天路非术阡⑤。
遂登群峰首，邈若升云烟。羽人绝仿佛⑥，丹丘徒空筌⑦。
图牒复磨灭，碑版谁闻传？莫辨百代后，安知千载前？
且申独往意，乘月弄潺湲⑧。恒充俄顷用，岂为古今然？

题解

此诗以细腻传神之笔描绘了麻姑山的高峻与奇丽，同时也表达出诗人因对现实极度失望而寄情山水、恬淡人生的心理。

注释

① 华子冈：位于临川南城县（今属江西）。麻源：因女仙麻姑得名。麻源有三谷，第三谷即华子冈。

② 炎德：火德。依阴阳家说，南方属火。

③ 隐沦：隐居。

④ 肥遁：退隐避世的代称。

⑤ 术阡：道路。

⑥ 绝：全然，十分。

⑦ 丹丘：丹丘神山，此处指称华子冈。空筌：毫无踪迹之意。

⑧ 潺湲（chányuán）：水流动的样子，此指流水。

代东门行①

鲍照

伤禽恶弦惊，倦客恶离声②。离声断客情，宾御皆涕零③。
涕零心断绝，将去复还诀④。一息不相知⑤，何况异乡别。
遥遥征驾远，杳杳白日晚⑥。居人掩闺卧，行子夜中饭。
野风吹草木，行子心肠断。食梅常苦酸，衣葛常苦寒。
丝竹徒满座，忧人不解颜。长歌欲自慰，弥起长恨端⑦。

作者

鲍照（约414—466），南朝宋文学家。

题解

本篇依题仿作，前写临别情景，后写客中愁思。

注释

① 东门行：古乐府《瑟调曲》名。题前加“代”字，表示后人借古题而仿作。代，义同“拟”，下同。

② 离声：离歌之声。

③ 宾御：宾，送别的宾客；御，赶车的人。

④ 还诀：回过头来告别。诀，别。

⑤ 一息：片刻之时。息，呼吸。

⑥ 杳杳：暮色昏暗的样子。

⑦ 端：心绪，思绪。

代放歌行[1]

鲍照

蓼虫避葵堇[2]，习苦不言非。小人自龌龊[3]，安知旷士怀？
鸡鸣洛城里，禁门平旦开[4]。冠盖纵横至[5]，车骑四方来。
素带曳长飙，华缨结远埃[6]。日中安能止，钟鸣犹未归[7]。
夷世不可逢[8]，贤君信爱才。明虑自天断[9]，不受外嫌猜。
一言分珪爵[10]，片善辞草莱[11]。岂伊白璧赐[12]，将起黄金台[13]。
今君有何疾，临路独迟回？

题解

此诗作者以“旷士”自比，尖锐地揭露和讽刺了官场的腐败风气，同时也表达了诗人不甘被卑污世风所染的高风亮节。

注释

① 放歌行：古乐府《瑟调曲》名。

② 蓼（liǎo）：泽蓼，一种草本植物，叶味辛辣。葵堇：又名堇葵，一种野菜，味甜。此句意为蓼虫习惯于蓼叶的辣味，而不去吃甜美的葵堇。

③ 龌龊：气量狭小。

④ 平旦：平明，天刚亮的时候。

⑤ 冠盖：冠冕与车盖，借指达官贵人。

⑥ 华缨：华冠的系带。

⑦ 钟鸣：指夜半钟鸣，戒严之时。

⑧ 夷世：太平之世。

⑨ 天断：君王的判断。

⑩ 珪：一种上圆下方的玉板，古代封官时的符信。爵：爵位，官阶。

⑪ 草莱：田野。

⑫ 白璧赐：赏赐白璧。据《史记·平原君虞卿列传》记载：赵孝成王一见虞卿，即赏赐黄金百镒、白璧一双。

⑬ 黄金台：在今北京附近。燕昭王筑黄金台，上置千金，以招天下贤士。

代出自蓟北门行[1]

鲍照

羽檄起边亭[2]，烽火入咸阳[3]。征师屯广武[4]，分兵救朔方。
严秋筋竿劲[5]，虏阵精且强。天子按剑怒，使者遥相望。
雁行缘石径，鱼贯度飞梁。箫鼓流汉思[6]，旌甲被胡霜。
疾风冲塞起，沙砾自飘扬。马毛缩如蝟，角弓不可张。
时危见臣节，世乱识忠良。投躯报明主，身死为国殇[7]。

题解

此诗通过对边庭紧急战事和边境恶劣环境的渲染，突出表现了壮士誓死卫国的斗志和激情。

注释

① 出自蓟北门行：古乐府《杂曲歌辞》名。蓟，春秋战国时燕都，在今北京西南一带。

② 羽檄（xí）：古代的紧急军事公文。

③ 咸阳：秦国故都。此处代指国都。

④ 屯：驻军防守。广武：地名，今山西代县西。

⑤ 筋竿：弓箭。

⑥ 箫鼓：军乐。流汉思：传达出对汉朝的思念之心。

⑦ 国殇：为国牺牲的人。

拟行路难[1]（节选）

鲍照

泻水置平地，各自东西南北流。
人生亦有命，安能行叹复坐愁！
酌酒以自宽，举杯断绝歌路难[2]。
心非木石岂无感[3]？吞声踯躅不敢言！

愁思忽而至，跨马出北门。
举头四顾望，但见松柏园，荆棘郁蹲蹲[4]。
中有一鸟名杜鹃，言是古时蜀帝魂。
声音哀苦鸣不息，羽毛憔悴似人髡[5]。
飞走树间啄虫蚁，岂忆往日天子尊？
念此死生变化非常理，中心恻怆不能言。

题解

鲍照《拟行路难》共十八首，这里节选的是原作的第四首和第七首。这两首诗是对士族社会中种种不合理现象感愤不平之作，表达了出身寒门的士人在仕途中的坎坷和痛苦。

注释

① 行路难：古乐府《杂曲歌辞》名。

② 断绝：停下，放下。歌路难：歌唱《行路难》。

③ 感：通“憾”，恨憾。

④ 蹲蹲（cúncún）：丛聚茂密的样子。

⑤ 髡（kūn）：髡刑，古代一种剃去头发的刑罚。

梅花落[①]

鲍照

中庭杂树多，偏为梅咨嗟[②]。问君何独然[③]？
念其霜中能作花，露中能作实，摇荡春风媚春日。
念尔零落逐寒风[④]，徒有霜华无霜质！

题解

此诗运用比兴手法，以诗人与杂树对话为线索，赞美了梅花傲霜凌寒的品格，寓含了诗人孤直不屈的精神和对奔竞世风的不满。

注释

① 梅花落：古乐府《横吹曲》名。

② 咨嗟：赞叹。

③ 君：指作者。独然：偏偏如此。这句是代杂树发问："杂树很多，您为何偏偏如此？"指唯独赞叹梅花。

④ 尔：你们。指代"杂树"。

日落望江赠荀丞[①]

鲍照

旅人乏愉乐，薄暮增思深。
日落岭云归，延颈望江阴。

乱流灇大壑[②]，长雾匝高林[③]。林际无穷极，云边不可寻。
惟见独飞鸟，千里一扬音。推其感物情，则知游子心。
君居帝京内，高会日挥金[④]。岂念慕群客，咨嗟恋景沉[⑤]？

题解

作者以此诗赠其旧友，抒写了去亲为客的孤独忧愁和对家乡亲友的思念之情。末了四句，虽着笔不多，但强烈的地位反差，对荀丞也不无辛辣的讽刺。

注释

① 荀丞：尚书左丞荀赤松。
② 灇（cóng）：水流汇合。
③ 匝（zā）：环绕。
④ 高会：盛大的宴会。
⑤ 景沉：日落。景，日光，借指太阳。

行京口至竹里[①]

鲍照

高柯危且竦[②]，锋石横复仄[③]。复涧隐松声，重崖伏云色。
冰闭寒方壮，风动鸟倾翼。斯志逢凋严，孤游值曛逼[④]。
兼涂无憩鞍，半菽不遑食[⑤]。君子树令名，细人效命力[⑥]。
不见长河水，清浊俱不息。

题解

此诗为作者由京口往建康途经竹里时所作。诗人在自励的同时，也表达了人生不得志的郁闷之情和对社会不公的鞭挞。

注释

① 京口：今江苏镇江市。竹里：即竹里山，在江苏句容县境内，山势陡峭，又名“翻车岘”。

② 柯：树枝。

③ 仄：倾斜。

④ 曛（xūn）：黄昏暮色。

⑤ 半菽：语出《汉书·项籍传》之“卒食半菽”，原意是指军中缺粮，士兵吃的是蔬菜与豆类各半相杂煮成的食物，这里指饭食粗劣。菽，豆类。

⑥ 细人：社会地位低下的人。

遇铜山掘黄精①

鲍照

土肪闷中经[2]，水芝韬内策[3]。宝饵缓童年[4]，命药驻衰历[5]。
矧蓄终古情[6]，重拾烟雾迹。羊角栖断云[7]，榼口流隘石[8]。
铜溪昼森沉，乳窦夜涓滴[9]。既类风门磴，复像天井壁。
蹀蹀寒叶离[10]，灇灇秋水积[11]。松色随野深，月露依草白。
空守江海思，岂怀梁郑客[12]？得仁古无怨，顺道今何惜？

题解

此诗为诗人采药途中所作，在对山水的描绘中注入了诗人不从流俗的思想情感。末了四句，反映了诗人积极的人生态度。

注释

① 铜山：今江苏丹阳境内，又名九井

山。黄精：草药名，食之可延年益寿。

② 闷（bì）：隐藏。中经：指宫中收藏的典籍。下“内策”，义同此。

③ 水芝：黄精草的别名。韬：藏。

④ 宝饵：长生不老药。

⑤ 衰历：衰年。

⑥ 矧（shěn）：亦，又。

⑦ 羊角：形容山峰之状形如羊角。

⑧ 榼（kē）口：形容山崖之间窄如榼口。榼，古盛酒器名。

⑨ 乳窦：石钟乳洞。

⑩ 蹀蹀（diédié）：散乱的样子。

⑪ 瀼瀼：形容水声，象声词。

⑫ 梁郑客：犹言梁园郑庄之客。

秋　夜

鲍照

遁迹避纷喧，货农栖寂寞。荒径驰野鼠，空庭聚山雀。
既远人世欢，还赖泉卉乐。折柳樊场圃[1]，负绠汲潭壑[2]。
霁旦见云峰，风夜闻海鹤。江介早寒来[3]，白露先秋落。
麻垄方结叶[4]，瓜田已扫箨[5]。倾晖忽西下，回景思华幕。
攀萝席中轩，临觞不能酌。终古自多恨，幽悲共沦铄[6]。

题解

此诗通过描写田园秋景，抒发了诗人的无尽幽思。全诗以入声字为韵，短促的音节正好反映了诗人心志难酬的郁

闷心情。

注释

① 樊：编篱笆围住。

② 绠（gěng）：汲水用的绳子。

③ 江介：江岸。

④ 结叶：叶子卷曲。

⑤ 箨（tuò）：脱落的草木皮叶。

⑥ 沦铄：消亡。

玩月城西门廨中

鲍照

始见西南楼[1]，纤纤如玉钩。末映西北墀，娟娟似娥眉[2]。
娥眉蔽珠栊[3]，玉钩隔琐窗[4]。三五二八时[5]，千里与君同。
夜移衡汉落[6]，裴徊帷户中。归华先委露[7]，别叶早辞风[8]。
客游厌苦辛，仕子倦飘尘。休澣自公日[9]，宴慰及私辰[10]。
蜀琴抽白雪，郢曲发阳春[11]。肴干酒未阕[12]，金壶起夕沦[13]。
回轩驻轻盖[14]，留酌待情人。

题解

此诗为作者于秣陵县（今江苏江宁）城西门官署中赏月时所作，表达了诗人对漂泊不定的仕宦生活的厌倦情绪。

注释

① 见：同“现”。

② 娟娟：美好的样子。

③ 珠栊：用珍珠装饰的窗户。

④ 琐窗：刻有连锁图案的窗格子。

⑤ 三五二八时：指农历十五、十六两日。古人以月小十五、月大十六为望日，此时月最圆。

⑥ 衡：玉衡，指北斗星。汉：天汉，即银河。

⑦ 归华：落花。

⑧ 别叶：离枝的树叶。

⑨ 休澣（huàn）：或作“休浣”“休沐”，指古代官员的按例休假。汉代官员，五天休息一次；唐代，十天休息一次。

⑩ 宴慰：闲居。

⑪ 白雪、阳春：皆古曲名，极为高妙，能和者寡。

⑫ 阕：止。

⑬ 金壶：即铜壶，又名漏，古代的一种计时工具。

⑭ 回轩：回车。

胡笳曲①

吴迈远

轻命重意气，古来岂但今②。缓颊献一说③，扬眉受千金。
边风落寒草，鸣笳堕飞禽。越情结楚思④，汉耳听胡音。
既怀离俗伤⑤，复悲朝光侵⑥。日当故乡没，遥见浮云阴。

作者

吴迈远（？—474），南朝宋诗人。

题解

此诗以“轻命重意气”起笔，后又引典说明

爱国、思乡之可贵。其实这两种精神是相通的。此诚如《左传》所言："不背本，仁也；不忘旧，信也"。又全诗韵字，均以闭口音为韵，这又给关塞的乡思增加了不少抑郁气氛。

注释

① 胡笳曲：古乐府《琴曲歌辞》名。

② 岂但：岂止。

③ 缓颊：婉言劝解或代人讲情。事见《史记·魏豹彭越列传》。

④ 越情：思念越国之情。越人庄舄做官于楚，虽富贵，不忘故国，病中吟越歌以寄思乡之情。事见《史记·张仪列传》。楚思：思念楚国。楚乐官钟仪，虽囚于晋，与之琴，仍操土风南音。事见《左传·成公九年》。

⑤ 离俗：离乡弃俗。

⑥ 侵：流逝。

古意赠今人

吴迈远

寒乡无异服，毡褐代文练[1]。日月望君归，年年不解綖[2]。
荆扬春早和[3]，幽蓟犹霜霰[4]。北寒妾已知，南心君不见。
谁为道辛苦[5]？寄情双飞燕。形迫杼煎丝，颜落风催电。
容华一朝改，惟余心不变。

题解

此诗真切细腻地刻画出一位苦盼夫归、坚贞不渝的思妇形象。沈德潜对此诗赞曰：

"北寒南心，巧于著词。"一说此诗为鲍令晖所作（见《玉台新咏》）。

注释

① 文练：有花纹的熟丝织品，此处指精致轻暖的衣服。

② 埏（yán）：缓。

③ 荆扬：荆州、扬州，在南方，代指思妇所在之地。

④ 幽蓟：幽州、蓟州，在北方，代指对方所在之地。

⑤ 谁为：为谁，向谁。

长相思[1]

吴迈远

晨有行路客，依依造门端[2]。人马风尘色，知从河塞还[3]。
时我有同栖[4]，结宦游邯郸[5]。将不异客子[6]，分饥复共寒。
烦君尺帛书，寸心从此殚[7]。遣妾长憔悴，岂复歌笑颜？
檐隐千霜树，庭枯十载兰。经春不举袖，秋落宁复看？
一见愿道意，君门已九关[8]。虞卿弃相印[9]，担簦为同欢。
闺阴欲早霜，何事空盘桓[10]？

题解

此诗表达了妻子对宦游在外的丈夫的思念之情。全诗以委托客子捎书为线索，尽道出妻子的相思之苦，缠绵悱恻，一片真情。

注释

① 长相思：古乐府《杂曲歌辞》名。

② 依依：留恋不舍的样子。造：至，到。

③ 河塞：黄河以北的边塞地区。

④ 同栖：一同居住。借指丈夫。

⑤ 结宦：指做官。

⑥ 不异：不把……当外人。异，不同。

⑦ 殚：尽。

⑧ 九关：多次关闭。指丈夫信息不通。借《楚辞·九辩》语："岂不郁陶而思君兮，君之门以九重。"

⑨ 虞卿：战国时游说之士，后为赵孝成王上卿。为救魏相魏齐，弃相印，去赵而困于梁。事见《史记·平原君虞卿列传》。此典意谓劝丈夫富贵高官不可留恋。

⑩ 盘桓：徘徊，逗留。

怨诗行①

汤惠休

明月照高楼，含君千里光。巷中情思满②，断绝孤妾肠。
悲风荡帷帐，瑶翠坐自伤③。妾心依天末④，思与浮云长。
啸歌视秋草，幽叶岂再扬⑤？暮兰不待岁⑥，离华能几芳？
愿作张女引⑦，流悲绕君堂。君堂严且秘，绝调徒飞扬。

作者

汤惠休（生卒年不详），南朝宋诗人。

题解

此诗以温婉细腻的笔触表达了深闺愁怨。

注释

① 怨诗行：古乐府《楚调曲》名。

② 巷：住宅。

③ 瑶翠：琼瑶、翡翠，美玉名。指代“孤妾”。

④ 依：依恋，思念。

⑤ 幽叶：失去光泽的枯叶。幽，暗。

⑥ 不待岁：犹言“岁不我待”。

⑦ 张女引：曲调名称，声情极为哀切。引，序曲。

石城谣

佚名

可怜石头城①，宁为袁粲死，不作褚渊生！

题解

袁粲与褚渊同为南朝宋明帝刘彧的大臣。明帝崩逝，太子即位，中领军萧道成欲弑帝自立，袁粲欲诛萧道成，褚渊泄其密，结果袁粲为萧道成所杀。民间作此歌谣以赞颂袁粲的忠勇壮烈。

注释

① 石头城：今南京清凉山。因石崖雄峙耸立，扼守长江险要，历来为兵家必争之地，有“石城虎踞”之称。

四

古诗为焦仲卿妻作

佚名

汉末建安中，庐江[1]府小吏焦仲卿妻刘氏，为仲卿母所遣，自誓不嫁。其家逼之，乃投水而死。仲卿闻之，亦自缢于庭树。时伤之，为诗云尔。

孔雀东南飞，五里一徘徊。十三能织素，十四学裁衣。
十五弹箜篌，十六诵诗书。十七为君妇，心中常苦悲。
君既为府吏，守节情不移。贱妾留空房，相见常日稀。
鸡鸣入机织，夜夜不得息。三日断五匹，大人故嫌迟[2]。
非为织作迟，君家妇难为。妾不堪驱使，徒留无所施。
便可白公姥[3]，及时相遣归。

府吏得闻之，堂上启阿母：儿已薄禄相，幸复得此妇。
结发同枕席，黄泉共为友。共事二三年，始尔未为久。
女行无偏斜，何意致不厚。阿母谓府吏：何乃太区区[4]。
此妇无礼节，举动自专由。吾意久怀忿，汝岂得自由。
东家有贤女，自名秦罗敷。可怜体无比，阿母为汝求。
便可速遣之，遣去慎莫留。府吏长跪告，伏惟启阿母[5]：
今若遣此妇，终老不复取。阿母得闻之，槌床便大怒：
小子无所畏，何敢助妇语。吾已失恩义，会不相从许。

府吏默无声，再拜还入户。举言谓新妇，哽咽不能语：
我自不驱卿，逼迫有阿母。

卿但暂还家，吾今且报府[6]。不久当归还，还必相迎取。以此下心意，慎勿违吾语。新妇谓府吏：勿复重纷纭。往昔初阳岁[7]，谢家来贵门。奉事循公姥，进止敢自专？昼夜勤作息，伶俜萦苦辛[8]。谓言无罪过，供养卒大恩。仍更被驱遣，何言复来还？妾有绣腰襦，葳蕤自生光[9]。红罗复斗帐，四角垂香囊。箱帘六七十，绿碧青丝绳。物物各自异，种种在其中。人贱物亦鄙，不足迎后人。留待作遗施，于今无会因。时时为安慰，久久莫相忘。

鸡鸣外欲曙，新妇起严妆。著我绣夹裙，事事四五通。足下蹑丝履，头上玳瑁光。腰若流纨素，耳著明月珰。指如削葱根，口如含朱丹。纤纤作细步，精妙世无双。上堂拜阿母，阿母怒不止[10]。昔作女儿时，生小出野里。本自无教训，兼愧贵家子。受母钱帛多，不堪母驱使。今日还家去，念母劳家里。却与小姑别，泪落连珠子。新妇初来时，小姑始扶床。今日被驱遣，小姑如我长。勤心养公姥，好自相扶将。初七及下九[11]，嬉戏莫相忘。出门登车去，涕落百余行。

府吏马在前，新妇车在后。隐隐何甸甸，俱会大道口。下马入车中，低头共耳语：誓不相隔卿，且暂还家去。吾今且赴府，不久当还归，誓天不相负！新妇谓府吏：感君区区怀[12]。君既若见录[13]，不久望君来。君当作磐石，妾当作蒲苇。蒲苇纫如丝，磐石无转移。我有亲父兄，性行暴如雷。恐不任我意。逆以煎我怀。举手长劳劳[14]，二情同依依。入门上家堂，进退无颜仪。阿母大拊掌：
不图子自归。十三教汝织，十四能裁衣。十五弹箜篌，
十六知礼仪。十七遣汝嫁，谓言无誓违。汝今何罪过，
不迎而自归？兰芝惭阿母：儿实无罪过。阿母大悲摧。
还家十余日，县令遣媒来。云有第三郎，窈窕世无双。
年始十八九，便言多令才[15]。阿母谓阿女：汝可去应之。
阿女含泪答：兰芝初还时，府吏见丁宁，结誓不别离。
今日违情义，恐此事非奇。自可断来信，徐徐更谓之。
阿母白媒人：贫贱有此女，始适还家门。不堪吏人妇，
岂合令郎君？幸可广问讯，不得便相许。

媒人去数日，寻遣丞请还[16]。说有兰家女，承籍有宦官。
云有第五郎，娇逸未有婚。遣丞为媒人，主簿通语言。
直说太守家，有此令郎君。既欲结大义，故遣来贵门。
阿母谢媒人：女子先有誓，老姥岂敢言？阿兄得闻之，
怅然心中烦。举言谓阿妹：作计何不量？先嫁得府吏，
后嫁得郎君。否泰如天地[17]，足以荣汝身。不嫁义郎体，
其往欲何云？兰芝仰头答：理实如兄言。谢家事夫婿，
中道还兄门。处分适兄意，那得自任专？虽与府吏要，
渠会永无缘。登即相许和，便可作婚姻。媒人下床去，
诺诺复尔尔。还部白府君[18]，下官奉使命，言谈大有缘。
府君得闻之，心中大欢喜。视历复开书，便利此月内，
六合正相应。良吉三十日，今已二十七，卿可去成婚。

交语速装束，络绎如浮云。青雀白鹄舫，四角龙子幡。婀娜随风转，金车玉作轮。踯躅青骢马，流苏金缕鞍。赍钱三百万[19]，皆用青丝穿。杂彩三百匹，交广市鲑珍[20]。从人四五百，郁郁登郡门。

阿母谓阿女：适得府君书，明日来迎汝。何不作衣裳，莫令事不举。阿女默无声，手巾掩口啼，泪落便如泻。移我琉璃榻，出置前窗下。左手持刀尺，右手执绫罗。朝成绣夹裙，晚成单罗衫。晻晻日欲暝，愁思出门啼。府吏闻此变，因求假暂归。未至二三里，摧藏马悲哀[21]。新妇识马声，蹑履相逢迎。怅然遥相望，知是故人来。举手拍马鞍，嗟叹使心伤。自君别我后，人事不可量。果不如先愿，又非君所详。我有亲父母，逼迫兼弟兄。以我应他人，君还何所望？府吏谓新妇：贺卿得高迁。磐石方且厚，可以卒千年。蒲苇一时纫，便作旦夕间。卿当日胜贵，吾独向黄泉。新妇谓府吏：何意出此言。同是被逼迫，君尔妾亦然。黄泉下相见，勿违今日言。执手分道去，各各还家门。生人作死别，恨恨那可论。念与世间辞，千万不复全。

府吏还家去，上堂拜阿母：今日大风寒。寒风摧树木，严霜结庭兰。儿今日冥冥，令母在后单。故作不良计，勿复怨鬼神。命如南山石，四体康且直。阿母得闻之，零泪应声落：汝是大家子，仕宦于台阁。慎勿为妇死，

贵贱情何薄？东家有贤女，窈窕艳城郭。阿母为汝求，
便复在旦夕。府吏再拜还，长叹空房中，作计乃尔立。
转头向户里，渐见愁煎迫。

其日牛马嘶，新妇入青庐[22]。奄奄黄昏后，寂寂人定初[23]。
我命绝今日，魂去尸长留。揽裙脱丝履，举身赴清池。
府吏闻此事，心知长别离。徘徊庭树下，自挂东南枝。

两家求合葬，合葬华山傍[24]。东西植松柏，左右种梧桐。
枝枝相覆盖，叶叶相交通。中有双飞鸟，自名为鸳鸯。
仰头相向鸣，夜夜达五更。行人驻足听，寡妇起彷徨。
多谢后世人，戒之慎勿忘！

题解

《古诗为焦仲卿妻作》是中国文学史上第一部长篇叙事诗，后人将它与北朝的《木兰诗》并称为“乐府双璧”。因诗的首句为“孔雀东南飞，五里一徘徊”，故又名《孔雀东南飞》。本诗取材于东汉献帝年间发生在庐江郡的一桩婚姻悲剧，歌颂了焦仲卿、刘兰芝夫妇的真挚感情和反抗精神。

注释

① 庐江：汉代郡名，郡城在今安徽潜山一带。

② 大人：对长辈的尊称，这里指婆婆。故：尚，仍然。

③ 公姥（mǔ）：公公和婆婆。复词偏义，这里只指婆婆。

④ 区区：愚拙的样子。

⑤ 伏惟：伏身于地想着。古代下对上陈述意见时的敬辞。

⑥ 报：一作“赴”。报，通“赴”。

⑦ 初阳岁：农历冬末春初。

⑧ 伶俜（língpīng）：孤独的样子。

⑨ 葳蕤（wēiruí）：华丽鲜艳的样子。

⑩ 上堂拜阿母，阿母怒不止：一本作“上堂谢阿母，母听去不止”。

⑪ 初七及下九：农历七月七日和每月的十九日。

⑫ 区区：诚挚的样子。

⑬ 见录：被记取。

⑭ 劳劳：忧伤的样子。

⑮ 便（pián）言：能言会道。

⑯ 寻：不久。

⑰ 否（pǐ）泰：犹言“顺逆”“好坏”。

⑱ 部：指太守府。

⑲ 赍（jī）：付，送。

⑳ 交广：交州、广州，古代郡名，泛指今广东、广西一带。

㉑ 摧藏：摧折心肝。藏，脏腑。

㉒ 青庐：用青布搭成的篷帐，古时举行婚礼的地方。

㉓ 人定初：亥时初刻，即晚上刚入九点之时。

㉔ 华山：庐江郡内的一座小山。

古诗十九首

佚名

行行重行行，与君生别离。相去万余里，各在天一涯。
道路阻且长，会面安可知？胡马依北风，越鸟巢南枝。
相去日已远，衣带日已缓。浮云蔽白日，游子不顾反。
思君令人老，岁月忽已晚。弃捐勿复道，努力加餐饭。

青青河畔草，郁郁园中柳。盈盈楼上女，皎皎当窗牖。
娥娥红粉妆，纤纤出素手。昔为倡家女[1]，今为荡子妇[2]。
荡子行不归，空床难独守。

青青陵上柏，磊磊涧中石。人生天地间，忽如远行客。
斗酒相娱乐，聊厚不为薄。驱车策驽马，游戏宛与洛。
洛中何郁郁[3]，冠带自相索[4]。长衢罗夹巷，王侯多第宅。
两宫遥相望[5]，双阙百余尺[6]。极宴娱心意，戚戚何所迫[7]。

今日良宴会，欢乐难具陈。弹筝奋逸响[8]，新声妙入神。
令德唱高言，识曲听其真。齐心同所愿，含意俱未申。
人生寄一世，奄忽若飙尘。何不策高足，先据要路津。
无为守穷贱，轗轲长苦辛[9]。

西北有高楼，上与浮云齐。交疏结绮窗，阿阁三重阶[10]。
上有弦歌声，音响一何悲。谁能为此曲，无乃杞梁妻[11]。
清商随风发，中曲正徘徊。一弹再三叹，慷慨有余哀。
不惜歌者苦，但伤知音稀。愿为双鸣鹤[12]，奋翅起高飞。

涉江采芙蓉，兰泽多芳草。采之欲遗谁[13]？所思在远道。
还顾望旧乡，长路漫浩浩。同心而离居，忧伤以终老！

明月皎夜光，促织鸣东壁。玉衡指孟冬[14]，众星何历历。
白露沾野草，时节忽复易。秋蝉鸣树间，玄鸟逝安适？
昔我同门友，高举振六翮。不念携手好，弃我如遗迹。
南箕北有斗，牵牛不负轭。良无盘石固，虚名复何益？

冉冉孤生竹，结根泰山阿。与君为新婚，兔丝附女罗。
兔丝生有时，夫妇会有宜。千里远结婚，悠悠隔山陂。
思君令人老，轩车来何迟。伤彼蕙兰花，含英扬光辉。
过时而不采，将随秋草萎。君亮执高节[15]，贱妾亦何为？

庭中有奇树，绿叶发华滋。攀条折其荣，将以遗所思。
馨香盈怀袖，路远莫致之。此物何足贵，但感别经时。

迢迢牵牛星，皎皎河汉女。纤纤擢素手[16]，札札弄机杼。
终日不成章，泣涕零如雨。河汉清且浅，相去复几许？
盈盈一水间，脉脉不得语。

回车驾言迈[17]，悠悠涉长道。四顾何茫茫，东风摇百草。
所遇无故物，焉得不速老？盛衰各有时，立身苦不早。
人生非金石，岂能长寿考？奄忽随物化，荣名以为宝。

东城高且长，逶迤自相属。回风动地起，秋草萋已绿。
四时更变化，岁暮一何速。晨风怀苦心，蟋蟀伤局促。
荡涤放情志，何为自结束？燕赵多佳人，美者颜如玉。
被服罗裳衣，当户理清曲。音响一何悲，弦急知柱促[18]。
驰情整巾带[19]，沉吟聊踯躅。思为双飞燕，衔泥巢君屋。

驱车上东门[20]，遥望郭北墓[21]。白杨何萧萧，松柏夹广路。
下有陈死人，杳杳即长暮。潜寐黄泉下，千载永不寤。
浩浩阴阳移，年命如朝露。人生忽如寄，寿无金石固。
万岁更相送，贤圣莫能度。服食求神仙，多为药所误。
不如饮美酒，被服纨与素。

去者日以疏，来者日以亲。出郭门直视，但见丘与坟。
古墓犁为田，松柏摧为薪。白杨多悲风，萧萧愁杀人。
思还故里闾，欲归道无因。

生年不满百，常怀千岁忧。昼短苦夜长，何不秉烛游？
为乐当及时，何能待来兹[22]？愚者爱惜费，但为后世嗤。
仙人王子乔，难可与等期。

凛凛岁云暮[23]，蝼蛄夕鸣悲。凉风率已厉，游子寒无衣。
锦衾遗洛浦，同袍与我违。独宿累长夜，梦想见容辉。
良人惟古欢[24]，枉驾惠前绥[25]。愿得常巧笑，携手同车归。
既来不须臾，又不处重闱。亮无晨风翼，焉能凌风飞？
眄睐以适意，引领遥相睎。徙倚怀感伤[26]，垂涕沾双扉。

孟冬寒气至，北风何惨慄。愁多知夜长，仰观众星列。
三五明月满，四五蟾兔缺。客从远方来，遗我一书札。
上言长相思，下言久离别。置书怀袖中，三岁字不灭。
一心抱区区[27]，惧君不识察。

客从远方来，遗我一端绮[28]。相去万余里，故人心尚尔。
文采双鸳鸯，裁为合欢被。著以长相思，缘以结不解[29]。
以胶投漆中，谁能别离此？

明月何皎皎，照我罗床帏。忧愁不能寐，揽衣起徘徊。
客行虽云乐，不如早旋归。出户独彷徨，愁思当告谁？
引领还入房，泪下沾裳衣。

题解

《古诗十九首》是在汉代民歌基础上发展起来的五言诗，为南朝萧统从传世无名氏《古诗》中选录十九首编入《昭明文选》而成，其内容多写离愁别恨和彷徨失意，感情真挚而深沉。《古诗十九首》在中国诗史上具有相当重要的地位，刘勰《文心雕龙》称其为“五言之冠冕”。

注释

① 倡家女：歌舞艺伎。

② 荡子：游子。

③ 郁郁：繁华的样子。

④ 冠带：官爵的标志，达官贵人的代称。

⑤ 两宫：南宫、北宫。

⑥ 双阙：宫门前的两座望楼。

⑦ 戚戚：忧愁的样子。

⑧ 奋逸响：发出非同寻常的乐音。

⑨ 轗轲：同“坎坷”。

⑩ 阿（ē）阁：四面有檐的楼阁。阿，四角翘起的屋檐。

⑪ 杞梁妻：齐国杞梁战死，其妻孤苦无依，枕尸痛哭。人非实指，意在烘托悲凉气氛。

⑫ 鸣鹤：一本作“鸿鹄”。

⑬ 遗（wèi）：赠送。

⑭ 孟冬：冬季的第一个月，即农历十月。

⑮ 亮：通“谅”。

⑯ 擢（zhuó）：举起。

⑰ 驾言迈：驾车远行。言，句中助词，无实义。

⑱ 促：移近。

⑲ 巾带：一本作“中带”。中带，单衫。

⑳ 上东门：洛阳城东面三门中最北面的城门。

㉑ 郭北墓：指洛阳城北的邙山。

㉒ 来兹：来年。兹，年。

㉓ 云：句中助词，无实义。

㉔ 惟古欢：念旧情。惟，思。古，故。

㉕ 绥：登车用的拉手绳。

㉖ 徙倚：徘徊。

㉗ 区区：拳拳，诚恳而坚定之意。

㉘ 端：两丈为一端。

㉙ 缘：镶边。

五

七哀诗[1]

王粲

西京乱无象，豺虎方遘患。复弃中国去，委身适荆蛮。
亲戚对我悲，朋友相追攀。出门无所见，白骨蔽平原。
路有饥妇人，抱子弃草间。顾闻号泣声，挥涕独不还。
未知身死处，何能两相完？驱马弃之去，不忍听此言。
南登霸陵岸[2]，回首望长安。悟彼下泉人[3]，喟然伤心肝。

荆蛮非吾乡，何为久滞淫[4]？方舟溯大江，日暮愁我心。
山冈有余映，岩阿增重阴。狐狸驰赴穴，飞鸟翔故林。
流波激清响，猴猿临岸吟。迅风拂裳袂，白露沾衣襟。
独夜不能寐，摄衣起抚琴。丝桐感人情，为我发悲音。
羁旅无终极，忧思壮难任[5]。

边城使心悲，昔我亲更之[6]。冰雪截肌肤，风飘无止期。
百里不见人，草木谁当迟[7]？登城望亭燧[8]，翩翩飞戍旗。
行者不顾反，出门与家辞。子弟多俘虏，哭泣无已时。
天下尽乐土，何为久留兹？蓼虫不知辛，去来勿与谘[9]。

作者

王粲（177—217），东汉末年文学家，“建安七子”之一。

题解

王粲《七哀诗》相传共有六首，现仅存三首。其一，揭露了东汉末年军阀混战所造成的深重灾难；其二，抒发了诗人思归故乡的忧愁和悲哀之情；其三，描写了边地的荒凉与战争给人民造成的痛苦。

注释

① 七哀诗：一种乐府诗题，起于汉末。七哀，表示哀思之多。

② 霸陵：汉文帝刘恒的坟墓。

③ 下泉人：指《下泉》诗的作者。《下泉》，《诗经·曹风》篇名。

④ 滞淫：淹留，久留。

⑤ 壮：确实，实在。

⑥ 更：经历。

⑦ 迟：通“夷”，铲除。

⑧ 燧：烽火。

⑨ 来：语气词，表感叹。

饮马长城窟行①

陈琳

饮马长城窟，水寒伤马骨。往谓长城吏：“慎莫稽留太原卒！”“官作自有程②，举筑谐汝声③。”“男儿宁当格斗死，何能怫郁筑长城④？”长城何连连！连连三千里。边城多健少，内舍多寡妇⑤。作书与内舍：“便嫁莫留住！善侍新姑嫜⑥，时时念我故夫子！”报书往边地：“君今出语一何鄙！”“身在祸难中，何为稽留他家子？生男慎莫举，生女哺用脯。君独不见长城下，死人骸骨相撑拄？”“结发行事君，慊慊心意间⑦。明知边地苦，贱妾何能久自全？”

作者

陈琳（？—217），东汉末年文学家，“建安七子”之一。

题解

此诗通过筑城役卒夫妻对话，深刻地揭

露了连年不断的劳役给人民带来的深重灾难与痛苦，赞美了筑城役卒夫妻生死不渝的高尚情操。

注释

① 饮马长城窟行：古乐府《瑟调曲》名。窟，泉眼。

② 官作：官府的工程，此处指筑城任务。程：期限。

③ 筑：夯土的木杵。

④ 怫郁：烦闷，憋着气。

⑤ 寡妇：指役夫们的妻子。古时独居守候丈夫的妇人也可称为寡妇。

⑥ 姑嫜（zhāng）：婆婆和公公。

⑦ 慊慊：心意不满足的样子。

侍五官中郎将建章台集诗[1]

应玚

朝雁鸣云中，音响一何哀。问子游何乡？戢翼正徘徊[2]。
言我寒门来[3]，将就衡阳栖[4]。往春翔北土，今冬客南淮。
远行蒙霜雪，毛羽日摧颓。常恐伤肌骨，身陨沉黄泥。
简珠堕沙石[5]，何能中自谐。欲因云雨会[6]，濯翼陵高梯[7]。
良遇不可值，伸眉路何阶[8]？公子敬爱客，乐饮不知疲。
和颜既以畅，乃肯顾细微[9]。赠诗见存慰，小子非所宜。
为且极欢情，不醉其无归。凡百敬尔位，以副饥渴怀[10]。

作者

应玚（？—217），东汉末年文学家，“建安七子”之一。

题解

此为应场在建章台公宴时给曹丕的献诗。诗中作者以雁自喻，感怀了个人经历的艰难和仕途的坎坷，表达了对建功立业的向往和追求。

注释

① 五官中郎将：指曹丕。建安十六年（211），曹丕曾为五官中郎将。建章台：指邺城（今河北临漳西南）宫殿。

② 戢（jí）翼：收敛羽翼。

③ 寒门：喻塞外。此为双关语。

④ 衡阳栖：栖止衡阳。传说衡阳南有回雁峰，雁飞至此而止。

⑤ 简珠：大珠，喻贤者。沙石：喻群小。

⑥ 云雨：喻恩泽。

⑦ 高梯：喻高位。

⑧ 伸眉：犹言扬眉，得意的样子。

⑨ 细微：身份低微的人，诗人自谓。

⑩ 副：相称，符合，报答。末两句化用《诗经·小雅·雨无正》“凡百君子，各敬尔身”诗句，表示自己定要尽职尽责，以报答主人求贤若渴的知遇之恩。

别诗

应场

朝云浮四海，日暮归故山。
行役怀旧土，悲思不能言。
悠悠涉千里，未知何时旋[1]。

题解

应玚所作《别诗》共有二首，此为其一，表达了行役之人的羁旅漂泊之苦。

注释

① 旋：回，还。

百一诗

应璩

下流不可处[1]，君子慎厥初[2]。名高不宿著[3]，易用受侵诬[4]。
前者隳官去[5]，有人适我闾。田家无所有，酌醴焚枯鱼。
问我何功德，三入承明庐[6]。所占于此土，是谓仁智居。
文章不经国，筐箧无尺书。用等称才学[7]，往往见叹誉[8]？
避席跪自陈[9]，贱子实空虚[10]。宋人遇周客[11]，惭愧靡所如。

作者

应璩（190—252），应玚之弟，三国魏文学家。

题解

此诗为作者辞官后返归乡里所作。诗中作者以设问自嘲的笔法，巧妙地表白了自己的人品和度量。

注释

① 下流：河流的下游。引申指众恶所归的处所。

② 慎厥初：慎其始。指做事一开始就要认真对待。

③ 宿著：久负盛誉。宿，久。

④ 用：以，因，介词。犹言“因此”。

⑤ 隳（huī）：贬退，废除。

⑥ 承明庐：魏明帝时官员入宫当值的地方，在建始殿承明门内。三入承明庐，意指三次入朝当官。

⑦ 用等：用这样的（学问）。等，类。

⑧ 见：被。

⑨ 避席：古人席地而坐，离座起立称为“避席”，表示敬意。

⑩ 贱子：谦称自己。

⑪ 宋人遇周客：春秋时宋国愚人以燕石为大宝，后遇周客鉴定为燕山之石，“其与瓦甓不殊”，愚人恼羞成怒，反而“藏之愈固，守之弥谨”。事见《文选》卷二十一李善注。

杂　诗

应璩

细微苟不慎，堤溃自蚁穴[1]。腠理早从事[2]，安复劳针石[3]？
哲人睹未形，愚夫暗明白。曲突不见宾[4]，焦烂为上客[5]。
思愿献良规，江海倘不逆[6]。狂言虽寡善，犹有如鸡跖[7]。
鸡跖食不已，齐王为肥泽。

题解

诗中作者从正反两方面指出了纳诲避祸于未然的必要性。

注释

① 自：始。

② 腠（còu）理：皮肤、肌肉的纹理。

③ 针石：针灸、石砭。

④ 曲突：使烟道变弯。

⑤ 焦烂：焦头烂额，指救火者。典出汉桓谭《新论》：“曲突徙薪无恩泽，燋头烂额为上客。”

⑥ 倘：也许，可能。

⑦ 鸡跖（zhí）：鸡爪子。典出《吕氏春秋·用众》：“善学者若齐王之食鸡也，必食其跖数千而后足。”

咏怀（节选）

阮籍

夜中不能寐，起坐弹鸣琴。薄帷鉴明月，清风吹我襟。
孤鸿号外野，翔鸟鸣北林。徘徊将何见？忧思独伤心。

嘉树下成蹊，东园桃与李。秋风吹飞藿[①]，零落从此始。
繁华有憔悴，堂上生荆杞。驱马舍之去，去上西山趾[②]。
一身不自保，何况恋妻子？凝霜被野草，岁暮亦云已[③]。

步出上东门，北望首阳岑[④]。下有采薇士，上有嘉树林。
良辰在何许，凝霜沾衣襟。寒风振山冈，玄云起重阴。
鸣雁飞南征，鶗鴂发哀音[⑤]。素质游商声[⑥]，凄怆伤我心。

湛湛长江水，上有枫树林。皋兰被径路[⑦]，青骊逝骎骎[⑧]。
远望令人悲，春风感我心。三楚多秀士[⑨]，朝云进荒淫[⑩]。
朱华振芬芳，高蔡相追寻[⑪]。一为黄雀哀[⑫]，泪下谁能禁？

昔年十四五，志尚好诗书。被褐怀珠玉，颜闵相与期[13]。
开轩临四野，登高望所思。丘墓蔽山冈，万代同一时。
千秋万岁后，荣名安所之[14]？乃悟羡门子[15]，噭噭今自嗤[16]。

徘徊蓬池上[17]，还顾望大梁。绿水扬洪波，旷野莽茫茫。
走兽交横驰，飞鸟相随翔。是时鹑火中[18]，日月正相望。
朔风厉严寒，阴气下微霜。羁旅无俦匹，俯仰怀哀伤。
小人计其功，君子道其常。岂惜终憔悴，咏言著斯章。

独坐空堂上，谁可与欢者？出门临永路，不见行车马。
登高望九州，悠悠分旷野。孤鸟西北飞，离兽东南下。
日暮思亲友，晤言用自写[19]。

于心怀寸阴，羲阳将欲冥[20]。挥袂抚长剑，仰观浮云征。
云间有玄鹤，抗志扬哀声。一飞冲青天，旷世不再鸣。
岂与鹑鷃游[21]，连翩戏中庭。

驾言发魏都[22]，南向望吹台[23]。箫管有遗音，梁王安在哉？
战士食糟糠，贤者处蒿莱。歌舞曲未终，秦兵已复来。
夹林非吾有[24]，朱宫生尘埃。军败华阳下[25]，身竟为土灰。

林中有奇鸟，自言是凤凰。清朝饮醴泉，日夕栖山冈。
高鸣彻九州，延颈望八荒。适逢商风起[26]，羽翼自摧藏。
一去昆仑西，何时复回翔？但恨处非位，怆悢使心伤[27]。

作者

阮籍（210—263），三国魏诗人。

题解

阮籍此组《咏怀》诗共计八十二首，此

处节选十首，为原诗的第一、三、九、十一、十五、十六、十七、二十一、三十一、七十九首。组诗以“言在耳目之内，情寄八荒之表”的寓意象征手法，抒发了诗人的忧生伤世之痛、悲天悯人之哀和超尘脱俗之想，表现了诗人孤独、焦虑、苦闷、忧伤等内在思想感情，意旨隐微，寄托遥深，被誉为我国诗史上创作格调最高的旷世绝作，开创了中国文学史上政治抒情诗的先河。

注释

① 飞藿：飘飞的豆叶。

② 西山：指首阳山。

③ 云：句中助词，无实义。已：毕，尽。

④ 岑（cén）：山峰。

⑤ 鶗鴂（tíjué）：杜鹃。

⑥ 素质：凋残后的草木。商声：秋声。商，古代五音之一。

⑦ 皋兰：水岸上的兰草。

⑧ 骎骎（qīnqīn）：马疾行的样子。

⑨ 三楚：古指江陵、吴、彭城三地。

⑩ 朝云进荒淫：楚宋玉《高唐赋》中写有楚王梦会巫山神女之事，其中有“旦为朝云，暮为行雨”之语。此句借古讽今，斥魏王左右不能匡辅，借编造荒淫故事而误导君主。

⑪ 高蔡：古地名，今河南上蔡县。此句借蔡灵侯的历史故事，讽刺魏王生活荒淫，不理国政。事见《战国策·楚策四》。

⑫ 为黄雀哀：为黄雀最终下场而悲哀。用庄辛说楚襄王典故，喻国家面临重大隐患。事亦见《战国策·楚策四》。

⑬ 颜闵：颜回与闵子骞，此处以代贤哲。

⑭ 安所之：犹言“何所之”。之，往。此句意谓古代贤达的荣名均已荡然无存。

⑮ 羡门子：古之仙人。

⑯ 噭噭：（jiàojiào）：哭声，象声词。

⑰ 蓬池：战国时魏都大梁（今河南开封）东北的沼泽地。

⑱ 鹑火中：鹑火星的位置处于南方正中。鹑火，星宿名。

⑲ 用：以。写：泻，宣泄，排除。

⑳ 羲阳：太阳的别称。

㉑ 鹑鷃（chúnyàn）：鸟名，此处喻小人。

㉒ 驾：驾车。言：句中助词，无实义。

㉓ 吹台：战国时魏王宴饮之所。

㉔ 夹林：魏王的游览之所。

㉕ 华阳：地名，今河南新郑东。

㉖ 商风：秋风。

㉗ 怆悢（chuàngliàng）：悲伤。

明月篇

傅玄

皎皎明月光，灼灼朝日晖[①]。昔为春蚕丝，今为秋女衣。
丹唇列素齿，翠彩发蛾眉。娇子多好言，欢合易为姿。
玉颜盛有时，秀色随年衰。常恐新间旧[②]，变故兴细微。
浮萍本无根，非水将何依？忧喜更相接，乐极还自悲。

作者

傅玄（217—278），西晋文学家、思想家。

题解

此诗描写了一位新婚女子欢乐中的忧愁心理，从侧面反映出当时女性社会地位的低下和婚后生活的不幸。

注释

① 灼灼：明亮的样子。

② 间（jiàn）：代替。

杂　诗

傅玄

志士惜日短，愁人知夜长。摄衣步前庭，仰观南雁翔。
玄景随形运[1]，流响归空房[2]。清风何飘飖，微月出西方。
繁星依青天，列宿自成行[3]。蝉鸣高树间，野鸟号东厢。
纤云时仿佛[4]，渥露沾我裳[5]。良时无停景，北斗忽低昂。
常恐寒节至，凝气结为霜。落叶随风摧，一绝如流光。

题解

此诗抒发了诗人对人生短暂、功业无成的无尽感慨。

注释

① 玄景：黑影，指雁影。景，同“影”。

② 流响：指雁声传布。

③ 列宿：众星。

④ 仿佛：若有若无的样子。此指月色朦胧。

⑤ 渥露：浓露。

杂 诗

左思

秋风何冽冽，白露为朝霜。柔条旦夕劲①，绿叶日夜黄。
明月出云崖，皦皦流素光。披轩临前庭②，嗷嗷晨雁翔。
高志局四海，块然守空堂③。壮齿不恒居④，岁暮常慨慷。

作者

左思（约250—约305），西晋文学家。

题解

此诗为秋夜述怀之作，抒发了作者人生苦短、壮志未酬的感慨。

注释

① 柔条：嫩条。劲（jìng）：坚硬，结实。

② 披轩：开窗。

③ 块然：孤独的样子。

④ 壮齿：壮年。

咏史八首（节选）

左思

弱冠弄柔翰①，卓荦观群书②。
著论准过秦③，作赋拟子虚④。
边城苦鸣镝，羽檄飞京都。
虽非甲胄士，畴昔览穰苴⑤。

长啸激清风，志若无东吴。铅刀贵一割[6]，梦想骋良图。
左眄澄江湘[7]，右盼定羌胡[8]。功成不受爵，长揖归田庐。

郁郁涧底松，离离山上苗[9]。以彼径寸茎，荫此百尺条。
世胄蹑高位[10]，英俊沈下僚。地势使之然，由来非一朝。
金张藉旧业[11]，七叶珥汉貂[12]。冯公岂不伟[13]？白首不见招。

皓天舒白日，灵景耀神州[14]。列宅紫宫里，飞宇若云浮。
峨峨高门内，蔼蔼皆王侯[15]。自非攀龙客[16]，何为欻来游[17]？
被褐出阊阖[18]，高步追许由[19]。振衣千仞冈，濯足万里流。

主父宦不达[20]，骨肉还相薄。买臣困樵采[21]，伉俪不安宅。
陈平无产业[22]，归来翳负郭[23]。长卿还成都[24]，壁立何寥廓。
四贤岂不伟？遗烈光篇籍。当其未遇时，忧在填沟壑。
英雄有迍邅[25]，由来自古昔。何世无奇才？遗之在草泽。

题解

左思有《咏史八首》，这里选的是其中的第一、二、五、七首。左思的“咏史诗”，在中国诗歌发展史上，如同谢灵运的“山水诗”和陶渊明的“田园诗”一样，具有里程碑的意义。这组诗抒写了作者的远大抱负，塑造了一位既有文韬武略，又有宽广胸怀和高尚情操的诗人形象，同时也表现了诗人由积极入世到消极避世的思想变化过程。

注释

① 柔翰：毛笔。

② 卓荦（luò）：卓越，与众不同。指才华出众。

③ 准过秦：以汉代贾谊所作的《过秦论》为标准。

④ 拟子虚：模拟汉代司马相如所作的《子虚赋》。

⑤ 畴昔：往时。穰苴：春秋时齐国人，姓田氏，因有战功被尊为司马，所以又称“司马穰苴”，曾著兵法若干卷。此处用以指代一般兵书。

⑥ 铅刀：铅质的刀，钝刀，自谦才能低下。贵一割：以一割为贵，贵在一割，喻愿施展才能，为国效力。

⑦ 左眄澄江湘：江湘当时是东吴所在，因地处东南，故曰“左眄”。澄，清，平定。

⑧ 右盼定羌胡：羌族分布在甘肃、青海一带，因地处西北，故曰“右盼”。

⑨ 离离：繁茂的样子。

⑩ 世胄：王侯、贵族世家的后代。

⑪ 金张：金指金日磾家族，自汉武帝到汉平帝，金家七代为内侍；张指张汤家族，张家自汉宣帝至汉元帝，子孙相继在朝中做官。

⑫ 七叶：七代，此言时间之长，非实指。珥（ěr）汉貂：汉代侍中、中常侍的帽子上皆插貂尾。珥，插。

⑬ 冯公：冯唐，汉文帝时人，以孝著称。曾当众指出文帝不善用将之过，而年老仍为郎官小职。事见《史记·张释之冯唐列传》。又《汉书·冯唐传》记之较详。

⑭ 灵景：日光。

⑮ 蔼蔼：众多的样子。

⑯ 自非：如果不是。

⑰ 欻（xū）：忽然。

⑱ 阊阖（chānghé）：宫门。

⑲ 许由：传说尧时隐士。

⑳ 主父：主父偃，汉武帝时人，官至齐相。曾游学四十年，未获仕进。

㉑ 买臣：朱买臣，汉武帝时人，官至丞相长史。初家贫，以砍柴为生，其妻以为耻，改嫁而去。

㉒ 陈平：汉高祖的开国功臣，文帝时官至丞相。

㉓ 翳负郭：栖身于背靠城郭的破房子里。翳，遮蔽。

㉔ 长卿：司马相如。成都人，汉武帝时著名辞赋家。曾游临邛，与卓文君私奔，回到成都，一无所有，家徒四壁。

㉕ 迍邅（zhūnzhān）：处境艰难的样子。

六

扶风歌[1]

刘琨

朝发广莫门[2]，暮宿丹水山[3]。左手弯繁弱[4]，右手挥龙渊[5]。
顾瞻望宫阙，俯仰御飞轩[6]。据鞍长叹息，泪下如流泉。
系马长松下，发鞍高岳头[7]。烈烈悲风起，泠泠涧水流[8]。
挥手长相谢，哽咽不能言。浮云为我结，归鸟为我旋。
去家日已远，安知存与亡？慷慨穷林中[9]，抱膝独摧藏。
麋鹿游我前，猿猴戏我侧。资粮既乏尽，薇蕨安可食？
揽辔命徒侣，吟啸绝岩中。君子道微矣，夫子故有穷。
惟昔李骞期[10]，寄在匈奴庭。忠信反获罪，汉武不见明。
我欲竟此曲，此曲悲且长。弃置勿重陈，重陈令心伤。

作者

刘琨（271—318），西晋将领、诗人。

题解

这首诗描述了诗人自洛阳赴晋阳（今山西太原）出任并州刺史时沿途的所见所感。

注释

① 扶风歌：乐府题名。

② 广莫门：洛阳城北门。

③ 丹水山：即丹朱岭，丹水发源处。

④ 繁弱：古代良弓名。

⑤ 龙渊：古代宝剑名。

⑥ 飞轩：奔驰如飞的车子。

⑦ 发鞍：卸下马鞍。发，通“废”，

止，置，引申有卸义。

⑧ 泠泠（língl íng）：象声词，涧水流动的声音。

⑨ 穷林：密林。

⑩ 李骞（qiān）期：指汉武帝时名将李陵因孤军无援败降匈奴而延误归期。骞，通“愆”（qiān），延误。

九日闲居

陶渊明

余闲居，爱重九之名。秋菊盈园，而持醪靡由[1]，空服九华[2]，寄怀于言。

世短意常多，斯人乐久生。日月依辰至，举俗爱其名。
露凄暄风息[3]，气澈天象明。往燕无遗影，来雁有余声。
酒能祛百虑，菊解制颓龄[4]。如何蓬庐士，空视时运倾？
尘爵耻虚罍[5]，寒华徒自荣[6]。敛襟独闲谣[7]，缅焉起深情[8]。
栖迟固多娱[9]，淹留岂无成[10]？

作者

陶渊明（365？—427），东晋诗人。

题解

这首诗为诗人辞官归田后闲居而作，表现了诗人于重阳节因有菊无酒所生的感慨。

注释

① 醪（láo）：汁渣混合的浊酒。靡由：无由。

② 九华（huā）：重九时节的菊花。华，花。

③ 暄风：暖风。

④ 制：止。

⑤ 罍（léi）：盛酒的器具。

⑥ 寒华：秋菊。

⑦ 闲谣：悠闲地作诗。

⑧ 缅焉：有感于此。缅，思。

⑨ 栖迟：游息。指隐居。

⑩ 淹留：指长期隐退。

癸卯岁十二月中作与从弟敬远①

陶渊明

寝迹衡门下[2]，邈与世相绝[3]。顾盼莫谁知，荆扉昼长闭。
凄凄岁暮风，翳翳经日雪[4]。倾耳无希声[5]，在目皓已洁。
劲气侵襟袖，箪瓢谢屡设[6]。萧索空宇中，了无一可悦。
历览千载书，时时见遗烈。高操非所攀，深得固穷节。
平津苟不由[7]，栖迟讵为拙[8]？寄意一言外，兹契谁能别[9]？

题解

这首诗借赠敬远抒发了对隐居的向往之情。

注释

① 癸卯岁：晋安帝元兴二年（403）。

② 寝迹：隐藏行迹。指隐居。衡门：横木为门。指简陋的居住环境。

③ 邈：久，久远。

④ 翳翳（yìyì）：晦暗不明的样子。

⑤ 希声：奇异之音。

⑥ 箪瓢谢屡设：箪食瓢饮常空，无食可常备于面前。

⑦ 平津：平坦的大道，喻仕途。

⑧ 讵：岂，难道。

⑨ 兹契：此意。

始作镇军参军经曲阿作

陶渊明

弱龄寄事外，委怀在琴书。被褐欣自得，屡空常晏如①。
时来苟冥会②，宛辔憩通衢③。投策命晨装④，暂与园田疏。
眇眇孤舟逝，绵绵归思纡⑤。我行岂不遥，登降千里余。
目倦川途异，心念山泽居。望云惭高鸟，临水愧游鱼。
真想初在襟，谁谓形迹拘？聊且凭化迁，终返班生庐⑥。

题解

这首诗为诗人初次出任镇军参军行经曲阿（今江苏丹阳）时所作，表达了诗人在离家赴任途中对田园生活的怀念。

注释

① 晏如：晏然，安逸的样子。

② 苟：暂且。冥会：默契，意会。

③ 宛：屈，委屈。辔：马缰绳，此泛指车驾。全句意指委曲出仕。

④ 投策：弃杖。

⑤ 纡（yū）：萦回，缠绕。

⑥ 班生庐：借指仁者、隐者所居之所。汉班固《幽通赋》说：“终保己而贻则兮，里上仁之所庐。”

辛丑岁七月赴假还江陵夜行涂中作[1]

陶渊明

闲居三十载，遂与尘事冥[2]。诗书敦宿好[3]，林园无俗情。
如何舍此去，遥遥至南荆。叩枻新秋月[4]，临流别友生[5]。
凉风起将夕，夜景湛虚明[6]。昭昭天宇阔，皛皛川上平[7]。
怀役不遑寐[8]，中宵尚孤征。商歌非吾事，依依在耦耕。
投冠旋旧墟，不为好爵萦。养真衡茅下，庶以善自名[9]。

题解

这首诗为诗人销假返回江陵官府途中而作，写诗人夜行的所思所感。

注释

① 辛丑岁：晋安帝隆安五年（401）。赴假：销假赴职。

② 冥：远离。

③ 敦：崇尚，重视。宿好：素所喜好。

④ 枻（yì）：船舷。

⑤ 友生：朋友。

⑥ 虚明：清澈明亮。

⑦ 皛皛（jiǎojiǎo）：同“皎皎”，洁白光明的样子。

⑧ 不遑：无暇。

⑨ 庶：但愿，希望。

桃花源诗

陶渊明

晋太元中，武陵人捕鱼为业。缘溪行，忘路之远近。

忽逢桃花林，夹岸数百步，中无杂树，芳草鲜美，落英缤纷。渔人甚异之。复前行，欲穷其林。林尽水源，便得一山。山有小口，仿佛若有光，便舍船从口入。初极狭，才通人。复行数十步，豁然开朗。土地平旷，屋舍俨然，有良田美池桑竹之属。阡陌交通，鸡犬相闻。其中往来种作，男女衣著，悉如外人；黄发垂髫，并怡然自乐。见渔人，乃大惊，问所从来，具答之。便要还家，设酒杀鸡作食。村中闻有此人，咸来问讯。自云先世避秦时乱，率妻子邑人，来此绝境，不复出焉，遂与外人间隔。问今是何世，乃不知有汉，无论魏晋。此人一一为具言所闻，皆叹惋。余人各复延至其家，皆出酒食。停数日，辞去。此中人语云："不足为外人道也。"既出，得其船，便扶向路，处处志之。及郡下，诣太守说如此。太守即遣人随其往，寻向所志，遂迷，不复得路。南阳刘子骥，高尚士也，闻之，欣然规往。未果，寻病终。后遂无问津者。

嬴氏乱天纪①，贤者避其世。黄绮之商山②，伊人亦云逝③。
往迹浸复湮④，来径遂芜废。相命肆农耕⑤，日入从所憩。
桑竹垂余荫，菽稷随时艺。春蚕收长丝，秋熟靡王税。
荒路暧交通⑥，鸡犬互鸣吠。俎豆犹古法⑦，衣裳无新制。
童孺纵行歌，斑白欢游诣。草荣识节和，木衰知风厉。
虽无纪历志，四时自成岁。怡然有余乐，于何劳智慧？
奇踪隐五百，一朝敞神界。淳薄既异原，旋复还幽蔽。
借问游方士，焉测尘嚣外？愿言蹑轻风，高举寻吾契⑧。

题解

这首诗描绘了一个没有战乱、没有剥削、人人平等、淳朴宁静的理想社会。

注释

① 嬴（yíng）氏：指秦始皇嬴政。天纪：

天道。

② 黄绮：夏黄公、绮里季，秦末汉初著名隐者。商山：在今陕西商县东南。

③ 云：句中助词，无实义。

④ 浸：渐渐。

⑤ 肄：通“肆”，尽力。

⑥ 暧（ài）：遮蔽。

⑦ 俎豆：古代祭祀用的礼器。

⑧ 吾契：与吾志同道合者。契，和。

归田园居三首[1]

陶渊明

少无适俗韵[2]，性本爱丘山。误落尘网中[3]，一去三十年。
羁鸟恋旧林，池鱼思故渊。开荒南野际，守拙归园田。
方宅十余亩，草屋八九间。榆柳荫后檐，桃李罗堂前。
暧暧远人村，依依墟里烟[4]。狗吠深巷中，鸡鸣桑树颠。
户庭无尘杂，虚室有余闲。久在樊笼里，复得返自然。

野外罕人事，穷巷寡轮鞅[5]。白日掩荆扉，虚室绝尘想。
时复墟曲中[6]，披草共来往[7]。相见无杂言，但道桑麻长。
桑麻日已长，我土日已广。常恐霜霰至，零落同草莽。

种豆南山下，草盛豆苗稀。晨兴理荒秽，带月荷锄归。
道狭草木长，夕露沾我衣。衣沾不足惜，但使愿无违。

题解

《归田园居》为反映诗人辞官归田生活的组诗，共五首，此选前三首。

注释

① 归田园居：此诗名本《古诗源》。此诗或作《归园田居》。居，住所。

② 适俗：适应世俗。韵：气韵、风度。

③ 尘网：凡尘世俗之网。喻仕途。

④ 依依：轻柔的样子。墟里：村落。

⑤ 轮鞅：借指车马。

⑥ 墟曲：指乡村。

⑦ 披：拨开。

庚戌岁九月中于西田获早稻[1]

陶渊明

人生归有道[2]，衣食固其端[3]。孰是都不营[4]，而以求自安？
开春理常业，岁功聊可观[5]。晨出肆微勤[6]，日入负耒还。
山中饶霜露，风气亦先寒。田家岂不苦？弗获辞此难。
四体诚乃疲，庶无异患干[7]。盥濯息檐下，斗酒散襟颜[8]。
遥遥沮溺心[9]，千载乃相关。但愿长如此，躬耕非所叹。

题解

这首诗描述了诗人辞官归田后的劳动生活以及收获时的喜悦，并表达了其躬耕的决心。

注释

① 庚戌岁：晋安帝义熙六年（410）。

② 归：归属，属于。有道：有常理。

③ 端：开始。

④ 孰：何。是：此，指衣食之事。

⑤ 岁功：一年的劳动成果。

⑥ 肆：施与，从事。

⑦ 庶：或许。异患：意外的祸患。干：犯。

⑧ 襟颜：胸襟容颜。

⑨ 沮溺：长沮、桀溺，春秋时隐士。

丙辰岁八月中于下潠田舍获①

陶渊明

贫居依稼穑，戮力东林隈②。不言春作苦，常恐负所怀。
司田眷有秋③，寄声与我谐。饥者欢初饱④，束带候鸣鸡。
扬楫越平湖，泛随清壑回。郁郁荒山里，猿声闲且哀。
悲风爱静夜，林鸟喜晨开。曰余作此来⑤，三四星火颓⑥。
姿年逝已老，其事未云乖。遥谢荷蓧翁⑦，聊得从君栖。

题解

这首诗为诗人于田间庐舍中所作，描述了秋收的期望和欣奋之情。

注释

① 丙辰岁：晋安帝义熙十二年（416）。下潠（sùn）田：地势低下而又多水的田地。

② 东林隈（wēi）：东林的山坳水边曲折处，即下潠田。

③ 司田：管农事的官，即田官。

④ 饥者：作者自指。

⑤ 此：指代扬楫泛舟之游。

⑥ 三四：概数，意谓不多。星火：星星。颓：落。

⑦ 荷蓧（diào）翁：指隐士。蓧，古代的一种除草农具。

饮　酒

陶渊明

衰荣无定在，彼此更共之。邵生瓜田中[1]，宁似东陵时。
寒暑有代谢，人道每如兹。达人解其会[2]，逝将不复疑[3]。
忽与一觞酒，日夕欢相持。

结庐在人境，而无车马喧。问君何能尔，心远地自偏[4]。
采菊东篱下，悠然见南山。山气日夕佳，飞鸟相与还。
此中有真意，欲辨已忘言。

清晨闻叩门，倒裳往自开。问子为谁与，田父有好怀[5]。
壶浆远见候，疑我与时乖。褴褛茅檐下，未足为高栖。
一世皆尚同，愿君汩其泥[6]。深感父老言，禀气寡所谐[7]。
纡辔诚可学[8]，违己讵非迷？且共欢此饮，吾驾不可回！

题解

《饮酒》诗共二十首，此选其中三首，为原诗的第一、五、九首。原题下有小序五十五字，盖原选录时已删。此诗展现了诗人物我两忘的境界和隐居之

志的坚定。

注释

① 邵生：即邵平（召平）。本为秦东陵侯，秦亡后，在长安城东种瓜，瓜味甜美，时称“东陵瓜”。

② 会：理趣，哲理。

③ 逝：通“誓”，发誓。

④ 心远：心境远离世俗。

⑤ 好怀：善意。

⑥ 汩（gǔ）：搅浑。语用《楚辞·渔父》句：“世人皆浊，何不淈其泥而扬其波?”

⑦ 禀（bǐng）气：天生的气质。

⑧ 纡辔：回车，指改变隐居之志而出仕。

拟古

陶渊明

仲春遘时雨，始雷发东隅。众蛰各潜骇，草木纵横舒。
翩翩新来燕，双双入我庐。先巢故尚在，相将还旧居[1]。
自从分别来，门庭日荒芜。我心固匪石[2]，君情定何如[3]？

迢迢百尺楼，分明望四荒。暮作归云宅，朝为飞鸟堂。
山河满目中，平原独茫茫。古时功名士，慷慨争此场。
一旦百岁后，相与还北邙[4]。松柏为人伐，高坟互低昂。
颓基无遗主[5]，游魂在何方？荣华诚足贵，亦复可怜伤！

少时壮且厉，抚剑独行游。谁言行游近？张掖至幽州。
饥食首阳薇，渴饮易水流。不见相知人，惟见古时丘。
路边两高坟，伯牙与庄周。此士难再得，吾行欲何求[6]？

种桑长江边，三年望当采。枝条始欲茂[7]，忽值山河改。
柯叶自摧折，根株浮沧海。春蚕既无食，寒衣欲谁待？
本不植高原[8]，今日复何悔？

题解

《拟古》诗共九首，此选其中四首，为原诗的第三、四、八、九首。“拟古”是摹拟古诗之意。诗人借古抒怀，感讽时事，表现了其隐居不仕的决心和对高义之士的追慕。

注释

① 相将：相互一起。
② 匪：通“非”，不是。
③ 定：究竟，到底。
④ 北邙：在洛阳城北，汉、魏、晋君臣多葬于此。
⑤ 遗主：传留下来的墓地主人，即死者后裔。
⑥ 行：将。
⑦ 始：仅。
⑧ 本：当初。

杂诗

陶渊明

人生无根蒂，飘如陌上尘。分散逐风转，此已非常身。
落地为兄弟，何必骨肉亲？得欢当作乐，斗酒聚比邻[1]。
盛年不重来，一日难再晨。及时当勉励，岁月不待人。

白日沦西阿[②]，素月出东岭。遥遥万里辉，荡荡空中景。
风来入房户，夜中枕席冷。气变悟时易，不眠知夕永。
欲言无予和[③]，挥杯劝孤影。日月掷人去，有志不获骋。
念此怀悲凄，终晓不能静。

题解

《杂诗》共十二首，此选其中两首，为原诗的第一、二首。诗中写诗人对人生无常、光阴易逝的感怀以及年衰而志业未就的悲凉。

注释

① 比邻：近邻。
② 西阿（ē）：西山。
③ 予：我。和（hè）：应答。

读山海经

陶渊明

孟夏草木长，绕屋树扶疏[①]。众鸟欣有托，吾亦爱吾庐。
既耕亦已种，时还读我书。穷巷隔深辙[②]，颇回故人车。
欢言酌春酒[③]，摘我园中蔬。微雨从东来，好风与之俱。
泛览周王传[④]，流观山海图[⑤]。俯仰终宇宙，不乐复何如？

题解

《读山海经》共十三首，为诗人读《山海经》和《穆天子传》时有感而作。此为原诗第一首，写耕读生活的乐趣。

注释

① 扶疏：枝叶茂盛的样子。
② 穷巷：僻巷。

③ 春酒：冬天所酿，经春始熟的酒。

④ 周王传：指《穆天子传》。此书记录了有关周穆王的神话故事。

⑤ 山海图：指《山海经》图，今佚。

登池上楼[1]

谢灵运

潜虬媚幽姿[2]，飞鸿响远音。薄霄愧云浮[3]，栖川怍渊沉。
进德智所拙，退耕力不任。徇禄反穷海[4]，卧疴对空林[5]。
衾枕昧节候，褰开暂窥临[6]。倾耳聆波澜，举目眺岖嵚[7]。
初景革绪风[8]，新阳改故阴。池塘生春草，园柳变鸣禽。
祁祁伤豳歌[9]，萋萋感楚吟[10]。索居易永久，离群难处心。
持操岂独古，无闷征在今[11]。

题解

这首诗抒发了诗人仕途失意的伤感以及久病初起，因春景而触发的隐居之志。

注释

① 池上楼：指作者任永嘉（今浙江温州）太守时的住所。

② 虬（qiú）：传说中有角的小龙。媚：自赏、自爱。

③ 薄：通“迫”，迫近。

④ 徇：谋求。穷海：边远的海边。指永嘉郡。

⑤ 疴（kē）：病。

⑥ 褰：拉起帷帘。

⑦ 岖嵚（qūqīn）：山高峻的样子，这里指高山。

⑧ 初景：初春的阳光。绪风：余风，指残冬的寒风。

⑨ 祁祁：众多的样子。豳（bīn）歌：指《豳风》。《诗经·豳风·七月》："春日迟迟，采蘩祁祁。女心伤悲，殆及公子同归。"

⑩ 萋萋：草木茂盛的样子。楚吟：指《招隐士》。《楚辞·招隐士》："王孙游兮不归，春草生兮萋萋。"连上句，是说作者因春景而生感伤之情。

⑪ 征：验，证明。

游南亭

谢灵运

时竟夕澄霁[1]，云归日西驰。密林含余清，远峰隐半规[2]。
久痗昏垫苦[3]，旅馆眺郊岐[4]。泽兰渐被径，芙蓉始发池。
未厌青春好[5]，已睹朱明移[6]。戚戚感物叹，星星白发垂[7]。
药饵情所止[8]，衰疾忽在斯。逝将候秋水，息景偃旧崖。
我志谁与亮[9]？赏心惟良知[10]。

题解

这首诗为诗人游永嘉南亭有感而作，抒发了久病缠身的苦闷和隐逸的志趣。

注释

① 时竟：指春季已尽。霁：雨停。

② 半规：半圆，喻半个太阳。

③ 痗（mèi）：病。昏垫：昏没垫陷，借指水灾。

④ 郊岐：郊外的歧路。岐，通"歧"。

⑤ 厌：足，满足。

⑥ 朱明：日，借指夏季。

⑦ 星星：头发花白的样子。

⑧ 药饵：药食。

⑨ 谁与亮：向谁表白。亮，显露。

⑩ 良知：良友。

登永嘉绿嶂山诗[1]

谢灵运

裹粮杖轻策[2]，怀迟上幽室[3]。行源径转远，距陆情未毕[4]。
澹潋结寒姿[5]，团栾润霜质[6]。涧委水屡迷[7]，林迥岩逾密[8]。
眷西谓初月[9]，顾东疑落日。践夕奄昏曙[10]，蔽翳皆周悉。
蛊上贵不事[11]，履二美贞吉[12]。幽人常坦步[13]，高尚邈难匹。
颐阿竟何端[14]，寂寂寄抱一[15]。恬如既已交，缮性自此出[16]。

题解

这首诗为诗人登永嘉绿嶂山而作，记叙了游历过程，表现了登涉之趣。

注释

① 绿嶂山：在今浙江永嘉县北。

② 轻策：轻巧的拐杖。

③ 怀迟：逶迤，迂回曲折的样子。幽室：石室，山洞。

④ 距：至。

⑤ 澹潋（dànliàn）：水波微动的样子。

⑥ 团栾：秀美的样子。代指竹子。

⑦ 委：曲折。

⑧ 迥：高耸。

⑨ 眷：顾，回头看。

⑩ 奄：忽然。

⑪ 蛊：《周易》卦名。贵不事：以不事王侯为贵。《周易·蛊》：“上九，不事王侯，高尚其事。”

⑫ 履：《周易》卦名。美贞吉：以占卜结果是吉为美。《周易·履》：“九二，履道坦坦，幽人贞吉。”连上句，作者借《周易》语句表明不迷恋仕途而志在山水之间。

⑬ 幽人：指隐居之人。

⑭ 颐阿：阿谀的颜仪。

⑮ 抱一：坚守美德，始终如一。

⑯ 缮性：涵养本性。

石壁精舍还湖中作①

谢灵运

昏旦变气候，山水含清晖[2]。清晖能娱人，游子憺忘归[3]。
出谷日尚早，入舟阳已微。林壑敛暝色，云霞收夕霏[4]。
芰荷迭映蔚[5]，蒲稗相因依。披拂趋南径，愉悦偃东扉[6]。
虑澹物自轻[7]，意惬理无违[8]。寄言摄生客[9]，试用此道推。

题解

这首诗为诗人辞去永嘉太守闲居始宁（今浙江上虞）时而作，描写了自石壁精舍至巫湖游览时所见景观，抒发了超然物外的情怀。

注释

① 石壁精舍：佛寺名。湖：巫湖。

② 清晖：明亮的光辉。

③ 憺（dàn）：安适。

④ 夕霏：傍晚时弥漫的云气。

⑤ 芰（jì）：菱。迭映蔚：菱荷茂盛的叶子互相映照。

⑥ 偃：卧息。

⑦ 虑澹：思虑淡泊。

⑧ 意惬：心意满足。

⑨ 摄生客：追求养生的人。

登石门最高顶[1]

谢灵运

晨策寻绝壁[2]，夕息在山栖[3]。疏峰抗高馆[4]，对岭临回溪。
长林罗户穴，积石拥阶基。连岩觉路塞，密竹使径迷。
来人忘新术，去子惑故蹊。活活夕流驶[5]，噭噭夜猿啼[6]。
沉冥岂别理[7]？守道自不携[8]。心契九秋干[9]，目玩三春荑[10]。
居常以待终，处顺故安排。惜无同怀客[11]，共登青云梯。

题解

这首诗为诗人游石门山而作。诗人晨登夕栖，居高望远，生发出居常处顺之哲思。

注释

① 石门：山名，在今浙江嵊县内。

② 策：拐杖。此处用为动词，拄拐杖。

③ 息：止。栖：栖息。

④ 抗：举。

⑤ 活活（guōguō）：象声词，水流声。

⑥ 噭噭：象声词，猿啼声。

⑦ 沉冥：指归隐。

⑧ 携：离，背离。

⑨ 干：通“簳”，小竹子。

⑩ 玩：欣赏。

⑪ 同怀：同心。

石门新营所住四面高山回溪石濑茂林修竹

谢灵运

跻险筑幽居，披云卧石门。苔滑谁能步，葛弱岂可扪[①]？
袅袅秋风过，萋萋春草繁。美人游不还[②]，佳期何由敦[③]？
芳尘凝瑶席，清醑满金尊[④]。洞庭空波澜[⑤]，桂枝徒攀翻[⑥]。
结念属霄汉，孤景莫与谖[⑦]。俯濯石下潭，仰看条上猿。
早闻夕飙急，晚见朝日暾[⑧]。崖倾光难留，林深响易奔。
感往虑有复，理来情无存。庶持乘日车[⑨]，得以慰营魂[⑩]。
匪为众人说[⑪]，冀与智者论。

题解

这首诗为诗人于石门山上营筑新居之后所作，描述了营建新居的目的和高卧云山的情怀。

注释

① 扪（mén）：持，攀援。

② 美人：喻友人，即指“同怀客”。

③ 敦：忘记。

④ 醑（xǔ）：美酒。

⑤ 波澜：用为动词，指掀起波澜。《楚辞·九歌·湘夫人》：“袅袅兮秋风，洞庭波

兮木叶下。”作者借湘水神话故事，喻佳友难期。

⑥ 桂枝：月桂中的树枝。代指月亮。

⑦ 景：同“影”。谖（xuān）：忘记。

⑧ 暾（tūn）：日光明亮的样子。连上句，“早”“晚”“夕”“朝”四个时间名词，互文见义：言“早”含“晚”，言“夕”含“朝”。两句是说石门山早晚气象变化之大。

⑨ 庶：或许。日车：本指日神之车，此以借喻时光流逝。

⑩ 营魂：灵魂。

⑪ 匪：不。

于南山往北山经湖中瞻眺

谢灵运

朝旦发阳崖，景落憩阴峰①。舍舟眺迥渚②，停策倚茂松。
侧径既窈窕③，环洲亦玲珑④。俯视乔木杪⑤，仰聆大壑灇⑥。
石横水分流，林密蹊绝踪⑦。解作竟何感⑧，升长皆丰容⑨。
初篁苞绿箨⑩，新蒲含紫茸。海鸥戏春岸，天鸡弄和风。
抚化心无厌⑪，览物眷弥重。不惜去人远，但恨莫与同⑫。
孤游非情叹，赏废理谁通？

题解

这首诗为诗人从南山到北山经过巫湖而作，描写了登山临水所见景物，抒发了物我为一的情怀。

注释

① 景落：日落。景，日光，引申指太阳。

② 迥渚（zhǔ）：远处的湖中小洲。

③ 侧（zè）径：狭窄的小路。侧，通“仄”，

狭窄。窈窕：幽深的样子。

④ 环洲：圆形的沙洲。玲珑：明彻的样子。

⑤ 杪（miǎo）：树梢。

⑥ 瀼：流水声。

⑦ 蹊（xī）：小路。

⑧ 解作：天地解冻，雷雨兴起。《周易·解》："天地解而雷雨作，雷雨作而百果草木皆甲坼。"感：同"撼"，触动。

⑨ 丰容：草木茂盛的样子。

⑩ 箨（tuò）：竹皮。

⑪ 抚化：指心随物变化。厌：足。

⑫ 恨：憾。

从斤竹涧越岭溪行

谢灵运

猿鸣诚知曙，谷幽光未显。岩下云方合，花上露犹泫[1]。
逶迤傍隈隩[2]，迢递陟陉岘[3]。过涧既厉急[4]，登栈亦陵缅[5]。
川渚屡经复，乘流玩回转。蘋萍泛沉深，菰蒲冒清浅。
企石挹飞泉[6]，攀林摘叶卷。想见山阿人，薜萝若在眼。
握兰勤徒结，折麻心莫展。情用赏为美，事昧竟谁辨。
观此遗物虑，一悟得所遣。

题解

这首诗写诗人清晨从住地附近的斤竹涧出游，越岭过涧溪行的经过，通过对沿途景色的描写，表达了自己寄情山水、排遣郁闷的愿望。

注释

① 泫（xuàn）：水珠充盈欲滴的样子。

② 隈隩（wēiyù）：山崖转弯处。

③ 陉（xíng）：山脉中断处。岘（xiàn）：不太高的山岭。

④ 厉：撩衣涉水。急：急流。

⑤ 缅：遥远。

⑥ 企：抬起脚跟。

初去郡

谢灵运

彭薛裁知耻[1]，贡公未遗荣[2]。或可优贪竞[3]，岂足称达生[4]。
伊余秉微尚[5]，拙讷谢浮名。庐园当栖岩，卑位代躬耕。
顾己虽自许，心迹犹未并。无庸方周任[6]，有疾象长卿[7]。
毕娶类尚子[8]，薄游似邴生[9]。恭承古人意，促装返柴荆。
牵丝及元兴[10]，解龟在景平[11]。负心二十载，于今废将迎[12]。
理棹遄还期，遵渚骛修垧。溯溪终水涉，登岭始山行。
野旷沙岸净，天高秋月明。憩石挹飞泉，攀林搴落英[13]。
战胜臞者肥，鉴止流归停。即是羲唐化[14]，获我击壤情。

题解

这首诗为诗人辞去永嘉太守还家时所作，以古贤人自比，抒发了隐居之志。

注释

① 彭薛：西汉的彭宣、薛广德。彭宣官至大司空，王莽专政时辞官归故

里。薛广德汉元帝时官至御史大夫，自觉不称职而辞官退归。裁：通“才”。

② 贡公：西汉的贡禹。贡禹多次辞官后又接受更高的官职。

③ 或可优贪竞：（贡禹的行为）或许优于贪名逐利之人。

④ 达生：《庄子》篇名，这里指保命全身的道理。

⑤ 伊：发语词，无实义。微尚：隐居的志趣。

⑥ 方：比拟。周任：周朝大夫，其言行受到孔子赞许。

⑦ 长卿：西汉司马相如的字。司马相如因患病长期居家不出。

⑧ 尚子：东汉的尚长，著名隐士。为女儿办完婚事后，就遍游名山，不问家事。

⑨ 邴生：西汉的邴曼容，一生淡泊明志，做官只做到六百石以下的小官，过此即自行免去。

⑩ 牵丝：初次任官职。元兴：东晋安帝年号（402—404）。

⑪ 解龟：解去官印。景平：南朝宋少帝年号（423—424）。

⑫ 将迎：迎来送往。

⑬ 搴：摘取。

⑭ 羲唐化：伏羲和唐尧时代的教化。

夜宿石门诗

谢灵运

朝搴苑中兰，畏彼霜下歇[①]。暝还云际宿，弄此石上月。
鸟鸣识夜栖，木落知风发。异音同至听，殊响俱清越。
妙物莫为赏，芳醑谁与伐[②]？美人竟不来，阳阿徒晞发[③]。

题解

这首诗为诗人夜宿石门山时所作，记述了诗人所见所闻，抒发了知音难觅的落寞之情。

注释

① 歇：止，尽，引申指凋谢。

② 伐：赞美。

③ 阳阿：向阳的山湾。一说“阳阿”即“曲阿”，古代神话传说中的山名。语见《楚辞·九歌·少司命》：“与汝沐兮咸池，晞汝发兮阳之阿。”晞发：晒干头发。末二句，借《楚辞》之语，表现了作者的孤傲之情，并为此美景无人与之共赏而深表怅憾。

七

玉阶怨

谢朓

夕殿下珠帘，流萤飞复息。长夜缝罗衣，思君此何极。

作者

谢朓（464—499），南朝齐诗人。

题解

诗中写清冷寂寥的初秋，主人公自缝罗衣消磨长夜的寂寞愁苦，寓示了深宫女子的不幸命运。

同王主簿有所思

谢朓

佳期期未归，望望下鸣机。徘徊东陌上，月出行人稀。

题解

本诗写思妇夜织，盼望夫君早日归来的情景。“望望”“徘徊”等语，使思妇翘首盼夫归的神态、动作跃然纸上。

和徐都曹出新亭渚[1]

谢朓

宛洛佳遨游[2]，春色满皇州。结轸青郊路[3]，回瞰苍江流。
日华川上动，风光草际浮。
桃李成蹊径，桑榆荫道周。
东都已俶载[4]，言归望绿畴[5]。

题解

这首诗写京郊从东方初白到旭日东升的春日风光，清新悦目。全诗未用一字抒怀，却体现出诗人对京郊美景的向往、留连之情。

注释

① 徐都曹：即徐勉，时任临海王都曹一职。徐有《昧旦出新亭渚》诗，所以作者以此诗应和。

② 宛洛：宛、洛都是东汉都城，这里用来代指都城建康。下"东都"同。

③ 轸：车箱后面的横木，此处引申为车。

④ 俶（chù）载：开始从事（农事）的意思。

⑤ 绿畴：绿色的田地。

游东田①

谢朓

戚戚苦无悰②，携手共行乐。寻云陟累榭③，随山望菌阁④。
远树暧阡阡⑤，生烟纷漠漠。鱼戏新荷动，鸟散余花落。
不对芳春酒，还望青山郭。

题解

这是一首纪游诗。诗人因内心"无悰"而出游东田，从而看到并描绘了一幅生机勃勃的山水图，折射出诗人怡情山水、雅爱自然的心境。

注释

① 东田：作者的庄园，在南京钟山下。

② 悰（cóng）：欢乐，乐趣。

③ 陟（zhì）：登高。累榭（xiè）：重叠的楼台。

④ 菌阁：香木（菌桂）建成的亭阁。

⑤ 暧（ài）：本义为昏暗不明的样子，这里指树色深沉。阡阡：同“芊芊”，茂盛的样子。

暂使下都夜发新林至京邑赠西府同僚

谢朓

大江流日夜，客心悲未央[①]。徒念关山近，终知返路长。
秋河曙耿耿，寒渚夜苍苍。引领见京室，宫雉正相望[②]。
金波丽鳷鹊[③]，玉绳低建章[④]。驱车鼎门外[⑤]，思见昭丘阳[⑥]。
驰晖不可接[⑦]，何况隔两乡。风云有鸟道，江汉限无梁。
常恐鹰隼击，时菊委严霜。寄言罻罗者[⑧]，寥廓已高翔。

题解

谢朓曾在随王（萧子隆）身边任职，其文学才能受随王赏识。谢朓因此受到长史王秀之嫉恨，齐武帝受王秀之挑唆，召谢回京。这首诗是诗人回京途中所作，描绘了沿途所见之景和内心感受，表达了对西府同僚的留恋之情，透露出对奉召回京的疑惧和对前途的深重忧虑。

注释

① 未央：没有停止。

② 宫雉：宫墙。

③ 金波：月光。鳷鹊：楼观名，汉武帝时建。“鳷鹊”与下文的“建章”，均借指建康的宫殿。

④ 玉绳：星宿名。

⑤ 鼎门：这里指京城南门。

⑥ 昭丘：楚昭王墓。阳：南面。

⑦ 驰辉：日光。

⑧ 罻（wèi）罗：捕鸟的网。罻罗者：喻指王秀之。诗人自喻为鸟，最后两句表明诗人的志向：我已远走高飞，你（捕鸟人）休想加害于我了。

郡内高斋闲望答吕法曹

谢朓

结构何迢递①，旷望极高深②。窗中列远岫③，庭际俯乔林。
日出众鸟散，山暝孤猿吟。已有池上酌，复此风中琴。
非君美无度，孰为劳寸心。惠而能好我，问以瑶华音④。
若遗金门步⑤，见就玉山岑⑥。

题解

这是一首答友人吕僧珍的诗，吕僧珍时任齐王法曹。全诗描写了宣城的山水景物，表现了诗人怡情山水、在自然美景中寻求心灵慰藉的内心追求。

注释

① 迢递：高高的样子。

② 旷望：极目眺望，远望。

③ 远岫：远处的峰峦。

④ 问：赠送。

⑤ 金门：金马门，汉代应征文士等待召见的宫门。金门步即升官之路。

⑥ 玉山岑：神话中西王母所在，

这里指隐居之处。

新亭渚别范零陵云

谢朓

洞庭张乐地[①]，潇湘帝子游[②]。云去苍梧野[③]，水还江汉流[④]。
停骖我怅望[⑤]，辍棹子夷犹[⑥]。广平听方籍[⑦]，茂陵将见求[⑧]。
心事俱已矣，江上徒离忧。

题解

这是一首送别诗。诗人送范云赴任零陵（今湖南零陵北）内史，在新亭（今南京市南）话别，并作此诗。诗人通过细腻的描写，深沉含蓄地表达了与友人依依惜别的情感。

注释

① 洞庭张乐地：传说黄帝曾在洞庭演奏音乐（张乐）。

② 潇湘帝子游：传说帝尧的两个女儿娥皇、女英为追赶丈夫虞舜而死于湘江（潇湘）。

③ 苍梧：山名，在湖南。

④ 水还江汉流：湘江水向北流入长江、汉水。诗人面前由南向北流的水就被形容为“还”（返的意思）。

⑤ 停骖：停车。

⑥ 辍棹：停止划桨。夷犹：犹豫。

⑦ 广平听方籍：三国魏人郑袤曾任广平太守，声誉很好。听，名声。籍，显著。这里用郑袤借指范云。

⑧ 茂陵将见求：西汉司马相如因病家居，汉武帝派人到家（茂陵）求书。这里作者自比司马相如。

之宣城郡出新林浦向板桥

谢朓

江路西南永①，归流东北骛②。天际识归舟，云中辨江树。
旅思倦摇摇③，孤游昔已屡。既欢怀禄情④，复协沧洲趣⑤。
嚣尘自兹隔，赏心于此遇。虽无玄豹姿，终隐南山雾⑥。

题解

这首诗是诗人外任宣城太守，由金陵溯江而上途中所作。诗中描写了途中的景色，更多的是写出了自己的去国怀乡之情和远害全身之思。

注释

① 永：这里指水流长。

② 归流：归向大海的江流。骛：奔驰。

③ 摇摇：心神不定的样子。

④ 怀禄：留恋俸禄。

⑤ 沧洲：指隐居之地。

⑥ 虽无玄豹姿，终隐南山雾：《列女传》记载了一个叫答子的人，在陶地做官三年，声誉不好却家境富裕，同族人祝贺他，答子妻却为之哭泣。并说南山有玄豹，为了保护皮毛，雾雨天七日不出捕食；而自己的丈夫做官“家富国贫”，必有实祸。一年后，答子被诛。这两句诗的意思是：我虽然没有答子妻的高见，但离开京城到外面任职，也可以远避灾难了。

晚登三山还望京邑

谢朓

灞涘望长安①，河阳视京县②。白日丽飞甍③，参差皆可见。
余霞散成绮④，澄江静如练⑤。喧鸟覆春洲，杂英满芳甸。
去矣方滞淫⑥，怀哉罢欢宴。佳期怅何许，泪下如流霰⑦。
有情知望乡，谁能鬒不变⑧。

题解

这是一首五言古诗，写于诗人赴任宣城、离开京城之前，抒写了诗人登上三山，遥望京城和大江美景时引发的思乡之情。

注释

① 灞：灞水，流经长安。涘（sì）：水边。“灞涘望长安”句，化用王粲《七哀诗》“南登灞陵岸，回首望长安”句意。此句和下句均用来比喻作者回望京城。

② 河阳视京县：河阳，地名，在今河南孟县西。京县，指洛阳。此句化用潘岳《河阳县诗》中“引领望京室”句意。

③ 甍（méng）：屋脊。

④ 绮：锦缎。

⑤ 练：白绸。

⑥ 滞淫：久留。

⑦ 霰（xiàn）：雪珠。

⑧ 鬒（zhěn）：形容头发稠而黑。

宣城郡内登望

谢朓

借问下车日①，匪直望舒圆②。寒城一以眺，平楚正苍然③。
山积陵阳阻④，溪流春谷泉⑤。威纡距遥甸⑥，巉岩带远天⑦。
切切阴风暮，桑柘起寒烟。怅望心已极，惝恍魂屡迁⑧。
结发倦为旅⑨，平生蚤事边⑩。谁规鼎食盛⑪，宁要狐白鲜⑫？
方弃汝南诺⑬，言税辽东田⑭。

题解

这首诗写诗人在深秋登望，触目皆是秋日苍莽萧肃的景象，表现了诗人寂落、怅望的情感。

注释

① 下车：指到任。

② 匪直：不只。望舒：指月亮。

③ 楚：丛木。远望丛树齐平，称平楚。

④ 陵阳：山名，在宣城县内。阻：险。

⑤ 春谷：泉名。

⑥ 威纡距遥甸：此句上接“溪流春谷泉”句。威纡，水流长远的样子。距，至。

⑦ 巉（chán）岩：高峻的样子。此句上接“山积陵阳阻”句。

⑧ 惝恍：失意的样子。

⑨ 结发：束发。古代成童束发，这里指年轻时。

⑩ 蚤：通“早”。

⑪ 规：谋求。鼎食：列鼎而食，这里指奢华的饮食。

⑫ 宁：岂。狐白：狐腋下皮毛，这里指珍贵的衣服。

⑬ 方：将。汝南诺：指汝南太守宗资，让权于他人，只管画诺（签字同意）。

⑭ 税：租赁。辽东田：指管宁为避害，到辽东种田。

高斋视事

谢朓

余雪映青山，寒雾开白日。暖暖江村见[①]，离离海树出[②]。
披衣就清盥，凭轩方秉笔。列俎归单味[③]，连驾止容膝[④]。
空为大国忧，纷诡谅非一[⑤]。安得扫蓬径，销吾愁与疾。

题解

这首诗是诗人在宣城任上抱病工作时的作品。全诗共 12 句，分写景、叙事、抒情三个部分，字里行间流露出诗人忧谗畏讥、抑郁寡欢，想摆脱又难以摆脱的无可奈何之情。选本有脱漏，此处予以补足。

注释

① 暖暖：光线暗淡的样子。见（xiàn）：同“现”。

② 离离：树木稠密的样子。

③ 列俎（zǔ）归单味：众多菜肴只能吃其中一种（因身体不适）。俎，本指盛食器具，这里指菜肴。

④ 连驾止容膝：房屋很多，我只要一间。

⑤ 纷诡谅非一：纷乱、欺诈的政治状况，料想难以治理。非一，不能一致。

⑥ 扫蓬径：打扫屋前的小路，指归隐。

和江丞北戍琅琊城

谢朓

春城丽白日，阿阁跨层楼①。苍江忽渺渺，驱马复悠悠。
京洛多尘雾②，淮济未安流。岂不思抚剑，惜哉无轻舟③。
夫君良自勉④，岁暮勿淹留⑤。

题解

这是一首对友人江孝嗣的劝勉诗。江孝嗣作《北戍琅琊城》，语意愁苦，格调低沉。作者写此诗鼓励他。诗人由写景入手，以“京洛多尘雾”作喻，说明朝堂之内斗争纷纭，而边境战事不息，勉励友人抓住良机，杀敌报国，建功立业。

注释

① 阿阁：四面都有檐霤的楼阁。
② 京洛：指当时的都城建康。
③ 轻舟：这里比喻职位。
④ 良：好好地。
⑤ 岁暮：年老。

王孙游

谢朓

绿草蔓如丝，杂树红英发。无论君不归①，君归芳已歇②。

题解

本诗描写了春日的美景，抒发了女子对爱人的思念之情。

注释

① 无论：不要说。

② 君归芳已歇：本句语意双关，表面上指春花凋谢，同时也寓意女子的青春将逝去。

萧谘议西上夜集

王融

徘徊将所爱[1]，惜别在河梁[2]。衿袖三春隔，江山千里长。
寸心无远近，边地有风霜。勉哉勤岁暮，敬矣事容光。
山中殊未怿[3]，杜若空自芳[4]。

作者

王融（467—493），南朝齐文学家。

题解

这是一首送别诗，写出了诗人对友人的惜别之情。萧谘议即后来的梁武帝萧衍，此时任齐随王镇西谘议将军。

注释

① 将：送。

② 梁：桥。

③ 怿：高兴，快乐。

④ 杜若：一种香草。

游太平山

孔稚珪

石险天貌分，林交日容缺①。阴涧落春荣，寒岩留夏雪②。

作者

孔稚珪（447—501），南朝齐文学家。

题解

这是一首纪游诗，作者从山、林、涧、岩四个方面，描绘了太平山的山势幽峻，形象鲜明、生动。

注释

① 石险天貌分，林交日容缺：此二句写山石和密林遮天蔽日，使“天貌”和“日容”受到影响。

② 阴涧落春荣，寒岩留夏雪：此二句写由于山石险峻带来的景象。因为涧阴，春天的花也要凋落；因为岩寒，虽在夏天仍会有积雪。

东昏时百姓歌

江孝嗣

阅武堂，种杨柳。至尊屠肉，潘妃沽酒。

作者

江孝嗣（生卒年不详），南朝齐诗人。

题解

这是讽刺齐东昏侯萧宝卷的民间歌谣。萧宝

卷过分宠爱其贵妃潘玉儿，为讨潘妃欢心，在宫中搭建集市，他自己扮屠夫切肉，潘妃卖酒。百姓编此歌谣予以讽刺。《古诗源》归此歌谣于江孝嗣名下。此选本依其例。

逸　民

萧衍

如垄生木，木有异心。如林鸣鸟，鸟有殊音。
如江游鱼，鱼有浮沉。岩岩山高，湛湛水深。
事迹易见①，理相难寻。

作者

萧衍（464—549），即南朝梁武帝。

题解

这首诗以树木异心、飞鸟殊音、游鱼浮沉、山高水深，来说明事物的本质、规律难以寻求。

注释

① 迹：表面的现象。

西洲曲

萧衍

忆梅下西洲①，折梅寄江北。单衫杏子红，双鬓鸦雏色②。
西洲在何处，两桨桥头渡。
日暮伯劳飞，风吹乌桕树。
树下即门前，门中露翠钿③。
开门郎不至，出门采红莲。

采莲南塘秋，莲花过人头。低头弄莲子，莲子青如水。
置莲怀袖中，莲心彻底红。忆郎郎不至，仰首望飞鸿[4]。
飞鸿满西洲，望郎上青楼。楼高望不见，尽日阑干头。
阑干十二曲，垂手明如玉。卷帘天自高，海水摇空绿。
海水梦悠悠，君愁我亦愁。南风知我意，吹梦到西洲。

作者

关于本诗的作者与写作时间，有不同说法，选本从《古诗源》。后《河中之水歌》《东飞伯劳歌》属类似情况。

题解

这首诗写一位少女对情郎的所思所忆，刻画了思念情郎的少女炽热而微妙的心情。

注释

① 西洲：古地名，当在今湖北省鄂城附近。

② 鸦雏色：像小乌鸦一样的颜色。形容女子的头发乌黑发亮。

③ 门中露翠钿（diàn）：指女子将出门，与下句“开门”相关。翠钿，翠玉制成的首饰。

④ 望飞鸿：这里暗含有望书信的意思。因为古代有鸿雁传书的传说。

河中之水歌

萧衍

河中之水向东流，洛阳女儿名莫愁。
莫愁十三能织绮[1]，十四采桑南陌头。
十五嫁为卢家妇，十六生儿字阿侯。

卢家兰室桂为梁[2]，中有郁金苏合香[3]。
头上金钗十二行，足下丝履五文章[4]。
珊瑚挂镜烂生光，平头奴子擎履箱。
人生富贵何所望[5]，恨不早嫁东家王[6]。

题解

这是一首叙事古诗，塑造了洛阳女子莫愁美丽率真的形象，体现了莫愁不贪恋富贵的超俗性格。

注释

① 绮：有花纹的丝织品。

② 兰室：古代女子居室的美称，如同说“兰闺”“香闺”。

③ 郁金、苏合：均为香草名，用作香料。

④ 五文章：纵横交错的花纹。五，通“午”，纵横交错。文章，花纹。

⑤ 望：怨责。

⑥ 东家王：前人推究有确指对象，但本事不可考。据本诗之意，大概是女主人公心仪的男子，而眼下物质生活的高贵，并不能让她满足。

东飞伯劳歌

萧衍

东飞伯劳西飞燕[1]，黄姑织女时相见[2]。
谁家儿女对门居，开颜发艳照里闾。
南窗北牖挂明光[3]，罗帏绮帐脂粉香。
女儿年纪十五六，窈窕无双颜如玉。
三春已暮花从风，空留可怜谁与同。

题解

这是一首七言古诗，描写男子对少女的恋慕之情。因选本不同，该诗字句多有不同。本诗选与《古诗源》一致，与其他选本不同之处，不一一注明。

注释

① 伯劳：一种鸟。

② 黄姑：牵牛星。织女：指织女星。

③ 牖（yǒu）：窗户。

折杨柳

萧纲

杨柳乱成丝，攀折上春时[①]。叶密鸟飞碍，风轻花落迟。
城高短箫发，林空画角悲[②]。曲中无别意，并是为相思。

作者

萧纲（503—551），即南朝梁简文帝。

题解

这是一首惜别诗。

注释

① 上春：即早春。

② 画角：古乐器名。其声哀厉高亢，古时军中多用以警晨昏，振士气。

临高台

萧衍

高台半行云，望望高不极[①]。草树无参差，山河同一色。
仿佛洛阳道，道远难别识[②]。玉阶故情人，情来共相忆。

作者

关于此诗的作者，有不同说法，此处从《汉魏六朝诗鉴赏辞典》。

题解

这是一首言情之作。诗人登临高台，想象旧日情人也正在向他翘首远眺，写出了有情人之间的思恋。

注释

① 望望：望了又望。
② 别：分辨。

咏阳云楼檐柳

萧绎

杨柳非花树，依楼自觉春。枝边通粉色，叶里映红巾。
带日交帘影，因吹扫席尘。拂檐应有意，偏宜桃李人[①]。

作者

萧绎（508—554），即南朝梁元帝。

题解

这是一首咏物诗，诗人以细腻的笔触，写出了杨柳的天然之姿。

注释

① 拂檐应有意，偏宜桃李人：这里以杨柳拟人，指其垂青于楼中的女子（桃李人）。此二句又与前“枝边通粉色，叶里映红巾”二句相呼应。

夜夜曲

沈约

河汉纵且横，北斗横复直。星汉空如此，宁知心有忆。
孤灯暧不明，寒机晓犹织。零泪向谁道[①]，鸡鸣徒叹息。

作者

沈约（441—513），南朝梁文学家。

题解

本诗为乐府杂曲歌辞之一种，描写了思妇深夜难眠，思念久出不归的心上人的悲愁寂寥之情。

注释

① 零：落。

别范安成

沈约

生平少年日，分手易前期[①]。
及尔同衰暮，非复别离时。
勿言一樽酒，明日难重持。
梦中不识路，何以慰相思。

题解

这是诗人送别友人范岫（xiù）的诗。范时任安成内史之职。诗人用年少时离别之“易”，反衬年老时离别之“难”，描写了自己与友人离别时的伤感、惆怅以及对岁月不再的忧戚。

注释

① 易：看得轻易。前期：来日重见之期。

古离别

江淹

远与君别者，乃至雁门关。黄云蔽千里，游子何时还。
送君如昨日，檐前露已团。不惜蕙草晚[1]，所悲道里寒。
君在天一涯，妾身长别离。愿一见颜色[2]，不异琼树枝[3]。
兔丝及水萍，所寄终不移[4]。

作者

江淹（444—505），南朝梁文学家。

题解

这是一首思妇诗。诗人用诉说的口吻，描写了思妇对戍边征人的思念、担忧、体贴的种种愁绪。

注释

① 蕙草：一种香草。

② 颜：面容。

③ 琼树枝：仙树枝，此借指女子洁丽的容颜。

④ 兔丝及水萍，所寄终不移：兔丝是一种草，依附于树，浮萍依附于水。二者都寄托于他物而不移（离去），比喻对爱人的忠贞。

八

月下独酌

李白

花间一壶酒，独酌无相亲。举杯邀明月，对影成三人。
月既不解饮①，影徒随我身。暂伴月将影，行乐须及春。
我歌月徘徊，我舞影零乱。醒时同交欢，醉后各分散。
永结无情游②，相期邈云汉③。

作者

李白（701—762），唐朝诗人。

题解

本诗写诗人在月夜花间独酌、无人亲近的冷落情景，表现了诗人怀才不遇的寂寞与孤傲，也体现了他狂放不羁的性格特点。

注释

① 解：懂得。

② 无情：忘情。

③ 相期邈云汉：相约在远离世俗的地方。

佳　人

杜甫

绝代有佳人，幽居在空谷。自云良家子，零落依草木。
关中昔丧乱，兄弟遭杀戮。
官高何足论，不得收骨肉①。
世情恶衰歇，万事随转烛②。
夫婿轻薄儿，新人已如玉③。

合昏尚知时④，鸳鸯不独宿。但见新人笑，那闻旧人哭。
在山泉水清，出山泉水浊。侍婢卖珠回，牵罗补茅屋⑤。
摘花不插发，采柏动盈掬。天寒翠袖薄，日暮倚修竹⑥。

作者

杜甫（712—770），唐朝诗人。

题解

这是一首以弃妇为题材的诗歌。诗中描写了一个在战乱中被遗弃的上层社会妇女的不幸遭遇。诗人用委婉的文笔，悱恻的情感，写出了主人公幽居空谷艰难度日的悲苦，歌颂了她高洁自守的品格。

注释

① 收：聚会。骨肉：兄弟。
② 转烛：烛火随风转动，喻世事变化无常。
③ 已：《唐诗三百首》作“美”。
④ 合昏：夜合花，其叶入夜即合。
⑤ 罗：《唐诗三百首》作“萝”。
⑥ 修竹：高高的竹子，比喻佳人的高尚节操。

梦李白

杜甫

死别已吞声，生别常恻恻①。江南瘴疠地，逐客无消息②。
故人入我梦，明我长相忆。
恐非平生魂，路远不可测。
魂来枫林青③，魂返关塞黑④。

君今在罗网，何以有羽翼？
落月满屋梁，犹疑照颜色。
水深波浪阔，无使蛟龙得。

题解

这首诗是杜甫听闻李白流放夜郎积思成梦的诗篇。诗中着重描写了诗人对李白安危的无比关切和深深挂念，体现了两人之间诚挚的友情。原题下有两首，此处选第一首。

注释

① 恻恻：悲苦的样子。
② 逐客：被贬谪的人，此代指李白。
③ 枫林：此指李白所在的南方地区。
④ 关塞：此指杜甫所在的秦陇地区。

塞下曲

王昌龄

饮马渡秋水，水寒风似刀。平沙日未没，黯黯见临洮。
昔日长城战，咸言意气高。黄尘足今古，白骨乱蓬蒿。

作者

王昌龄（？—约756），唐朝诗人。

题解

这首诗通过对塞外景物与昔日战争遗迹的描写，深刻揭示了战争的残酷，蕴含了诗人反对战争的情绪。

关山月

李白

明月出天山[1]，苍茫云海间。长风几万里，吹度玉门关。
汉下白登道[2]，胡窥青海湾。由来征战地，不见有人还。
戍客望边邑[3]，思归多苦颜。高楼当此夜[4]，叹息未应闲。

题解

这首诗描绘了边塞风光和戍边士卒的悲苦，写出了戍边军士与思妇两地相思之情。

注释

① 天山：汉代指祁连山。“天山”与下文的“玉门”“白登”“青海”，均泛指边塞。

② 白登：山名。在今山西大同东。

③ 戍客：戍边的战士。

④ 高楼：古诗中常以高楼代指闺阁。

子夜吴歌

李白

长安一片月，万户捣衣声。秋风吹不尽，总是玉关情。
何日平胡虏，良人罢远征。

题解

这首诗抒写了思妇对远征丈夫的相思之情。《子夜吴歌》为古乐府名。李白此题下有四首，分咏春夏秋冬，此为

第三首《秋歌》。

长干行

李白

妾发初覆额，折花门前剧[①]。郎骑竹马来，绕床弄青梅。
同居长干里，两小无嫌猜。十四为君妇，羞颜未尝开。
低头向暗壁，千唤不一回。十五始展眉，愿同尘与灰[②]。
常存抱柱信[③]，岂上望夫台。十六君远行，瞿塘滟滪堆。
五月不可触，猿声天上哀。门前送行迹[④]，一一生绿苔。
苔深不能扫，落叶秋风早。八月蝴蝶黄，双飞西园草。
感此伤妾心，坐愁红颜老[⑤]。早晚下三巴[⑥]，预将书报家。
相迎不道远[⑦]，直至长风沙[⑧]。

题解

这首诗完整地叙述了一个爱情、婚姻、离别、相思的故事。全诗以自述的口吻，回忆了青梅竹马的爱情，短暂幸福的婚姻生活，重点描述了女子与丈夫离别后的思亲愁怀。

注释

① 剧：游戏。

② 愿同尘与灰：此写即使化作尘灰都愿意永远在一起，比喻生死同心。

③ 抱柱信：宁死不失信。《庄子》中有一个故事，一个叫尾生的男子，与女子相约在桥下见面，女子未到而洪水至，尾生抱桥柱而死。

④ 送：《唐诗三百首》作“迟”。

⑤ 坐：因为。

⑥ 三巴：巴郡、巴东、巴西，称“三巴”，都在四川东部。

⑦ 不道远：不嫌远。

⑧ 长风沙：沙洲名，在今安徽怀宁东长江边。

古　意

李颀

男儿事长征[①]，少小幽燕客。
赌胜马蹄下，由来轻七尺。
杀人莫敢前，须如猬毛磔[②]。
黄云陇底白云飞，未得报恩不得归。
辽东小妇年十五，惯弹琵琶解歌舞[③]。
今为羌笛出塞声，使我三军泪如雨。

作者

李颀（？—约 753），唐朝诗人。

题解

本诗描写了一位从军男儿的形象：他既有“赌胜马蹄下”“杀人莫敢前”的豪侠英勇，又有诗歌后半段体现的思乡柔情。诗人把两种主题融合在一起，通过不同侧面展现了边塞将士的精神风貌。

注释

① 事长征：指从军。

② 须如猥毛磔（zhé）：面容威猛的样子。磔，张开。

③ 解：擅长之意。

送陈章甫

李颀

四月南风大麦黄，枣花未落桐叶长。
青山朝别暮还见，嘶马出门思旧乡。
陈侯立身何坦荡，虬须虎眉仍大颡①。
腹中贮书一万卷，不肯低头在草莽。
东门酤酒饮我曹，心轻万事如鸿毛。
醉卧不知白日暮，有时空望孤云高。
长河浪头连天黑，津吏停舟渡不得。
郑国游人未及家②，洛阳行子空叹息③。
闻道故林相识多，罢官昨日今如何。

题解

这是诗人写给友人的赠别之作。诗人以豁达的情怀、轻松的笔调，写出了友人高尚的情操，磊落、清高的性格，抒发了诗人对友人罢官被贬的同情。全诗表达了诗人对友人深挚的情谊。

注释

① 仍：并且。颡：额头。

② 郑国游人：此指陈章甫。

③ 洛阳行子：此作者自称。

庐山谣寄卢侍御虚舟[1]

李白

我本楚狂人，凤歌笑孔丘。
手持绿玉杖，朝别黄鹤楼。
五岳寻仙不辞远，一生好入名山游。
庐山秀出南斗傍[2]，屏风九叠云锦张，影落明湖青黛光。
金阙前开二峰长，银河倒挂三石梁。
香炉瀑布遥相望，迴崖沓障凌苍苍。
翠影红霞映朝日，鸟飞不到吴天长[3]。
登高壮观天地间，大江茫茫去不还。
黄云万里动风色，白波九道流雪山。
好为庐山谣，兴因庐山发。
闲窥石镜清我心，谢公行处苍苔没[4]。
早服还丹无世情[5]，琴心三叠道初成。
遥见仙人彩云里，手把芙蓉朝玉京。
先期汗漫九垓上，愿接卢敖游太清[6]。

题解

本诗是李白晚年的作品。诗中描绘了庐山雄奇、秀丽的美景，表现了诗人独立不羁的性格，也透露出诗人政治理想破灭后寄情山水的无奈。

注释

① 卢侍御虚舟：卢虚舟曾和李白同游庐山，卢时任殿中侍御史。

② 秀出：突出。

③ 吴天：庐山古属吴国，故称此地的天空为吴天。

④ 谢公：即谢灵运。谢曾游庐山，其诗有“攀崖照石镜”句。

⑤ 还丹：道家所炼丹名，据称服之可成仙。

⑥ 先期汗漫九垓上，愿接卢敖游太清：《淮南子》讲述卢敖出游路遇神仙一事。神仙对卢敖说他与汗漫相约于九垓之外，拒绝了卢敖一起出游的请求。汗漫为神仙名，含有不可知之意，九垓指九天之外。作者写诗寄卢虚舟，所以用卢敖典故。

梦游天姥吟留别

李白

海客谈瀛洲，烟涛微茫信难求。
越人语天姥[①]，云霓明灭或可睹。
天姥连天向天横，势拔五岳掩赤城。
天台四万八千丈，对此欲倒东南倾。
我欲因之梦吴越，一夜飞度镜湖月。
湖月照我影，送我至剡溪。
谢公宿处今尚在，绿水荡漾清猿啼。
脚着谢公屐，身登青云梯。
半壁见海日，空中闻天鸡。
千岩万壑路不定，迷花倚石忽已暝[②]。
熊咆龙吟殷岩泉[③]，慄深林兮惊层巅。
云青青兮欲雨，水澹澹兮生烟。

列缺霹雳[4]，丘峦崩摧。
洞天石扉，訇然中开[5]。
青冥浩荡不见底[6]，日月照耀金银台。
霓为衣兮风为马，云之君兮纷纷而来下。
虎鼓瑟兮鸾回车，仙之人兮列如麻。
忽魂悸以魄动，恍惊起而长嗟。
惟觉时之枕席，失向来之烟霞。
世间行乐亦如此，古来万事东流水。
别君去兮何时还，且放白鹿青崖间，欲行即骑向名山[7]。
安能摧眉折腰事权贵，使我不得开心颜。

题解

这首诗融记梦、游仙、山水为一体，充分表现了诗人自由奔放、不受现实约束的精神品格。

注释

① 天姥（mǔ）：天姥山，位于今浙江境内，道教名山，传说有仙人居住其中。

② 暝：昏黑。

③ 殷（yǐn）：震动。

④ 列缺：闪电。

⑤ 訇（hōng）然：轰然巨响。

⑥ 青冥：本指天空，此处指洞天景象。

⑦ 欲、向：此二字《唐诗三百首》分别作“须”“访”。

宣州谢朓楼饯别校书叔云

李白

弃我去者昨日之日不可留，乱我心者今日之日多烦忧。
长风万里送秋雁，对此可以酣高楼。
蓬莱文章建安骨①，中间小谢又清发②。
俱怀逸兴壮思飞③，欲上青天览日月。
抽刀断水水更流，举杯消愁愁更愁④。
人生在世不称意，明朝散发弄扁舟⑤。

题解

这是一首饯别抒怀诗。诗歌开篇以长对偶句，抒发了年华虚度、壮志难酬的苦闷；蓬莱文章、建安风骨等的逸兴壮思，让诗人不禁“欲上青天览日月”，而回到现实，只剩下归隐之路。全诗情绪大起大落，于悲壮中有慷慨豪迈之气。

注释

① 蓬莱文章：指汉代文章，汉代尊崇道家，以道家所谓仙山“蓬莱”命名藏书之所。建安骨：东汉末建安年间以曹操父子等为代表的文学风气被称为建安风骨。

② 小谢：即谢朓。清发：清新秀发。

③ 逸兴：超凡脱俗的兴致。

④ 消：《唐诗三百首》作“销”。

⑤ 散发：不束冠。意谓不做官，此指不受任何生活的拘束。弄扁舟：指归隐江湖。

走马川行奉送封大夫出师西征

岑参

君不见走马川行雪海边[1]，平沙莽莽黄入天。
轮台九月风夜吼[2]，一川碎石大如斗，随风满地石乱走。
匈奴草黄马正肥，金山西见烟尘飞[3]，汉家大将西出师。
将军金甲夜不脱，半夜行军戈相拨[4]，风头如刀面如割。
马毛带雪汗气蒸，五花连钱旋作冰[5]，幕中草檄砚水凝[6]。
虏骑闻之应胆慑，料知短兵不敢接，车师西门伫献捷。

作者

岑参（约715—770），唐朝诗人。

题解

这是一首边塞诗。诗人写诗送上司封常清，封曾兼任御史大夫。本诗通过对边塞恶劣气候、艰险环境等的描写，反衬出戍边将士军纪严明、不畏艰险的英雄气概。

注释

① 走马川：河名，即今新疆东尔成河。

② 轮台：唐地名，治所在今新疆乌鲁木齐。

③ 金山：今阿尔泰山。

④ 行军：《唐诗三百首》作“军行”。

⑤ 五花连钱：马的一种毛色，这里指马。旋：迅即。

⑥ 草檄：起草讨伐敌军的文告。

轮台歌奉送封大夫出师西征

岑参

轮台城头夜吹角，轮台城北旄头落①。
羽书昨夜过渠黎②，单于已在金山西。
戍楼西望烟尘黑，汉兵屯在轮台北。
上将拥旄西出征，平明吹笛大军行。
四边伐鼓雪海涌，三军大呼阴山动。
虏塞兵气连云屯③，战场白骨缠草根。
剑河风急云片阔，沙口石冻马蹄脱。
亚相勤王甘苦辛④，誓将报主静边尘⑤。
古来青史谁不见，今见功名胜古人。

题解

这是一首写边塞战争的诗歌。诗中直写军情战事，用战局的凶险与气候的严酷，反衬出唐朝军队誓师出征的声威与气势，表现出将士坚忍不拔、建功立业的豪迈气概。全诗充满了边塞生活的气息，反映了盛唐积极向上的时代精神。

注释

① 旄头：星宿名，指二十八宿中的昴星，古人认为它主胡人兴衰。“旄头落”为胡人失败之征兆。

② 渠黎：地名，在轮台东。

③ 虏塞：此指敌军的军事要塞。

④ 亚相：指封常清。御史大夫的职责是辅作丞相，故称“亚相”。勤王：尽力于

朝廷之事。

⑤ 静边尘：犹言平定边患。

白雪歌送武判官归京

岑参

北风卷地白草折，胡天八月即飞雪。
忽如一夜春风来，千树万树梨花开。
散入珠帘湿罗幕，狐裘不暖锦衾薄。
将军弓角不得控①，都护铁衣冷犹着。
瀚海阑干百丈冰②，愁云惨淡万里凝③。
中军置酒饮归客，胡琴琵琶与羌笛。
纷纷暮雪下辕门，风掣红旗冻不翻。
轮台东门送君去，去时雪满天山路。
山回路转不见君，雪上空留马行处。

题解

这首诗是唐朝边塞诗的代表作之一。诗中描写了边塞八月飞雪的壮丽景色，抒写了塞外相送、雪中离别之情，虽写离愁乡思，但表现出豪迈乐观的情调。

注释

① 弓角：《唐诗三百首》作“角弓”。

② 阑干：纵横交错的样子。

③ 惨淡：昏暗无光。

韦讽录事宅观曹将军画马图

杜甫

国初已来画鞍马，神妙独数江都王[1]。
将军得名三十载，人间又见真乘黄[2]。
曾貌先帝照夜白[3]，龙池十日飞霹雳。
内府殷红玛瑙盘，婕妤传诏才人索[4]。
盘赐将军拜舞归，轻纨细绮相追飞。
贵戚权门得笔迹，始觉屏障生光辉。
昔日太宗拳毛䯄[5]，近时郭家狮子花[6]。
今之新图有二马，复令识者久叹嗟。
此皆骑战一敌万，缟素漠漠开风沙。
其馀七匹亦殊绝，迥若寒空动烟雪。
霜蹄蹴踏长楸间，马官厮养森成列。
可怜九马争神骏，顾视清高气深稳。
借问苦心爱者谁，后者韦讽前支遁[7]。
忆昔巡幸新丰宫，翠华拂天来向东。
腾骧磊落三万匹，皆与此图筋骨同。
自从献宝朝河宗，无复射蛟江水中。
君不见金粟堆前松柏里[8]，龙媒去尽鸟呼风[9]。

题解

本诗是作者在韦讽（任阆州录事参军）家中看到曹霸（官左武卫将军）所画马后所写。诗中从曹将军画马写起，到真马，到玄宗，到时事，内容层层拓展，寄托了诗人对玄宗的深情眷念。

注释

① 江都王：指李绪，唐太宗侄儿，善画马。

② 乘黄：神马。

③ 貌：描画。照夜白：唐玄宗所骑马名。

④ 婕妤、才人：均为宫中女官，这里泛指嫔妃。本句和前后诗句，通过写玛瑙盘受宫中嫔妃喜爱，她们以盘赐将军，并追加“轻纨细绮”，衬托她们对将军画作的珍视、追捧。

⑤ 拳毛騧（guā）：唐太宗所骑马名。

⑥ 狮子花：唐代宗赐名将郭子仪马之名。

⑦ 者：《唐诗三百首》作“有”。支遁：东晋名僧，字道林。支道林喜欢马，这里以支道林作陪衬，赞韦讽爱马。

⑧ 金粟堆：玄宗的陵墓，在今陕西省蒲城县东。

⑨ 龙媒：《汉书·礼乐志》有“天马来，龙之媒”的说法，后称良马为龙媒。

丹青引

杜甫

将军魏武之子孙[1]，于今为庶为清门。
英雄割据虽已矣，文彩风流今尚存。
学书初学卫夫人，但恨无过王右军。
丹青不知老将至，富贵于我如浮云。
开元之中常引见，承恩数上南薰殿。
凌烟功臣少颜色[2]，将军下笔开生面。
良相头上进贤冠，猛将腰间大羽箭。
褒公鄂公毛发动[3]，英姿飒爽来酣战。
先帝天马玉花骢，画工如山貌不同。

是日牵来赤墀下，迥立阊阖生长风④。
诏谓将军拂绢素，意匠惨淡经营中。
斯须九重真龙出⑤，一洗万古凡马空。
玉花却在御榻前⑥，榻上庭前屹相向。
至尊含笑催赐金，圉人太仆皆惆怅。
弟子韩幹早入室，亦能画马穷殊相。
幹惟画肉不画骨，忍使骅骝气凋丧。
将军画善盖有神，必逢佳士亦写真。
即今飘泊干戈际，屡貌寻常行路人。
途穷反遭俗眼白⑦，世上未有如公贫。
但看古来盛名下，终日坎壈缠其身⑧！

题解

本诗诗题后曾有作者自注“赠将军霸”，本诗选未录。这首诗着重记叙了画家曹霸的身世、经历，全诗以画家承皇帝的宠爱再绘凌烟阁功臣像和先帝（唐太宗）所骑玉花骢马为中心，写出了其当时画名的显赫，反衬出晚景的凄凉。

注释

① 魏武：指魏武帝曹操。

② 凌烟：即凌烟阁，唐太宗为了褒奖文武开国功臣，于贞观十七年（643）命阎立本等在凌烟阁画二十四功臣图。

③褒公鄂公：指段志玄（封褒国公）和尉迟敬德（封鄂国公），二人都是凌烟阁功臣。

④ 阊阖：宫门。

⑤ 斯须：片刻。九重：宫廷。

⑥ 前：《唐诗三百首》作“上”。

⑦ 俗眼白：遭世俗之人的轻视。

⑧ 坎壈（lǎn）：贫困失意。

观公孙大娘弟子舞剑器行

杜甫

大历二年十月十九日，夔府别驾元持宅[1]，见临颍李十二娘舞剑器[2]，壮其蔚跂[3]。问其所师，曰："余公孙大娘弟子也。"开元三载，余尚童稚，记于郾城观公孙氏舞剑器、浑脱[4]。浏漓顿挫[5]，独出冠时。自高头宜春、梨园二伎坊内人，洎外供奉，晓是舞者，圣文神武皇帝初，公孙一人而已。玉貌锦衣，况余白首，今兹弟子，亦匪盛颜。既辨其由来，知波澜莫二。抚事慷慨，聊为《剑器行》。往者吴人张旭，善草书书帖，数常于邺县见公孙大娘舞西河剑器，自此草书长进。豪荡感激，即公孙可知矣。

昔有佳人公孙氏，一舞剑器动四方。
观者如山色沮丧[6]，天地为之久低昂。
㸌如羿射九日落[7]，矫如群帝骖龙翔。
来如雷霆收震怒，罢如江海凝清光。
绛唇珠袖两寂寞，晚有弟子传芬芳。
临颍美人在白帝，妙舞此曲神扬扬。
与余问答既有以，感时抚事增惋伤。
先帝侍女八千人，公孙剑器初第一。
五十年间似反掌，风尘澒洞昏王室[8]。
梨园子弟散如烟，女乐余姿映寒日。
金粟堆前木已拱，瞿塘石城草萧瑟。
玳弦急管曲复终，乐极哀来月东出。
老夫不知其所往，足茧荒山转愁疾。

题解

本诗由歌咏李十二娘而思及公孙氏，由公孙氏思及先帝，表达了诗人念念不忘先帝盛世、慨叹今世衰落的情绪。

注释

① 夔（kuí）府：夔州，曾设都督府，地在今四川奉节。别驾：刺史下属官员。元持：人名。

② 剑器：指唐代流行的一种武舞。

③ 壮其蔚跂：赞赏其高明的舞技。

④ 浑脱：武舞名。

⑤ 浏漓顿挫：飘逸流畅而又节奏分明。

⑥ 色沮丧：因震惊而面容失色。

⑦ 爞（huò）：闪光貌。

⑧ 澒（hòng）洞：弥漫无际的样子。

石鼓歌

韩愈

张生手持石鼓文，劝我试作石鼓歌。
少陵无人谪仙死，才薄将奈石鼓何。
周纲陵迟四海沸[1]，宣王愤起挥天戈。
大开明堂受朝贺，诸侯剑佩鸣相磨。
蒐于岐阳骋雄俊[2]，万里禽兽皆遮罗[3]。
镌功勒成告万世，凿石作鼓隳嵯峨[4]。
从臣才艺咸第一，拣选撰刻留山阿。
雨淋日炙野火燎，鬼物守护烦㧑呵[5]。
公从何处得纸本，毫发尽备无差讹。

辞严义密读难晓，字体不类隶与蝌。
年深岂免有缺画，快剑斫断生蛟鼍[⑥]。
鸾翔凤翥众仙下[⑦]，珊瑚碧树交枝柯。
金绳铁索锁钮壮，古鼎跃水龙腾梭。
陋儒编诗不收入，二雅褊迫无委蛇[⑧]。
孔子西行不到秦，掎摭星宿遗羲娥[⑨]。
嗟余好古生苦晚，对此涕泪双滂沱。
忆昔初蒙博士征，其年始改称元和。
故人从军在右辅，为我度量掘臼科[⑩]。
濯冠沐浴告祭酒，如此至宝存岂多。
毡包席裹可立致，十鼓只载数骆驼。
荐诸太庙比郜鼎[⑪]，光价岂止百倍过[⑫]！
圣恩若许留太学，诸生讲解得切磋。
观经鸿都尚填咽[⑬]，坐见举国来奔波。
剜苔剔藓露节角，安置妥帖平不颇。
大厦深檐与盖覆，经历久远期无佗[⑭]。
中朝大夫老于事[⑮]，讵肯感激徒媕婀[⑯]。
牧童敲火牛砺角，谁复着手为摩挲。
日销月铄就埋没，六年西顾空吟哦。
羲之俗书趁姿媚[⑰]，数纸尚可博白鹅[⑱]。
继周八代争战罢，无人收拾理则那[⑲]。
方今太平日无事，柄任儒术崇丘轲[⑳]。
安能以此上论列，愿借辩口如悬河。
石鼓之歌止于此，呜呼吾意其蹉跎。

作者

韩愈（768—824），唐代文学家。

题解

本诗从石鼓文的起源写到它的价值，呼吁朝廷对其予以重视与保护，表达了诗人对古代文物的珍视之情，同时，也对朝堂重臣中的陋儒进行了无情的嘲讽。

注释

① 陵迟：衰败。

② 蒐（sōu）：打猎。

③ 遮罗：拦捕。

④ 隳：毁坏（城墙或山石）。嵯峨：山势高峻的样子，这里代指山石。

⑤ 抝（huī）呵：挥手驱赶、呵斥。抝，通“挥”。

⑥ 蛟鼍（tuó）：同蛟龙，此处作者为求押韵而改字。

⑦ 翥（zhǔ）：飞。

⑧ 二雅褊迫无委蛇：《大雅》和《小雅》这样本应歌颂周宣王事迹的诗集，也因编者器量狭小而不收石鼓文。委蛇，庄严而从容的样子，这里代指石鼓文的典雅形象。

⑨ 掎摭：采取。羲娥：羲，羲和，借指太阳；娥，嫦娥，借指月亮。

⑩ 臼科：坑穴。

⑪ 郜鼎：春秋时郜国之鼎，这里比喻石鼓文的珍贵。

⑫ 光价：声价。

⑬ 填咽：道路堵塞。

⑭ 佗：他。（此处音 tuó）

⑮ 大夫：《唐诗三百首》作“大官”。

⑯ 媕婀（ān'ē）：没有主见。

⑰ 趁：追求。

⑱ 博：换取。

⑲ 则那：又奈何。

⑳ 崇丘轲：尊崇孔孟之学。丘，孔丘。轲，孟轲。

长恨歌

白居易

汉皇重色思倾国，御宇多年求不得。
杨家有女初长成，养在深闺人未识。
天生丽质难自弃，一朝选在君王侧。
回眸一笑百媚生，六宫粉黛无颜色。
春寒赐浴华清池，温泉水滑洗凝脂。
侍儿扶起娇无力，始是新承恩泽时。
云鬓花颜金步摇[1]，芙蓉帐暖度春宵。
春宵苦短日高起，从此君王不早朝。
承欢侍宴无闲暇，春从春游夜专夜。
后宫佳丽三千人，三千宠爱在一身。
金屋妆成娇侍夜，玉楼宴罢醉和春。
姊妹弟兄皆列土，可怜光彩生门户。
遂令天下父母心，不重生男重生女。
骊宫高处入青云，仙乐风飘处处闻。
缓歌慢舞凝丝竹，尽日君王看不足。
渔阳鼙鼓动地来[2]，惊破霓裳羽衣曲。
九重城阙烟尘生，千乘万骑西南行。
翠华摇摇行复止[3]，西出都门百余里。
六军不发无奈何，宛转蛾眉马前死。

花钿委地无人收，翠翘金雀玉搔头[4]。
君王掩面救不得，回看血泪相合流[5]。
黄埃散漫风萧索，云栈萦纡登剑阁[6]。
峨嵋山下少人行，旌旗无光日色薄。
蜀江水碧蜀山青，圣主朝朝暮暮情。
行宫见月伤心色，夜雨闻铃肠断声。
天旋地转回龙驭，到此踌躇不能去。
马嵬坡下泥土中，不见玉颜空死处。
君臣相顾尽沾衣，东望都门信马归。
归来池苑皆依旧，太液芙蓉未央柳。
芙蓉如面柳如眉，对此如何不泪垂。
春风桃李花开日，秋雨梧桐叶落时。
西宫南内多秋草，落叶满阶红不扫。
梨园子弟白发新，椒房阿监青娥老[7]。
夕殿萤飞思悄然，孤灯挑尽未成眠。
迟迟钟鼓初长夜，耿耿星河欲曙天[8]。
鸳鸯瓦冷霜华重，翡翠衾寒谁与共？
悠悠生死别经年，魂魄不曾来入梦。
临邛道士鸿都客，能以精诚致魂魄。
为感君王辗转思，遂教方士殷勤觅。
排空驭气奔如电，升天入地求之遍。
上穷碧落下黄泉，两处茫茫皆不见。
忽闻海上有仙山，山在虚无缥缈间。
楼阁玲珑五云起[9]，其中绰约多仙子。
中有一人字太真，雪肤花貌参差是[10]。
金阙西厢叩玉扃，转叫小玉报双成[11]。
闻道汉家天子使，九华帐里梦魂惊。

揽衣推枕起徘徊，珠箔银屏迤逦开。
云鬓半偏新睡觉[12]，花冠不整下堂来。
风吹仙袂飘飖举，犹似霓裳羽衣舞。
玉容寂寞泪阑干，梨花一枝春带雨。
含情凝睇谢君王，一别音容两渺茫。
昭阳殿里恩爱绝，蓬莱宫中日月长。
回头下望人寰处，不见长安见尘雾。
唯将旧物表深情，钿合金钗寄将去[13]。
钗留一股合一扇，钗擘黄金合分钿[14]。
但教心似金钿坚，天上人间会相见。
临别殷勤重寄词，词中有誓两心知：
七月七日长生殿，夜半无人私语时。
在天愿做比翼鸟，在地愿为连理枝。
天长地久有时尽，此恨绵绵无绝期！

作者

白居易（772—846），唐朝诗人。

题解

本诗是一首叙事诗。诗人以凝练的语言，叙事与抒情结合的手法，叙述了唐明皇与杨贵妃的爱情悲剧，具有极高的艺术性。

注释

① 步摇：钗类首饰，因一端有珠玉等下垂饰物，行路则摇动。

② 渔阳鼙鼓动地来：此句指安禄山、史思明的叛乱。

③ 翠华：此代指皇帝的车驾。

④ 花钿委地无人收，翠翘金雀玉

搔头："翠翘""金雀""玉搔头"均为首饰，都是补足"无人收"的内容的。

⑤ 合：《唐诗三百首》作"和"。

⑥ 萦纡：盘绕曲折。

⑦ 椒房：泛指宫女住处。阿监：女官。青娥：青春美貌。

⑧ 耿耿：微明的样子。

⑨ 五云：五色祥云。

⑩ 参差：差不多。

⑪ 叫：《唐诗三百首》作"教"。小玉：传说是吴王夫差的小女，殉情而死。双成：传说中西王母的侍女。这里都借指太真的侍女。

⑫ 觉（jué）：醒来。

⑬ 钿合、金钗：均为妇女饰物。钿由两扇合成，钗分两股。

⑭ 擘（bò）：用手分开。

琵琶行

白居易

元和十年，余左迁九江郡司马。明年秋，送客湓浦口，闻舟中夜弹琵琶者。听其音，铮铮然有京都声。问其人，本长安倡女，尝学琵琶于穆、曹二善才。年长色衰，委身为贾人妇。遂命酒使快弹数曲，曲罢悯然。自叙少小时欢乐事，今漂沦憔悴，转徙于江湖间。余出官二年，恬然自安；感斯人言，是夕始觉有迁谪意。因为长歌以赠之，凡六百一十六言，命曰《琵琶行》。

浔阳江头夜送客，枫叶荻花秋瑟瑟。
主人下马客在船，举酒欲饮无管弦。
醉不成欢惨将别，别时茫茫江浸月。
忽闻水上琵琶声，主人忘归客不发。
寻声暗问弹者谁，琵琶声停欲语迟。
移船相近邀相见，添酒回灯重开宴[1]。
千呼万唤始出来，犹抱琵琶半遮面。
转轴拨弦三两声，未成曲调先有情。
弦弦掩抑声声思，似诉平生不得志。
低眉信手续续弹，说尽心中无限事。
轻拢慢捻抹复挑，初为霓裳后六幺[2]。
大弦嘈嘈如急雨，小弦切切如私语。
嘈嘈切切错杂弹，大珠小珠落玉盘。
间关莺语花底滑[3]，幽咽流泉水下滩。
水泉冷涩弦凝绝，凝绝不通声渐歇。
别有幽愁暗恨生，此时无声胜有声。
银瓶乍破水浆迸，铁骑突出刀枪鸣。
曲终收拨当心画，四弦一声如裂帛。
东船西舫悄无言，唯见江心秋月白。
沉吟放拨插弦中，整顿衣裳起敛容。
自言本是京城女，家在虾蟆陵下住。
十三学得琵琶成，名属教坊第一部。
曲罢常教善才服[4]，妆成每被秋娘妒[5]。
五陵年少争缠头[6]，一曲红绡不知数。
钿头银篦击节碎，血色罗裙翻酒污。
今年欢笑复明年，秋月春风等闲度。
弟走从军阿姨死，暮去朝来颜色故[7]。

门前冷落车马稀，老大嫁作商人妇。
商人重利轻别离，前月浮梁买茶去[8]。
去来江口守空船，绕船明月江水寒。
夜深忽梦少年事，梦啼妆泪红阑干。
我闻琵琶已叹息，又闻此语重唧唧[9]。
同是天涯沦落人，相逢何必曾相识。
我从去年辞帝京，谪居卧病浔阳城。
浔阳地僻无音乐，终岁不闻丝竹声。
住近湓城地低湿，黄芦苦竹绕宅生。
其间旦暮闻何物，杜鹃啼血猿哀鸣。
春江花朝秋月夜，往往取酒还独倾。
岂无山歌与村笛，呕哑嘲哳难为听[10]。
今夜闻君琵琶语，如听仙乐耳暂明。
莫辞更坐弹一曲，为君翻作琵琶行。
感我此言良久立，却坐促弦弦转急[11]。
凄凄不似向前声，满座重闻皆掩泣。
座中泣下谁最多，江州司马青衫湿。

题解

本诗写于诗人被贬江州的次年。诗歌以明白易晓的语言，描述了琵琶女高超的弹奏技艺和不幸的经历。诗中写人写己，哭己哭人，抒发了诗人遭受贬谪的愁苦、愤懑之情。

注释

①回灯：指添油拨芯，使灯重新明亮。

②霓裳、六幺：均为琵琶曲名。

③间关：鸟鸣声。

④ 善才：琴师的通称。

⑤ 秋娘：长安名艺人。

⑥ 五陵：长安城北汉高祖等五个皇帝的陵墓，该地区为豪贵聚居之地。缠头：赏给歌舞者的丝织品，如下句中的“红绡”。

⑦ 颜色故：面容衰老。

⑧ 浮梁：地名，在江西。

⑨ 唧唧：叹息声。

⑩ 呕哑嘲哳：形容乐声杂乱琐碎。

⑪ 却：退回。

韩碑

李商隐

元和天子神武姿[1]，彼何人哉轩与羲[2]。
誓将上雪列圣耻[3]，坐法宫中朝四夷[4]。
淮西有贼五十载，封狼生貙貙生罴[5]。
不据山河据平地，长戈利矛日可麾[6]。
帝得圣相相曰度，贼斫不死神扶持。
腰悬相印作都统，阴风惨澹天王旗[7]。
愬武古通作牙爪[8]，仪曹外郎载笔随。
行军司马智且勇，十四万众犹虎貔[9]。
入蔡缚贼献太庙，功无与让恩不訾[10]。
帝曰汝度功第一，汝从事愈宜为辞[11]。
愈拜稽首蹈且舞[12]，金石刻画臣能为。
古者世称大手笔，此事不系于职司。
当仁自古有不让，言讫屡颔天子颐[13]。
公退斋戒坐小阁，濡染大笔何淋漓。
点窜尧典舜典字，涂改清庙生民诗[14]。

文成破体书在纸[15]，清晨再拜铺丹墀。
表曰臣愈昧死上，咏神圣功书之碑。
碑高三丈字如斗，负以灵鳌蟠以螭。
句奇语重喻者少，谗之天子言其私。
长绳百尺拽碑倒，粗砂大石相磨治。
公之斯文若元气，先时已入人肝脾。
汤盘古鼎有述作[16]，今无其器存其辞。
呜呼圣王及圣相，相与烜赫流淳熙[17]。
公之斯文不示后，曷与三五相攀追[18]。
愿书万本诵万遍，口角流沫右手胝。
传之七十有二代，以为封禅玉检明堂基[19]。

作者

李商隐（约 813—约 858），唐朝诗人。

题解

在诗中，诗人记叙了韩愈撰写平淮西碑碑文的始末，对韩愈碑文的典雅和价值作出了极高的评价。同时，表达了对韩愈碑文被磨去的遗憾与不平。

注释

① 元和太子：指唐宪宗，元和是唐宪宗年号。

② 轩与羲：黄帝和伏羲。

③ 列圣：指先前的几个皇帝。

④ 法宫：君主正殿。

⑤ 封狼：大狼。貙（chū）、罴（pí）：皆野兽名，此喻叛将。

⑥ 日可麾：比喻对抗朝廷。麾，通“挥”。

⑦“帝得圣相相曰度”至“阴风惨澹天王旗”：此四句主要讲裴度事迹。裴曾遭遇刺客受伤不死，督兵讨伐淮西叛军，行元帅事。

⑧ 愬武古通：指李愬、韩公武、李道古、李文通，皆裴度手下大将。

⑨ 貔（pí）：貔貅，传说中的猛兽。

⑩ 訾（zī）：通“赀”，计算。

⑪ 帝曰汝度功第一，汝从事愈宜为辞：此指唐宪宗对裴度说的话。汝从事愈，你的部下韩愈。

⑫ 稽首：叩头。

⑬ 屡颔天子颐：使皇帝多次点头称赞。

⑭ 点窜尧典舜典字，涂改清庙生民诗：尧典、舜典，《尚书》篇名；清庙、生民，《诗经》篇名。句意是韩愈摹仿经典文辞。

⑮ 破体：即行书。

⑯ 古：《唐诗三百首》作“孔”。

⑰ 烜（xuǎn）赫：声威显赫。淳熙：广大光明（的功德）。

⑱ 三五：三皇五帝。

⑲ 玉检：封禅所用的玉牒。

燕歌行

高适

开元二十六年，客有从元戎出塞而还者[1]，作《燕歌行》以示适。感征戍之事，因而和焉。

汉家烟尘在东北[2]，汉将辞家破残贼。
男儿本自重横行[3]，天子非常赐颜色。
摐金伐鼓下榆关[4]，旌旗逶迤碣石间。
校尉羽书飞瀚海，单于猎火照狼山。

山川萧条极边土，胡骑凭陵杂风雨。
战士军前半死生，美人帐下犹歌舞。
大漠穷秋塞草衰，孤城落日斗兵稀。
身当恩遇常轻敌，力尽关山未解围。
铁衣远戍辛勤久，玉箸应啼别离后⑤。
少妇城南欲断肠，征人蓟北空回首。
边风飘飘那可度，绝域苍茫更何有⑥。
杀气三时作阵云，寒声一夜传刁斗⑦。
相看白刃血纷纷，死节从来岂顾勋？
君不见沙场争战苦，至今犹忆李将军。

作者

高适（约700—765），唐朝诗人。

题解

本诗是高适边塞诗歌的代表作之一。诗人通过对将领恃宠而骄、大意轻敌，致使战争失败，将士长期滞留边塞的叙述，写出了边塞征战将士的悲苦境遇，渲染了悲壮淋漓的气氛。

注释

① 元戎：主帅。

② 烟尘：烽烟与尘土，此借指边塞战争。

③ 横行：纵横杀敌。

④ 摐（chuāng）金伐鼓：鸣金击鼓。摐，敲击。

⑤ 玉箸：眼泪。

⑥ 绝域：极其荒远的地方。

⑦ 刁斗：古代军中打更用的铜器，形似锅，白天用作炊具。

蜀道难

李白

噫吁嚱，危乎高哉！
蜀道之难，难于上青天！
蚕丛及鱼凫[1]，开国何茫然。
尔来四万八千岁，乃与秦塞通人烟[2]。
西当太白有鸟道，可以横绝峨眉巅。
地崩山摧壮士死，然后天梯石栈方钩连。
上有六龙回日之高标[3]，下有冲波逆折之回川[4]。
黄鹤之飞尚不得，猿猱欲度愁攀缘。
青泥何盘盘[5]，百步九折萦岩峦。
扪参历井仰胁息[6]，以手抚膺坐长叹。
问君西游何时还，畏途巉岩不可攀[7]。
但见悲鸟号古木，雄飞从雌绕林间。
又闻子规啼夜月，愁空山。
蜀道之难，难于上青天，使人听此凋朱颜。
连峰去天不盈尺，枯松倒挂倚绝壁。
飞湍瀑流争喧豗[8]，砯崖转石万壑雷[9]。
其险也若此，嗟尔远道之人胡为乎来哉！
剑阁峥嵘而崔嵬，一夫当关，万夫莫开。
所守或匪亲，化为狼与豺。
朝避猛虎，夕避长蛇，
磨牙吮血，杀人如麻。
锦城虽云乐，不如早还家。
蜀道之难，难于上青天，侧身西望长咨嗟。

题解

诗人借用乐府古体，充分运用想象、夸张的手法，再现了蜀道奇、险、不可凌越的气势，充分显示了诗人的浪漫气质和对壮丽山河的热爱。

注释

① 蚕丛、鱼凫：传说中蜀国的两位先王。

② 乃：《唐诗三百首》作“不”。

③ 六龙回日：神话中日神所乘车由六龙驾驶，遇险阻之处而绕行。这里极言蜀道之高险。

④ 回川：有漩涡的河流。

⑤ 青泥：山岭名，入蜀要道。

⑥ 参、井：皆星宿名。

⑦ 巉岩：高峻的山峰。

⑧ 喧豗（huī）：水流相冲击的轰鸣声。

⑨ 砯（pīng）：水击山崖声。

古从军行

李颀

白日登山望烽火，黄昏饮马傍交河[①]。
行人刁斗风砂暗[②]，公主琵琶幽怨多。
野营万里无城郭[③]，雨雪纷纷连大漠。
胡雁哀鸣夜夜飞，胡儿眼泪双双落。
闻道玉门犹被遮[④]，应将性命逐轻车[⑤]。
年年战骨埋荒外，空见蒲萄入汉家。

题解

本诗为一首边塞诗。诗人通过对野营万里、雨雪纷纷、胡雁哀鸣的具体描摹，写出了边塞的荒凉凄苦。

注释

① 交河：唐代安西都护府治所，在今新疆吐鲁番西北。

② 行人：行军作战的士兵。

③ 野营：《唐诗三百首》作“野云”。

④ 遮：阻断。

⑤ 轻车：代指将帅。

老将行

王维

少年十五二十时，步行夺得胡马骑[1]。
射杀山中白额虎，肯数邺下黄须儿[2]。
一身转战三千里，一剑曾当百万师。
汉兵奋迅如霹雳，虏骑崩腾畏蒺藜。
卫青不败由天幸，李广无功缘数奇。
自从弃置便衰朽，世事蹉跎成白首。
昔时飞箭无全目[3]，今日垂杨生左肘[4]。
路旁时卖故侯瓜[5]，门前学种先生柳[6]。
苍茫古木连穷巷，寥落寒山对虚牖。
誓令疏勒出飞泉[7]，不似颍川空使酒[8]。
贺兰山下阵如云，羽檄交驰日夕闻。
节使三河募年少，诏书五道出将军。
试拂铁衣如雪色，聊持宝剑动星文。

愿得燕弓射大将，耻令越甲鸣吾君。

莫嫌旧日云中守，犹堪一战立功勋[9]。

作者

王维（701？—761），唐朝诗人。

题解

诗人通过对老将经历的叙述，歌颂了老将卓著的功勋和高尚的节操。

注释

① 步行夺得胡马骑：此句借用汉名将李广故事，见《史记·李将军列传》。

② 肯数：岂可只推。黄须儿：此指曹彰，曹操第二子。

③ 昔时飞箭全无目：“飞箭”疑作“飞雀”。这里指射艺高强，可以使雀双目不全。

④ 今日垂杨生左肘：《庄子·至乐》有“柳生左肘”的寓言，这里借用来比喻久疏战阵，肢体僵直。

⑤ 故侯瓜：秦东陵侯召平，秦亡后成为平民，种瓜为生。

⑥ 先生柳：晋陶渊明弃官隐居，门前有五棵柳树，自号“五柳先生”。

⑦ 誓令疏勒出飞泉：东汉耿恭率兵守疏勒（在今新疆），城外匈奴断其水道，耿恭命人掘井，掘十五丈不见水，经祈祷而出水，匈奴以为汉军有神助而退兵。

⑧ 不似颍川空使酒：西汉将军灌夫，家在颍川，曾在喝酒后辱骂权相田蚡，后被害。

⑨ 莫嫌旧日云中守，犹堪一战立功勋：汉文帝时魏尚为云中太守，他在任时匈奴不敢来犯。后因故被削职。冯

唐在文帝面前为他打抱不平，文帝又为他复职。云中地在今内蒙古托克托县。

将进酒

李白

君不见黄河之水天上来，奔流到海不复回。
君不见高堂明镜悲白发，朝如青丝暮成雪。
人生得意须尽欢，莫把金樽空对月。
天生我材必有用，千金散尽还复来。
烹羊宰牛且为乐，会须一饮三百杯①。
岑夫子，丹丘生②，
将进酒，杯莫停。
与君歌一曲，请君为我倾耳听。
钟鼓馔玉不足贵③，但愿长醉不愿醒。
古来圣贤皆寂寞，惟有饮者留其名。
陈王昔时宴平乐，斗酒十千恣欢谑。
主人何为言少钱，径须沽取对君酌。
五花马，千金裘，
呼儿将出换美酒，与尔同销万古愁。

题解

本诗是一首劝酒歌。全诗以两组排比长句开篇，气势豪迈，感情奔放。既体现了诗人的纵情与自信，也流露出诗人虽怀才不遇但渴望用世的积极意向。

注释

① 会须：会当。

② 岑夫子、丹丘生：二人都是李白的好友。

③ 馔玉：珍美的食物。

兵车行

杜甫

车辚辚，马萧萧，行人弓箭各在腰。
爷娘妻子走相送，尘埃不见咸阳桥。
牵衣顿足拦道哭，哭声直上干云霄。
道旁过者问行人，行人但云点头频[1]。
或从十五北防河[2]，便至四十西营田[3]。
去时里正与裹头，归来头白还戍边。
边庭流血成海水，武皇开边意未已[4]。
君不闻汉家山东二百州，千村万落生荆杞。
纵有健妇把锄犁，禾生陇亩无东西。
况复秦兵耐苦战，被驱不异犬与鸡。
长者虽有问，役夫敢申恨？
且如今年冬，未休关西卒。
县官急索租，租税从何出？
信知生男恶[5]，反是生女好。
生女犹得嫁比邻，生男埋没随百草。
君不见青海头，古来白骨无人收。
新鬼烦冤旧鬼哭，天阴雨湿声啾啾！

题解

这首诗是杜甫的传世名篇之一。诗人以问答之辞，真实而深刻地揭露了唐玄宗的穷兵黩武给人民带来的深重苦难。

注释

① 点头：《唐诗三百首》作“点行”。点行，征点出行（服役）。

② 防河：亦称防秋，即调集军队守御河西，以防吐蕃秋季侵犯骚扰。

③ 营田：垦田驻守。

④ 意未已：没有停止的想法。

⑤ 信知：真的明白。

九

玉阶怨

李白

玉阶生白露，夜久侵罗袜。却下水晶帘，玲珑望秋月。

题解

这是一首宫怨诗，描写一位妇女寂寞和惆怅的心情。

逢雪宿芙蓉山

刘长卿

日暮苍山远，天寒白屋贫。柴门闻犬吠，风雪夜归人。

作者

刘长卿（？—约 789），唐朝诗人。

题解

这首诗描绘的是一幅风雪夜归图，全诗语言平实，形象鲜明。

塞下曲二首

卢纶

林暗草惊风，将军夜引弓。平明寻白羽，没在石棱中。

月黑雁飞高，单于夜遁逃①。欲将轻骑逐②，大雪满弓刀。

作者

卢纶（约 742—约 799），唐朝诗人。

题解

《塞下曲》是诗人的组诗作品，共六首。此选其中两首，为原诗的第二、三首。前一首诗描写将军夜巡射箭的情景，突出将军臂力过人的形象。后一首诗描写将军雪夜追击败逃之敌的情景，突出恶劣气候给行军带来的困难，反衬出军人勇敢、坚毅的气质。

注释

① 单于：汉时匈奴君主之称，此泛指来犯边地的部族。

② 将：率领。

马　诗

李贺

催榜渡乌江①，神骓泣向风②。君王今解剑③，何处逐英雄。

作者

李贺（790—816），唐朝诗人。

题解

《马诗》是诗人的组诗作品，共二十三首。此为原诗的第十首，写西楚霸王项羽和其坐骑乌骓马的故事。

注释

① 榜：船桨，借指船。

② 神骓（zhuī）：项羽坐骑。

③ 解剑：拔剑自刎。

登乐游原

李商隐

向晚意不适，驱车登古原。夕阳无限好，只是近黄昏。

题解

这首诗赞美黄昏前的原野风光，抒发诗人观落日的感慨。

塞下曲

许浑

夜战桑干雪[①]，秦兵半不归[②]。朝来有乡信，犹自寄寒衣[③]。

作者

许浑（791—854?），唐朝诗人。

题解

这首诗描写了战争所造成的惨重伤亡以及在路途遥远、消息阻隔的情况下，出征战士和家人之间的悲剧故事，揭示了战争的残酷。

注释

① 桑干：河名，在河北省北部，是永定河上游。

② 秦兵：这里指本朝军队。

③ 犹自：仍然。寒：《全唐诗》作“征”。

送　兄

七岁女子

别路云初起，离亭叶正飞[①]。所嗟人异雁，不作一行归。

作者

据传为唐朝的一名七岁女子所作。

题解

这首诗表达了小作者送别哥哥时依依不舍的深情。

注释

① 离亭：驿亭。

题红叶

宫人韩氏

流水何太急，深宫尽日闲。殷勤谢红叶，好去到人间。

作者

据传为唐朝宫女韩氏所作。

题解

这首诗表现了一名宫女对自由幸福生活的向往和憧憬。

送元二使安西

王维

渭城朝雨浥轻尘[1]，客舍青青柳色新。
劝君更尽一杯酒，西出阳关无故人。

题解

这首诗为诗人送朋友去西北边疆时所作，表达了诗人真挚的惜别之情。

注释

① 浥：浸湿。

凉州词

王之涣

黄河远上白云间，一片孤城万仞山。
羌笛何须怨杨柳，春风不度玉门关[1]。

作者

王之涣（688—742），唐朝诗人。

题解

《凉州词》是诗人的组诗作品，共两首。此为原诗的第一首，描绘了诗人远眺黄河的感受。

注释

① 春风不度玉门关：本句语意双关，暗指遥远、艰苦的边关享受不到朝廷的恩泽。

长信秋词[1]

王昌龄

奉帚平明金殿开[2]，且将团扇共徘徊。
玉颜不及寒鸦色，犹带昭阳日影来[3]。

题解

《长信秋词》是诗人的组诗作品，共五首。此为原诗的第三首，根据汉成帝班婕妤失宠的故事，描写了她的哀怨之情。

注释

① 长信：汉宫名。太后所居。班婕妤因汉成帝新宠赵飞燕姐妹而失宠，自请到长信宫服侍太后。

② 奉帚：持帚洒扫。

③“玉颜”二句：班婕妤的容貌连从昭阳宫飞来的乌鸦都不如，因为乌鸦都带着帝王的恩泽（日影）。昭阳，指昭阳宫，为赵飞燕姐妹所居。

从军行

王昌龄

青海长云暗雪山，孤城遥望玉门关。

黄沙百战穿金甲，不破楼兰终不还①。

题解

《从军行》是诗人的组诗作品，共七首。此为原诗的第四首，表现了战士为保卫祖国矢志不渝的崇高精神。

注释

① 楼兰：汉代古国名，在今新疆。这里泛指唐朝西北地区与朝廷对立的地方势力。

越中怀古①

李白

越王勾践破吴归，义士还家尽锦衣。

宫女如花满春殿②，只今惟有鹧鸪飞。

题解

这首诗为怀古之作，表现人事变化和盛衰无常的主题。

注释

① 越中：春秋时代越国都城。在今浙江省绍兴市。

② 春殿：指宫殿。

黄鹤楼闻笛

李白

一为迁客去长沙①，西望长安不见家。
黄鹤楼中吹玉笛，江城五月落梅花②。

题解

这首诗为诗人被流放途中而作，抒发了诗人的迁谪之感和去国之情。

注释

① 去长沙：用汉代贾谊事。贾谊因受权臣谗毁，被贬为长沙王太傅，曾写《吊屈原赋》以自伤。

② 江城：指江夏（今湖北武昌）。

赠汪伦

李白

李白乘舟将欲行，忽闻岸上踏歌声。
桃花潭水深千尺，不及汪伦送我情。

题解

这首诗为诗人游历时给当地朋友汪伦的赠别诗，描写了朋友间的深情厚谊。

闻王昌龄左迁龙标遥有此寄①

李白

梅花落尽子规啼②，闻道龙标过五溪。
我寄愁心与明月，随风直到夜郎西③。

题解

这首诗为诗人因王昌龄贬官有感而作，表达了诗人对王昌龄怀才不遇的惋惜与同情之意。

注释

① 左迁：贬官调往他地。龙标：地名，在今湖南黔阳境内。
② 梅：《全唐诗》作“杨”。
③ 夜郎：古地名有多处夜郎，此夜郎当在湖南芷江县境内。

江村即事

司空曙

罢钓归来不系船①，江村月落正堪眠。
纵然一夜风吹去，只在芦花浅水边。

作者

司空曙（740—790?），唐朝诗人。

题解

这首诗描绘了江村宁静优美的景色，表现了钓者悠闲的生活情趣。

注释

① 罢钓：《全唐诗》作“钓罢”。

宿武关①

李涉

远别秦城万里游，乱山高下入商州②。
关门不锁寒溪水，一夜潺湲送客愁。

作者

李涉（生卒年不详），唐朝诗人。

题解

这首诗描写了诗人宿武关时的见闻感受，抒发了去国离乡的愁苦情怀。

注释

① 武关：地名，在今陕西丹凤县东。
② 入：《全唐诗》作“出”。商州：地名，今陕西商县。

次潼关先寄张十二阁老①

韩愈

荆山已去华山来，日照潼关四扇开。
刺史莫辞迎候远，相公新破蔡州回②。

题解

这首诗为诗人于淮西凯旋途中所作，抒发了作者的政治激情。

注释

① 次：驻军。潼关：在陕西潼关县北，为秦、晋、豫交通要塞。张十二阁老：即张贾，时任华州刺史。

② 相公：指平淮大军统帅、宰相裴度。

石头城

刘禹锡

山围故国周遭在，潮打空城寂寞回。
淮水东边旧时月，夜深还过女墙来[①]。

作者

刘禹锡（772—842），唐朝文学家、哲学家。

题解

这首诗借描写石头城的萧条景象，寄托国运衰微的感慨。

注释

① 女墙：城墙上面呈凹凸形的矮墙。

听旧宫人穆氏唱歌

刘禹锡

曾随织女渡天河，记得云间第一歌。
休唱贞元供奉曲[①]，当时朝士已无多。

题解

这首诗写诗人听旧宫中乐人唱歌，表达了对国运的感慨伤叹。

注释

① 贞元：唐德宗年号。

与歌者何戡

刘禹锡

二十余年别帝京，重闻天乐不胜情。
旧人惟有何戡在①，更与殷勤唱渭城②。

题解

这首诗通过写诗人听故人演奏旧时宫廷音乐，抒发昔盛今衰之感。

注释

① 何戡：元和、长庆年间一位著名的歌手。
② 渭城：乐府曲名。亦名《阳关》。

杨柳枝词①

刘禹锡

炀帝行宫汴水滨，数株残柳不胜春。
晚来风起花如雪，飞入宫墙不见人。

题解

《杨柳枝词》共九首，此为原诗的第六首，表达了亡国之悲。

注释

① 杨柳枝词：乐府《近代曲辞》名。

和令狐相公牡丹①

刘禹锡

平章宅里一阑花②，临到开时不在家。
莫道两京非远别，春明门外即天涯③。

题解

这首诗为诗人与令狐楚唱和之作，表达了离京赴天涯的沉浮感慨。

注释

① 诗题《全唐诗》作“和令狐相公别牡丹”。

② 平章：唐代对相当于宰相的官员的称呼。阑：《全唐诗》作“栏”。

③ 春明门：唐代长安城外郭东面正中的城门。

过华清宫

杜牧

长安回望绣成堆，山顶千门次第开①。
一骑红尘妃子笑，无人知是荔枝来。

作者

杜牧（803—853），唐朝文学家。

题解

《过华清宫》共三首，此为原诗的第一首，揭露了唐玄宗与杨贵妃穷奢极欲的

生活。

注释

① 千门：形容山顶宫殿壮丽，门户众多。

登乐游原

杜牧

长空澹澹孤鸟没，万古销沉向此中。
看取汉家何事业，五陵无树起秋风。

题解

这首诗描写了诗人登乐游原时对物是人非、人世盛衰的感叹。

题桃花夫人庙①

杜牧

细腰宫里露桃新②，脉脉无言度几春。
至竟息亡缘底事③，可怜金谷坠楼人④。

题解

这首诗为诗人游桃花夫人庙而作，表达了对贞烈女子的赞颂，对苟且偷生之人的讽刺。

注释

① 桃花夫人：即息夫人。春秋时陈侯之女，嫁给息国国君，称为息妫（guī）。楚文王喜欢她的美貌，于是灭掉息国，强纳其为夫人。传说此后她一言不发。

② 细腰宫：即楚王宫。后世有“楚王爱细腰，宫中多饿死”的说法。这里有讽刺意。

③ 底事：何事。

④ 金谷：即金谷园。西晋石崇别墅，原址在今河南洛阳西北。该园十分奢华，石崇宠妾绿珠美艳而善吹笛。石崇政敌孙秀为夺绿珠而派人到金谷园抓捕石崇，绿珠跳楼而死，石崇被杀。坠楼人：即绿珠。

边上闻笳

杜牧

何处吹笳薄暮天，塞垣高鸟没狼烟[1]。
游人一听头堪白，苏武争禁十九年[2]。

题解

《边上闻笳》共三首，此为原诗的第一首，表达了对苏武之节的慨叹。

注释

① 没：（被狼烟）笼罩遮挡。

② 争禁：怎么经受得起。

山　行

杜牧

远上寒山石径斜，白云生处有人家。
停车坐爱枫林晚，霜叶红于二月花。

题解

这首诗描写和赞美了深秋山林景色。

夜雨寄北

李商隐

君问归期未有期，巴山夜雨涨秋池。
何当共剪西窗烛，却话巴山夜雨时。

题解

这首诗为诗人身居异乡巴蜀所写，表达了思念之情。

汉宫词

李商隐

青雀西飞竟未回①，君王长在集灵台②。
侍臣最有相如渴③，不赐金茎露一杯④。

题解

这首诗为诗人讽喻汉武帝求仙访道之举而作。

注释

① 青雀：传说中西王母的使者。

② 集灵台：汉武帝时宫观之一。上两句是说西王母一去不回，而汉武帝还在集灵台空等。

③ 相如渴：汉司马相如患消渴疾。这里只取“渴”的意义。

④ 金茎露：承露盘中的露，传说

将此露和玉屑服之，可得仙道。

齐宫词

李商隐

永寿兵来夜不扃①，金莲无复印中庭②。
梁台歌管三更罢③，犹自风摇九子铃④。

题解

这首诗为诗人游历江东一带有感而作，表达了对南朝齐、梁短命王朝的慨叹。

注释

① 永寿：即永寿宫，齐东昏侯萧宝卷为宠妃潘妃所建三殿之一。扃：关门。

② “金莲”句：齐东昏侯让人“凿金为莲花以贴地，令潘妃行其上”，谓此为“步步生莲花”。

③ 梁台：梁朝宫殿。

④ 九子铃：寺庙中的风铃，被萧宝卷强取装在宫中。梁武帝取代齐王之后，仍然穷奢极欲。这句的意思是，新任皇帝仍旧听着亡朝的风铃而不自知。

北齐二首

李商隐

一笑相倾国便亡，何劳荆棘始堪伤①。
小怜玉体横陈夜②，已报周师入晋阳。

巧笑知堪敌万几，倾城最在著戎衣。
晋阳已陷休回顾，更请君王猎一围③。

题解

此为两首咏史诗，讽刺北齐后主高纬因宠幸冯淑妃而亡国。

注释

①“一笑”二句：此二句借用晋朝故事讽刺北齐后主。晋朝索靖知其皇室将乱，对洛阳殿前的铜驼说：“会见汝在荆棘中。”（宫室将毁于战乱）这二句说的是冯淑妃受宠之日，就是北齐亡国之时，不必等到皇宫成了废墟才产生悲伤。

② 小怜：即冯淑妃，北齐后主高纬宠妃。

③“晋阳”二句：《北史·后妃传》载：“周师取平阳，帝猎于三堆。晋州告急，帝将还。淑妃请更杀一围，从之。”

赠弹筝人

温庭筠

天宝年中事玉皇[1]，曾将新曲教宁王[2]。
钿蝉金雁今零落[3]，一曲伊州泪万行[4]。

作者

温庭筠（812—870?），唐朝诗人，以词名家。本书只选了他的诗。

题解

这首诗借咏弹筝艺人昔盛今衰的身世，抒发人生无常的悲哀之情。

注释

① 玉皇：指唐玄宗李隆基。

② 宁王：李隆基之兄。

③ 钿蝉：镶嵌珍宝的蝉形首饰。

④ 伊州：曲名。

瑶瑟怨

温庭筠

冰簟银床梦不成[1]，碧天如水夜云轻。
雁声远过潇湘去，十二楼中月自明[2]。

题解

这首诗写闺中女子独处时的幽冷凄清，表达了女子的怨思。

注释

① 簟（diàn）：竹席。

② 十二楼：仙人所居。此指女子所居之处。

谢亭送别

许浑

劳歌一曲解行舟[1]，红叶青山水急流。
日暮酒醒人已远，满天风雨下西楼。

题解

这首诗为诗人在宣城谢亭送别友人后所写，表达了朋友离别的惆怅之情。

注释

① 劳歌：送别之歌。

淮上与友人别

郑谷

扬子江头杨柳春，杨花愁杀渡江人。
数声风笛离亭晚，君向潇湘我向秦[1]。

作者

郑谷（842—910?），唐朝诗人。

题解

这首诗为诗人在淮上（今江苏扬州）与友人别离而作，表达了离情愁绪。

注释

① 秦：指当时的都城长安。

下第后上永崇高侍郎[1]

高蟾

天上碧桃和露种，日边红杏傍云栽[2]。
芙蓉生在秋江上，不向东风怨未开。

作者

高蟾（生卒年不详），唐朝诗人。

题解

这首诗为晋谒之作，表达了对考中进士者的羡慕以及对自己才干的自信。

注释

① 永崇：指长安永崇坊。高侍郎：指当时的礼部侍郎高湜。

② 傍：《全唐诗》作“倚”。

仲　山[1]

唐彦谦

千载遗踪寄薜萝，沛中乡里旧山河。
长陵亦是闲丘垄[2]，异日谁知与仲多。

作者

唐彦谦（848—?），唐朝诗人。

题解

这首诗表达了对汉高祖刘邦的讽刺。

注释

① 仲山：刘邦之兄刘仲埋葬地。

② 长陵：刘邦陵墓。

华清宫

杜常

行尽江南数十程，晓风残月入华清。
朝元阁上西风急[1]，都向长杨作雨声。

作者

杜常（生卒年不详），北宋诗人。

题解

这首诗为诗人游华清宫而作，表达了对世事盛衰变幻的感慨。

注释

① 朝元阁：华清宫中宫殿。

金谷园

杜牧

繁华事散逐香尘[1]，流水无情草自春。
日暮东风怨啼鸟，落花犹似坠楼人。

题解

这首诗借西晋石崇及其宠妾绿珠的故事，抒发了作者面对金谷园遗址而产生的感慨。

注释

① 繁华事：指石崇当年在金谷园的繁华往事。

隋宫

李商隐

乘兴南游不戒严，九重谁省谏书函[1]。
春风举国裁宫锦，半作障泥半作帆[2]。

题解

这首诗讽刺隋炀帝杨广奢侈嬉游之事。

注释

①“九重”句：隋炀帝杨广巡幸南方，凡劝谏者都被杀，没人再敢提谏言。九重，指皇帝居住的深宫。省（xǐng），懂得（这里讽刺杨广）。

② 障泥：马鞯（jiān），垫在马鞍下面的皮革，两边下垂至马镫，用来挡泥土。

嫦　娥

李商隐

云母屏风烛影深，长河渐落晓星沉。
嫦娥应悔偷灵药，碧海青天夜夜心。

题解

这首诗咏写了月宫嫦娥的惆怅寂寞。

贾　生

李商隐

宣室求贤访逐臣①，贾生才调更无伦。
可怜夜半虚前席②，不问苍生问鬼神。

题解

这是一首借古讽今的咏史诗，意在借贾谊的遭遇，抒发作者怀才不遇、壮志难酬的感伤。

注释

① 宣室：汉文帝宫室之一。逐臣：被贬谪的大臣，此指贾谊。

② 可怜：可惜。虚前席：白白地在坐席上向前移动（古人跪坐，汉文帝因听得入神，不自觉地双膝向前移动，靠近贾谊）。

金陵图

韦庄

江雨霏霏江草齐，六朝如梦鸟空啼。
无情最是台城柳①，依旧烟笼十里堤。

作者

韦庄（约 836—910），五代前蜀诗人、词人。

题解

这是一首吊古伤今之作。

注释

① 台城：宫城名。在今南京玄武湖边。

陇西行

陈陶

誓扫匈奴不顾身，五千貂锦丧胡尘①。
可怜无定河边骨②，犹是春闺梦里人。

作者

陈陶（生卒年不详），唐朝诗人。

题解

《陇西行》共四首，此为原诗的第二首，描述了战士的征戍之苦，进而揭示了战争给阵亡将士

的年轻妻子（恋人）带来的深沉、持久的痛苦。

注释

① 貂锦：战袍，借指战士。

② 无定河：黄河支流，在陕西北部。

出　塞

王昌龄

秦时明月汉时关，万里长征人未还。
但使龙城飞将在，不教胡马度阴山。

题解

《出塞》诗共二首，此为原诗的第一首，通过对汉代名将李广的怀念，表达了对作者所处时代缺少良将，致使边境战乱不宁的惋惜之情。

主要参考文献

1. 〔梁〕萧统编，〔唐〕李善注．文选（上、中册）．北京：中华书局，1981.

2. 〔梁〕徐陵辑．玉台新咏．北京：文学古籍刊行社影印本，1955.

3. 〔宋〕郭茂倩．乐府诗集．北京：中华书局，1979.

4. 〔明〕冯惟讷．古诗纪．景印文渊阁四库全书．第1379册. 台北：台湾商务印书馆，1986.

5. 〔清〕沈德潜选．古诗源．2版．北京：中华书局，2006.

6. 〔清〕蘅塘退士编选，张忠纲评注．唐诗三百首．北京：中华书局，2014.

7. 顾青编撰．唐诗三百首（名家集评本）．北京：中华书局，2005.

8. 诸葛忆兵编著．唐诗品鉴．北京：中国人民大学出版社，2010.

9. 逯钦立辑校．先秦汉魏晋南北朝诗．北京：中华书局，1983.

10. 陈宏天，赵福海，陈复兴主编，阴法鲁审定．昭明文选译注．2版．长春：吉林文史出版社，2007.

11. 〔南朝宋〕鲍照著，钱仲联增补集说校．鲍参军集注．上海：上海古籍出版社，2005.

12. 〔东晋〕陶渊明著，王瑶编注．陶渊明集．北京：人民文学出版社，1956.

13. 郑文笺注．汉诗选笺．上海：上海古籍出版社，1986.

14. 曹旭，唐玲选注．乐府诗．北京：中华书局，2015.

15. 余冠英选注．汉魏六朝诗选．北京：中华书局，2012.

16. 姜书阁，姜逸波选注．汉魏六朝诗三百首．长沙：岳麓书社，1992.

17. 金性尧注．唐诗三百首新注．上海：上海古籍出版社，1980.

18. 黄瑞云选注．诗苑英华·两汉魏晋南北朝诗卷．武汉：湖北教育出版社，2002.

19. 黄瑞云选注．诗苑英华·唐诗卷．武汉：湖北教育出版社，2002.

20. 北京大学中国文学史教研室选注．先秦文学史参考资料（上下册）.2 版．北京：中华书局，1990.

21. 北京大学中国文学史教研室选注．两汉文学史参考资料（上下册）.2 版．北京：中华书局，1990.

22. 北京大学中国文学史教研室选注．魏晋南北朝文学史参考资料（上下册）.2 版．北京：中华书局，1990.

23. 中华书局编辑部点校．全唐诗（增订本）．北京：中华书局，1999.

24. 朱东润主编．中国历代文学作品选（上编第一、二册）．上海：上海古籍出版社，1981.

25. 袁世硕主编．中国古代文学作品选（一）（二）．北京：人民文学出版社，2002.

26. 姜亮夫等撰写．先秦诗鉴赏词典．上海：上海辞书出版社，1998.

27. 吴小如等撰写．汉魏六朝诗鉴赏词典．上海：上海辞书出版社，1992.

28. 贺新辉主编．古诗鉴赏词典．北京：中国妇女出版社，1988.

后 记

这本书是在众多同志的关心、支持和帮助下完成的。

在这里，我要感谢中国人民大学校长助理、出版社原社长贺耀敏同志，他力荐此书，并多次精心组织专家研讨，以确保书的质量。

中央文献研究室第一编研部的领导和专家对本书进行了审订，在此一并表示衷心感谢。

感谢中国人民大学周生亚教授、武继山研究馆员、周文柏教授对本书提出了很好的建议和意见，并最终审校全书。

感谢为此书付出辛勤劳动的出版社编辑郭晓明、牛晋芳、李红、王宏霞、毛术芳和黄雨晨等。

挚友李讷、金戈、胡木英、孙小林、夏丽华等及我的家人鼎力相助，保证本书顺利出版，对他们深表感谢。

由于时间紧迫，加之本人水平所限，书中疏漏在所难免，欢迎读者批评指正。

二〇一六年二月十八日

图书在版编目（CIP）数据

毛主席为青少年选的阅读诗词/叶燕编．—北京：中国人民大学出版社，2016.5
ISBN 978-7-300-21987-5

Ⅰ.①毛… Ⅱ.①叶… Ⅲ.①古典诗歌-诗集-中国 Ⅳ.①I222

中国版本图书馆 CIP 数据核字（2015）第 236850 号

毛主席为青少年选的阅读诗词

叶 燕 编

Maozhuxi wei Qingshaonian Xuan de Yuedu Shici

出版发行	中国人民大学出版社		
社　　址	北京中关村大街 31 号	**邮政编码**	100080
电　　话	010－62511242（总编室）		010－62511770（质管部）
	010－82501766（邮购部）		010－62514148（门市部）
	010－62515195（发行公司）		010－62515275（盗版举报）
网　　址	http://www.crup.com.cn		
经　　销	新华书店		
印　　刷	涿州市星河印刷有限公司		
开　　本	890 mm×1240 mm　1/32	**版　　次**	2016 年 5 月第 1 版
印　　张	8 插页 1	**印　　次**	2024 年 7 月第 5 次印刷
字　　数	180 000	**定　　价**	48.00 元

前言

在歷代衆多志怪小説中没有不談鬼的，但一本書專門談鬼而不涉神怪的，實不多見，我所見的大約衹有清人朱海所著《妄妄録》一種。作者自序有云：「神仙詭幻之事不載，惟鬼則記之。蓋士不得志，筆下即有神，亦當化為鬼耳。」由此可知作者談鬼的旨趣，難免要借説鬼以抒憤懣，洩不平。

此書十二卷數百則鬼故事，有不少是從民間搜集來的鄉談，自有其民俗學的價值；也有少數是作者本人的創作，大抵是借鬼諷世和駡人的。中國的諷刺文學應該為「鬼話」開一專題，因為用鬼故事諷世由來甚早，到了清代，便成了些氣候，可以説蒲留仙已開其端，紀曉嵐則大揚其波，但《閲微五種》的嘲諷藴藉風雅，至於《妄妄録》，則未免肆口詆諆，偏於俗趣了。其中卷三「鬼公子」一則，用汪近濤名潮者影射江聲（字鯨濤），卷七「報怨鬼」一則用汪仲字蓉圃者影射汪中（字容甫），此二人都是乾隆時著名文人學者，雖然各有怪癖，但也是自家作怪，與旁人無干，却不知從何處得罪了朱海，成了他編派鬼故事中的醜角。作者自言：「余淪落至此，安知非平生口業所召！」他還是有些自知之明的。無中生有的個人攻擊確實敗德，可是本書中對世情的諷刺，盡管刻畫過虐，但也未始不可取。如卷一「無臉皮鬼」、卷四「辟穀方」、卷五「鬼小脚」、「鬼朋友」諸篇，就是一本正經的大人先生，看了恐怕也難免破顔一笑的，除非他不幸正好與此類對號入座。

但本書的主要價值其實還是在談鬼。周作人《書房一角》卷一《舊書回想記》中專有一篇談此書，言「不佞則取其專門談鬼」，并舉「河水鬼」、「溺鬼喜豆」二則，其說頗奇，并可甄採云。卷四「鬼見人為鬼」一則，當是自創，但想得極好，外國電影《孤島驚魂》中的鬼魂不自知其死，反把生人當做鬼物，也是出於同一思路。卷五「鬼畏老儒」，窮儒五世為人，為鬼所憚，而土豪某雖然氣焰薰灼，卻是初次輪回人道，所謂「頭世人」，鬼亦渺視之，以其「甫脱毛角」也。本書間有録自《閲微草堂筆記》與《子不語》者，但此書也或為他書所採，如卷三「借軀託生」、卷六「禄先壽盡」等條為梁恭辰收入《北东園筆録》，而卷八「中菌毒鬼」條為青城子《志異續編》所録等等。

作者朱海其人的事跡已無可攷，僅知其號蕉圃，蘇州府吳縣人。一生作幕，貧困而不得志，這可以從卷九「詩鬼愛窮」一則所附詩二十律見之。關於作者活動時代，卷十「引魂童子」條記作者八歲時事，後云「轉瞬三十年矣」，是此書當作於四十歲之前。而由自序題「乾隆甲寅（五十九年）」，可以大致推出作者的生年，雖然序中自嘆「頭顱漸老，多病多愁，行將與鬼為鄰」，其實也衹是四十歲人耳。道光二年葉世倬为此書作序時，作者尚在世，年壽已近古稀了。但此書刻成於道光十年，不知作者尚及見否。

本書為近年所編《續修四庫全書》收録，但全書十二卷，僅印了十卷，未免遺憾。此次整理把全書補齊，并刪去刻本誤重的「怨鬼託生」等條。點校中的錯誤，還望讀者指正。

欒保群　二〇一四年六月

序

自李唐來，儒者好爲小説，而後世競效之。詼諧談笑，可泣可歌，即神仙鬼怪之事，亦間述焉。曾不知立一説，著一書，非有濟世之苦心，雖工弗尚也。吾友蕉圃先生，丁年游俠，壯歲登樓。以詩酒作生涯，澆愁腸之磈礧；藉文章爲游戲，醒俗眼之朦朧。書生命薄，恥與阿堵物爲緣；名士風流，敢以臭皮囊種孽。未了三生公案，惟留一片婆心。爰輯所聞，彙成十二卷，顏曰《妄妄録》。蓋以嬉笑怒駡之言，寓感發創懲之意。茫茫杳杳，幻即成真；是是非非，參之自透。亦有魍魎魑魅，盡捨慈悲；亦有牛鬼蛇神，時開笑口。其間因果報應，歷歷不爽。何啻生公説法，足使頑石點頭哉！急宜付諸梨棗，以廣傳聞。指彼岸之可登，識改圖之非晚。勿謂妄妄之談，與稗官曝簷閒話同類而共列之也。是爲序。

道光二年夏日撫閩使者鄉同學弟葉世倬拜撰

自序

余自家遭中落，三徑就荒，半通難得，毋論市上廛、郭外田，即庋閣萬卷及彝鼎圖書，悉爲有力者奪去。蕭然壁立，抑鬱無聊，日與妻子泣涕牛衣中，了無佳趣。乃題橋斬檻，棄家出門，三五年猶似醯雞籬鷃，依人幕下。方歎頭顱漸老，多病多愁，行將與鬼為鄰。同學年少，五陵舊遊，亦各鬚鬢華白，金蘭譜變成點鬼簿。不意癸丑冬天復扼我，舟次洙溪，中宵風覆，行裝既罄，榜人厮養斃命者三。狼狽羈旅，手口卒瘏，艱虞潦倒，庚癸頻呼。裹足杭州客舍，偶涉遊想，略談生計，輒遭鬼揶揄之。造化小兒，花拳綉腿，見衣敝履穿，既目為窮鬼；平胸魂礧，欲奪酒澆，不合時宜，群又譁為酒鬼。百無奈而詠詩，遣愁境於落莫，言則悽惋，嘖嘖者更笑為苦鬼。以堂堂七尺軀，處光天化日之中，貧而非病，人以鬼名，則眾皆唯唯。若一人起而爭之，謂以天涯淪落人，燕市酒人，悲歌慷慨、嶔嵜歷落人，其不眾相擯為妄也幾希！以是俠腸血性不敢發，直言讜論不敢吐，功名富貴不敢思，妻孥童僕不敢戀，琴棋詩酒不敢語，塡膺憤懣不敢泄。

有舌欲言，惟言鬼，斯免鬼之揶揄；與人訊答，亦惟言鬼，斯免求全之毀。因效坡仙謫黄州時故事，日强人説鬼，絕不作治生計。半年來妄言妄聽，并追憶舊聞，隨筆紀十二卷，名曰《妄妄録》。神仙詭幻之事不載，惟鬼則記之。蓋士不得志，筆下即有神，亦當化為鬼耳。乾隆甲寅秋九月既望，書於杭州城北之養行樓。吴縣蕉圃朱海。

凡例

一，是書著於乾隆甲寅，述人科目官職，皆就當時稱謂。迨今剞劂，相距三十餘年，人有及第陞遷，一概未改。

一，記録之事内有數條，近見他書亦載，其間大同小異，乃屬各據所聞，妄言妄聽，固亦無須確究。

目録

卷五

卷九

卷一

鬼蛆

上海徐半園模，昔歲謁顧小韓友伯於杭州。愛西湖，假館清波門外。偶患痢，每如厠，隱聞千百人嘈嘈駡詈聲，離厠即寂然。心怪之，傾耳細聽，乃聲從厠蛆出，詈其糞薄不耐味。詢之土人，知厠基為廢阡，蛆或鬼化耳。

魂先歸家

鄒紫珊宗榮居吳之宫巷里，登乾隆癸丑進士，未殿試即卒於京都。是年秋七月，吳人周佳士載京鑣回。隣之汪某為紫珊門人，其閽者忽暈地，起與主人拱手，敘師生誼，告言藉周某鑣車來，饑乏甚，煩速置飯，且呼肩輿送我，聲口絕如紫珊。汪某惶窘如命。其輿夫以為誕，走近玄妙觀，停輿道左，共入茶肆。有周太保橋徐復堂，亦紫珊舊交，一僕暈地，自語於汪某家飯後，中途輿夫棄我去，迷路不得返，認足下門第，故進一晤，急再呼輿來。復堂怪絶，舁輿親送其家，遂不復有人暈地作語。兩家閽僕頃即神爽，如夢一醒，亦不患病。

餓　鬼

鹺宰沈秋厓成均家吴之陸墓。其幼時乳嫗，迨乾隆二十年，嫗已歲四十餘。時值凶饉，吴中死者枕藉於路。一日，嫗積炊釜中焦飯斗許，負歸給其夫，途中隱若有人曳其後。初曳如一二人，繼則如累千鈞，肩臂痠痛，一步難前，遂委之地。囊不破漏，所貯焦飯無粒存矣。因驚疑成疾，口中喃喃言冥間事，壯夫聽之亦悚慄汗下。

忠介先識詩伯

司馬金南澗泰向居吴之察院里，其宅為明忠臣周忠介公故第，每見怪異。有廳三楹，曰懷芬堂，乃司馬寓緬懷忠介清芬意也。雖赤日在庭，堂中凜凜有寒冽氣，人不敢獨居。一日，司馬同友在廳後軒論詩，言及自明季以來，國朝阮亭、竹垞之後，詩學大家絕響三四十年，未知誰為風人接迹。忽聞屏外應聲答：「沈德潛。」一怪而出視，月光朗映中見一紫袍金帶人儼坐堂上。其友隨步出窺，亦多見之。是時沈歸愚宗伯尚屬諸生，為學究，後成一代詩伯，忠介先識之矣。惜其於文章不自謹慎，作著逆書之徐述夔詩序，罹身後之罪。

焦山大鬼

諸生羅兩峯聘，揚州名士，風流放誕，文藝軼倫。嘗泊舟揚子江，見一鬼青面赤鬚，長數十丈，雙目灼灼如燃巨燈，狀與釋家所畫鬼王相似，從江干舉足，一縱即跨焦山嶺上。遙望其首，邈入雲際。呼榜人共視，良久不動。適舟中攜有連聲爆竹、流星、火龍之類，因向拉雜放之，鬼乃張口噴出火星數萬點，青碧如燐，布映江面，若相拒狀。逾時而滅。

學究魯論見解

上海張謹堂默嘗泊舟黃浦候潮，是時月明雲淨，秋聲微作，因羅衣羽扇，登岸散步。至一村落，聽有老學究在內夜課，喃喃不甚明了。迨聞《論》及《鄉黨·子見齊衰章》〔一〕內「見之」二字係衍文，謂「作」與「趨」乃貫「子見」「見」字。又言「子謂顏淵曰：惜乎吾見其進也，未見其止也」，係錯簡，應記在顏淵既死之後。謹堂奇其解，欲前與語，但見榛莽螢燐，竟無舍宇，乃聲從古塚出也，汗慄而退。比余在畢制軍秋帆第，見有宋名人手寫《四書》一册，《鄉黨·子見章》却無「見之」二字。第言《子謂顏淵章》錯簡，若然，則「子畏於匡，顏淵後」一章，復應記在顏淵未死之前，不免太穿鑿矣。要知《論語》乃孔門諸弟子互相記述，故「畏匡」有兩章，亦不接簡也。

陸蘭痴

陸蘭痴，逸其名，大銀臺經遠後。騃戇性成，人呼為陸痴。嗜酒好詩，行吟道上，嬉笑怒罵，旁若無人。家徒壁立，妻子泣牛衣中，弗顧也。年五十餘，以痴死。死之日，同學斂貲為殯。石交丁天池瀚，亦吾蘇人，客新安，及歸，蘭痴墓木已拱。乃置冥

〔一〕「子見齊衰」等三章均見於《論語·子罕》，此言《鄉黨》，誤。此章原文爲「子見齊衰著，冕衣裳者，與瞽者，見之，雖少，必作；遇之，必趨。」

器數百種祭之，車馬裘服畢備，復絹作兩奚奴。其子因蘭癡最喜優人王紫霞、劉湘蘭，遂於絹人背戲題紫霞、湘蘭名，共焚之。後月餘，有相人潘也鴻寓居虎邱，月下見湘蘭同一小伶低歌行酒，侍一客於千人石上，客擫笛和之，遠視如蘭痴，而念其已死，因其友陳燾者貌侶蘭痴，遂狂呼而前，曰：「不速之客一人來！」瞬息無影，方知所見竟蘭痴也，大怖而返。明日，適湘蘭至虎邱，也鴻告其事，乃曰：「夜來恰曾夢與陸痴遊。」

無頭鬼

錢塘門外為杭州決囚地，多鬼。吳縣李文政連玉晚年既畢向平願，來寓西湖。一日久雨初止，遊人未集，獨自散步。忽見數十人，東三西四，散遊湖上。一少婦鬟插玫瑰花，羅衣綉裙，兀坐牆根樹下，若有所思，數少年窺伺其側。旋有二人簇一藍頂者至，行動佻薄，不似顯貴。見婦即呼舟共去。少年在旁側目視，口出訕言。有輿夫短褐赤足，即揮毆少年，扭結而去。旁有二老睨視良久，操寧波土語曰：「誰信阿旺有今日，我果說渠是富相！」各咨嗟數語，低頭緩步行。又有三五人，勾肩連臂如公吏狀，方趁舟將赴清波門，一人披襟曳履，踉蹌追至，狂呼回岸，喇喇立語，但聞「我已叫老娘去」，一吏搖首答：「雖好，我還有譜兒打。」不知作何事。蓋杭人呼妻為「老娘」，設局詐為「打譜兒」，每遇細故，輒縱婦女制勝也。遂偕進茶肆商量。文政再散步前，又見一婦乘輿至短垣小門外，即下輿進，搥胸跌足，且哭且罵。方喧嚷，一操北音者衣褲盡脫而出，拉婦撳地欲污。婦人鬢蓬釵墮，衣破臀露，輿夫力護上輿去。適撫軍上天竺，金鼓一鳴，顧向之東三西四之遊人，多半捧頭在手，轉瞬滅影，湖上惟兩漁人小舠網魚，方知見鬼。不審向之公吏、婦人、輿夫俱鬼否。

狗鬼

杭州有屠狗者，索狗行市中。狗踞地觳觫，哀鳴不前。有僧出錢一百購去。僧結茅西湖；每杖錫行，狗即尾隨，駐錫則蹲地如跏趺，或投之肉骨，不食，菜腐乃食之。口中嗚嗚，常若作誦佛聲。逾年狗死，瑰然作人坐，前兩足如合手狀。里中佞佛者各施錢帛香燈，瘞之以小龕。僧有小沙彌，年八歲，夜視僧坐蒲團，常有一狗侍其側，逼視之即滅，影蓋狗之鬼也。趙州謂狗子有佛性，曰無，豈其然乎！

之。眾笑曰：「此何異哉，我輩皆能之。」各陳頭几上。遂驚絕暈地，心雖明了，吁吁殘喘，手足不能稍動。次早，聽店主曰：「客死矣，可以作三日羹也。」一人即於户外磨刀霍霍。猛力躍起，棄裝而行。陳默齋騎尉廣寧曰：「富人無不鬼蜮為奸，蓋不鬼則不富矣。此鬼身畔堆積銀錢，可知富也。」

其二

蘇州閶門袁大，其祖父齒積力掙，漸漸盤剝起家，不三十年，富有數十萬。袁大幼即好賭，父不能禁，因截其指。越日創愈，乃捧骰盆搖以成色。父死，局賭者盈户，晝夜不輟，遂蕩家產，妻子不能給饘粥。向之賭友因其貧，多厭棄之，竟絕跡，無與賭者。

方饑凍欲死，其叔付小金簪二枝，使易錢苟活。袁大忻然，先典銀若干，將炫示舊時賭友，復呼一雉。行至四畝田，忽聞一舍內骰聲清越，心益奇癢，魂與聲去。立户外睇望間，隨有一人邀進，入局三五擲，銀既輸盡，尚負十餘緡。眾方喧鬧，欲剝衣履。其叔適經四畝田，見袁大瞪立荒塚下，爰唾之曰：「妻子餓僅存一息矣，尚不易錢買米

畫皂隸

韋蘇州祠在蘇州府學中，即唐賢名應物，刺史蘇州，因立祠。士人宿祠祈夢，卜終身休咎，每著靈異。昔徐相國元文未第時，曾往禱之，夢見刺史迎謂曰：「明公功名富貴在夫人手中。」迨歸，見閨中鏡臺下瓜子擺「狀元宰相」四字，蓋湯夫人夜來閨中獨坐，戲擺之也，遂悟夢神語，後果驗。

比年一士祈夢，燃燭神座，張幕堂上，輾轉欲寐間，忽見一皂隸手掩左眼，曳之起，謂士傷其目，索與醫，擾嚷竟夜。次日，見壁上所畫皂隸，面似夜間擾者，左目為帳竹劃損。大異，向壁謝罪，倩畫工復圖如前。其靈異及於壁畫皂隸，不獨刺史也。

睹鬼

乾隆五十年，山東大饑，易子而食、析骸而炊者比比。某甲宿一旅店，因孤身自危，夜不成寐。見隔舍燈光，窺視之，一少婦梳挽雲鬟，後掇頭鏡臺下畫眉，大怖奔出。前舍見有四人斗葉子，左偏又數人呼盧喝雉，身畔銀錢堆積，不似凶歲風景，具告拾芥，嘗言「行樂須少年，若博封誥榮父母閭閻，立勛業為朝廷柱石，則年過三十，就科目登上第，從翰詹起家，未晚也。」以是日作狹斜遊，惜玉憐香，千金不吝，妓館酒樓，題詠殆遍，一時目為情種。妓有當意者，嘗寫蘭扇頭贈之。其尋常交遇，以扇索畫，不過蟲魚花鳥，隨意戲墨，然綴以小詩小詞，便覺風雅邁俗。

乾隆庚子，年二十四，以情死。越十餘年，其弟安仁從秦淮妓館得一扇，上畫滋蘭九畹，系詩曰：「歡怀纔舉是離筵，後會侯門那得便。恨不身如雙燕子，春來還到畫堂前。」後書「壬子冬日長洲徐德麟題贈玉眞仙史」。蓋玉眞本歌妓，為某大僚購去，將行時所好贈之者。淡墨淋漓，宛如芝庵手澤。安仁訝異，曾攜扇示余。

畏避貴人

無錫鄧阿喜，毛竹橋下細民也，自言能見神鬼。顧饗泉廉訪光旭總角時，適隣家因病祭禳，往視之。阿喜亟邀廉訪出。人問之，答曰：「衆鬼擔囊負笈將欲行，見顧家郎君，不敢走耳。」

鬼鸚鵡

黄雲山叔元居吴之草橋，善畫墨驢。乾隆十六年，上南巡，畫以獻上，賞賫有加，人號為「黄驢子」。其《秋山行旅圖》，手出千百幅，曾未有相同者。甘貧樂道，年八十餘，精神矍鑠，能飲酒賦詩。畜一鸚鵡，善人言，且能效驢鳴，愛之如命，雖間關千里，必攜以隨。與余為忘年交，嘗曾聽鸚鵡作驢鳴也。後鸚鵡為蛇噛死，哀悼似失掌珠。越日，階下有黄粟留啄死一雀，忽振羽伸足，飛來座上，向雲山道：「先生好，卯酒飲三杯未？」又效驢鳴三五聲。家人以為怪，將擲殺之。雲山知鸚鵡魂附於雀，遂寶雀如鸚鵡。明年，雲山死，方殮，雀飛入棺，驅之不得，竟殉焉。

死再情迷

國朝詩工香奩體，惟金壇王次回彦泓著《疑雨集》，永福黄莘田任著《香草箋》名最重。余同門徐芝庵德麟殆駸駸乎驊騮前矣。芝庵少有軼才，自恃錦心繡口，取功名如歸！」袁大如一夢醒，舍宇賭客轉瞬而滅，所輸之銀乃散委叢草中。噫，此鬼亦賭客耶？贏錢委地，便剝衣履去，恐亦不能攜於塚穴也，何苦眦目攘臂，人鬼互爭，盡人贍妻畜子之資猶不已耶！世之局賭者曷不鑒之。

魂訪舊友

進士沈芷生清瑞文章翰墨，器重一時。兄桐威起鳳亦名孝廉，為祁門廣文。翩翩棣萼，士大夫羣相傾倒。顧芷生天縱其才而奪其壽，病革時，忽呼家人取冠履，謂將應太守召。家人告以病，太守未召，不可去。乃曰：「陰太守招，中軍候已久，不可遲。」少頃，昏昧不語。親朋因從俗詣郡隍廟，聯名具疏，宰牲祭神，為保福祭者。未及歸，芷生言疏上親朋名歷歷不爽，復言：「太守贈我金帛，明日飲餞虎邱，當訪諸城舊友矣。」次日果卒。諸城劉氏有致仕大理寺卿墫，與芷生交素厚，恍見芷生來，驚疑不已。因專人至吳門致書，詢芷生近吉，乃知劉公所見之時，即芷生易簀之候。

鬼醫

陳雪巖者，本無賴子，貧而落魄，摭拾百草方遽行醫。稍畜貲，營謀為醫學，家中銜燈竹板，書案印箱，居然一土官矣。然庸而殺人，不勝屈指。死後半載，有其友毛矮三從黔中歸，病呃逆，次日扶病出就醫。途中忽遇雪巖，把臂道故，啓囊授枯草三四種，囑其先歸剉末，訂遲頃來與之調劑。矮三遽返剉草，家人詢問，具以告。衆驚曰：「雪巖死久矣，安得遇之！」矮三不信，因久待不至，隨詣其家，中庭尚設幕懸像，蟒袍補服，非袒裼醉駡街市狀。雖知遇鬼，然念素與雪巖友善，諒無惡意，即其生前醫術庸，鬼有五通，或死則良於生也。遂再拜歸，以所授草拉雜煎服之，大吐，腸欲嘔斷，幾瀕於死，百藥療救數十日尚不愈。一夜，其幼子溺屎床頭所置糖橘餅上，黑暗中誤共食之，覺味甚苦而臭，呼燭視，怒撻其子，駡失聲而呃逆即此止。潘樾池上舍奕正言。

魂先戀棺

吳湘霞權在吳之吉祥庵讀書。館舍後有破屋二椽，寺僧賃人寄壽具，近湘霞廚，並積薪焉。其門日閉，必從館舍進，以是遊者恒不至。一日向暮，聞舍後跫然有音，往探之，見一老踱索壽具旁。問之，答姓陳，來視一舍宇居。初疑僕輩未鍵户，老人進舍或未之遇耳，以其岸然非鼠竊狀，意謂向僧賃寓者，遂視其出舍而去。次日，人來取一壽具，見棺上貼陳嘉樂堂寄，亦不省。距半月後，見寺中同寓一寫眞者畫一像，酷似前所見，因問此翁姓陳否。曰：「然，君殆識之耶？」具告以故。寫眞者訝曰：「陳翁病床第半年，死踰二十日，前在君舍後取去棺，即殮此老，渠安得寺中來？」羣相詫異，乃知棺未殮，屍魂已憑之矣。

欺凌孤寡

無錫庠生鄒夢蘭，年少能文，有名場屋。兄孝廉夢桂早卒，不禮於嫂，欺凌孤姪，家產多半侵漁。一夕，夢兄持魚骨示之，曰：「汝所為不道，將以哽死。」覺而惡之，一切魚屬戒不入口。無何，耿學政□〔一〕按臨常州，耳中隱聞「鄒夢蘭欺凌孤寡」七字，四偵之，無一人，又非夢也。因廉得其事，褫衿重杖，檄有司追返其產，夢蘭乃忿懣而

〔一〕原本空一字，應是耿學政名，或與魚骨有關。

死。徐西瀍茂才泗芹為余言。

無臉皮鬼

謝尉祖自閩回上海，晤余於西湖漱石居，言及閩之省城外十里曰南臺，河下蓬窗千計，如粤之河泊所，皆妓浮家處。妓名踝蹄婆，其足俱不纏裹。嘗有一鬼，面無臉皮，兩顴紅肉纍纍，往來河干，人多見之，以為丐。適有客病疝，鬼自薦呵其腎囊可愈，試之立驗。由是衆皆馴熟，各給殘羹冷炙，或驅使燒湯洗菜。一日，客怒湯冷，毆出毆之，應手而滅，方知為鬼。可見人無臉皮，百事可做，鬼無臉皮，亦乞食供役於娼妓之家耳。繼晤袁簡齋太史枚，戲述前事。太史曰：「舌無皮故知味，陰無皮故知趣，此鬼臉無皮，故知呵大脬也。」

元燈獨二

孝廉馬文光，丹徒人，家貧。子某，年十八，已棄書習藝。庚寅鄉試，子隨孝廉赴江寧，送父入闈。歸寓即昏瞀不語，僵臥如死。及孝廉出，始醒，曰：「我遊魂場中，至夜，聽至公堂上傳呼各州縣城隍領燈散號，第有燈者通場僅止百餘，燈上各書名次，吾父號前亦有一燈，上書『十八名』三字。惟一鬍者獨掛雙燈，燈上無字，有二人侍其後。渠取研揩抹，落地，碎一角。」縷述闈中屋舍景狀如繪。試畢，途中遇一人，私語父曰：「此鬍即獨掛雙燈者。」因通問姓名，知為張潮普，遂具以告，張公果曾破研。榜發，張潮普掄元，馬文光登十八名鄉薦。張公異其事，以女妻之。今張公官至太守矣。

牛頭鬼

厲別駕試泉，金匱人，雄勇有力，縣門石獅約重千斤，能舉以舞。嘗過蠡溪，忽聞腥穢觸人，睹一鬼牛頭豎目，眥炎如火，手提鋼叉來刺。別駕手折樹枝，格鬼阱中。自此神思迷亂，力不能舉杵，居三年而卒。

尸解

余戚彭西村紹益字葆元，工詩善琴，又能山水，芝庭尚書晚歲所作畫多出其手。與人交際，坦衷熱腸，毫無渣滓，雖細事必信必果。日誦《楞嚴白衣經咒》，寒暑不稍懈。進士尺木居士紹升為其從兄弟，同受菩薩戒，不樂仕進。西村三十餘即不趨文場，終身為學究，恬如也。逝後三年，尺木在杭州鑿放生池，作諸善果，禮天竺大士，道經西湖。突遇西村駕扁舟來，遂連舫相問寒暄。謂與孤山處士居，且朗吟近作詩，津津自得。及念其既死，驚詢之。西村大笑，呼榜人撥棹而去。聞西村殯舉棺輕若無人，大約屍解矣。

後有孝廉汪石瓠體仁家香侯元蕙，亦嘗遇於湖上及吳之寒山，呼之不答。與余忝葭莩，交素厚，聞其事，登孤山訪踪，且題詩訂晤，不復見。殆六根五濁，仙塵間阻耶？搦管記録，為之憮然懷昔。

魍魎不食官

紹興施貫一，幼時被魍魎負去，欲啖之。山神以此兒應得十年官，令其負回。天將曙，魍魎不能行路，遇販菜傭，告以故，浼傭代負還。及長果驗。

大頭鬼

徐靜夫鉞，嘉興人。嘗於嚴州幕齋見一鬼，身體不異小兒，其頭大如巨甕，兩目瞠視，若觸其怒。無物可擊，見有青蚨散几上，舉以擲之。攫兩文大笑而去。噫嘻，頭巨如甕，其眼眶子不亦大哉，攫兩文而笑，知錢之不易多得也。

夢魂鬥鬼

余伯岳李紹安堡，辛卯會魁，選甘肅會寧令。值回匪蘇四十三跋扈，戎服從軍，仗劍指揮，匪皆辟易。迨大兵會勦殲平後，獨臥署齋，適奚奴捧茗以進，見猙獰惡鬼長有丈餘，手持雙戟，主人徒手與鬥，大駭呼救，噤不出聲。旋見鬥至堦下，主人身漸長大，奪戟刺之，鬼負戟而去，即在榻睡醒。奚奴蜎縮户側，喘吁述所見，適符夢，乃奚奴見其夢魂鬥鬼耳。

大抵夢魂，人之神氣隨之，神旺魂大，神衰魂小，故又謂神魂。或言人若作虧心事，神氣即衰，虧心多，魂魄漸小，往往蹋地如三寸丁，甚至如豆。曾聞同窗二友，一人寐榻，一人凭几作書。見小黑團似蠅非蠅，盤旋研上，以池水圍之，黑團四面奔竄良久，稍有涸處，乃躍出不見。寐者即醒，言夢遊一所，忽遇大水四至，幸一隅水退，方得逃避。是黑團乃其夢魂耳。公秉性剛直，略不婞阿，仕有政聲，其神魂宜大耳。

討命鬼

大抵市儈之徒，言而無信，小人行徑，相率為常。有王四者，綽號「轉身王」，人與借貸謀事，無不應而無一諧。吳俗謂事不果曰「黃」，蓋取「雌黃」之義，以其一轉身之頃即異前言，遂借「黃」字同音以稱其姓。

嘗有戚羨其善居貨，千里奔投，乞其代權子母。凡所居貨，得利者歸己，虧本者派戚，不久，戚乃資罄途窮，抑鬱而死。一夜，忽伏地叩頭，呼戚名曰：「我雖哄騙爾財，何至要畢我命！」喃喃不止，以手自扼其喉，逾時氣絕。吁，財命相連，臨財豈可苟得哉！

怨鬼託生

張補梧孝廉邦弼言：公車途次間，有淮民陸氏奸而横，侵其隣鄭氏產撤為己室，惟存黄楊木一株。晚歲得子而暗，一日遊於庭，指樹忽言曰：「樹乎，爾猶在耶！」家人大驚。已而復暗，百方誘之，終不出語。及長，荒淫放蕩，靡所不為，家罄室售乃死，殆鄭氏怨鬼託生也。

金鳳兮

金表甥金鳳兮慧梧，穎悟非常，九歲即能背誦四書五經，有神童之目。一日，忽稱見鬼，驚仆跌倒。家人扶起，雖未傷，稍覺呆瞪，從此一字不識，再受學，僅中人資矣。岐黄家言：人之記性在腦，幼尚未滿，一經跌仆驚搖，故不能記。抑遇宿世冤鬼褫其魄歟？

貧鬼

杭州廣德場，停棺不下數百口，地僻鮮行人。聞有攜冥資經過，忽遇三四人伸手求乞，疑為丐，解囊與一錢，即錢墮人滅，駭而大叫，俱不見。嘻，鬼矣尚不免貧累求乞，亦可悲已。

閻王治獄

家德華文模言：昔遇談冥果報者，因問：「閻王以儒理治獄，抑用佛理？」談者曰：「以人心術。人但問心無愧，即冥中所謂善；問心有愧，即冥中所謂惡。公是公非，不偏不倚，幽明一理，儒佛無分。」此説平易不繁，人之視己，如見肺肝，地獄天堂，原聽人趨避也。

鬼叩門

昔松江提標左營巴遊府彥言：其家一夜聞扣門聲甚急，問之不答，開户視之，各家安閉，胡同左右無一人。返覺廚中有烟氣火光，因得撲滅。若不聞叩門，火已燎房不可救矣。先是社廟鬼卒，屋漏淋壞，巳為修塑，乃來報警歟？

戲語引鬼

龍巖州謝客水言：其鄉某農家，夫婦極摯好。一日婦聞夫有外遇，亦不甚惱，但戲語其夫：「爾不愛我而愛彼，吾且縊矣！」越日，有一巫能視鬼，見而駭曰：「爾有縊鬼相隨，何也？」一戲語耳，鬼即瞰之，十目十手，豈不然乎！

鬼為人致富

家濱承茂才中孚言：聞有山西鍋匠某，貧甚，而求富之心念念不忘。里有古塚，歲時伏臘輒祭豆羹，每過必拜求致富。歷數年，愠而祝曰：「公無子孫祀，而我如子孫祀，公獨不為我計耶！」是夜忽有一叟踵門謝曰：「感承厚貺，沉魂賴以不餒，誼當有報。第爾福命薄，僅可小康。」持贈金錢十五枚。某知為古塚鬼，喜禱之有靈，殊不怖畏。其母亦感德，作炊必享。由是叟夜夜至，庀其家事，凡使居積，無不億中，累聚數千金。某終不饜，時向叟禱。又年餘，叟謂曰：「我與生人習久，漸染陽氣，若再以猪羊血飲我百日，則可偕爾遠出經營，獲大利。」如其言，竟得白晝現形，語言飲食，人不知為鬼也。乃居貨同往河南，來回數次，無不牟息倍蓰。為某媒娶富室女，奩贈優厚。於是大起屋宇，叟欲靜適，另構高樓獨處。未一載，叟忽雷殛，樓僅存一半，餘屋旋遇火，資財罄盡。某生計日窘，不久仍作窶人。

吁！鬼固知某福命薄，僅可小康，貽金錢以報其祀享，亦可已矣，乃違天致富，卒罹雷殛，眞是癡鬼，較人之百計積聚為兒孫作馬牛者，殆有甚焉。

比得姚昆厓叅軍芝於山西寄示近著《五知堂詩集》一卷，內有《半樓行》云：「廣交胡公七十三，精神爽朗躭清談。昨伺上官圍爐坐，具陳半樓往事足以鞭愚憨。燕有窶人子，荷甑夷野俟，回首見獸白於銀，妄思富貴從此始。舉甑覆獸作人言，願為盡力供菽水。亟歸圭竇報母知，皤翁忽來謝不死。出贈金錢十有五，母子福命只如此。年餘觖望苦禱求，一日攝去河南遊。潛身偕隱入富室，皤翁媒合成鸞儔。攜歸拜母母色喜，滿堂賀客來公侯。越羅蜀錦相掩映，黃金白玉擬山丘。度地鳩工起夏屋，皤翁愛静居岑樓。鄰里稱榮親故羡，從今始免子孫憂。豈知貧富有數難假借，天心更忌不勞獲。玉虎怒吼雷飛掣，霹靂一聲樓半劈。妖氛散，人踪滅，至今道傍猶有半邊樓，留與行人訪遺跡。」註：樓在汾陽縣。廣文胡君名溶，與前事絕類。昆圧官是地，詩紀為妖，當不謬，應是濵承遠聞傳訛也，因附及之。

卷二

詩鬼

長洲周方厓文濳，以族人累流亡紹興，凉凉踽踽，盡日探山尋寺。嘗薄暮在吼山納凉，山有小庵，憇坐間，遇二客，各敞衣曳履，倚樓瞻眺，翩翩儒雅，迥出塵埃，第面色灰白，相對寒凜。方厓與之問訊，傲睨不答。徘徊良久，一客朗吟曰：「幾日不登吼山頭，參差竹樹綠沉樓。到來何用尋消夏，鶴叫一聲天欲秋。」一客方欲和吟，思未就，適當路者僕隸呵從數十輩，攜酒具陳階下，將登樓設几席。客曰：「俗塵敗興，我輩且去。」遂下樓開一小門出。方厓亦欲避，隨進小門，但見隙地數弓，荒烟蔓草，二客不見，四面疊石為垣，却無去路。

草作鬼聲

元和邢汝誠在姊壻袁竹亭大受象山官署，夏夜於後圃野放，忽聞鬼聲。細聽之，近在左右，舉燈審視，但見叢草中有一枝特長尺許，聲出草即俯偃，良久豎起，復作聲偃下。明日掘其地，見白骨一具，朽腐於土，大約鬼附於草，如倩女墓樹連理、昭君塚草獨青也。

魂附殺姦

汾陽貢生郭廷棟，嘗佔僕人婦，僕詬詈，因被逐流離而死，瀕死猶忿忿，言必手殺其主。逾年，有同年子某，年十歲失怙恃，貧而穎慧，相人皆謂後必貴。廷棟憐重之，妻以幼女，招歸讀書為養壻。方至家，壻忽提床頭劍刺其喉，且裂衣欲割其腎，家人猝不及救而死。以廷棟臨死時呼僕名乞命，知鬼附人祟也。後訊其壻，茫然不知，劍鞘堅重，壯夫難拔，非十齡稺子所能舉以殺人。有司原情，減其罪。自此壻常木立如偶，丁字不識矣。

文人死戀詩文

吳鏡江鑄，金匱人，為明經曙巖遺腹子。兄俠君早故，其嫂黄氏育之。鏡江弱而穎，七歲授書，過目了了，工詩精篆刻。年三十死，無子，不能立兄嫂後，俱絶嗣，同人哀之。席也樵世楷，常熟人。十歲喪父，養於伯叔。能詩文，雅酒量，豪邁滑稽，儕輩心折。年二十四，鬱鬱不得志而死。兩君遺詩，梅里錢上舍梅溪泳敘刻行世，其詩在吳之顔家巷李大成家鐫板。一日，鏡江偕也樵至李家，各以詩點竄數字而去。時李大成他出，迨歸，其子告之。大成訝曰：「兩君死矣，何能來耶？」因告梅溪改刻之，覺詩律更細。乃知讀書人於文章翰墨，如鄙夫重財，死猶戀金帛也。兩君常往來吳門，與余交有素。念此與黄公壚在、山河邈然之慨。

酒　鬼

吳縣諸生顧汝堂士雲，其弟業賈，家造香麯作酒，清芳冽冽，數千百罈，貯蓄有三年之久，始付於市。一日忽聞酒房中有笑語聲，開室視之，寂無人跡。次日往内取酒，乃見三五人僵臥甕下，一人猶俯甕大吸，遽捕之，俱不見，而酒已空數十罈甕矣。汝堂故風雅，工詩善書，笑謂家人毋忤畢吏部，囑其弟置不究詰。

逾數日，酒傭復見有竊酒者，彷彿巷南陳甲。是時陳甲已死半載，甲素貪飲，終日酩酊，因醉中肆謾為人毆死者。大駭，狂呼奔走，眾猶見甲面如蒙塵，走及酒房門坎而滅。少頃，覺檻下地土濡濡而動，眾畚掘之，得大小鱉數頭，乃不知鱉化酒鬼，抑酒鬼化鱉耶？

論文疑鬼

零陵宰趙慧遠，吳江人。為孝廉時，挈其門人應玉峯試，歸舟，門人出試稿質之，題為「子張問善人之道」二章。哦誦畢，亦未揣其必邀宗匠賞。酌酒歡醵間，不覺舟已復至玉峯。訶問榜人，答曰：「文已入泮，且待覆試矣，何必歸？」一笑其妄。榜出，果入泮。榜人年近八十，龐眉皓齒，骨格冰清。問其姓名，不肯答，大抵隱於篙師者。鹺宰沈秋厓成均嘗為余言此，蓋三十年前事也。

昨歲余同硯徐西瀍泗芹亦從玉峰歲試歸，遇隣舟論文，一老榜人呰謷之，其舟中數生屈伏不能措一詞。大異，因亦出其文就正。曰：「此大魁作，其困諸生者，命耳。」亦不答姓氏。此老疑即趙明府所遇，鬼耶仙耶，不則何隱者之壽也？

孝鬼章

姚舜賓，無錫人，忠誠篤實，鄉里目為長者。家綦貧而孝，母年七十，訓句讀以養，極婉容愉色，不敢懈缺甘旨。乾隆五十年，歲大饑，生徒既散，日不給饘粥，焦勞拮据，未幾病死。不能殯，瘞於屋後隙地。次日，見土上忽生一草，形似山藥，結子纍纍，香甘而糯。妻採食之，終日不饑，遂以供之姑。晨採午生，取之不竭。草長四五尺，母撫而哭，即伏地搖搖如拜。邑中播聞，觀者如堵，有嘉其孝，出甘旨贍其母。

壁角姑娘

吴俗，兒女戲以飯筲覆蒙絹帕，插小簪，為乩於門後，迎請壁角姑娘，以香灰鋪几上，扶筲聽其自旋，時作鳥獸草木狀畢備。吴令君伯成家兒女戲請，習以為常。一日，令君見而稱羡之。忽作字曰：「粗畫不足相公賞，曷不命題，獻小詩博一笑？」令君以兒女輩無一識丁字者，大奇。適有一猫蹲地，遂指以題。乩復請韻，因限「九」、「韭」、「酒」三字以難之。乩即書曰：「猫形似虎十似九，喫盡魚蝦不吃韭。只因捕鼠太猖狂，翻倒牀頭一壺酒。」叩其姓氏，曰「穆素徽」。蓋令君所居即素徽西樓舊址。

老饕

華亭張又華儼久困場屋，家無恒産，遂遊幕為書記。又善畫美人，工緻秀麗，超乎當世。嘗寓居江寧聚寶門外，寓齋素有鬼，每午炊，奚奴置飯几上，輒失去，魚肉瓜菜悉如之。大抵邏守始得人食也。其殘羹剩炙，奴輩攜出，略一轉足，即罄盡。鬼常現形，不露頭面，惟見頸背三五寸俯啜盤盞間，捕之隨滅，羣呼為老饕。友人謝客水異其事，炊米數斗，烹鵝半肩，魚蝦雞鴨羅列三五几以餉之。復見一頸連腦後髮際次第俯几上，頃刻已盡，而鵝之背骨盤旋不定，乃鬼猶戀骨節間餘肉也。

後客水與余同在松江，見一癩犬，謂其頸絶似又華江寧寓齋鬼，因飼以羹，亦善啖，而啖時眼耳口鼻俱俯盤中，嗾之搏之，不肯稍仰。余因笑曰：「老饕吾聞其鬼矣，吾見其狗矣。」

魂哭紙旐

無錫薛肇嘉，覆舟燕子磯，榜人、家奴共死五人，撈屍數里，惟肇嘉屍不得。越數月，有葛春源者與薛比隣，白晝中忽見肇嘉攜雨蓋行過里門，步走甚迅。喜其未死，得狼狽而歸矣，疾趨迎問，終追不及，直抵其家。時中庭已設靈幕，見肇嘉至紙旐前，一視即嗚嗚痛哭，返身而出。春源方追至庭下，將叩之，遽不見。

鬼附斷磨石

錢薪溪沃臣，象山名諸生，文章翰墨，器重一時。著《回浦農歌》一百六十九章，詡其風土人情，袁簡齋太史枚以為「詞淺而不失之於浮，意深而不失之於晦」，繼美家竹垞太史《鴛湖棹歌》，孫補山相公《打箭壚紀事》。每歌有註，註內記一事。

薪溪於七八歲時，其舅氏家有鬼，深夜能自開門。因鋪白堊於地，以驗其跡。鬼乃以帚除道過之。於門檻下未盡處得一足印，如三歲兒狀。次日招有膽力者捕之，鬼烏烏作聲。持械追逐，無所見，以鳥銃擊之，亦不退，禳以酒肉，數日始去。卜云：有鬼物憑斷磨石作祟。猶《春秋》石言之類。後晤薪溪於吳興郡齋，詢其前事，實有之，非託興語也。

活無常

蠡墝農人鄧姓者，衆呼為鄧野狐，嘗魂為走無常，受役勾攝，往往告人所辦冥司事，輒奇驗。一日，有隣農好詭異，邀與俱去。是夜受役，因偕其魂往。適勾九人，皆投西莊某家為猪。野狐押投猪胎畢，忘其隣人先返。其隣日晡睡魘若死，野狐乃往西莊產猪家，問產猪若干頭，答以十猪，遂揀一擲死之，曰：「隨我去。」返至隣家，其人即甦。

兩鬼同床配夫婦

膠山鄉上舍里之東南，地名熯焦洞，有村民夫婦各年少，婦微有姿。乾隆丙午三月，婦倚門嬉，見一男子麗容俊服，過而流盼，情遂感動。至夜，適夫他出，忽有人排闔至，即日中所見男子，擁婦同寢，極盡綢繆。自是每夜必至，夫在家亦不畏，與夫同牀亦不知也。不一月，夫又見一艷女過其門，目送秋波，魂颺雲外，甚疑村中無此女，將睨而隨之，尋為隣人事阻。迨夜，女忽在室，即與妻偕寢，妻亦不忌。詰其姓氏居處，云即近村，以情好之深，殊不為怪。後夫婦日見羸瘠，父母知其為祟，誘子以梅花一枚饋其女。明日踪跡之，花在南去百步敗塚穴中，焚其墓，夫婦所遇祟俱絕。

口業債

潘鉄華太史奕藻言：聞前輩進士談懷莪思永著撰往往妄毀前輩，而詆周文恪公尤甚。後病傷寒，魂至一所，儼如王居，左右儀從甚壯。仰視上座，彷彿文恪，百叩請死。上坐者曰：「吾三生前口業債今已償也。」命鬼卒送歸，遂甦。太史舉此，蓋以巽言戒我口業也，乃未克守口如瓶，時或不能忍俊，奈之何哉！

魂留守金

楚人戴香樹三錫，從父游幕浙江。父死，貧不能歸，遂繼父業，其實申韓學未明也。

幸歸方伯景照與其父有舊，因薦於麗水令方虞蚊〔一〕，負賴居停徇上游面不以辭。一日有巨案，經營三日夜，罔措讞語科罪。晨起，將託故歸，收拾文稿，忽見塗抹淋漓，凡未能辨詳各案悉已就。遽發出，主人折服其才，置酒酬酢。

是夜扶醉寢，迨三更酒醒，口渴，搴帳驟起，方欲挑燈，突見一老，厖眉皓齒，坐於研北，搦管手批文牘。諦視之，署中並無此老。驚問之，老人避舍曰：「君遠坐勿訝，僕亦楚人，死於此三十餘年矣。因積貲千金埋牀下，人無知者，故屍歸而魂未歸也。今以足下桑梓誼，知誠實忠信，將去館，故仿足下筆跡分效微勞。幸他日歸楚，攜銀交吾子某某。後此文牘，足下但置案早眠可也。」香樹汗慄拜謝，復安寢，隔帳視燈如燐，及老人不見始明。次日，私發牀下，金果如數。自此每夜見之，越三載，香樹積館穀小有家，遂去，不復至浙久矣。

人面瘡

某市儈生一人面瘡，經年不治，榜門求醫，能愈之者酬以百金。諸醫袖手無措。有

〔一〕「蚊」，疑是「蛟」字之误

楊三芝者，乃用雷丸、白砒及諸毒藥研末塗之，次日瘡更潰爛，痛不可忍。而瘡内人面焦黑如炭，向之可辨為口鼻耳目間盡滲鮮血。三芝復往診視，忽以刀自刲其膝，以敷餘藥末塗之，口作粤音自駡曰：「無恥賊，欲毒死我耶！汝貪病家酬，不若令妻女倚門賣一笑，便保三日飽，豈我千金資為滑儈昧心吞去，日食渠四兩肉，尚不容我哉！」又自批左右頰，辱駡良久，暈地復起，而刲處遽成人面瘡矣。家人再四禱禳，逾月始愈。市儈痛楚三四年，竟以此瘡死。

蓋市儈曾負一粤商資，商不能歸，死於旅，實有此孽果。按《外科正宗》，謂此瘡由於寃業，非藥石可治，乃本釋家《水懺序》鼂錯、袁盎事也。

鬼門關匾額

諸生劉惟容，江西南昌人，因病昏瞀，魂遊冥中，見「鬼門關」三大金字，每字高丈餘，龍跳虎脱，人世罕見其匹。平生善書法，頗留連愛慕，惜其未題書者姓名。適遇關吏來，詢之，吏大笑曰：「抱百世之才，擅三絶之技，名不出閭巷者多矣，焉用向鬼門關標姓氏哉！」咨嗟間忽起大風，不覺身如敗葉，飄颻至一所。問津知是漢口，遂訪其弟開藥肆處，未遇而返。適其弟正束裝歸，縷述道路橋梁及肆中門户器皿，無不吻合，蓋又魂遊漢口也。衷禹門承啓為其梓桑，與余言甚悉。噫嘻，修文才子，想地府亦濟濟矣，闞吏之語，感慨何如。

滕縣吏

衷禹門又言：其同寅喻藹人星亦南昌人，有從兄某官滕縣尹。時一吏為城隍案吏，往往赴陰辦公，即僵臥如死，自一二日至三五日方甦，謂之「過陰」。既甦，則飲食起居如常，赴署供役亦無異，其冥中事箝口不敢一語。緣過陰誤卯，怒其妄，責令以後過陰，查檢本官所作為，言如不符，即將以妖人治之。

越日，聞吏又過陰，滕尹乃獨居內室，閉户却絕家人，省躬思過。夫人邀請饔飧，俱不應。迨更餘，夫人慮其餓損，煮雞子兩枚從櫺眼中親餉，不忍拒，乃食之。次日吏來見，詢所查檢，答曰：「昨一日無善惡事録報來冥，但絕糧終日，代公乞賜祿食神，止准給雞子兩枚，未敢多求，慮公得毋太餓乎？」此閨中事，外人無有知者，以其符合，置不究。

踰年，吏忽自備棺衾，告兒輩某日當殮，即作過陰狀。至期，冀其復蘇，不敢遽殮。逾七八日，覺屍變，遂殮之。是亦走無常也。噫，人之深居閉户，冥中見如覿晤，一飲一食，皆操於神，如此敢不信神目如電，而不慎獨知於衾影哉！

叱鬼

臨川丞過棟，正直不媕阿。適南豐令高杏江應奎為祟所侮，白晝現形。一日臨川在南豐庭欄，忽見朱袖，臨川怒叱曰：「幽明有限，何敢無忌！」朱袖遽隱。時有木工沈循，刀斧為鬼所竊，將愬臨川，即見刀斧擲地。臨川潦倒下僚，而鬼畏憚若此，豈非正氣足以懾之耶？

王府基祟

蘇州王府基為張士誠故宮址，國初猶時見妖祟。康熙間，某生居此地，夜課《孟子》。突見一人拉出舍，至一所，殿宇金碧，武備左右列，上坐一王者狀。吏先鞫訊：「因何呼王名訕詈！」生不解。後王者言：「爾不語『士誠小人也』耶？」將加刃。因號冤，謂《孟子》有是書，讀書者無不誦此語。王者遂命兵士押生攝孟子。生懼加刃，因與偕往文廟。方至，遇仲夫子戎服坐於堂下，白其故。仲夫子即攜生至王者所，拔劍斬之，兵士潰散。生恍惚驚醒，身臥曠地荆棘中。自此士誠之怪絶。

比有楊宬尊璋肄業平江書院中，暮過平橋，遇一鬼，面黄如金，身衣紅襖袴，袖間鈕扣千百羅列，不露手足，明月下粲然相映，阻其去路。宬尊素負膽氣，力搥之，聲蓬蓬如鼓，竟負以歸。呼家人取燈共視，乃一敗鼓，有四字，上二字模糊不辨，下「王府」二字猶可識，殆士誠故物耶？

鬼禱

武林城東有淫祀某神，求財者罔不應，焚香具帛，男女雜沓，終日不止。後為中丞禁絶，廟門扃閉。嘉興施藥園中正應省試，夜過之，忽聽卜籤筮笤聲。窺視户内，月色相映中，老少村俏，男女羅拜，喃喃祝禱，大半求財。竊聽良久，隱聞一婦祝云：「信人楊氏，龍天保佑倪大爺生意好，烏龜子兒早死滅。」且咒且駡。不覺失笑有聲，衆即寂滅，因大怖而走。

騾愬妖害

康熙初年，山東道中某商店有妖術，遇過客輜重者，夜啖以餅餌，即化為騾，牽市之，遂劫財物。後有孝廉某北上會試，亦墮術。其弟以兄久不歸，且無音問，往尋之。適僱一騾，見即叫號奔角，若有所愬。時謁某宰，騾竟直進署內，叫號如前，鞭驅不退。聽弟告宰因尋兄來，騾淚下如注。衆皆為異，因問：「汝有屈否？」騾點首以應。弟問騾：「識余否？」又點首。宰言：「啞夫或能寫字，或能演狀，尚可雪冤，此則奈何？」騾忽作人立，蹄撥案上筆研，似知作書而不能搦管也。因取巨桶貯水，命蹄書之，竟大書名姓為某店害數字，蓋即孝廉也。弟大哭，懇宰拘執妖犯至，案究得前情，知妖迷者已三十餘人矣，遂置於法。弟買騾歸家，供億如事兄。

鬼畏聖經

元和縣之伍潨涇，有僵屍為祟。某甲遇之，方窘迫，復有數鬼唧唧環繞，狂步急喘，十步三蹶，望見村舍，可冀相救。尚越畦畛，命在呼吸間，但聽舍內稚子夜課，朗誦《大學》，屍即仆地，鬼亦絕響。可知聖經乃書之最尊，而理之悉具，更莫勝於《學》《庸》，較仙佛經文尤為王道。觀此事，足徵文帝尊經閣，非後學僞書勸人崇聖也。

盲人逢瞎鬼

宜昌別駕陳曉帆（炯），秀水人。庚戌夏日，丁艱在家。有僕張升者，中歲雙瞽，忽疾死。嗣後其室時聞鬼聲，每遇洒掃，或移器皿，則滿室皆聲矣。一日見朽木卧地，唧唧鳴者良久，因擊之，聲遂寂然。適門外有盲丐過，忽狂呼疾叫，直奔其舍，聲口絕似張升，逾時始仆地漸甦。別駕以此語余，不覺啞然笑曰：「諺所謂『盲人逢瞎鬼』，良有以也。」

黑鳥

萬司空（長憲）不信神鬼，每以詭怪之言為文人清談揮麈。任浙藩時，在內署廳事之後軒，燃燭閱郡縣申牒。初鼓方盡，忽見皂帽青衣二短豎對舞簾下，已而相撲倒地。侍從在側，曾未之見。司空呼燭之，乃見地伏兩黑鳥，羽間各有白字，一曰「中」，一曰「空」，以足輕蹩，沖簾而去。初以「中」者終也，「空」者萬事皆空，有鵩鳥之感，乃竟數年無恙，由中丞召為司空而卒，人始悟之。

鬼畏火葬

杭俗嘗有不葬其親，親死以棺焚之，收其骨置於缶而瘞之。余表兄太倉王二尹耘署諸曁令，因公在武林，夜暮城閉，泊舟候潮門外。時明月如水，清露未下，登岸獨自散步，見有夫婦相持痛哭，旁有一叟慰藉之曰：「江干有瑜珈會，且去杯酒樂。」答曰：「烈火之慘在明日，念而戰慄，復何心飲酒耶？」因詢之，叟與夫婦忽不見。視其側，有三棺暴露於道。次日進城，謁上憲出，見二棺架火焚已燼，因乞諸上司，嚴禁火葬之俗。惜政雖慈而令不行，至今余在武林時見焚棺收骼者。

宿冤索命

吾蘇史家巷蔣孝廉申吉，有子娶徐氏，伉儷甚篤。一日，忽置酒與壻把盞，曰：「吾宿冤已到，勢難挽回，勸君更盡一杯為别，此後幸勿相念。」掩袂大慟。蔣生撫背勸慰，忽豎眉嗔目大呼曰：「汝記萬曆十二年，兩人設計慘殺我於影光書樓乎！」手自批頰，又以翦刀遍刺其體，音口似山東人。一家環跪哀求，卒不解。中街路吉祥庵有僧名蓮臺，素著道行，遣人召之至。徐氏踧踖曰：「秃奴可怖，且去且去！」及僧出，又詈曰：「汝家媳婦房中能朝夕住和尚耶！」僧曰：「前世冤業，二百餘年纔得尋著，稽愈久，恨愈深，報亦愈急，老僧無能為也。」僧辭去，徐氏即剪刺手掐，身無完膚而死。前輩金安安廉訪祖靜言，乾隆二十九年事。

解砒毒方

歙醫蔣紫垣有秘方，解砒毒立驗，然必邀取重資，不滿所欲，坐視其死。一日行醫獻縣，中夜暴卒，見夢於居停主人曰：「吾以躭利之故，誤人九命，死者訴於冥司，冥司判九世服砒死。今將赴轉輪，我賂鬼卒來，以解砒毒方相授，君為我活一人，則我少受一世業報。若得遍傳利世，君更獲福無量。」言訖涕泣而去，曰：「吾悔晚矣！」其方以防風一兩研末，水調服，並無解藥。南城鄧葵鄉《異談可信録》又載冷水調石青，解砒毒如神，幸善知識心存普濟，願傳經驗良方者採之。

古董小鬼

余戚茂才褚咊三、郭祖望，探梅鄧尉，寓朱司徒廟。夜坐茶話，聞牀頭食榼邊呦呦有聲，移燭遥視，見五六寸長小人十餘輩，奔趨榼上花板眼中，窺望其内，狀似涎羡。其衣冠多秦漢制，迫視之，倉忙入地而滅。猜疑不知為何鬼。余聞之，曰：「未見食面，眞是小鬼，衣冠秦漢制，又是古董鬼，可名古董小鬼。」

鬼魂娶婦

淳安饒舫村明府用，乾隆乙未進士，福建龍巖州人。曾謂余言：其里昔有吳劊子者，善决囚，刀舉頭落，無疊砍再割之慘。某甲被盗扳誣服，吳憐之，臨刑時舉刀作勢，將犯人姓名猛呼：「某人快走！」蓋欲驚死之，冀其免知痛苦，此不過一時臆見。不意數年後辭役探親廣東，忽遇甲執手曰：「蒙恩縱我，竄迹此間，做小經營，粗可度日，敢邀玉敝廬，一申感悃。」吳訝異，姑從其行。至其家，出妻子相見，市脯沽酒，款待甚殷。吳曰：「君負冤正法，我代縫紉頸皮棺殮，如何復生？」甲瞠目駭疑，遽仆地，衣服如蛻。其妻訟官，驗其子骨力軟弱，日中無影，信為鬼胎，置不究。鬼能在人間經營立家，娶婦生子，奇絕。

狗口餘骨

盧秋山言：昔歲就福建李制軍侍堯之聘，旅店遇有扶乩者，因從觀之。其人先捧一黃布包裹上供，不知內藏何物。店主人焚香叩請，乩即運動，書「門包來」，遂焚冥鏹，乩又書一「少」字，因益之，乩書「今年生意好」，即不動。秋山已諗邪鬼所憑，姑卜前路安否，乩書「改日再來見」。秋山怒，掣其包裹開視，乃一破碎骷髏。詢其來歷，係見狗嚼骷髏，誤聞祀奉可作乩仙，今特試之耳。遂取骨仍以飼狗。此鬼想是牛班頭一流，為狗口餘骨，尚不悛故態，可惡可笑！

冥律嚴艷詞

羅青巖上舍以松言：遇走無常者，因問冥律。答曰：「與陽世大略相同，惟文士作艷詞往往削祿，祿盡至有墮惡道者。」似屬情輕法重，不解律意。按王敬哉《冬夜箋記》云：法秀禪師嘗戒黄魯直作艷詞，魯直謂空中語非殺非偷，不致墮惡道。法秀曰：以邪言蕩人淫心，使踰禮越禁，其罪豈至墮惡道而已。又世傳人間演《牡丹亭》一齣，湯若士在冥中受苦一日。吾輩艷詞綺語，可不慎哉！

劉雲山

杭州有巨室子，病亟，已治櫬待斃。忽有人到門曰：「我劉雲山也。」投一匕而霍然。贈之金，不受，曰：「他日尋我於毘陵司徒廟巷可也。」巨室子感其德，往訪之。廟側有老人曰：「雲山死已三十七年，其生前崇信神佛，曾為此廟廣祠宇，自為像於神旁。」引巨室子觀像，宛如昔見。陳椒峯記其事。

鬼擄掠

有惡丐死於路，附近居民因其生前索詐未遂，慮為祟，施捨冥資其側。地方報官，守尸候驗，守者夜見數人對尸羨曰：「好暴發財主！」呵之，若弗聞，擄掠冥資，作鬼嘯而去。此丐所得冥鏹，實由生前索詐而來，貨悖而入亦悖而出，宜乎旋遭擄掠也。

嘗聞父老言：里有鄙夫某，刻薄成家，居積鉅萬。於城隍廟見大算盤，標題「人有千算，天只一算」，楹帖有「刻薄成家，難保兒孫久享」，心惕然動。詢一隣叟：「何以別善惡？」叟曰：「吾之快意，人之不堪；吾所利益，人所飲忍，皆吾之為惡也。善更條目紛繁，巨細不等，以《文帝陰隲文》奉持力行，誠實無偽，不稍退悔，自絕為惡之萌，不待去其惡也。」由是矜孤恤寡，貧窮親故賴其舉火者數十家，遇事寬厚，從善如登，向之切齒者莫不感激。子孫素封，已逾三世。釋氏云：「放下屠刀，便成佛子。」其斯之謂歟？

河水鬼

家元益言：蘇州婁門外河中浮一罈，居人見其漸流近岸，俯取之，指入罈口，遽若被其拖住，呼救獲免。是時水發腥氣，或言罈即水鬼。

鬼挑篭子

吳人治喪，僧道法事，多有編竹若箱名篭子者，盛錫紙錁帛錢焚化，分奉祖先，其外戚尊長，亦各具一篭。葑門某夜歸，遇担夫挑篭前行，先入其家。及自進門，忽不見，心竊異之。越日見家堂有帛灰數堆，乃悟戚薦共祖，鬼挑篭子送來也。

妻祟薄倖

劉研渠廣文粤棣言：吾鄉宋某，娶妻何氏，通文墨，賢淑成性，第貌不揚，失伉儷歡。宋又輕佻，常作狹邪遊，隕越先緒，棄妻母家，出門不通音信。妻弟舌耕糊口，事母不遑，乃賴針黹苟活。逮及二十年，適有戚自滇中來，見宋改名為曲靖經歷，另娶妻生子，車馬衣服麗都。諗其妻之困阨，臨行勸其寄書接眷，弗聽。甚不平，爰告其内弟。弟告姊，姊泣曰：「遠宦數千里，不接眷而娶妾，猶未失倫常。今棄置如遺，薄倖無良，尚可言哉！」抑鬱數日自縊。

值其戚復往滇，向氏弟辭行，見氏柩，大忿曰：「我疎遠之親，不能控其棄妻再娶，君又萱堂年老，不可遠行，奈何！」咨嗟而别。戚啓行後，恒聞唧唧鬼泣甚悲，心疑何氏，祝曰：「若何娘子，當送一見薄倖郎可也。」于是枉道晤宋，寒暄未畢，忽自批其頰曰：「誠薄倖！誠薄倖！」昏仆于地。戚遽退，次日往偵，夜間宋已死。噫，宋弘曰：「貧賤之交不可忘，糟糠之妻不下堂。」竟忘乃先公之語，自結冤家，未可以妻祟其夫為咎也。

鬼奉承

韓復初明府暢，由進士授江西太和縣。言昔於揚州主某鹾商家，同客戲擲骰子，夜酣被酒，喝雉甚豪。商開莊，每出巨注，而擲點恒大，時得不同，五子馬軍合巧，人無還手，偶擲七點，眾喜槩可獲勝，不期與客連次雙飛。既而歸寢，小奚奴曰：「盆中有寸許小人，白體赤身，狀如錫澆看財童子，替商翻骰。因籌落盆內，小人驚逸盆外，商擲七點，恐人趕大色，連搶二骰飛出，不知是神是鬼。」奴素樸，實不敢誑語，是亦奇異。叩《缽齋行廚集》有載《骰子咒》曰：「伊帝彌帝，彌揭羅帝。」誦十萬遍，呼色必應。鹾商斷未持誦，畢竟書生命薄，無福招財，商家多鬼奉承耳。

卷三

鬼舍聯對

曩歲吳玉松太史雲與余相遇玉峯，重聯舊雨，客窗剪燭。曾言其同年某，途次登州，步月至一小村落，見一舍篝燈熒熒，懸聯曰「半間東倒西歪屋，一個南荒北毕身」，書法黃山谷，蒼勁可愛，因駐足門外，流連賞玩。旋出一老儒，拱手與語，大悅。老儒能詩，句多奇崛不凡，自言因貧賣文，干犯場弊，問軍，遇赦不能歸，羈寓於此。方論詩歡暢，其僕跡至，但見主人獨坐叢葬處，癡迷如夢，喚醒之，乃知遇鬼。太史述誦詩句，今惜忘記，不知太史所著《又草廬詩話》曾載入否。

鬼胎人

松江陳甲，其母為收生婦，嘗收鬼產，天曙，舍宇悉失，惟呱呱者在敗塚中，因攜歸養之。甲至三五歲，猶不能走，隣里呼為鬼胎人。及長，甲恥母為賤業，勤讀書，每欲仕宦。顧質甚鈍，以資為監生，詡詡自得，揖讓士夫間，遂以為宗望。適徐方伯恕屏藩之江，鼠鑽蠅營，託鄉故致薦於壽昌令，為幕友，遂熟讀《萬寶全書》，東摭西拾，惡札套語，居然主書稟席。令滿洲人，惟留心吏治，不以筆墨劣為怪。後值撫軍誕，作稟頌之，中有一聯曰：「汲東海之波，流福難盡；罄南山之竹，書壽無窮。」撫軍見之絕倒。迨壽昌令謁見，因訊其作稟之友為誰何，修脯厚薄，笑曰：「難得大手筆寄君幕下。」將再語，阻以他事。及歸，令謂撫軍器重之，置酒潤筆，且厚其修金。同硯者腹誹語刺，甲罔知也。次年，令因公罷官，甲流寓杭州，死於清波門客舍。室中後常見鬼，一日忽見壁上題詩曰：「勝日尋芳清波門，傍花隨柳買紅菱。歸來飽飯燒菱爛，菱角尖兒戳痛人。」後署甲名。不意甲於死後更讀《千家詩》矣。

死生定數

商某覆舟於揚子江，攀緣一木，將沉將浮間，忽聽水底唱名聲，迨聽唱出商名，隱有吏白「此人當死平陽府獄」，命釋回。遂若有人拉至岸灘沙上，因得生。自懺前愆，披緇冀免獄斃之慘。後於紹興郡城募緣，適有守制在籍之某太守，晚年獨子患啼疾，醫不能治。值僧至門叩募，子見之即啞然笑，僧去復啼如故，因招留之。年餘，太守起復，授平陽，強與偕去。一日太守上省，僧攜少君出署遊嬉，忽遇瘋犬囓少君死，官吏即以僧繫獄。僧恐治其罪，自縊死。

緣梯老人

徐彩章之文，吳人。苦積千金，晚年築室數楹，為娛老計，疊石種樹，頗得幽趣。小樓一椽，為煉石閣，是晨夕所常起居處也。後為子蕩廢其屋，有捕役沈朝宗者，以利債十緡，展轉侵剝，估得之。秋夜登閣玩月，忽見一老緣梯而上。朝宗懼然，疑以盜，將執之。但覺寒風撲面，毛髮盡立，十指不能擎一羽，蹲跌閣下，喃喃言：「十緡錢住千金屋耶！」一半夜始甦，從此鍊石閣塵封之。

溺鬼喜豆

蘇州北局前曠地窪為池，旱涸稍窄，若遇久雨水漲，滿地淼淼矣。池中有溺鬼，晦冥之夜，人不敢過。一日，近池居民家稚子各以蠶豆炒熟，賭歌為噱，負者以豆償。忽有一人，亦偕與歌，意饞其豆，擊腕按節，音調悽楚。某稚之母悅其聲，給豆換歌，但見納豆口中，似若咀嚼，而豆乃從腮下落出。駭問之，即趨池中沒。比至武林，曾見有夫溺於河，妻以炒豆為祭品，散之溺所。僉言溺鬼喜食炒蠶豆，亦奇。

處州城隍

吳縣諸生金月江升，病中似若被人控官。有二役押至一公廨，立墀下候質。見顯者上坐審讞，堂宇深邃，吏役山擁，音語不甚明了。儀門外先枷十餘人，多三四五品頂帶，中有素識者，諱其名，傳進，各訊供語，隨遣出。忽又傳處州府進，即見一藍頂蟒服者衹謁案前。顯者拍案，怒褫其衣頂跪地，旋有數吏上前，執抱文牘數百卷，持秤權之，朗聲具報四兩五錢，上下爭辨，顯者色少霽。復有一吏取一牘，僅五六頁，另權之，秤錘即墮地，重若不勝。顯者遽出座扶起，親具衣冠，送出簷下。廡間先已喧呼吏卒，迎送處州城隍去。月江惴惴立伺良久，見有男女十餘輩，彷彿相識，俱不能憶姓名，敲朴殆遍，縲絏而出。二役即令月江歸，從此病漸愈。

月餘後，聞處州太守楊公成龍已逝，有妾撫屍而哭，額上忽發白光，衝幕而去。計月江夢冥司讞問之時，即太守屍放白光之候。客歲晤紹興胡珠來錫履，並聞其戚金某向為太守幕友，先太守半年死，嘗附幼女體，如生前稽覈家事，後忽言楊居停即為處州城隍，仍來招我，從此不復附女矣。

陳十姨

吳人沈維亭，少年佻薄，祁寒暑雨，猶在桑間濮上。壬子春日過郭家園，見一少女倚門若有所思，遂神魂飄忽，往來巷前後，欲乘隙語私，不得便，女子竟閉門進。至更餘，傍門窺伺。忽覺有人曳其後裾，驚竄里許。復詣之，方近閭閻，但聽鶯聲宛轉，曰：「薄幸郎，棄舊憐新，不念奴弓鞋踏破耶！」疎星淡月中把袂審視，乃比鄰陳十姨，幼即偕合，客歲十姨嫁，未通音問。惶窘謝過，極道相思。十姨嬌泣不止，因告曰：「妾蠢夫近充北貨牙長，在南濠行中住，長夜孤幃，特奔君來，一續鴛夢，不謂復有意中人也。」絕裾而去。維亭心熱，尾隨之，抵一所，似十姨夫家。雙扉半掩，樓上燈火熒熒。長跪求歡，始許解衣共寢，雲情雨意，曲盡綢繆。遽一轉側，身墮桐橋下停泊船上，豁如夢醒。榜人以為盜，共執之，見其身無寸縷，羣詰不能答。登岸將送汛守官弁，始見衣履在橋上。後知十姨死已半月矣。

吃銅鬼

余戚郭賡雅上舍祖望，往歲探梅鄧尉，遊資中剔出小錢數百文，奚奴攜回，置書室坐匟下。次日見貫索已斷，錢如蟲蛀，殘缺欲破，銅屑狼籍地上，怪而不解。其兄匏雅學録毓圻笑曰：「想有小人來在錢孔中翻觔斗，將錢踢壞。」余謂還是遇著吃銅鬼。

鬼差

常州王君仲，貧居陋巷，半夜聞門外有人刺刺語，言「爾再往勾王思泉、王吉夫」，一人應聲去。旋聽縲絏聲，如幾人分道來。思泉、吉夫皆其本宗，疑犯罪。次日往詢，思泉已死，吉夫亦病亟，方百計祈禳。是夜復聽門外鬨鬧，一人言：「此非王吉夫，我得賄縱放耶？」啓户竊視，見吉夫含涕立道左，遂以門梃力擊二差，轉瞬差與吉夫俱不見。天明，見門梃及手指俱黑如染煤，水浣數十遍不少黑，走視吉夫，知夜來死而復甦矣。

魚化少女

蔣淇竹箎與張天師有戚，將之江西訪焉。路經常山，突有一魚躍入舟中，轉瞬化為少女，白羅衫子，五色花綉，斂衽曰：「子往龍虎山，請攜妾去，妾負奇冤，願訴之也。」淇竹戰慄不能言，雙齒相鬥，良久，取茗椀擊之，不中。女子揶揄之，且言：「張天師能驅妖魅，亦不禍我冤鬼，奈何倚天師戚欺凌我哉！吾固知鄙夫俗子安能憫人冤苦，為之排難解紛耶！」將去，又出紅帕裹黃金一錠示之，曰：「子能雪我冤，願以獻。」淇竹時已驚定，第欲呼榜人共逐之，瘖瘂不能吐聲，因利其金，點首而應。女子曰：「如妾請亦無難者。」復出一物，如蔗糖糕狀而不能名，謂曰：「子啖此，至天師所，毋須子一語，妾冤即能自白矣。」淇竹益心肯，第不審物之可啖否，姑以舌舐之，甘爛若蔗蘇，遂取啖。女子即投水去。方咀嚼未下咽，胃反而噦，吐出視之，乃狗矢，金錠則穢布裹一道士冠，布有花綉，彷彿家中物也。

白燐

許載璋，逸其名與里居。嘗在崑山幕主申韓。時有一獄，仇家餽其金，將入人罪以洩忿，而宰君甚廉明，竟審雪之。踱索庭除下，搔首躊躇，計復有以陷之，重資即可入橐。忽見有白燐隱約足下，良久不滅，因私祝曰：「神將賜我財耶？此間不能啓土，如能運之我家，請銀光暫斂，異日歸，當酬神以拜賜。」燐光遂移出户而滅。驚喜不寐，利有藏金，次日即託故旋里，告妻以故。妻於是夜適亦見有白光趨床下。私自宰牲沽酒，備畚鍤具，待夜分，避家人掘及尺許，便見一覆缸甚鉅，似可藏銀數萬兩。夫妻力劚起，忽聽烏烏鬼聲，如蛩亂鳴，冷風發自缸中，衝而寒刺入骨，各驚仆。家人聞聲驚起，見缸中黑蛇數十，蜿蜒而出，將嚙之。急扶載璋夫婦至户外，衆持械逐之，蛇散走內外。適其子媳死未殯，停棺堂上，一蛇以舌撩棺，頃刻鑽一小孔，遂入棺內，餘蛇啣尾而進，刀砍械擊，蛇向棺不退，盡入棺後，其孔即滿。載璋從此病，夫婦相繼死。崑山獄無復以計陷者，冤即雪。

錢將軍墳院

張石鄰先生有高弟天津孟文熺，年少才雋，先生極鍾愛之。一日遇孟於路傍酒肆枯坐凝睇，拉與俱行，辭不可。後見壁上新寫一詩曰：「東風翦翦漾春衣，信步尋芳信步歸。紅映桃花人一笑，綠遮楊柳燕雙飛。徘徊曲徑憐香草，惆悵喬林挂落暉。記取今朝延佇處，酒樓西畔是柴扉。」詰其所以，始云適見東鄰麗女，欲冀再出，一覿豐華。張大駭，曰：「此錢將軍墳院，荒廢已久，安有麗人耶！」同往跡之，惟見馬鬣蓬科而已。

鬼公子

汪近濤潮，吳門布衣，好奇愛古，苦攻《尚書》。年六十，猶獨居小樓，下帷數載，《尚書》之學名噪士林。雖親故往來匆匆書一小劄，或命家僮購魚鹽薪米賬，字必從許氏《說文》，市儈視之茫然，家童奔走數十次，仍以口授而購得也。嘗為畢秋帆制軍招致楚中，時同幕錢梅溪泳將應壬子順天試，先辭歸里門。於其行，主人祖餞，同幕各陪席。近濤舉觴令曰：「予三宿而出晝，王不留行。」蓋以四書、藥名上下貫成，而譏梅溪之去耳。同坐腹誹其奸，亦不作隱刺語，惟家九榆明經叔鴻則曰：「可以止則止，當歸。」梅溪曰：「老而不死，桑寄生。」近濤愧汗，面發頳，思復報以語而不得，甚啣結之。

酒散歸舍，枯坐無寐，忽見二短豎搴簾進，曰：「公子來。」未及詢答，一少年鮮衣炫服，靴聲橐橐踵至，似若識為制軍戚而忘其姓名，遂不暇訊。少年拱手即坐，曰：「今夜月色甚佳，聞先生困於觴政，殊不樂，敢邀玉於敝齋，尚有斗酒，不必謀諸婦也。」固辭不可，遂拉出户，撥花徑，折廊腰，抵一小院。先有數僕同小優伶三五輩伺門外。方登榻，即命彈唱，繁弦聒耳，清歌繞梁，几上珍饈羅列，金樽玉斝，交錯而進。少年頤指氣使，雖邀客至，惟與小優伶作褻謔語，絕不顧客。近濤落寞座上，益自色沮神喪，起辭。少年曰：「足下乃桑寄生，我當留其勿行也。」捺之坐，酌以巨斗，強飲盡，出金豆一囊，謂伶曰：「若輩歌一曲，獻二觥，先生盡爾酒，許自取金豆二觥為賞。」小伶各嗷然應，爭獻酒。近濤醉不能飲。伶初則跪勸，繼而攀肩捺手，灌入其口，酒翻襟袖。少年笑噱不禁，伶益肆無忌憚，以其鬚倒插鼻中，指撚作嚏，涕淚交下。而近濤見黃金粲粲，心羨涎饞，自言公子曷不使我獻小伶酒一斗，便得金豆，少則有數百枚也。方醉不勝，而又啣公子訕笑為桑寄生，氊如針刺。又重公子勢炫足恭，踧踖不敢稍吐氣。方懊恨間，小伶私以金豆三五枚揣其袖，囑飲一杯。近濤利其金，勉量復飲。他伶竊覘見，亦以豆私納。苦量竭，飲稍遲，伶怒曰：「我獻若酒，不邀先生賞，乃與若金，猶不飲作驕態耶！」近濤恐少年聞，正惶急，少年又出金錠擲伶曰：「爾以我酒欲邀先生賞，獨不知謀窮措大破家私，計左矣。今我代與賞，先生不飲則鞭爾背。」近濤為其奚落，益窘，猶幸袖中金豆公子尚未覺也，因又勉飲間，巡邏更夫擊柝過，見近濤危坐溷石上，神惘若痴，呼之不應。大怪，奔告閽者，扶歸書室，袖中羊屎索索落地。近濤將俯拾，眾笑而阻之。良久神始清，而其奚奴失所在，四處偵尋，又得於溷後，亦昏瞀若失。眾詢之，言見公子拉主人飲，因隨伺門外，遂具述前狀。近濤所恥告人者，皆得之於奴。

麫手

吳桂山廷棟，江蘇長洲人。玉峯歲試，舍館陳某家，屋宇湫隘。舍後曠地數弓，荒塚纍纍，骷髏暴露。時值炎暑，中夜不寐，喜北窗涼颸徐來，啓牖邀月，一室光耀如晝。呼童浮瓜沉李閒，忽見螢火明滅中，突有一人，隱見草際，疑潛宵小，吹燈下幃，約童避窗後，靜以覘之。漸聽窗外窣窣聲，有白面朱唇挽雙丫髻者探首窺牖，良久，伸手攫几上瓜皮，手未轉動，瓜已入口，咀嚼有聲。臂瘦而長，几距窗五六尺，僅進一小臂，粗若細笋。心大怪異，驟起執以嚙之，斷臂而去。取火亟視，乃麪捏一手，瓜皮猶攫指閒，臂斷處齒跡宛然。童子鼾睡窗下，詢，未見也。

敲梆鬼

庚寅冬，吳人忽傳有敲梆鬼夜出，遂至巷柵，更夫恒蒙頭終夜睡，柝不敢擊，有司出巡，甘被笞責。余表兄周崙源墀居城東大樹里，剛愎不信鬼神事。半夜忽聽梆聲幽渺，乍前乍後，開户偵視，見微月掩映閒，有短人負柝。相近，驟奪之，人即遽滅，而柝乃蘆葦中劃一孔。明日巷前後劃孔蘆葦散滿地上，亦不知其何自來也，從此敲梆鬼遂絕。

補履先生

補履先生錢近仁，吳之皮墅人，隱於皮匠。居半椽屋，繩樞甕牖間破書數十卷，恒手披不輟。無妻子，反扃出，市上得百文錢，即閉户謳詠自適。而所縫紉甚堅固，與人不爭利，里中識之者必往就補履，得升合米，是日又閉户謳詠矣。所談多性理，内典之學頗通而不佞佛，輕易不與人言語。晚年彭進士尺木紹升聞其名，訪之不納，伺於門，兩日始得見，略訊答，便執故業。康廉訪基田聞而見訪，閉户遁去。以是士林益器重之。

余嘗於郡廟祭祀，方演劇，僕人識補履先生，因走謁，將有所問，即指曰：「且看戲。」時加官在場，緣問看此如何，乃嘖嘖曰：「吉人之言其辭寡。」即荷擔而去。後再訪之，拒不見。

甲寅春，晤錢梅溪上舍泳於杭州郡齋，詢知先生客歲已謝世，為熊廉訪枚捐貲葬於虎邱。許穆堂侍御寶善、潘鉄華太史奕藻集諸當道士林共為祭，作文銘其墓。有欲紀其平生所語、足闡發性理機奧者，已成稿，惜尚未剞劂耳。越數日，值周幼清從吳門來杭，因言鄉故，涉及先生，駭曰：「月前猶遇之，曾倚城闉與立談，先生左手持綫，右手持錐，曰『無往不復天之道，有施必報人之情。善福惡禍之機，如針引線，皮革之堅，針孔既透，無線不引。』誨詞在耳，不意聞於鬼也。」

黑卵

徐奉初經，吳縣人。初應江寧試，有舊雨吳斗文，家居鎮江城内，因枉道訪之。至則天已薄暮，置酒歡會，各道濶悰，不覺噱談半夜，城門已閉，遂止宿焉。迨主人陳茵設帳，安寢而進，輾轉無寐。忽聞窗外咶咶聲響，略頃，漸近牀下，榻為震動，幕鈎玎璫若擊。方自駭異，搴幃俯視，見黑物大如巨卵者數十枚，纍纍抱於牀足。披衣欲竄，未及抵户，黑卵旋繞左右，跬步莫前。狂呼有鬼，口噤如啞，遂取門梃猛捶之，如搠敗絮。再捶，則誤中足指，痛不可忍。正窘急間，僕人方進茗，見黑卵千百撲面飛出，擲杯碎地，卵即嗚嗚作鬼聲而滅。

鬼戀故妻

河間曹氏有媼能視鬼。其隣某甲，年二十七而死，其婦邀媼相伴，見甲恒坐院中丁香樹下，或聞婦笑聲、兒啼聲、兄嫂與婦詬誶聲，雖陽氣追爍，不能近，必側耳窗外竊聽，悽愴之色，令人見而隕涕。後有媒妁來議婦再醮，愕然而驚，張手左右顧。迨聞議不成，稍有喜色。既而媒妁再至，與婦及兄嫂往返議聘，則奔走不迭，皇皇如有失。送聘之日，坐樹下直視婦房，涔涔雨淚。自是婦每出入，輒隨其後，眷戀之意更篤。嫁前一夕，婦整束奩具，復徘徊簷外，或倚柱泣，或俯首若有思。稍聞房內嗽聲，輒從隙私窺，營營竟夜。媼歎其痴，若弗聞也。迨娶者入，秉火前行，避立墻下，仍翹首望媼送婦去，見又尾隨至娶者家。初為門尉所阻，稽顙哀乞而入，匿墻隅，望婦行禮，凝立如醉。婦入房，從窗窺伺，其狀一如裝束奩具時。至滅燭就寢，尚不去，為中霤神所驅，乃狼狽出。

次日媼返至婦家，視其孤兒，見鬼以婦坐眠處含淚遍撫。俄聞兒索母啼，趨繞兒走，以兩手相搓作無可奈何狀。少頃嫂出撻兒一掌，便頓足拊心，遙作切齒。媪見其情不忍，遂不復至其家，未知後何如也。曹氏為紀曉嵐大宗伯先太夫人外家，《灤陽銷夏録》亦載其事。

借軀託生

某素封放債私質，頗事俥剝。年六十餘，妻妾既喪，僅一幼子，病亟瀕死。漏三下，有人持鏹贖物，怒其寅夜剝啄，人曰：「迨天明，吾物不得返，虧折數緡錢，吾故羅雀掘鼠以副限期。」素封憮然，念兒死，焉用多金，悔剝算籍沒之病民也，明日悉舉各家所質田產衣物召而給之，債券亦焚去。兒既死，夜半猶撫屍飲泣。突見一人排撻而入，識是負欠者某，謂曰：「勿悲此討債者，債償自死。念爾無後，吾蒙焚券高義，請為爾子，以奉餘年。」忽不見，兒竟漸蘇，病旋愈。訪之某家，某乃是夜死，知借軀託生也。福建南平諸生姚格亭學信為余言。吁，結怨施恩，皆人自作，一念之悔，遂使已絕之嗣復續。討債兒去，還債兒來，即在一身。借因結果，善惡之報捷於影響，信夫！

卷四

金銀氣

松江馬質園晉工書善畫，家中落後，惟耕耨筆硯以自存。夜行，忽遇其亡友某，心知為鬼，素有膽，且與友善，殊不怖畏。詢其所往，曰：「某沉淪業滿，將往郡隍廟探託生信耳。」因偕行，忽指一篳門圭竇曰：「此中乃有金銀氣。」質園曰：「何以知之？」鬼友曰：「凡人逐羶附臭，或詭計陰謀，貪黷聚斂，雖千百萬金銀，全無輝光，但覺穢氣觸臭。惟躬耕力作，不事營求，怡然偶有盈餘，僅積三五金，即有白光三五尺。人不能見，但鬼神知之耳。」質園曰：「然則僕授生徒，芸硯田，受餽未散時，當亦有焰矣。」答曰：「否。如君尸位絳帷，并不以子弟循循善誘，博之以文，約之以禮，而自作書畫，贋款舊人，作古董欺世，亦與隸胥商賈輩相等，便得千百金，止作一縷黑烟，近即腥臭而已。」質園聞言忸愧，尋分袂去。明日走詣所指金銀氣處，詢之，乃一寡婦晨夕紡紝，積錢四貫，易銀為孤子將送其塾師。

禦盜報德

乾隆五十年，三吳荒疫，饑民路斃，遍瘞城濠，溽暑淫潦，血水流溢。李文政連玉捐西郊高壤百弓，為義塚埋之。一夜，自鄉催租歸，抵城不及，泊舟近其地。有盜三五輩登舟袪篋，羣起攻呼，盜恐捕獲，公然行強，持刀相向。方危急，俄聞岸上數百人叫囂詬誶聲，羣盜勢孤，狼狽而遁。其實叢莽蔽野，無一人也。揣為義塚鬼報其德，明日酹酒奠謝之。

鬼畏孝子

吳中屠者劉四，獷悍有膽，中年積資數千金，遂納監列衣冠。雖放下屠刀，未成佛子，日與諸惡少飲博惡噱，無所不為，士林羞與伍也。然事母甚孝。一日其徒語及郊外某舍有厲鬼，人莫敢居，遂與劉四約：如止宿，釃酒食以啖。劉四欣然獨往。衆恐劉為鬼困，率伏户外以護。霧色蒼茫，月光黯淡，烏啼鬼叫。方其惴惴戰慄，草木皆兵，忽聽有人高唱《蓮花落》前往推户。一鬼忽從人衣袂下突前止之，曰：「劉孝子在内，故我輩露宿，杯酒亦未溫，子速歸條〔一〕。」唧唧數聲而去。衆更駭，牽衣奔返。羣鬼相逐，塵沙染衣，有墮道旁溷者，滿頭遍插木樨花而去。

黑影撚陽

仙霞嶺為浙閩交界處。山陰胡國佐揖治侍其季父官於閩，行及頭關前，天已薄暮，忽欲大便，遂擇樹陰解衣野放。恍有人在其背後伸手至前，撚其陽具。疑有蟲蝎，連次驅拂之，略頃，撚捻如故，漸若有臂在臀上肌膚貼湊。回視之，但有黑影一團，轉瞬忽不見，大駭，急起登輿而行。

鬼見人為鬼

廣東藩參議高國棟，四川雅州人。客歲遇於上海〔通〕〔道〕觀察署中，言及川之酆都有謂「陰陽界」者，山中立一石坊如界坊狀，俗謂過此即陰府也。有一人逋債無償，

〔一〕「條」字疑是「休」字之誤。

追呼窘急，欲覓自盡。抵陰陽界，遂慨然過之。行十餘里，忽見人煙輻輳，市中一官廨，吏役奔競，聽訟者紛沓內外，民舍貿貨，熙熙攘攘。人有見之者，狼狽奔竄，隱若訝以為鬼。少頃，民舍疾忙掩户，人漸稀少。復抵廨前，見一官方坐堂鞫訟，遥覘之，所立吏役各如醉夢欲倒，官亦撫案若鼾熟。墀下跪三五人，漸覺偃仰數次，各臥地。大異之，趨進審視，則有數十人競集堂上下，先扶官進內署，取次扶吏役犯人去。因拉一人問其故，其人即狂呼有鬼，（奔）〔崩〕角叩地，呦呦作語。亦不解，方徘徊檐下，忽有一女巫，集十餘人，鐘鐃酒食祭於庭。負債者餒甚，潛攫一雞，被巫見，遽擒之。巫又率眾環向而拜，呦呦之詞益繁。負債者遂公然飽啖。女巫與眾大喜，競出金帛陳几上。負債者竟取之，絕無見阻。因恃有金，復不欲死，仍尋舊路歸。抵家取視，金帛悉紙灰，始知彼盡鬼也。而鬼見乎人轉目為鬼，特祭禳之，亦奇哉。

蔣鏡齋

諸生蔣鏡齋溶，長洲人。攻性理，侃侃硜硜，無一語與人阿合。其書齋臨河，因隣有少女隔水而居，齋窗終歲扃閉，雖炎歊鬱蒸，不啓主賓。有同學彈破其紙將窺之，即赤頰訶斥。年二十餘病死。

先是，郡之武廟、文昌閣結有惜字社，諸士子捐資，雇夫四處收拾字紙，每月朔司事者彙焚之，士子畢集拈香，亦藉以會友，或出近作文互就正。鏡齋每至，眾以其迂，恒鮮問答。有龔浩庭與鏡齋尤不侔，恒輕薄侮之。鏡齋忿懣，期期艾艾，不能吐一詞相報，眾為之譁然笑解。

鏡齋既死，有友在社語及鏡齋：「為人雖迂濶不合時宜，亦自不為惡，使人盡如此，幽冥當空無間地獄。」浩庭曰：「無間地獄正為此輩設之。但據隣有少女，終歲閉窗，豈自制其邪萌哉？安知非其私偶而吝與同儕見耳！」將再有語，忽面色如土，向空鞠躬屈膝，喃喃引咎辭，神惘若痴。吳俗人或遇祟，批其頰可以甦醒，眾競批之，兩顴紅腫。良久神清，因告人曰：「忽見蔣鏡齋謂我誣其私隣女，力曳去投質文帝。再四引咎，幸渠即釋手，若使曳之去，性命休矣。」

永州署中鬼

家竹溪鼎繪圖館就職，總裁大臣為改名鼐。客歲同在淳安幕齋，曾言：昔訪表兄永州太守王蓬心，宸暇嘗蹳索署中，見旁有小軒三楹，頗幽曠，庭植梨花一樹，花亦甚繁。樹下一坎，積潦成池，惜蕪穢不治。適有吏在署供職事，遇而詢之，曰：「此坎乃塚穴也。昔嘗有祟，軒故無人居。前有達太守之內司，少年韶秀，殊荷寵愛，宿軒中，睡必夢魘，似有女來交姤，冥想形神，頗得樂趣。一夜苦熱，移榻當窗，對月高臥。假寐間，彷佛有手探其私處，微視之，綽約麗人，即夜常夢遇者。喜極摟抱，女愧縮引去。內司疑為婢媵，把持不放，暱語婉留，遂與共狎，五更始去。從此綢繆日久，叩其姓字，女曰：『妾姚氏，父亦為此官。年甫十八，尚未字人，病悴以死。父以妾愛梨花，遂瘞樹下。因君年雖貌美，宛如璧人，私心慕悅，不避蒙露搴裳。倘勿以異物中道棄捐，更抱泉臺幽恨，則白骨雖枯，當紅粧猶昔，以為悅己容也。』內司款洽方濃，忽聞其為鬼，大怖，舉枕猛擊，應手滅去。遂裸跣奔喊，聲聞太守，具以實告，即病驚狂而死。太守因命梨樹下發之，果得敗棺，殮一女屍，容華不變，畀於郭外，焚而埋之。」一鬼物雖寂，坎中嘗出大螢，光熠如卵。竹溪曾以閉碧紗帳中，午夜忽聞鬼哭聲，搴帷而起，螢即破窗去。

殺業果報

戊子夏，蘇州忽傳有飛蟲夜傷人，互相驚惕，譙鼓未起，家家閉户。兒童見莎雞、蠶蛾，輒噭然啼泣。既而畫圖傳視，選事者指為射工，以是妖由人興。黄鸝坊有張媪者，寡守妾之遺腹子，時年十歲，因見螳螂，驚癇而死。媪悵恨，日購螳螂搥殺以祭。一日所市螳螂千百貯籠，忽聞籠内作兒哭聲。媪駭異，開籠審視，忽見兒現形曰：「勿殺螳螂。冥司以兒好殺蟲蟻，傷戕生命。今母以兒故，又殺螳螂至萬計，罪業深重，罰兒化螳螂五百劫矣。」語罷牽衣大慟。媪撫之，乃一螳螂在衣，側首凝視而已。

鬼愁

余甥諸生彭琴泉希汾，讀書葑涇之月聲庵。搆文中夜，忽聞隔壁咻咻有聲，疑童子鼾睡作響，不之異。俄而漸覺兩三人喁喁私語，以牆外皆隙地，怪之，傾耳細聽。一秦音者曰：「比來腰脊疼甚，又苦跧盩。今聞朔風霍霍，凉蛩悲嘶，西望家鄉，愁心寄月，不知老妻寒衣成未，兒子輩亦念及我否。」一杭音者曰：「此恐大難得。我亦對此風景，倍加悽惋，因苦飢餒，前夜到家索食，三更迫盡，見大兒猶擁媳婦比肩飲酒，二兒爛醉歸，掩鼻嬌唱《蓢蓢花》，嘻嘻哈哈，那憶及老頭兒暴棺蔓草，長夜含悲！方徘徊忉怛，金鈴獅狖犬便不認識老主人，咆哮亂吠。踉蹌趨出，足踝遭齧，早間纔結一疤。」又一人欷噓良久，曰：「懷妻戀子，那禁客思鄉愁；啼餒叫寒，况聽秋風蟲語。若僕孑立天涯，平生耐得窮滋味，還喜將伯助我，硯田歲豐。到今寂寞邱墟，誰為布奠，雖無妻妾訕我，却羞效齊人之饜。昨聞彭生讀江郎《恨賦》，不覺迴腸欲斷。」秦音者曰：「彭生咿咿唔唔，絮聒不耐人煩。先生讀書人，正可與訂交結文社，中得一名狀元，還好做閻羅王駙馬。吾輩市井中捨不得錢財，放不下妻子，早是孤魂數千里，囊橐蕭條。詩云子曰，聽來生厭。却又觸想初出門時，兒子方八歲，讀『雲淡風輕近午天』，牽我衣袖，望歸家時帶一匹青藍布裁褶子穿。今隔二十年，想是鬚鬤鬤，也生一兩個娃子。」一又曰：「休休！便生雞子鴨子，怕亦似我家兒，擁老婆，吃杯酒，呼朋引類，花花綠綠，自己快活，還望買布做褶子，早來檢爾白骨去！」秦音者大慟，各作勸慰詞，含悲帶泣，不復清朗。彭生故曠達，知為鬼，拍案誦《金剛偈》曰：「一切有為法，如夢幻泡影，如露亦如電，應作如是觀。」童子方蒙頭盹几下，聞偈驚醒，疑主人呼之，嗷然應來，鬼語遂寂。

紅裳女子

歲逢冬月，宵小易發，各省上司每委員巡夜。松江贊郡劉建堂輔試用江蘇時，嘗奉委巡蘇州之婁門城內，寓接待寺中。婁東地故荒僻，半夜返寓，將近寺門，忽見一紅裳女子蹲身牆下，疑私奔者，飭役偵之。遥望役對女子呆立牆畔，久不動，手提小燈，色如碧燐，少頃忽仆地。因率家人自往視之，女子忽不見，而役已僵矣。知遇祟，批頰喚醒。乃述曰：「初近女子，見女白面模糊，並無眉目口鼻。瞠目審視，寒風撲來，砭入肌骨，屢欲訶問，噤不能出聲，漸漸昏瞀，亦不知己之仆地也。」

魂歸捏像

蘇州虎邱山，人有業塑像者，為人捏像，鬚眉顏色，肖於寫真，雖親朋隔千里，悉可指名之也。有張塑像者，技尤精。一日夏雨初霽，忽有健僕邀至山塘，登一巨舟。主人年五十餘，自言王氏字壽楠，住天官坊，從京師乍歸。出酒肴滿几，與之對酌，即命揑像。嫌往往塑像多坐一榻，裝於小匣中點綴，不佳，諭令作小樓船，燈綵旗幟，床榻几椅，僮僕榜人，一切瑣細器皿無使缺漏，許酬五十金，翌日遣奴送來。張大喜，揑像袖歸。次日，又想像其僮僕形狀，揑成之。三四日，迄無送銀至者，因進城訪之。果有王氏第宅，登門告其故，閽者曰：「吾主人卒於京師，方聞訃，幼主奔喪扶櫬去，安有此事！」因出所揑像示之，閽者駭曰：「此酷肖吾主人也！」因入告主母，方悵不能寫眞，遂如數給金，作樓船點綴之。

淫鬼妬妻

松江之泗涇，離城五十里，有段三倌者，修眉媚目，無技業，年已三十，仍售龍陽以溫飽，往來郡城，住無常址。秋日刈獲既畢，泗涇農俗，醵金演劇，為田畯致喜，搭檯曠野，每夜三更方散。一夜三倌獨往觀劇，途中有兩三人同行，忽前忽後，顧盼不定。三倌風流自賞，姣光眇視。迨至一僻徑，有一人並肩走，陰捻其手。顧月下審視，素未謀面，因問姓名。其人曰：「騃子，但認我是孔方兄，何妨與我去，看戲何為！」曳之斜走畛畦，頃刻路迷。忽見一小户，拉與俱入，從壁厨中取出酒果數楪，促膝對飲。三倌初見屋宇湫隘，心頗輕之，游言浪謔，勉強酬答。繼出白羅二疋、金錠一枚與之，不覺喜出望外。乘酒逞媚。拍腕嬌歌間，忽聽屏後一婦人厲聲詬誶。其人踽蹐逡巡，奔走內外數次，諄囑三倌勿去。坐待更餘，詬誶既息，其人復出，勾肩笑語，匆匆登榻，弛服横陳。歡暢未已，婦人持一木杵突出，其人遑遽奔進。三倌方欲披衣逃竄，被婦力捺榻上，插杵肛門，且以污泥滿塞其口，逐於門外，亂誶之，即昏暈而仆。良久，觀劇人散，見三倌裸臥塍溝，始救甦。覺肛門大痛，亟自摸之，乃插一道旁繫羊小木樁，已血流標杵。視所與白羅金錠，俱摺紙為之也。徐幼眉聞而笑曰：「寄語龍陽君：白羅金錠之厚賞，固非容易得也。」

果業報應

大抵生命最重，即禽獸昆蟲有靈動者，其死莫不有鬼，或指為妖耳。吴江民某，畜一捌哥，能人言，為貓所嚙，其貓忽亦作人言索命，自跳擲死。蘇州西園放生池有黿，嘗穴牆奔其隣，與母黿交，遂竊而屠之。隣有子年八歲，忽病癇作豕鳴，三日而死。崑山楊少迂好鬥蟋蟀，敗者即捶殺之。一夜聽階下蛩聲清越，舉火搜捕，忽有蟋蟀數百，攢嚙其體，撲而不去，大痛疾呼。家人趨視，其實並無一蟋蟀也。半夜發疥瘡遍身，數日潰爛而死。果業之報，雖昆蟲鳥獸，亦有鬼索命。《文帝陰隲文》救蟻中狀元之選，又云舉步常看蟲蟻，能不慎之？因憶余童時，每惡蚊聚如雷，日以松香末燃火燎之，死以萬計。恐福祿削盡，尚有餘愆。今日潦倒坎坷，已從未滅，殆將何以懺悔！

辟穀方

某甲齒積力掙，家已巨富，猶終歲菜根饘粥，一文輕易不用，親戚隣里莫逆甚者，亦從未見其酒盃飯箸。弟死於客，其子方弱冠，千里奔喪，因無盤費，以屋賣之。乘迫故短其值，旬日間促寡婦他徙，鄉黨為之不平。年六十餘，餓膚如雞皮，尫尫老病，或勸其劑一藥，若與仇讎。妻子不勝其苦，惟望檐頭燕雀，聊以解饞而已。甲自顧已憊，力作不如少年，雖作巨賈，猶督妻子鋤耕針耨，擔糞挑柴，無片晷息，終不稱意。里中畏其盤剝，寧拮据不敢債其半縎斗米。

以是晝夜計安得辟穀法，則陶朱、卓、鄭可等而勝之，妄想欲痴。一日月中刈稻，忽見一人儒冠炫服，旁睨而笑，既而望月作哦詠聲，心甚惡之，謂腐儒四體不勤、五穀不分也。陡念儒者或博覽典籍，致富既有奇書，辟穀定有驗方，因釋農具叩之。儒者曰：「家有幾口？」答曰：「商夥工人不計，但夫妻子女四口，菜羹饘粥，日給尚需幾十文，奈何！」儒者曰：「商夥工人之食，子摒擋已善。親丁四口，第畜犬四頭足以了之矣。」甲艴然曰：「雖我千斯倉，萬斯箱，蓄犬以防宵小，計亦得，第犬腹不饜，食勝於人，故我寧不庲，內外巡邏，代犬之司警。若養犬四頭，豈不倍家口之需？書生可與言事哉！」疾趨而去。儒者仰天大笑曰：「來，吾特教子以辟穀方而不受教耶？」甲曰：「善，但言辟穀法，犬不敢蓄也。」儒者曰：「否，惟畜犬足以辟穀。子何必飼犬以飯，一人之糞，足供一犬終日之飽。犬不溺糞乎？一犬之尿糞，足供一人終日之飢渴。四口之家，適需四犬，互溺而食，釜甑可以市去矣。」甲沉思良久，亦覺言之詎，復若中其奧。儒者大笑，入叢莽邱隴而滅。

甲不以為見鬼而矜遇仙。次日方欲市犬，先見道旁犬矢，恍然自省曰：「人棄我取，方取之不竭，又何必市犬為！且餘人糞灌溉，不更日罔利耶？」即拾以食之，雖臭穢難下咽，却耐飢，大喜，攜筐盛滿而歸。告妻子曰：「此仙傳辟穀丹，食可仙去矣。」妻子見是狗矢，呃胃而嘔。甲怒鞭之，咄咄隕涕曰：「若輩俗腸肉眼，誠佛不可度之衆生。然拔宅升天，全家仙去，果不易得也。」

叉袋鬼

余先壟在吳之獅山倪家港。墳丁朱元章家有破叉袋，久不盛米，棄於壁後。一夜元章起溺，見一鬼極肥而矬，以袋作帽，蹣跚而行。疑為宵小，拉一鋤以柄擊之，即不見，取火尋視，惟破叉袋委地。

負客償驢

吳人薛端書楷自城西夜歸，途次小憩桐橋闌上，遇一皂隸縶囚先坐。見囚啜泣不止，隸鞭楚之，意覺不忍，從旁勸解。隸曰：「此南濠牙儈，吞負客錢盈千累百，逋逃時猶在狹斜淫樂，及囑腹黨勒客短，折償一二，復昂昂走市上，居然一牙户。空拳赤手，享用埒素封，誰念客之履艱涉險，撇妻子以性命搏此阿堵物！今冥司判為山東道上驢，押之往生，又累吾間關行遠路。生前以客資揮霍如糞土，今日獨無一紙錢餉吾沽杯酒，尚淹留不肯去耶！」端書竦然起，隸囚俱不見。

鬼來夢中

前車駕郎中汪秀峯啓淑，徽歙人。酷愛圖書，自秦漢至元明所製，凡金銀銅鉄晶玉瑪瑙，迨於竹木石磁，不惜重值，廣蒐遍覓，大小不下數萬。印皆精美絕倫，所印圖書譜自二册、四册至十六册，名類不一，世甚寶之。與余交頗洽，其所藏印章，曾得備印其文。家素富，江浙間頗多園囿，每一所設質庫，以供往來遊憩之資。昨歲晤於雲間金沙別墅，謂余：「人之鍾愛於物，眞有死且不捨。」乃出一小玉印示余，方不及一寸，刻劉禹錫《陋室銘》一篇，鬼斧神工，不可思議，蜜蠟函之。復有端溪石，厚五寸，闊尺許者，作外函，不知中藏玉印，莫不以為巨硯。旁刻「芙蓉峯人嘯翁佘裕昆珍藏」隸書十一字。玉色瑩澈如脂，未題鐫印姓氏，不能考為何時物。言自早歲購得之，夜夢一老人，身如捷鶴，面若蒙塵者，突進齋中，撫摩印函，歎曰：「物以類聚，造物之常。以公嗜好，此印亦得知己，僕何敢爭。但我生死以之，誠不捨耳。」詢其姓名，答「佘裕昆」。尋醒，甚異之。越年過青陽，道旁見一小碣，題「嘯翁佘公墓」，敗壙中落葉堆積，白骨儼露。訪其子孫，甚窶貧，知嘯翁果名裕昆，為縣庠生。因厚贈其孫，且代封墓，作文以祭，勸其割愛，後亦無異。

仙桃草治傷

徽人汪德隆，因父被毆重傷，奄奄垂斃，漏夜覓醫，山路迷徑。見道旁茅舍坐一老者，遂投問津，且告以故。老者乃出藥一包與之，曰：「以水調服，無須醫也。」詢其何藥，云：「名仙桃草。其草四月間在麥田中蔓生，葉緑莖紅，實大如椒，形如桃，中有一小蟲者即是。宜小暑節十五日内取之，先期則蟲未生，後期則蟲飛出。趁未坼採之，烘乾研末，藏貯磁器。一切跌打損傷，服一二錢可以起死回生。」遂引路送至大道。乘月歸家，服之立愈。越日，市豚酒往酬，至則僅一丘壟，並無茅舍，遂拜祭墳前而返。是鬼憫其孝歟，抑好善濟人至死不變歟？

縊鬼

昔歲家南橋廣文日望言：三原小王村外古廟，有人自縊，鄉耆報官，雇某甲守尸。

抵晚，甲攜燈挈酒入廟。隣乙欲嚇之，持棍從門隙窺，見甲酌酒對尸曰：「何不請一杯？」遂自飲。繼又酌曰：「爾眞死耶？何不同我飲一杯？」每酌勸讓甚殷。酒將竭，縊者雙手忽起自解其索，足已及地，前謂甲曰：「我便同你吃一杯。」甲大驚，啓門而逃，乙亦懼，隨甲奔。甲謂縊鬼追逐，疾走至村舍，狂叫：「縊鬼追來！」衆出視，則追者乙也。共語故，同至古廟，縊者仍懸樑上。

豆腐羹飯鬼

吳人譏器小而無大志者為「豆腐羹飯鬼」，故祀先不用豆腐。距三百里松江人家，即以豆腐祀土地，亦以祀先。余昔在華亭王明府應中幕，聞有某甲父死，以豆腐為饗。妻忽有鬼附體，大詈曰：「忤逆子，笑我豆腐羹飯鬼耶！」持門梃擊之。不意松江鬼亦是蘇空頭也。

曹副憲遇鬼

上海曹玉田言：其叔劍亭副憲錫寶，少時偕同窗赴松江應府試，寓一鉅樓。其樓下五間，封閉甚固，穴窗窺之，則停柩纍纍，大小不一，合製迥異。柩前有書折衛將軍、錦衣衛等銜，均非本朝官職，心已疑忌。入夜，方羣坐讀文，忽聞啁啾之聲，似數十雞雛循梯歷級而上，須臾滿樓，旋繞人足。各以拂帚逐之，恍若竄避，旋轉無定。久之，鬼聲始止，而人已困頓，遂各就寢。副憲尚未成寐，燈即青熒如豆，鬼復循梯而上，環繞牀前。同窗、奴僕鼾息四應，若無一聞。急起，推撼其僕，熟睡不應，痛齧之，僕奮身力攫副憲，遽呼：「賊已擒獲，速來助縛！」賴此驚醒合寓得燃火紛來，共相驚詫。無以為計，乃祝翌日祭祀，鬼聲魚貫而下。

乾隆癸酉，副憲北場鄉試，夜宿德州屬之某地。二更後，披覽迷蒙，忽覺卷頭霑有血痕。既而點滴如雨，舉頭仰視間，一女斷腿着紅綉弓鞋從承塵墮下。大驚狂叫暈絕，心尚明瞭，以為鬼乞伸冤，祝其倘能蒞斯土，自當究雪。店主灌醒，看殘肢血跡，竟是幻影。迨出為山東糧道，駐德州，值翠華南幸，總理差務不遑。及回鑾，因誤差被劾，改京職。向許伸冤，竟未暇計。當時又惶遽失措，忘詢姓名冤害，事無端緒，亦難推鞫。用是怦怦五內，以為負鬼，誦《金剛經》薦度之。

幽歡罹害

尤香苻茂才易撰言：京師有宦家子，年十六七，聰雋秀麗，宛如璧人。遇社會觀戲，不覺夜深，途中求飲民舍。其家惟一少婦，即留小坐，流目送盼，言其夫應官外出，須明日方歸。男婉女媚，遂相燕好。臨行贈以金釧，泣囑後勿再來。次日視釧，銅青裹滿，似出土中。憶念不忘，復至其地，並無屋宇。徘徊尋視，突有虬髯黑鬼，批頰詬厲，踉蹌奔歸，鬼亦隨回。以是發狂譫語，吐陳前由，父母詣墓，設奠埋釧。其子忽瞑目曰：「我婦失釧，疑有别故，因無確據，僅鞭責鬻賣。今汝還釧，可知為汝所誘。此何等事，可以酒食錢帛謝過！」顛癇兩月，竟以不起。吳諺「姦近殺」，鑽穴踰牆之事，實以性命相搏。雖幽冥奇遇，禍患亦復如是，可不慎哉！

搗鬼

仁和盧星齋曜，善詼諧，聽余強人説鬼，有自矜胆大福大，曾見青胖鬼、苦惡鬼、齷齪鬼、嗽食鬼、綹帶鬼、莽戇鬼、尖酸鬼、短命鬼、火燒鬼、刀傷鬼、急鬼、跳鬼、嗇鬼、臭鬼、捉鬼、弄鬼，津津不已。星齋以箸在酒杯空搗，問何為，答曰：「搗鬼。」搗鬼，蘇杭人譏誇談之謂。

卷五

鉄琴湘瑟

張鉄琴彰，吳縣諸生。少年穎慧，娟秀豐華，宛如女子。喜狹斜遊，嘗與妓結十姊妹，到處擲果滿車。名優劉湘蘭見鉄琴於宋光祿綱師園中，為之依依。次日登鉄琴門，強宿其家，弛服橫陳，事如妾婢。有戇奚奴，年方十五，宿齋之後軒，竊聽喁喁私語，火不可遏，以指自摳其臀，破血遺精，污滿簟席。洩其語於同學，莫不譁然。余嘗戲作《分桃餘話》二十則紀之，蓋恐鉄琴孱軀致疾，特作譴語規之也。

而湘蘭自得鉄琴嬖，改字湘瑟，琴瑟偕鼓，未幾即去梨園部。舊狎豪右，啖以重金，難得一夜娛。鉄琴雖臨文宗試，不忍與旦夕離，亦不應。未一年，鉄琴尪瘠死，湘瑟為之縞素，形神慘怛，綣綣相思，一睡即夢見鉄琴，如平生狀。既而恍惚見之，白晝亦見，嬉笑問答，略不避人。醫者治以痼，不少痊，兩月亦尪死。

時有張三妹者，閶門蕩河船上女，艷姿喙名。鉄琴嘗雇船遊虎阜，三妹見而傾倒，每恨不得其懽。一夜停泊河下，人靜將睡，忽見鉄琴攜湘瑟來，呼往三浜玩月。亟呼榜人解纜鼓棹，三妹即摒擋酒饌入艙，殷勤把盞。謔浪笑敖間，遇某大僚舟過，金鼓大鳴，二人忽作鬼聲而滅。三妹驚仆，裙染酒污。次日告之遊客，知鉄琴、湘瑟相繼死已數月矣。

神鬼互爭

湯秋槎元照，長洲縣人。嘗謁藍軍門至松江，寓居郡城之西林寺右某家。適主人有子，病瘵瀕死，中外擾擾。夜分方寐，又聽堂舍嘁嘁喧嚷聲，疑其病革，因潛起窺之。見一女子，年約二十餘，不施脂粉，肌如玉瑩晶澈，雲鬟霧鬢，翠袖羅裙，如畫圖仕女，妖冶秀麗，掩袂背一隅。一老儒短髫黑面，角巾皂袍，手執一笏。二將金盔銀甲，按劍挾矢。一童子總角綉襖，跳笑左右。簷下立老幼數人，長袍短套，如時世衣冠，互相紛嚷。諦聽良久，聞一老者曰：「吾孫在厠作非法淫，即病瘵，終恐惑於厠姑。」女子大哭曰：「天乎！妾以貞節死於厠，上帝册為厠姑，妾之精靈實不依於厠也。妾一女子，何面目視人如厠耶！自漢沛公鴻門之役，將登項王刀俎，妾引張良來與之偕去，曾一至厠所，亦奉上帝命，舍此妾之精靈實不依於厠也。不白之誣，冤哉！」童子跳笑前曰：「姑守貞千百年，月底花陰，陌頭柳色，不嫌春惱人耶？」將欲再語，老儒叱之。童子曰：「子為進士，貌不驚人，寒暑一皂袍，淹蹇亦甚矣。不自恥居人後，灌園擔糞，出君門下，子故左袒三姑耶？」老儒又叱曰：「水裏小人毋多語！三姑豈貞烈在生而毀節死後！小子花拳綉腿，善自保身，世風澆薄，毋唱自作主张《後庭花》也。」童子慚而退。二將笑拽童子回謂老儒曰：「井童子寄身籬下，吾輩亦傍人門户，奈何即出惡口傷儕輩面皮！」又告簷下老幼曰：「爾孫病由，吾嘗聞之東廚司命，赤脚婢與爾孫有穢褻事。」老儒又曰：「吾復曾見一人在狗竇中窺伺爾孫，嘻嘻呼小乖乖，饋三十七青蚨，誘與私語。爾孫伏地如牛馬狀，其人隨一小優伶來，聽其私語，即變色走，悻悻然若甚妒嫉之。病或由於此，未可知也。」老幼同聲曰：「然則神將司何事？」二將大怒曰：「誰令生不肖子，冶容誨淫，家徒壁立，留得雙扉朽板，索債者終日擾我！顧賢孫作錢樹子，並埋怨及我神荼、鬱壘耶！」拔劍欲斫。秋槎為其危急，竟忘神鬼，啓關出救，寂然無影。

心經為冥資

山東張曧堂孝廉紹聞言：客歲禮闈不第，歸途次通州，忽見蓬頭鬼在車側隱現。其初先露一首，從轆轤下自左旋右，少頃漸長如孩提，居然全體。戲以拂麈俯車撥之，四五跳化為女子，面目端好，鬢髮垂肩，紅裙綠襖，綉膝弓鞋，隨麈尾而上，如魚餌鈎竿狀。登車即投懷內，輕若擁絮，未及與語，便覺昏瞀。嘗持《大悲咒》，因誦咒厭之。女子曰：「君棄妾耶？妾本揚州人，生前為父攜至都門，失守貞，遂流落青樓。今白骨黄土，欲歸故鄉，苦乏盤費。能誦《多心經》，敢乞十卷，便可度至清江，向吾弟借資斧矣。」因閉目誦經如數。開目見女子仍在，正色叱之。女子曰：「得《多心經》，無《往生咒》，尚不堪用，乞更惠之。」復誦與。女子曰：「不意柳下惠復見今日。」孝廉訝其能文，欲再詰，恐為所惑，嚴拒而去。詢之車夫童僕，俱未見聞也。

呼鴨鬼

蘇州泗井巷某家畜鴨一羣，使幼婢主守之。一日失去數掌，懼主加責，縊死。自此每至二更，巷前後輒聞呼鴨聲，居民不敢夜走。月餘後，有某甲薄暮買一鴨，路過巷中，忽見一婢蓬頭赤脚，牽衣索鴨。甲與互爭，眾因環視，婢忽漸矮，入地而沒。遂疑竊鴨致婢自縊者即某甲，送官推問，疊刑不服。親隣互保，甲果良善，且有家，久客震澤，歸不過三日。甲得寃白，家已破矣。

甲忿恨，訴於府隍，夜即無病死。將殮忽甦，言見冥司並不朱袍烏帽，亦衣本朝服。廉得婢以失鴨細故，遽畏主責，輕生自縊，原屬匹婦為諒，作祟應笞。憐其齒幼，且甲雖破家，未戕生命，寬宥之。查其生前祿壽未絕，即命輪廻去。居民因婢鬼魂執以誣，非挾仇故害，均免拘究。惟吏役恐嚇取財，判註受杖三百，妻為娼。命隷送甲回，如一夢醒。

濟顛僧

二尹陳敷虞聖治，蕭山人，嘗寓武林。秋夜月明露淨，風送嫩凉，散步西湖隄上。遇一牛頭鬼從樹杪出，猙獰可畏，張巨掌如扇，奔前欲攫。因掎其角而拒之，捽其膝撲地，格格聲震。良久，相持不下，適一老人至，呼救不應。復斗餔頃，方力竭，鬼又大吼，搏攫愈猛。老人曰：「毋傷陳生，且見濟顛僧去。」一鬼即挾以往。至一所，琳居梵宇，金碧輝映，曾未經歷。逶迤數十門户，見一僧攲藤牀揮扇，布衲芒屨，容貌甚古，似謂此即濟顛。鬼遂伏地陳詞，烏烏難聽。敷虞趨座前，不自覺有肅然起敬心，稽首歷愬其見攫狀，僧頷之。復敘平生諸善惡，僧不答，謂牛鬼曰：「此無與陳生事，速送其返。」一鬼即牽衣而出，行走益迅，耳内聽松風謖謖，如列子御以行也。及前所，鬼釋手，仍躍入樹杪而去。敷虞自為記，託曰夢，縷述前後更備，此其略也。

浮梁邸舍棺

林明經枚臣，福建詔安人，工詩善書。年五十餘，雖古心古貌，儼然岸然，猶鍾情香韻。人見其詩文翰墨，姿致遒媚，輒疑為風流少年。嘗於浮梁邸舍夏夜見一女子，容華絕世，不施脂粉，灼若夫渠，衣紅羅金訶子蓋，藕絲半臂，霧縠湘裙，映銀紅襌，花綉如現，曳蝴蝶鸞鞋，露雪白脚踵，倚廡間，花影櫛髮，微風披拂，鬟雲欲飛，糾玉簪墮地，錚然有聲，瞥見明經，略不引避。意謂主人女，因以蝦鬚窣地，從幕下窺視。時銀河瀉天，月白如晝，見其秋波蕩漾，注盼不定。方神魂若失，情不可禁。女子乃亂挽高髻，趨庭階，手摘芝蘭一掬，搴簾擲明經面，笑曰：「於思兼兼，雙眸鶻鶻，猶似十五六輕薄子耶！」跼蹐未及答，而笑口不能自合，饞涎流溢頦下。女子亦笑不止，取巾代抹之。遂相偎抱，玉臂勾肩，春纖揑股，不覺淫津火爍。女子又摩挲其上下，欲就高唐雲雨，奈玉山已頹。因詢其芳齡名姓，女子曰：「誰與結絲蘿、訂婚姻耶？想老婆婆年最小七八十，傻秀才終是後生小子。婆婆媽媽皆可稱，絮聒奚為！」更撫其牡，強與之合，努力奔命，良久不得。明經慚謝曰：「老夫耄矣，無能為也。」女子捋其鬚曰：「結頂老秀才，倒掛三日，滴不出一點墨水，吾固知也。」浮言浪謔，喁喁於銀牀冰簟間，不能為之紀述。

少頃，明月西移，汝南雞啼聲喔喔，即踉蹌去。追送及廡，欻然不見，且驚且喜，坐以待旦。穴廡間窺視，內僅二椽，中停一柳棺，知女子為棺中鬼，怖甚。然眷其情，晨夕再拜階墀，冀復一見顏色，則弱水三千，蓬萊飄渺，武陵源無復可問津矣。問之主人，云：「棺為杭商妾，寄此廡已數載。」越日，明經束裝北上，繾綣莫置，到處倩畫工繪圖，共得百餘幅，行立坐臥，狀態不一，終失其神韻。及吾鄉紅鵝生金子徵為摹

《倚花晚櫛圖》，始可作眞眞喚者。

鬼孝子

鄭五，失其里名，攜一妻一母，流寓河間，木工為業。歲歉，不保凍餒，每忍餓以供母，禁妻日僅饜饘粥一椀，多恐供母不給也。妻或怨訕，輒引《琵琶記》趙五娘事百方勸解，恒至屈膝。同業者誹之，則曰：「能奉吾母於飢寒顛沛中，正當焚香頂祝耳。」以鄭五之孝，妻亦得令名。

後病疫瀕死，執妻手嗚咽曰：「我既無儋石儲，汝又拙女紅，我死後老母必即填溝壑，有能為我養母者，汝即嫁之。」妻篤伉儷情，唏噓不忍答。目既瞑，又瞠視妻曰：「終為我養母計！」迨妻醮，母藉以溫飽。或奉事稍怠，則鬼聲嗚嗚，甚若碎磁折竹。一歲涼秋風暴，母棉衣未成，妻方繃兒床上，空中忽作大聲如鐘鼓，牀為㲉動。猝見鄭五怒哭狀，駭奔母所，見母煨榾柮，知其寒，急具衣，聲即寂然。母或少違和，恒見鄭五撫母背。妻侍奉不離，則代操井臼事。七八年後，母死，不復見異矣。

兄敗弟姦

某甲弟乙，年甚幼，韶秀能文，兄嫂憐愛，嘗出入閨闥。迨甲死，乙已年長，嫂引嫌禁避之，非母所不復見也。一日，乙扶醉趨嫂室，斜臥帳中，將有以挑之。燈忽綠黯如豆，見甲宛然坐牀隅。男女駭仆，家人驚視，其事遂敗，叔嫂即相繼而死。

或又言某甲盜嫂，遇扶乩，忽書曰：「紅錦帳中，無限恩情呼嫂嫂。」命甲對，甲惶悚不能語。乩又書曰：「黃泉路上，有何面目見哥哥。」人之隱慝，鬼神無不知之，可不懼哉。

託生報德

前輩顧小韓方伯學潮言：楊乘時溥，無錫諸生，文名甲於邑，奈屢試輒落孫山。年過五十，所育非男，閨中但有五女，因娶妾焉。娶之日，賓客讌賀者未散，主人入房，見新姬嗚咽鏡奩次。慰之不止，詰其由，乃曰：「憶兒家阿父為南潯通判時，嘗置多妾，後為阿母不容，鞭箠極楚，逐出後甚有流為娼者。阿父聞而不忍，使蒼頭持金嫁為廝養婦，或送空門。今不幸父兄俱戍黔疆，母妹早年喪失，孑身異路，遭媒儈居奇，侍巾櫛於君子。撫今追昔，不覺悲從中來。」楊為之泫然，曰：「毋泣，我祧嗣有命存焉，何忍以宦家女為媵妾！爾其為我女，當為擇一佳婿。」女再拜，遂命與諸女寢，隸姊妹行。出謂客曰：「君輩且留，不意今夜復得一女，請再作湯餅會。」具述前事，衆客頌其盛德。明年，夫人舉一子。臨蓐時，公坐堂上，驀見二隸導一官進。方迎迓，官遽趨內去，與二隸俱不見，狀其面貌，女謂似其父也。公年九十餘終，子為名孝廉，諸壻俱顯貴，義女壻貤贈中憲大夫，如其官。

愬冤鬼

衡水某婦有與豪右通而謀殺其夫者，屍婭首官，豪以金賂仵作，相屍無傷，轉坐誣。復訴之廉訪，委某令鄧公往按之，反復相驗，亦無證據。夜宿館舍，披閱供語，思維間，漏已三下，從者盡鼾寢。驟覺燭光黯淡，陰風窣律，壁角一人，乍前乍却，倏跪案下，微作啜泣聲，若有所請。公心悚口噤，而寧神諦視，隱似日間所相屍，右耳畔垂一物如白練。鄧忽悟，乃大言：「爾去，吾必雪爾冤也！」其鬼（奔）〔崩〕角稽首而滅，燭亦驟明。遂折柬召衡水尹，督責吏仵，復至屍所覆驗。衡水尹笑曰：「人謂鄧公書痴，良不誣也。作令十年，家無寸儲，其才可想矣。似此公案，豈拙宦所能辦哉！」勉強復往，鄧叱檢視右耳孔。仵作即失色，乃於耳中取出水濕棉絮約略半斤。告衡水尹曰：「此奸夫淫婦之所以得志也。」遂榜掠之，盡得其狀。此昔華亭宰王明府應中言。

白髮婦

家香侯元蕙，甲午應江寧鄉試。一文初創稿，見同舍一生三文已謄卷畢，及自詩文俱就，而生猶作咿唔，蓋入韻詩頸聯尚未對也，遂與捉刀了之。大喜，同出玩月，因通姓名，知為高郵劉敬，年五十四，應鄉試凡十有二矣。且言入場輒見一白髮婦，攜綉繃小孩，血滿襟袖者來，神即昏瞀若夢，婦去始漸清。平時文思泉湧，至此不能吐一字，往往曳白而出。有時婦遲至，詩文俱就，方鳴得意，婦來以孩置卷上，遂至油墨污漬。復有一科，竟漬鮮血，收卷官研究，託詞嘔血而免。素苦吟咏，構八韻詩如作《三都賦》，前科鬼婦未至，文頗得意，又以無詩貼出。今日文鋒亦利，詩賴神斧斲成，魁則足下在，不敢妄冀，要知秀才定不康了。方共互讀所作文，劉生忽面色如土，張惶四避。衆詢之，但摇手亂指，遂發癇，一場不得進，想又見白髮婦矣。

鬼小脚

張曉窗樹楨，杭州仁和諸生。詩學北宋，字效蘇文忠公《荔枝碑》，翩翩儒雅，多情重信。與親朋偶有所約，輒必踐言，雖間關數十里，恨寒冒暑，奔走勞苦，恒不怨，知人紿之，亦不恨。性喜婦人足，翹翹纖趾，一見魂銷。每宿妓，但以足撫之嗅之，以舌舐之，終夜不倦，蓋溫柔鄉在是耳。即或十丈蓮船，汙泥垢臭，亦覺芳味逾於蘭麝。嘗拾道旁敝履，日懷之袖，夜捧以眠，冥思幽想半年餘。同學選事窺隙竊之，汪汪下淚，為之神傷。後得返，恐珠還洛浦後復劍化延津，即再拜焚之於火，以其燼調酒而飲，地遺餘灰，犬伏而餂，尚慮未盡，更刮其土以食之。

比年自顧家徒四壁，狹斜徑既望，門門却走。曾聞鳳陽貧婦為人縫紉者，得青蚨數十文輒與人私合。因具百文，欲誘於僻處，計一撫摩其足。值其所居巷後有婦，日來坐人家簷間隙處為人縫紉，遂趨伺之，往返顧盼，三五日不得與一語。貧婦怪其顧盼頻，笑謂曰：「阿呆想老娘耶？」曉窗如聆王言，疾忙揖拜於路，道旁人見而譁然，惡少欲毆，即以袖中百文錢棄地而遁，避於西湖僧舍，不敢窺户者幾一月。

忽念居近蘇小小墓，半夜乘月詣之，再拜再視，冀美人香土安得如楊阿蠻羅韈猶存。徘徊良久，聽松風謖謖，蛩語淒淒，漸覺霧暗湖光，露寒羅袂，青燐明滅，疑鬼成團，心恇意怯，覓路而歸。甫抵寓齋，見地上水印足跡，宛一女子從雨中由外上榻，二跡指尖向外，若坐榻上。所印彎弓三寸，窄窄可愛，啓幃急視，則見紅蓮一握，濡水透濕，足背墳墳白於脂玉者數十百，堆砌一榻，如張獻忠「照天蠟燭」。雖極畏怖，而投性好，必欲手一摩之，奈冷不可觸，垂鼻以嗅，忽作大嚏，多足頓滅，衾枕盡若濡水，竟不可寢。

僕鬼狗魂

華亭尉梅鶴汀發軔，江西人。有僕張明，狡黠陰險，以其韶秀，私嬖之，益驕縱，衣服麗都，埒於富室。盡日婪民膏脂，不過供其揮霍而已。後輕主人官卑，投他所去，尉如喪偶。尋患毒癘，因橐盡，復依舊主。尉如獲珍，百計瘳其疾，冀作偕老計。而稍有蓄，又投某上官，狐假虎威，且勢脅尉。拂其意，陰致尉奉差間關遠道，以示其權。

迨歸，家人以尉喜食犬，方屠以進，恍見張明浴血而前，曰：「庖人殺我。」忽仆地滅。因詢張明所在，知於某上官處已盗法瘐死，所屠狗即張明轉生。雖啣恨欲食其肉，心恇怯，戒衆勿食而瘞之。

會場孽報

吾鄉某，年十二入泮，十六領鄉薦，才貌兼擅，羣相慕悅，為某富室贅壻。妻家尤極偏愛，與其次壻同館肄業。次壻年十五，豐姿韶秀，宛如璧人。某於酒間語次每調謔之，意頗含慍，以父母推重之，輒復隱忍。某以為可誘，一夜乘其醉臥，裸而淫之。及醒，羞忿逃往天台，薙髮為僧。家中尋得之，誓死不肯返，未久圓寂寺中。後父母知其故，自惜顏面，亦寢其事。某迨會試場中，忽見連衿如同館時，大喜，竟忘其死，復謔曰：「彌子瑕之妻與子路之妻，兄弟也。」遂以前二語大書卷上。後屢試見異，曾未畢三場。幸早歲登科，年方強仕，已截取知縣。比報到，忽癲癇而死。

豐城甲

松江婁縣令熊貽亭燕，福建人。嘗謂：余未仕時，豐城來一甲，傭耕其鄉，稍有姿，雖胼胝霑泥，後庭花日唱數曲，以是頗積資。適有老妓色衰冷落，遂娶為婦。妓故淫，鄉中老幼悉誘與合，放縱無度。逾年，甲與妓相繼瘵死，浮厝田塍。鬼嘗現形畦畛間，負擔者逐之，輒化小老鼠遁入棺下。

骷髏

家履端言：有山行者誤踹道旁骷髏，及抵家，骷髏跟至門外。其人懼，乃捧骷髏置供堂舍，晨夕祭祀，敬事甚虔。忽聞耳邊小語曰：「君踹我，實欲相祟，今荷厚奉，轉抱不安，願佐君小康以報，如何？」拜而詢之，答曰：「子試作卜士，聽我耳邊判斷可也。」於是垂簾賣卜，神驗捷於影響，問卜者如歸市，不久竟致富。

其鄰知鬼助之由來，亦覓道旁骷髏，敬祀敬禱，久而無靈，怒責之。耳邊亦聞小語曰：「君欲財，請俟明日。」隣又喜而拜。迨問其致財之術，復答明日，每日問，每答明日。怪而告之賣卜者，卜人詰其所祀骷髏，答曰：「我生前善卜，故能以卜佐君富。隣所祀者，其生前無賴負債，除甜約明日無他技，亦何怪焉。」

余嘗記先輩小柬有曰：「蠶不得桑，不能吐絲。若使他蟲而飼之以桑，則亦糞土焉而已。智者知人，可以鑒之。」世路悠悠，不知用人而徒諂鬼，大率如此。

鬼畏老儒

武選司員外盛孟巖惇崇，丁艱旋里，因事來杭，見訪寓齋。言及聞有某甲幼子為鬼所憑，索酒食冥資無饜，延道士，符咒不能禁。某豪擁金百萬，人目為財星，因邀以制，輒被穢詈。適有老儒過其門，進詢之，鬼避舍，老儒去，鬼復來。或以問鬼，答曰：「老儒雖淹蹇寒衿，已五世為人，三魂六魄全。若某豪，初輪廻人道，吾何足畏。近世孳生蘩，魂魄全者少，故愚蠢乖戾者多。凡蔑三綱，夷五倫，無惻隱羞惡辭讓是非之心，皆甫脱毛角者也。讀書少即了了，乃前生讀過，今生溫故而已。」或又問：「梨園子弟，數齡即能演唱，殆亦前世習之乎？」鬼曰：「鶯歌燕舞，非其本質歟？」言雖惡謔，理或有之。

德清蔡生甫太史之定，忠信慈愛，出於性成，幼即持《大悲楞嚴咒》，每日必誦一遍，今殆數十年，行住不輟。自知前生為杭州鹽橋念佛老嫗，故京師同官戲呼為「蔡老太婆」。可見人之秉性善惡，實由本來面目也。

鬼朋友

閩人林任華有弟自蘇來杭，途遇一鬼，濃眉白面，狗嘴髭鬚，帶墨晶養目鏡，長衫馬褂，羅襪鑲鞋，拴繡花兜膝，手持短烟袋，講嫖經，說賭術，自稱「南濠老朋友」，晨夕不離。每遇酒食，被其一嗅，即成糟粕，竟是吃白食朋友，雖不甚祟，亦大可厭。弟聞其言語，輒欲作狹邪遊。因赴吳山，延道士作法驅遣，道士辭不能知。

余識張天師，乞持書求一符，余曰：「朋友萬萬不可少，其妙用甚廣。譬如作客千里，長夜漫漫，孤燈隻影，未免思鄉綦切；輾轉寒衿，反側無寐，不自覺勞五指耗費精神；而得朋友談天說地，漏盡熟眠，是朋友可代妻妾。登山涉水，訪戴尋梅，而得朋友攜手同行，謔浪笑遨，閒情暇豫，長途不覺遠，久行不覺疲，是朋友可代騾馬。凡有心事，疑而不决，而得朋友揆時體勢，逆料先幾，數語商量，一樁事定，是朋友可代灼龜。方將求之，焉用驅為？」適陳雪樵騎尉廣寧來，聞而歎曰：「友道浸衰，唯趨勢利。白手成家，便絕鄉隣之好；青雲得路，頓忘貧賤之交。管鮑、陳雷不可思議為何等人物，止堪作此惡謔。」

浩歎啜泣鬼

去秋道出西安，孤泊七里灘外。時昏月生闌，銀河黯影，木葉飄來，篷背羈人，棖觸秋心，忽聞浩歎啜泣聲，怪而問焉。舟人搖頭擺手，懼不敢答，急來閉窗促寢。疑不成寐，而泣聲愈悲，五更始息。次早，舟子曰：「夜聞歎泣，乃一秀士遠投某官，求薦一館，不念故人，流落溺此，雖不為祟，亦宜避之耳。」噫！人於螢窗貧困時，未嘗無廣廈千間盡庇天下寒士心，及其得志，養尊處優，既忘酸齏之味，奚念貧賤之交。非惟愈豐愈慳，即口角春風，俾便一枝可寄，亦復不暇。而世俗悠悠，爨桐莫惜，橐筆糊口，不得不藉故人造命之力者，飢來驅我，遑遑何之。旅館燈寒，淒其風雨，則浩歎啜泣，亦何待於身後哉！過嚴子祠，感是鬼，因題壁曰：「塌來我自識窮通，君相眞能造命宮。光武若教忘故舊，客星誰信是漁翁。」

縊鬼化棺蓋

杭之貢院西周初葵家，每逢鄉試，以堂屋書室賃為考寓，其堂樓三楹，內有祟，恒扃閉。歲丙午，有江山諸生某暮夜至，辭以人滿。因無投足處，見堂樓尚空，強借宿。告以怪異，不聽。樓閉年久，鎖銹不能開，抉户而入。雖有牀桌，蛛絲糾滿，姑掃除安之。主人與同寓者以其孤住祟屋為危，約密偵備援。生固有胆，燃燭不寐，開卷以覘。未久，見床下黑氣一團，滾出牀外，漸矗立如人，化一美女，斂衽几前。偽作披覽，若未覩。女以兩手指作圓圈再拜。因廢書歎息。女拜不已，生乃遍體自捫，得一襪帶，屢作套結不就。女似嗔其拙，奪取代結，近生欲套頭。生突擒之，狂呼捉鬼。主人率眾燃炬秉械而進，女倏化棺蓋，斫之有血，擒之隙地，爇以火，啾啾有聲，腥臭不可聞。從此怪絕。

鬼討好

楊萬祿少府鍾言：少與同窗數友戲扶乩，其乩仙自稱菌麓山人，姓盛氏，名君祿，勝國復社生員，詩詞書畫極佳，帖括造隆萬先輩工夫。以課藝就正，講題意篇法，振聾啓聵，改竄數字，點鉄成金。羣奉為師，每一焚香，即至第。山人名姓竟無考據，未見遺傳翰墨詩文。一日有客遠至，乩書曰：「某客坐途中得無口渴？諸生餉我武夷茗，大美，曷試先嘗？」客一呷而盡，曰：「不若涼水一巨甌。」乩不動，良久又書曰：「我平生最愛倪迂枯木竹石，刻意十年，竊謂略得神似，今久不作矣。某君便面空白，諸生為我具筆墨。」因濡筆墨系乩，片刻揮成，眾皆嘖嘖艷羡。客曰：「竹木到枯，燒無火力。石塊崚嶒，鹽齏亦不堪壓。眞且廢物，畫更何益！」乩大書「頹氣」而寂。從此日扶不至，遂撤乩。僮僕私語：「鬼討好成鬼討厭而去，今後省得鬼忙，燒香供茗，作多少鬼張羅矣。」

夫復社諸公多恃才跅弛，傲人罵座，何千百年後，英靈自抑，貽笑豎奴？或文鬼託復社名耶？然世間頹氣正復不少，如某士子謁一大僚，大僚曰：「聞君頗蓄鵓鴿，想有同癖。」因以極鍾愛之玉鴿一對獻之。他日見而詢曰：「前奉玉鴿，能邀賞鑒否？」大僚曰：「不過常味。」其言同癖，乃謂同嗜食鴿耳。又有以研贈人曰：「此端州極古老坑，家藏五世矣。頗潤澤，噓氣成水，足以磨墨。」答曰：「呅得一石水，不值三文。」一俱使人頽氣。諺云：「寶劍贈俠士，紅粉遺佳人。」非其人而與之，安免取侮？塘棲沈玉裁璞曰：有二人互擎一扇，對跪中庭，良久不起。詢之，乃知欲為其畫扇，跪求與畫，一惜污扇，跪求勿畫。自衒其技者，偏遇俗不可醫人，我將起菌麓山人於泉下同聲一哭也。

卷 六

魔餐孽種

上天竺有老僧某，嘗入冥，見猙獰鬼卒驅數千人在一公廨外，皆褫衣反縛。有官南面坐，吏執簿唱名，一一選擇精粗，揣量肥瘠，若屠肆之鬻羊豕。意怪之，竊問一吏，答曰：「諸天魔眾皆以人為糧，爰是人間常多瘟疫水災及甫產即殤。如來運大神力，攝伏魔王，皈依五戒。而部族繁夥，叛服不常，皆言：自無始以來，魔眾食人，如人食穀，佛能斷人食穀，我即不復食人。即此嘵嘵，魔王亦不能制。佛以孽海洪波，沉淪不返，無間地獄已無隙處，乃牒下閻羅王，移此獄囚，充彼噉噬，彼腹得果，可免荼毒生靈。十王共議，以民命所關，無如守令，造福最易，造孽亦深。惟是種種冤愆，多非自作。業鏡有臺，罪歸元惡。其最為民害者，曰吏，曰役，曰官親，曰僕隸。是四種人無官之責，有官之權。官或自顧考成，彼則惟圖牟利，依草附木，狐假虎威，足使人敲髓瀝膏，吞聲泣血。四大部洲內，惟此四種惡業至多，用以供其湯鼎，亦藉清我泥犂。以白皙者、柔脆者、膏腴者充魔王食，以粗村充眾魔食，故為差別發遣。其間業稍輕者，一經臠割烹炮，即化為烏有。業重者，啖餘殘骨，吹以業風，復還本相，再供刀俎，自三五度至百十度不一。業最重者，乃至一日化形數度，刲剔燔炙，無有已時。」僧問：「其官無罪乎？」吏曰：「故縱者同罪，陷於不知者則轉生受報癡呆盲啞。」僧額手曰：「誠不如削髮出塵，可無此苦。」吏曰：「不然。其權可以害人，其力即可以濟人。靈山會上，原有宰官，即此四種人，亦未嘗無逍遙蓮界者也。」語訖忽寤。僧一姪在一縣令署，急馳書促歸，勸使改業。此事宏恩寺僧明心嘗先告曉嵐大宗伯，已紀《灤陽銷夏錄》，猶謂是警世苦心，聊作寓言。今春登天竺，與僧良發談前事，將訊其有無。余從一轎夫名啞張三者，在階下竊聽，忽咿咿啞啞，自指其鼻，復拱手搖擺，作態萬狀。眾為之飲笑。良發合掌曰：「果報現前，不必究其寓言與否。」

弄假成眞鬼

南滙馮廣文南岑之隣家，有僕與婢私合，嘗約會於厠後一空室中。有小僮極狡黠，覘悉之，亦不洩其事，購男女面具各一，月光掩映時先伏室內，披髮作鬼狀。少頃其婢來，僮戴男面具，猙獰欲搏之，婢噭然奔進。僕又自外踵至，僮復戴女面具，以伺入室摟抱，掩袂匿就。及見拖舌散髮，鬼形可憎，亦大呼而竄，逢閾顛仆，額破血流。僮即改粧出慰之，而婢僕各述所見鬼狀，緊隨左右，討酒食，索超薦，擾攘不止。半月餘，始各漸痊。

引鬼入門

田靜蓮英，吳縣人，性迂而狂。嘗遊杭州西湖，念美人香草，向蘇小墓下稽首再拜，頂為墳腫。寓清波門外，見暴棺敗塚填野滿郊，每踱索隄上，輒憮然曰：「湖上風光，雖雨宜晴好，長眠幽寂，諒減興懷。吾生不幾，牀頭斗酒貯之久矣，誰為燕市酒徒，肯枉玉漱齋，當洗盞以俟。」一夜歸寓，未寐，忽聞叩户聲。開門迎視，有一叟偕兩少年、三女子譁笑而進。叟曰：「伏承相召，特邀隣好踐約。」方不解客從何來，支吾相對。三女子各佻健放浪，翻玩几上棊枰博局，顧少年曰：「來來，久不耍子，且賭一登吳山東道。」一女子曰：「休休，渠角老且輸却，又來打譜兒。」笑嬲盡態。靜蓮東盼西顧，應接不暇。叟遽向牀頭搜得酒器，呼衆共飲，飛觥靜蓮曰：「主人不飲，怪我俗客。」方接盞，冷風衝袖，寒氣砭骨，手戰盞落，砰然作聲，叟與少年女子各作鬼嗚滅影。大駭，亟呼居停主人，圍坐達旦，束裝而返。

蔴衣婦

沈玉裁璞，杭州塘棲人。在滁州幕中，忽見齋窗外一少婦，年約二十餘，蔴衣練裙，隨一縞素小鬟，趨而過。初疑居停眷屬，急掩窗避之。尋即念及署中安得此凶服者？眷屬亦安得過幕齋？大疑，越窗追視，已不見。是夜正苦炎暑，三更猶坐檐落間納涼。忽見前婦復來，遂遮路問之。其婦曰：「試觀衣履，豈是月魅花妖？」猛斥是何鬼物。小鬟嚶嚶笑曰：「既知之矣，又何問焉？」轉瞬已行遠，追之，顛於牆下，足趾蹴破，額為墳腫。其僕亦見，先驚仆牖下。

客鬼

錢塘監生吳世南，負力有膽，能作畫，嘗贋古人名為骨董，欺世漁利。一日昏暮，獨行郊野草莽中，忽有一人尾之。及憩息道旁，是人亦對坐石上。生見其衣敝履穿，叱曰：「爾殆謂我懦儒，覬覦橐中金與骨董耶？不則何故尾隨數里，我住亦住，行亦行？」其人仰天大笑曰：「是所謂凡夫肉眼，豈得見大耳菩薩，抑籓籬之鴟，見鷹而嚇腐鼠也。囊有若干金，足傲我耶？吾特不畏爾見金起盜心，請示橐，令爾眼飽。」遂解腰纏，於月下披示之，黃白粲粲，若值數千金。生惶愧謝罪，訊姓名，問居址，知為江西南豐人，作客杭州二十年矣。遂卑詞諛語，要與訂交。其人俱唯唯。生一路縷陳家況窘迫，喪妻未娶，復出所攜己贗米元章書畫，請售五百金。即從道上對月出視之。其人笑曰：「此惡札耳，將紿鬼耶？但言索我五百金可耳。吾故憐爾鰥魚歸家莫成寐，當贈娶一赤脚婢資，免却夜夜勞五指。」遂摸出金錠十枚與之，返其畫。生感慚交至，約飲謝親酒，若肯，與之共花燭。其人亦頷之。復同行數里，漸覺月被雲衣，風搖樹響。途次廣德場，見瘞旅纍纍，螢光明滅如燐，其人憮然欲泣。生慰之曰：「一棺戢身，人所不免，蔓草縈骨，江文通黯然銷魂，殊亦多事。抑因夜行郊野，心生恇怯？僕非綠林，橐金無虞；恐為鬼迷，則有僕在，可毋畏憚。」其人曰：「子誠不如草木猶有情也。彼荒郊斷隴，齎恨終天，衰草寒烟，含悲長臥。悵孤魂於萬里，無日還家；歎骨朽於百年，誰人布奠？曹子建云：『既哭死者，行復自念。』那得不悲！顧瑣瑣橐中金，惟盜是虞，怪道窮措大十千錢塞破屋子！休矣，試論君之不為鬼迷，聊藉解嘲，以排遣悵恨可乎？」一生曰：「是實未嘗有鬼，抑如何其鬼迷？便是阮瞻之論，皆文人掉舌。僕生年四十餘，從未見新鬼大、舊鬼小，亦未聽新鬼愁、舊鬼泣。」其人曰：「然則聖人敬鬼神而遠之，苟無鬼神，將何以敬而遠哉？」一生語塞，又重其多金，不敢拂其詞。囁嚅未語間，行數十武，其人忽入一敗塚，滅影在塚中，笑謂曰：「生年四十餘，從未見聞新鬼大、舊鬼小，新鬼愁、舊鬼泣，今而後記取：客鬼良不惡，曾不若爾等人恃金而驕，見金而圖，犬蹄雞爪印墨紙上，便稱骨董，誆人且以誆鬼也。」言已，四面荒塚內俱作笑聲不止。大駭，奔及其家，就燈檢視黃金，乃紙錁十枚，殆霉爛矣。

春江樓上鬼

春江第一樓在富陽縣城外，樓三楹，旁有嚴子陵先生祠堂及文昌閣。樓臨富春江，即錢唐江之尾，渺渺烟波，數百里一覽而盡。主守者僅一老道士，居山門前。一夜月光若雪，江波如鱗，萬籟寂寥，雲容慘淡。道士無寐，開户眺江。忽聞樓上有笑語聲，異之，躡足竊視。見一長髯者，年約五十餘，挾兩女憑闌噱語，似操楚音。道士聾聵，不甚了了，但聞女曰：「昨見王家老嫗說，我第三兒做轅門千總，光景熱鬧。」言未已，髯者即批其頰。女蓬髮散衣，向地乱撞。髯者揮拳毒毆，勢已臨斃，一女旁視，笑吃吃不止，亦略不慰解。道士為之危急，蹣跚救，倏然無踪。

畜道輪迴

松江袁古頑式玉，居府署之東。其隣為公文客寓，縣囚解府鞫訊，往往飯宿寓中。一日薄暮，見二役械七囚入門，訶之曰：「誤矣，飯寓在西舍！」役若未聞，竟牽進堂屋。追逐之，忽不見，大駭。前後搜索不得，適見圈中猪生豘七頭，遂悟鬼之輪回畜道。驗豘亦無異變，惟四蹄與頷下各白而已。

龍陽鬼

松江馬巢阿，月夜往其別墅茶山白石山莊。遇一少年揖於路，曰：「數年不見，渴想已深，天幸邂逅，望枉玉敝廬。」巢阿曰：「賤體健忘，不審從何相識。」少年咄咄曰：「繾綣却非一日，愛及肌膚，别即恝然，有情者乃如是哉！」巢阿素有斷袖癖，見其韶秀，良已神蕩，意謂舊歡，姑作款洽語慰之。問其居，但言不遠，遂與偕行。自初更攜手同走，月已西落，足趾將破，終不到。一路游言謔浪，慾火如焚，遂共憇樹下，邀伏石磴狎之。良久，覺陽具痛如棘刺，一人以穢泥腐草捽面而來，細視，乃捧一田間驅雀草人與狎。少年立道旁拍手大笑，復捽穢泥。大怒，裸而逐之，將揮老拳。追至一墟墓間，少年忽滅，聞敗塚中言曰：「夜長岑寂，聊博一笑。天將明矣，好從舊處覓衣褲穿。」巢阿素有胆，大罵，向塚而溺。塚中忽探一首，大如巨缸，藍色如靛，碧眼朱唇，若畫鬼王狀，張口便吞。力揮間，身若已吞口內，摳爬跳撞，莫如之何。憊極而伏，自分已死，良久忽聽三五人唱山歌而前。睜目視之，乃身臥污泥中，唱歌者蓋村人進城賣菜，審與素識，假衣衫蔽臀前後，狼狽而返。

剖辯忠良

吳中有講評話者，俗謂「説大書」，若《三國志》、《水滸傳》，俱全本演説，敷衍科諢，博人粲然，茶肆中每藉以罔利。有某甲善説《今古奇觀》。一日説《沈小霞相會出師表》一回，言前明錦衣衛經歷沈青霞先生鍊，於公宴中與嚴世蕃觴政相爭，負氣強灌世蕃酒醉。揣知觸怒，恐其懷嫌陷害，遂陳疏糾劾嚴嵩父子招權納賄、欺君誤國十大罪，奉旨發口外為民云云。忽有一瞽者躢躁而前，揪甲唾罵曰：「爾何人，敢誹謗前賢！青霞先生糾劾嚴嵩父子，出自忠貞節義，不顧捐軀，願斬權姦首級，以謝天下，豈因與嚴世蕃酒中言忤，畏害先制耶！」力批其頰，眾為解救。瞽者乃仆地，昏瞀良久，甦而訊之，罔無所知。瞽者係餅店磨麪夫，不識一丁字，前語所不能道，未知何鬼憑之。

蔣友筠參軍邑寧聞而謂余曰：「甚矣言之不可不慎也！近世小說家罔參正史，往往以忠臣烈士附會其辭，贅疣敷演，至於不經。白圭之玷，安得在在處處鬼神為其剖辯，毋使匹夫匹婦信為口實哉！」因憶上海喬檀園光祿鍾沂曾言：著《孽海記傳奇》者雙目已瞽。一日自聽演唱其劇，快意之間，目忽明。復念通場全演神佛，無花旦風月處，又續小尼姑《思凡》一齣，不久目仍瞽。可見誨淫之冥罰不爽，雖遊戲文字，亦當非禮勿言也。

瘧鬼

江南之人常病瘧，其疾初發寒，雖炎暑衣厚棉、擁襆被，猶雙齒格格相鬥。寒後發熱，遍身如火熾，迨汗出始解。或一日一發，或間日一發，惟四日再發者謂之「三陰瘧」，病最重。發熱時人輒昏瞀作囈語，往往有鬼憑之。

李雲從副總大龍家太倉之茜涇，嘗告余：童時病瘧，恍見一人以扇拂之，即發噤，寒甚，迨擁被臥牀，其人即壓臥被上，漸覺氣懣發熱。茜涇有土穀廟，其尊公方捐金鼎新，恒往遊玩。比出廟，恍又見有人持扇拂其後心。知為鬼，復返身禱於土穀，遙見持扇者在廟前窺探，良久而去。抵暮歸家，不復病矣。

其二

沈旭亭來陽嘗病瘧。其初發寒時，但見羣鬼揶揄之，嬉笑之，唾駡之，扳其項，折其腰，傴僂呻吟，眾鬼莫不愉快，寒愈甚則侮愈不堪；及發熱，鬼即蹴踖左右。亦有峩冠博帶者，皆奴顏婢膝，千態百狀，不知奔競何事。一日忽欲溺，方取溺器，溲已遺，有鬼急張其口，跪而仰受，褌賴以不汙。汗出神爽，鬼即不見。病久，鬼面頗熟，而其寒熱時光景作態不少異。每見鬼略止揶揄嬉笑狀，自知寒將漸退矣。

老西兒

蘇州北濠劉氏有鬼為祟，或附人作山西語，嬉笑怒罵，恒發人陰私。或附器皿，物即自動。鬼善啖，每日必進兩餐供奉之。雖附人為祟，人不病，或附小兒，則兒兼大人食。更奇者，有紙紮風箏作美人狀，鬼附風箏，其紙人竟舉筯張口而食，第所食物仍從紙口背後落地成糟粕耳。人又以為妖，道士書符祈禳，俱不驗。迨後家中習熟，名為「老西兒」，日給酒食，遂若相安。惟稍不豐，即附人碎裂器皿，打男罵女，擾攘不止，為可厭耳。

金花洲明府梅時為孝廉，過其家，鬼方附狗作人立，以前足直批其頰。顧端卿州牧元揆時丁艱里門，亦嘗於劉氏，鬼附小屏風拉其前。人以兩公貴者亦受侮，俱不敢攖其鋒。

一日，余友徐種之本義途中遇雨，趨劉氏門內避雨。鬼方附主人踞坐門後，唱京調小曲，呀呀兒嗄，見種之進，忽蜎縮檐下，取蓋溺桶箬帽掩面，不敢語。種之異而趨視，箬帽忽作旋風，宛轉滚出門去，主人即立起如夢醒。自此鬼遂絕。種之僅一茂才，此鬼獨畏之，想其平生抗直，從未行一苟且事、吐一荒誕語邪？鬼懾其正氣耳。

大眼鬼

劉文山斌，吳縣布衣，善畫山水。一夜挑燈染翰，跋燭誤滅，忽若月光射窗，其明如晝。視窗上隱現一鬼形，不甚惡，而眼大如椀，眸光炯炯，竟若雙炬。文山笑曰：「拙筆當巨眼觀，得毋笑瞎。」燃燭復畫，畫成，收拾笥中，鬼即不見。

送瘟船

乾隆五十四年秋，淳安縣城大疫，居民齋醮，紮紙船草人，焚芻送於河，謂之「送瘟」。船大於小艇，底浮薄板，以是不沉，順流浮近茶園地方。適有客某停舟過宿，半夜紙船流與舟近，未之知也。而客在艙，是夢非夢間，恍聽隣船嘈嘈作語，似有數十人，若分財不匀而爭競者，語音雜五方，不甚了了。暨聞一人曰：「爾三人且上隣船去，渠有多少金資，爾三人分得如何？」客疑為盜，大駭，急拔枕邊鉄尺呼曰：「大眾拏盜！」合船之人驚起，其實河無一舟，岸無一人，惟送瘟紙船蕩漾船旁而已。鄭三雲別駕辰言。

鬼忘八

上海火神廟有王道士，少年無檢，嘗私作狹斜遊。一日至北門内某妓家，適妓先接貴客，道士怏怏返。北門故幽僻，夜深人靜，方覺踽涼，忽有一人從後曳其袂曰：「王師太想跳槽耶？」跳槽，狹斜諺語，子弟狎妓方沉湎，棄而他去之謂。舉燈籠照之，面龐似熟而不可名，光景是閒漢，因笑應曰：「跳何處去？」遂指田間一舍：「此家半開門，若引去，作何相謝？」道士曰：「自不負意。」問其名，曰陳九，即偕行。至門外，其人彈指户樞，即有小婢啓户入。灯下視婢顏色亦頗姣好，大喜。其人促取碎銀一塊，先出户代買酒果去。堂後即有三十餘半老佳人，淡妝濃抹，雲翹底高五六寸，曳長烟袋，拂大紅綉帕，笑出共坐，便説：「奈何周小倌相邀不去，却因恁風兒吹得來。」又見道士穿一新袍，曳袂笑曰：「這衣賃價也值一錢三分銀子。」道士曰：「小妖精休作怪。」蓋吳中常演周小倌請王道士斬妖戲文，特借其科諢浪謔耳。方嬉笑間，一人虬髯肥脖，面黑如漆，穿藍布襖，兩肩聳過耳上者，傴僂而進。向道士不語，以手招至門次，問：「今夜在此宿否？」曰：「然。」又問：「知得價錢否？」曰：「需幾何？」其人伸十指作勢，道士不解，搖首以答，即回步與女坐。虬髯者又招之，答曰：「無多語，且俟陳九來。」語次，陳九踵至，嘁嘁數語，又索纏頭，因於腰間出銀二錠給之。虬髯者大笑，舉燈矚女曰：「花月般娘子，一宵只值兩錠銀耶！」擲還之，促女進舍，亦於腰間出銀二錠給道士。道士不接，強納其袖，旋捧住道士，扯去其褲，將戲龍陽。道士大窘，怒罵「忘八無禮」。陳九呆立不語，忽轉身去，而虬髯者力甚巨，勢甚猛，戲道士如嬰兒。儘力撐攘，不能展側，竟被輕薄。良久笑曰：「十年前嫖客腰纏一盡，遂為忘八，不意忘八破兩錠金又成嫖客，樂極樂極！」即提道士拋出閉户。道士既憊，拋跌發暈。少頃漸甦，東方已明，乃身臥叢塚旁。袖中有兩紙錠，即夜來唱後庭花得也。

祿先壽盡

鄞縣某生頗工文，而偃蹇不第。忽夢至冥司，遇一吏，乃其亡友。因問功名壽數，吏為稽籍，曰：「君壽未盡而祿已盡，將不久墮鬼趣，更何望於功名。」生言平生以館穀糊口，無過分之暴殄，祿何以先盡。吏太息曰：「正為受人館穀而疏於訓課，冥法無功竊食即屬虛糜，銷除其應得之祿，補所探支。有官祿者減官祿，無官祿者減食祿。蓋師之名分尊巍，受人修贄，誤人子弟，譴責特重也。」醒而惡之，旋病嗝食，逾年死。

噫嘻！「二千五百人為師」，「其徒數十人」，師之得一館如得一官，而獨不自愛其鼎，鮮肯循循善誘、約禮博文。然子弟之父兄，亦有不吝一擲千金，獨於師之館穀，錙銖計較，待先生忠且敬者絕少。由是冥司薄其曠課之罰，鮮見皆病嗝食歟？吏言有官祿者減官祿，恐終老學究者原是紆青拖紫、飛黃騰達人，冥中乘除其祿籍而免病嗝，未可知也。為館師者幸勉旃自愛。

昔家舅祖延綏觀察周贊醇公諱廷燮，文名布京洛，為經略年大將軍羹堯幣聘塾師。將軍威權熾焰，蔑視百官，而獨折節西席。塾中懸一聯曰：「怠慢先生，天誅地滅；誤人子弟，男盜女娼。」不知世之為師聘師者，聞此其各汗慄悚慚否？

雷殛先插小旗

尤二娱選拔維熊言：某甲善用銅銀。其子年甫七歲，於除夕忽驚啼告母曰：「有青面獠牙人自天降下，以小旗插爺頭上而去。」迨過驚蟄，雷震甲死於衢，猶手執用剩銅銀。親隣踪其罹殛之因，乃緣郊外某農以雞遣子入市，售為卒歲之需，甲以銅銀向買，農子貪其價貴，孰知無可兑錢，歸被父責，投河自溺。蓋甲雖未殺農子，農子由甲而死，國憲不及加，天雷殛之耳。

余聞父老嘗言：雷殛者，陰司先有小旗插其首。曾有人晨洗，水影中見頭插有旗，時欲藥死孤姪以圖其產，駭悔棄藥，竟得獲免。可見朝廷律有自首之條，天誅亦容悔艾。暗室虧心，神目如電，王法或倖漏網，陰譴捷於影響也。

丁光煥

丁光煥嘗泊洞庭湖畔，因見月色甚佳，起步蘆洲。見數十步外一人席地而坐，忽有一人至前叱曰：「何處野鬼，在此現形！」坐地者亦叱曰：「我在此賞月，汝是野鬼，反以人為鬼！」互爭不已，拳足交加。光煥以為醉徒，置不顧而行。又見有踞石而坐者，林中出一人遥謂曰：「請暫避，我乃鬼，恐陰氣侵染，於君不利。」踞石者答曰：「我是鬼，君是人，毋相紿。請勿近我，近則恐發寒熱。」亦互相爭鬥。時已三更，浮雲蔽空，月光漸斂，即返步。適湖邊有數人捕魚，見而合譟「鬼來」，踉蹌逃遁。復行約半里，有三四人席地度曲，又合譟「人來」，如鳥獸散。竟不知所見孰人孰鬼。噫嘻！世態變幻，鬼蜮為奸，大抵人而鬼者殊不少也。

鬼畏節婦

沈丹梯上舍成言：自京來杭，繞道訪戚，途次武清旅店。月色甚佳，獨出散步，遥見附近小招提，有十餘人席地賭博，隱隱聞喧呶聲。俄招提內似有人燃燈出望，博者即獸飛鳥散。時萬籟俱寂，四野遼空，有三四人奔來，互咎曰：「何處不可設場，要隣近倪節婦！」一曰：「彼處設場久，爾等不喧嚷，倪節婦亦不出來！」相距咫尺，倏滅，知見鬼，遂返旅舍。次日詣招提訪問，乃一尼庵，果有尼之祖母倪媪寄食庵中，夜聞人聲嘈雜，疑有火警，因出視無影，即閉户安寢。倪媪言自三十而寡，舅姑欲嫁之，以死自誓，即遭怒逐。攜二子一女，織草笠度活，流離困苦，慘不可言。幸得婚嫁，子壻又皆不才，賴女孫度為尼，乃依棲於此。年已八十，雖雞皮鶴髪，猶耳聰目明。嘻！匹婦矢節，無賴惡鬼亦知欽畏如此，乃湮沒蓬蒿，不能上邀旌表，惜哉！

翰林院土地

表兄陳雲濤中翰希哲言：有某供事遇雨，宿翰林院土地祠。忽見數卒奔走內外，若有新官蒞任。略頃，堂上燈燭輝煌，門外來呵殿聲。至則一神出迎，謙遜分坐，茶畢偕進，旋即寂然。其所至者，供事識為吳雲巖先生。按雲巖先生諱鴻，錢塘人。乾隆辛未殿撰，提學湖南。廉明公正，所拔皆寒士。殆沒而為神也，杭州士民亦多有聞，供事所見，而惜先生後人無繼起者。大凡忠臣義士，往往嗣絕，蓋沒而為神，無藉子孫矣。隨園老人有詩曰：「血食滿天下，但看所樹恩。羞將好魂魄，飢飽仗兒孫。」良有意也。

鬼開心

李安功副車鎮言：昔有扶乩書：「身為西鄰宅主某，生前肆力制藝，不趨當世花樣，常居康了。及今沮志黃泉，悔之無及。敢告諸公，大凡程墨風氣，因時變遷，不可高自位置，當以僕為殷鑒。」時有新進金良者，大言：「不合時宜，世皆欲殺，名落孫山，正其自取。幽魂有靈，其知我今科中在幾名？」乩批：「天榜已出，姑待探視。」寂然良久，忽書「解元金良」四字。金大喜，同人交賀，及發榜，解元乃鍾朗，是知適逢姓名一半相同，特戲之耳。此輩狂生，正宜遭鬼開心也。

耕煙散人

余戚陶五堂參軍濬，扶乩遊戲，每有才鬼憑依。余與盧小山、顧煥堂、汪雨峰、顧醉經、楊梅溪、徐西灑、家香溪，均得乩仙倡和聯吟。一日適耕煙散人降壇，余甥彭榮茳希召從觀，頗見獵心喜。乩書：「彭郎宜攻帖括，吟風賦月，非穉子所宜。」時譙鼓三下，又書：「半夜三更三點。屬對。」榮茳曰：「一年二至二分。」散人讚賞，命撤筵上鮮荔枝、水蜜桃賜之。

鄉闈怨鬼

張蒔塘孝廉吉安言：前在鄉闈，同號一生忽作手抱琵琶狀，彈唱《滿江紅》小調，淫聲戲嬲，陡然痛哭，呼「害奴好苦」。奇變百出，若有鬼憑，合號譁然。一老儒正色斥曰：「冤魂報怨，毋得擾亂他人文思！」一生瞪目不語，略頃，取卷拭淚，昏昏睡去。此必帷箔短倖使然也。香倫韓壽，名落孫山，可不慎哉！

練熟鬼

有為扶乩治病者。沈十自浙來吳，其服仙方效驗，播揚人口。余與彭墨苔紹復因小不豫，先後祈方服之，非惟弗瘳，且加劇焉。陳平舟上舍震滄曰：「沈十素為篋片，失富室歡，貧而無賴，藉此射利，黨羽招搖神效，安得仙來療病？或有鬼憑其乩，不過青樓中練熟鬼耳，豈識民之疾苦、藥之君臣哉！爰念前人詩集載述乩仙及所向遇，無非倡和聯吟，講論理學。曾以先君疾問，輒批『吳中不乏良醫』。問己功名壽考，則批『死生有命，富貴在天。其可以自操者，修其天爵而人爵從之』。蓋仙與鬼偶與文人遊戲翰墨，亦不敢洩漏天機也。」

尤太史著傳奇削祿

余戚彭蘭臺孝廉希涑精於內典，淡泊功名，誦佛茹齋，有出塵之志。嘗著《二十二史感應錄》，摘敘史載果報，足以啓聵振聾，讀者並臻温史功效。為芝庭尚書文孫，尺木進士之姪，當世善知識也。見余著《鞀燕圓傳奇》，言：「桑間濮上，穢褻淫詞，最易壞人心術。雖撮空名姓，宇宙之廣，必有相同，誣人閨閣之愆，萬不可逭。尤西堂太史侗《雜俎》僅載《鈞天樂》、《弔琵琶》、《黑白衛》、《李白登科記》，尚有數種艷情麗事，匪夷所思。曾得才鬼降乩，告其宜中削祿，因而删去。以西堂太史之根器才德，猶未免於潦倒北平，子孫不振，吾曹可不畏哉！」追憶藥言，願同人共識。

卷七

局賭鬼

閩人唐樹，亦舊家子，蕩廢先業，常設局誘賭，以餬家口。其妻見所誘賭客某揮金如土，覘客如厠，遂與私通。由是每至夜半，客輒以注付僕代博，偽赴旁舍稍寐，而與其妻淫媾焉。未久唐樹死，仍時往姦宿。一日方低幃匿枕，恍見帳外有人窺伺，審視無影。既而高唐夢醒，忽見唐樹搴幃呼之曰：「邀得博友至，不敢輕擾，坐待久矣。今雲雨已畢，請即穿衣上場。」大駭奔起，其妻遽取几上茶甌擊之，觸柱而碎，戛然作聲，鬼即不見。噫！局人之資，其實賣己之妻，亦不僅設局誘賭之一流耳。諺云「酒有德，賭有品」，唐樹之頑鈍無恥，抑賭鬼之品歟？長鼻子當請從受業而為師乎？長鼻子，閩人稱善博無敗者。

空中訊問

甲與乙，兄弟也，性迂僻而妬，鄙吝尤不堪。甲嘗念人得不衣食，雖有陶朱復生，其富應早着一鞭。由是每願身生毛羽，以禦寒冷，肺腑如秋蟬，僅飲風露。乙則猶以為未足，恒涉想願如蜉蝣，并風露而不飲。甲聞其語甚妒。無何，乙羸瘠死，家中蜉蝣忽多。甲以為弟之精靈所化，顧其子曰：「爾福不如叔之子也。叔死已化蜉蝣，家業之隆，屈指可待。」言次，忽聞有訊之者曰：「爾身已生豬毛、狗毛、牛馬毛，雞羽、鴨羽、雀鴿羽耶！」父子四顧，闃無人踪。

冰窖衚衕鬼

京師冰窖衚衕王氏宅有鬼，每夜自階歷升至堂後去。時届會試，寓舉子八九人，見而異之，相約次日分伏堂隅，俟鬼登堂，群起圍之。其鬼初如黑氣一團，大如七石甕。衆舉子既圍繞，黑氣忽聳高及樑，屢躍不能出，忽現人形，猙獰醜惡。衆舉子手搏足踢，如中敗絮。鬼窘甚，良久，忽批一舉子頰曰：「老一榜亦敢欺我！」遂突圍而去，追不可及，宅中鬼遂寂。相傳被鬼批頰者屢試下第，果以孝廉終。或有言即黃力園前輩庸初赴禮闈時事也。

刑曹鬼

余表兄周樵林員外日沆言：嘗入直時，半夜無寐，獨自散步公廨。見廡舍中有燈光射窗，窺視之，見一人青面赤鬚，舉筆踞坐，如廟中所塑判官狀。案下披髮浴血者三五輩，伏地嗚泣。大駭而叫，一吏遽開户出，彼此相詢，蓋稿工吏在內辦秋審案，方神倦伏盹几上，聞叫驚醒耳。

白屁股

慈溪徐青巖薄游蘇州，假館薛氏掃葉山莊。清夜獨酌觀書，忽見有物自門隙蠕蠕入，薄如夾紙，飄飄間漸作人形，居然一孌童也。徐殊不畏，曰：「奚奴方病，不堪供役，爾來恰好為我斟酒。」一不應，盛氣咄之，忽披髮吐舌作醜惡狀。青巖大怒，拔劍逐之，繞室環走。鬼遽仆，頭足俱隱，地內但露一臀，其白如脂。青巖笑曰：「好白屁股，奈我不喜龍陽何。」

憐才鬼妓

諸生徐亦葭芹，負才偃蹇。赴試江寧，半夜有叩寓齋門者，開户視之，乃一婉孌女子。疑為居停眷屬，吃吃相詢。女曰：「妾鄰妓也。憐足下懷才不遇，終年矻矻孜孜，到底秀才康了。今夜月色甚佳，不如收拾咿唔，放情詩酒，及時行樂，莫負良宵。」隨一小鬟攜酒果踵至。徐曰：「措大囊澀一文，老死蠹魚，未慣綺羅香韻。不比東舍張監生，風流年少，富亞陶朱，正堪眠花臥柳，消受溫柔。請從彼去，勿孤盛意。」女曰：「妾豈為纏頭而來耶！張監生銅臭，妾幽冥陳人，生當下賤，尚且見而欲嘔，奈何秀才身列衣冠，雙目炯炯，亦視牛作麒麟！似此才長志短，斯亦不足憐惜。」亟攜小鬟出户，唧唧嗚泣而滅。

荼毒慘報

陝西白水縣民某，其妻死，遺一子一女，僅三五歲。復娶梁氏女為繼室。梁美而悍，日虐子女，熨烙敲扑，體無完膚。某不能庇。一日，梁方曉妝，忽聞身後有嘆息聲。顧視，見一婦人黃顙蹙頻，流淚涔涔，遂驚悸發狂，自罵：「淫婢，奈何毒如蛇蝎，殘我兒女！」衆始悟前婦之鬼所憑也。自此病癲，往往褪衣令兒女力撻以為快，或引錐自刺，流血遍身。逾年，忽燒火筯，自烙其陰，深入數寸而死。

敗棺蓋

蘇州府學在城南僻隅，其旁隙地為田，塍間厝棺歲久，骼暴者纍纍。有門斗某，半夜扶醉歸。途次遇一女子，年可二十餘，坐地啜泣，嚶嚶嗚嗚，嬌媚可憐。月光相映中，見修眉濃鬢，雖釵荆裙布，楚楚端好。疑為宦家逃婢，四顧無人，游語慰藉，與之撫肩摩胸，亦不相拒。因銜張富有，適新喪偶，請偕歸為妻。女子揩淚捋其鬢曰：「果無妻耶，毋誑賣我。」門斗指月矢誓，淫心狂熾，即解衣為茵，摟抱繾綣。良久，恐天明不能同歸，竟負之行。女子叫呼不肯，亦不應。方抵家，一犬咆哮奔前。急釋女於榻，驅犬出户。返視女子，乃一朽棺蓋。明日跡其處，見一無蓋敗棺，白骨已為犬嚙狼籍。呼人掩埋之，終身不敢復行其所。

火部鬼卒

乾隆五十二年三月初一日，蘇州南濠大火，自午至亥，民舍燼至三千餘家。有客載糖若干，居某儈家，前一日半夜起溺，見一紅袍盔帽人坐房脊上，三五鬼卒如世公役狀，手各持册，挨舍查閲貨物。大駭，掩户就寢。客稔吴中多火厄，陰疑之，迨曙，以糖遷易他所，次日即被焚，其舊居儈家却無恙。蓋鬼神特使之見異，陰驅其貨歷於劫耳。是日火至初更，時濃烟蔽天，不見星斗，中天忽有如昏黄滿月，大如五寸椀，略帶紅色。及火熄，漸淡光而滅。郡人皆見之，大抵火炁結精，浮於上也。

報怨鬼

汪蓉圃仲，揚州貢生，能詩博古，詡詡以名士聞天下。而不修士行，蠅營鼠鑽，惟利是圖。顧善詆人傲物，不知者不敢測其涯涘。士大夫每强與友，以其揖讓公卿間，慮毁名耳。平生有三恨：恨天使人必衣食而後生，未百年而即死；恨父母不為生兩翅，得翱翔雲漢，不為生四足，可日行萬里；恨古人徒留文章翰墨，無精靈出現與之談笑。有三畏：雷霆，雞鳴，兒啼。妻有豔色而才，謂婦人有才則無德，箠楚火烙，無所不至。寒冬以雪沃其背，夏則逼處烈日中，凌虐而死。純乎乖僻，偽為狂狷。

甲寅夏，謁某大僚於杭州。獨游西湖，流連時久，城門已閉，無處栖宿，將訪青樓。問津間，忽有一人引至茅茨竹舍中。三五女鬟，臨門迓進，酒核既具，笙歌迭陳。汪固見慣司空，略不以綺羅驚豔。偶見壁間懸一敗琴，金徽玉軫，殆於剝落。乞諸鴇兒，全不吝惜，大喜所費纏頭無幾，獲此古琴可售千金也。酒酣，集茵庭下，枕琴對月而眠。諸女鬟繞坐左右，檀板再敲，清謳復起。忽有數人洶洶排闥而入。汪故隨一僕與拒，即被毆仆。搶攘至内，鴇妓四遁。汪以大僚故交，恐嚇之，若弗聞，但言：「含怨三年，今日邂逅，必少報也。」搜取脂粉鈿釵，羅裙綉襖，脅作女子妝。收拾狼籍杯盤，衆共噱飲。使以侑酒，不肯，拳足交加，命危如卵。乃靦然裝扮，歌筵舞席，故習見聞，曲意順情於鞋盃口盞，雖衆皆鬚眉如戟、腥臭不可近，無可奈何，勉之而已。衆喜，爭呼為汪姑娘。汪嬌聲應之。有笑曰：「足想見其三五少年時也。宜各有賞，勿被笑作窮漢。」各出白銀擲之地，汪納之袖，復勸酒。一人大怒曰：「爾出入冠裳，不知領賞當叩頭謝耶！」衆和之，揎臂唾誶，將以蔴索拴之。又一人曰：「名士名妓，與俗不同。即解琴絃繫之，琴亦可小作詎，以報宿怨也。」用力拴縛，覺絃切肌膚。嬌嗚乞憐間，聽鄰雞喔喔，恍如夢醒，知身臥溝洫而不能舉動。迨天既明，僕亦甦，見主人穿綵紙裙襖，面塗糞土，臥一厠板，蛛網遍纏身體，乃扶救而回。

倀鬼

人遭虎食，鬼名曰倀，遂為虎驅使，亦如縊鬼往往討替代者。杭州有僧名智慧，少年蕩檢。嘗客新安，獨行山中，渴甚，自掬溪水飲。忽見水中所映已相人身羊首，大駭。行數里，復向溪中照影，羊角宛然。自惟平生無大惡，何意遽墮畜生道中！而憶自早起程，道路歷歷可數，身未曾死，何即輪迴？是時百念俱集，別無顧戀，惟父母未葬，兄弟幼弱，又無嗣續，欠張寡婦利債不得償，孤寡無以仰活，累人尤非淺鮮，不覺黯然痛哭。忽有一人拍肩曰：「行矣，勿自戚也。」因訊頭面作何狀。其人笑曰：「吾實倀鬼，山神以我歷劫滿，又以君曾淫某庵尼，許討替代。虎故不食人，凡人被食者，皆作犬羊狀。我特使君首化羊，以供前溪虎啖也。今山神以君牽挂塵俗事，不昧良心，使我復還本相。行矣，勿自戚也。」倏不見。復臨溪水自照，依然故我。不敢抵前溪，即奔返。自此頓悟鬼神禍善禍淫之旨，急鬻田產，葬親償債，為弟娶室，延先人嗣續，即薙髮空門，今十五年矣。

此事人多聞之。師與余同皈依南屏佛裔和尚，知其終歲枯坐如偶，或埋頭睡，坦如漠如，輕易不吐一語。四大不偶，舉動成佛，工夫已造「饑來吃飯困來眠」矣。

鬼俠

蘇州城內范莊，文正公義田饍族遺澤祠也。中有先憂閣、後樂樓，閴無人居，為狐鬼所據。狐居先憂，鬼居後樂，各不作妖祟。先憂每見男女混雜，作豔歌淫嬲聲，故知為狐。後樂則覶覶唧唧恒欷歔歎息，或悲歌慷慨，知以為鬼。

其守莊奴某有女，年十歲，戲遊里中，為人略去，久無音耗。其妻失女，情慘氣忿，私向樓下自縊。方環帶作繫，樓上忽履聲橐橐走一髯丈夫，突前阻之，謂曰：「勿須死，吾為爾尋女歸也。」其妻初疑范氏宗族，因藉慰含淚入房。少頃，告諸夫。莊故無人來，知有異，因姑待之。

其女被略，已至吳江，略者偽認己女，賣豪右為婢，立契畢，得價遁，而女號泣不知所謂。主母方鞭箠戒之，地中忽湧出一髯者，格杖相阻。主母駭絕而仆。少頃，略者即癲癇而來，自陳略誘狀。豪右遂械送官，繩以法，關傳女父領歸。

觜骼嗚悲

諸暨錢洵玉淮，吳越武肅王三十二世孫。慷慨好義，恂恂有古人風。嘗往會稽訪友，途中淫雨如注，泊舟野岸。黃昏忽聽嗚嗚哀泣聲，欲酸心鼻。傾耳細審，似有一人走慰之曰：「噫，水淹滿室矣，我扳數枝蘆葦來，略蔽風雨如何？」互作問答，呢呢不已，為之無寐。半夜，天忽晴霽，星月皎然，啓篷眺望，蘆葦蕭蕭，四無廬舍，心大怪異。及曙，偵察夜哭蹤跡，見壞塚間一棺蓋已朽腐，觜骼暴露，水浸棺中，似風折數枝蘆葦，斜蔽棺上。因詢之土人，知朽棺乃前村某甲父，窶貧不能葬。為之鳩匠斲一巨棺，盛朽櫓以埋之。

討債鬼

蘭譜方履恒時懋，泗州天長縣監生，恃才傲物，睥睨一世。每思遍遊五嶽，足歷寰區，終歲驅馳，不憚跋涉。嘗在粵之瓊州寓一僧舍，先有一人寓寺，訊為江右劉若水，與新太守有舊，因太守未至，暫寓以俟。方以其行裝偃蹇，不過太守抽豐客，心鄙之，雖比舍亦少款洽。次日見其題壁詩，牢騷惋惻，頗興憐才之念。僧又告其窘況，每旁晚出市上一餐飯，終日恒眠坐斗室中，益器重其固窮。時久雨方止，苦悶寂，遂邀小酌，敍談聯咏，相見恨晚。於是過從無間，每食邀劉，晨夕晤對，倡和甚歡。

越數日，新太守已下車，促劉往謁。踟躕不去。僧以劉為妄，腹誹語刺。方疑其衣敝履穿，羞顏干謁，即假衣冠僕從，慫之行。至午後，去而復返，詢其故，慘然曰：「旬日來感維遇厚，屢欲誠告，恐駭聽聞，而事難克濟，尚須鼎力成全，不敢不陳心腹。弟之訪太守，是欲雪仇耳。十五年前，太守以令尹丁艱，尋罣公悮，部議降級補官調用。任中虧空，又咨追到籍，兼之私債累千，追呼孔迫，與弟有葭莩親，恒避囂敝齋，攢眉蹙頞，幾不欲生。弟憐之，百計張羅，公私稍有摒擋。而弟為之借貸，以佽者代償子母，補瘡已無肉可剜矣。彼時感荷之言，甘於糜肌粉骨。後復與弟謀曰：『尚有老母，不為祿仕，並無以餬口，且終逋累。君能仗義，更為捐復，是築浮屠結頂，異日必不相負。』弟方喜愛人以德，慨然許諾，盡變家產與之，深信仕宦者駟不及舌，亦不索券。既而得官楚之零陵令。弟代借債逋，本利無歸，官訟私追，針氈難坐。束裝往從，見即冷淡倨傲。告以近狀艱窘，便言忝在梓桑，誼當作將伯之助，但公私紛沓，難於從井救人，視弟如秋風客，往事竟如隔世！明問前欠，不特不承，且出惡言。越日訟弟代借之債，由籍關追於零陵，遽即以弟械杻遞回。途遇其上官，泣訴冤苦，無券可呈。官不加察，半途瘠死，拋骨異鄉。彼竟歷陞至太守！數年欲得而甘心，奈渠出則吏胥排護，陽氣衝炎，進則門丞户尉，呵禁不容。公肯偽托舊知，作秋風客，試往一拜，械弟於扇匣送之。但進宅門，弟無阻也，藉公得雪此仇，必當報德，銜環結草，異日有期。」方聞之攘臂不平，至此驚曰：「然則君其鬼耶！」曰：「然，試於燈前月下驗之。」一時已迫暮，即秉燭相照，果無影。大懼，枯坐神喪，默無一言。劉慰之曰：「勿怖。數日盤桓，孤魂賴以不餒，未遑感戴，豈敢祟君。」良久，方稍神定，應以所囑。

明日，如其語備扇及字畫，劉漸縮寸許，入扇匣而去。至則太守辭不見，扇字亦即返。方悵事不諧矣，而歸來啓視扇匣，劉不復存。次日，喧傳太守暴疾死。方恐洩前事搆禍，亟他去。

鬼由人興

某甲與弟戲，束草為縊鬼狀，夜間置弟書齋門後。弟故短視，未之見。少頃，甲於己之寢門後見一縊鬼，燈遠模糊，宛如所束草鬼。疑弟覺而潛置之，恐妻見駭愕，將欲取出，忽縮去。驚絕，奔叩弟齋，視門後草鬼故在也。

假神眞鬼

吳之葑門沈氏有女，暱所私，偽託神祟，故作痴迷，獨居一樓，絕人窺視，飲食必進豐潔。家人但陳食樓頭即急返，若登樓，則有戴紫金冠穿綉綠襖少年，拴五色鸞帶，蠻靴底厚五寸者，蹴之下。祈禳無驗，父母莫如之何，亦聽之。

月餘後，女正與所私褻狎，忽見一藍面鬼，白衣白帽，血污滿身，手執利刃，搴幃突提其股，將刃之。大駭喊救，家人覺異，尚不敢趨視。而所私窘急，大呼「有眞鬼」。家人稍近樓頭，鬼釋去，男女即裸而奔出。衆集視之，金冠、綉襖、蠻靴、鸞帶，故脫床右，姦狀畢露。不知藍面鬼何故發其私也。

偷糞鬼

西湖上善庵前，嘗泊載糞農船。一日庵中小沙彌與師立門外閒眺，沙彌忽大聲曰：「老爺口渴，請到庵中奉茶。」一師視旁無一人，訶之。沙彌乃指糞船曰：「喏，有一人坐船舷上，雙手捧糞水飲，想是口渴矣。」一師斥曰：「見鬼！」適有一行脚僧過，聞其語，合掌曰：「阿彌陀佛，一勺西湖水，難道不解渴。究竟錢財如糞土，莫將糞土認錢財，呷口糞水甜如甘露蜜也。」

鬼畏人誘

陽山之麓多鬼，人莫敢行。吳有殷鶴儕上達，嘗持無鬼論。月夜攜其子過之，有叟古衣古貌，坐於樹下石磴子。呼有鬼，狂步却後。叟太息曰：「子自揣為人也乎哉！居，吾語汝：夫一陰一陽，固人鬼之殊分，而良心泯滅，血性全無，惰其四肢，素餐尸位，倫常乖舛，大詐若忠，詭計陰謀，行險僥倖，雖有呼吸之氣，手足可以自運，殆更不如乎鬼，餐風吸露，自在逍遙，不抗塵走俗，不營私犯公。所以陽世狴犴，幽冥地獄，俱為人而設。幽冥之外無幽冥，可知無幽冥之外地獄以治鬼也。」

其子曰：「吾聞陽山之麓有鬼，白晝經過良已，草木風動，皆堪驚惕，深夜之間，猝然邂逅，子之衣冠不時，能無相駭！」叟大怒曰：「呸！人處名利場，好作時世妝。逐羶附臭，所在陷於機穽，曾不畏而稍退，乃見衣冠不時，獐惶鹿撞！試思粉白黛綠、卑諂阿諛之徒，亡其家，殺其身，人耶鬼耶？其衣冠時耶古耶？吳諺曰：『溺鬼誘其曝死。』鬼應畏人，人何畏於鬼乎！」

鶴儕拊掌曰：「亦何有於鬼哉！若果有鬼，吾亦使夫溺者誘以曝之。」叟吐舌及地曰：「子誠不畏鬼，吾更畏於子矣。」唧唧作鳴而滅。父子大怖，挽袂奔回，顛仆荊棘中，頭破血溢。從此每遇未相識，輒自驚疑。

貓索婢命

王枕溪興仲家有小婢甚黠，每竊魚羹食而委咎於貓，家人不知也，以貓殺之。婢恒恍見貓來嚙其手足頭面，時發囈語，似若索命。久之，婢吐實。

魂附乳媼訓子

余內族弟李滄雲曾譽，以資為官，分發浙江。將往，其子乳媼忽仆而起坐，呼滄雲曰：「吾名場不利，沮志黃泉。爾捐官亦好，但為官貪，民尚有生路；清而刻，則民生路絕。貪固不可，清亦宜清於己，不可刻於下。古今清吏子孫或多不振，正坐刻耳。」滄雲唯唯受命。媼甦，茫無所知。聲口絕似乃翁，可見前輩義方之訓，死且拳拳也。

魂來拜別

蘭譜王月樵上舍芳澤，上海人，同邑郭孝廉體乾之壻。因相距百里，往必止宿。一夜就寢，見幼子拜於床下，訝其暮夜至，即不見。為之心動，終夜無寐。次早呼棹急返，途遇家人來報，子已驟病夭。釋氏謂子之幼殤，皆索前生債逋，債完而去，父母痴哭，彼自恝然。此子死而來拜，殆亦索逋者乎？然人還我債，尚當焚香頂祝，豈徒一拜為別哉！

鬼與鼠皆能前知水火

歙縣汪古香上舍如桂，居松山杏花春雨樓，言：昔有奚奴臨溪浣衣，聞水中語曰：「明日山水發，好上岸遊遊，討替代。」驚奔而返。奴年十四，素木訥不苟言。時適祁門蛟患，古香頗有戒心。是夜，忽有鼠成羣而集，呦呦唧唧，攪不成寐，益詫異。迨明日，疾風暴雨，溪水漲溢十餘丈，廬舍淹沒，死亡不少。杏花春雨樓水僅及楹，未至傾覆。蓋鬼有五通，能前知，鼠亦能前知來避水也。

因憶乾隆四十五年二月，余友錢書田家鼠忽多，其書室聽松樓、清詠齋，白晝鼠繞人足而行，几陳書籍高尺餘，鼠匿其後，可以手攫。月餘後，祝融煽虐，焚及樓墻而熄。嗣鄰舍復建，漸散去。蓋鼠來避火耳。

冤　鬼

徐鑒塘學錄瀚嘗言：楊清恪公幼往鄉塾，恒遇綠衫女子，嬌豔如花，乘墻隙窺覘。初惟目眄，久則手招，公始終不顧。一日拾塊擲而詈曰：「妍皮裹痴骨！」公曰：「桑間濮上，吾實恥之。」女嘆曰：「今生不能索命矣。」散髮吐舌而滅。可見公為一代名臣，童穉已自樹立。居心端正，冤鬼亦莫如何。吾曹非禮之色，豈可不慎哉！

衣冠鬼

仁和周樹棠檀，從京師回，言：馬靜山御史家一僕，忽發狂，自撾曰：「我雖落拓以死，究是衣冠。何物小人，乃不避路！今若不懲爾，竟忘為下賤。」自撾至面破鼻血。靜山謂曰：「君白晝現形耶，亦忘幽明異路；君隱形耶，則君能見此輩，此輩不能見君，何以相避？」其僕俄如昏睡，少頃醒而復常。此衣冠鬼與之論理即解，若衣冠小人，則恐未然矣。

鬼打仗

福建漳、泉二郡，民情驕悍，聚族而居。每有嗛怨，動輒械鬥，往往經年累月，糾結不已，互有死亡。鬥時官亦不能禁制，行旅阻不能前。家慎修訪戚龍溪，夜宿山店，忽聞兵仗格鬥聲。合店驚駭，登墻覘之，毫無所覩，而戰聲甚近，至雞鳴乃息。殆積年鬥死之鬼為厲乎？

問路鬼

沈浴鯨賢書言：其友某讀書山寺，恒中宵不輟，咿唔一夜。倦而假寐，聞窗外語曰：「敬問先生，往某村，當以何路？」怪問誰何。答曰：「吾鬼也。重峯疊嶂，獨行失路。空山鬼本稀少，有一二無賴賤鬼，又不欲與言，且恐謬指受侮。因聞書聲，揣同氣類，故不避幽明異路，特來輕瀆。」具以告，謝而去。吁！輕薄之徒，遇有問津，往往顛倒東西戲誑之，是亦無賴賤鬼之流亞歟！

佔墳奇報

有信堪輿說，以古墳數塜，棄其朽骨，瘞己父母，謂陶朱之富可操券。旋居貨乘海舶貿於東洋，乃遇風飄失黑洋，泊島漈數年，始得歸。

初去年餘，其家忽見倉皇夜歸曰：「我被盜劫貨去，不能返，因亦在海為盜劫殺人。今事敗倖逃，聞被執者已供我姓名里址，飛檄拘眷屬，宜速自計，俱死無益也。」

揮淚竄去。合家震駭，一夜星散。次日，鄰人怪其日午不啓户，推之乃虚掩，呼之無一人，不明其故。地方稟有司，檢什物造册封之。親族疑懼，亦不敢出為理。迨此人旋里，見屋閉官封，詢之鄰人，告以久遁。呈請給還，官轉詰全家夜逃故，邀親族環保。所挾貲耗盡，及領回屋物，不惟廢壞，且遺失大半。兩年後過鎮江，遇妻為人傭媪，乃知其故，流離顛倒，子女尚不知所之。有知其佔墳者，悟鬼之報施也。上海喬利川言。

節婦歆祀

姊丈彭研香參軍紹詒言：有客自京師來，聞鉅野縣學門斗某，典守節孝祠，即家於祠内。比值秋祀，門斗夜起洒掃，其妻猶寢，似夢非夢，見祠外坐二神將，金盔羽甲，數鬼卒伺候左右，婦女數十輩聯袂入。心知神降，亦不恐怖。内有舊識二貧媪，知其未邀旌表，訝問何以亦來。一媪答曰：「人世表題，豈能遍及窮鄉貧户，在在湮沒。鬼神矜憫苦節，雖未邀旌，亦招來饗。若冒濫恩榮，雖設位祠中，反不容入。」噫！鬼神善補缺陷，揆理合當如是。

鬼擊生疽

吾吳村氓童稚，皆知敬惜字紙，紳士公立惜字會，雇人檢拾，彙化洪爐。鼎元連綿不絕，殆亦天之報施以勵善人也。前年，聞有楚客在蘇開行，收買字紙，改造拭穢礬紙侔利。玄妙觀惜字會中所雇夫某，收紙私賣行客，忽癲癇，言被藍面鬼擊其背跪地，自陳賣過若干。背上旋生一疽，潰大如碗，醫者束手。道士代禱，令其倍買字紙焚化。痛楚月餘，百方調治始痊。不久楚客失火焚死，言冥報者津津嘖嘖。比晤梓桑人訪之，尚有收為鞋底。北寺內有名超缸紙坊，仍改為草紙及糊面具、板不倒裹襯，作踐造孽，不一而足。願吾諸同人药言勸化，設法杜絕，功德如恒河沙數。

鬼打諢

蘇人范松年，集秀班大淨，進揚州江鶴亭方伯春德音班，名冠一時。又善說平話，詼諧解人頤。言自中秋獨行郊野，金風謖謖，皓月隱隱。忽遇一舍，香花燈燭，瓜餅茶果，沿門供月，其聯對器皿，頗事精緻。主人危坐鼓琴，因蹲踞樹根以聽。忽有老少十數輩來，撤琴延坐，羣譁曰：「好排場！獨自作樂，不如大眾鬧熱。」互探壁上絃索簫管，陳几吹彈，主人旋出酒肴以餉。有二人拇戰，各有幫糾觴政，或商榷耳語，當出幾指，喧呶甚豪。一鬅禿者厭其聒耳，不能聽樂，吱吱嗻嗻，攤手跳脚，鬅頂血迸，若將出火。拇戰者遂爭詈，吹彈者幫護鬅禿，互相毆打。因上前拉勸，皆應手倒地，轉瞬并屋宇俱滅。乃知遇鬼排場、鬼作樂、鬼鬧熱、鬼幫襯、鬼喊叹、鬼商量、鬼火冒、鬼相罵、鬼相幫、鬼相打也。余笑曰：「絕好一個鬼打諢。」

公門陰德

昔在淳安幕中，紹興後馬周沙舟言：其族人在杭州旅館，忽見二隸持票來喚，一係錢唐縣添差。私訝令與素交，不解何事，竟弗稍徇情面，添差協解。身不自主，芒芒隨去。覺黄沙蔽天，耳畔轟轟，如御大風。途中所見城市，皆非平生經過。抵一大署，門額「楚江王府」。隸另交人，看守轅門號舍。心知已死，無可奈何，亦姑聽之。

良久，同十餘人並進。堂上一官，亦時世裝。侍從森嚴，勢甚赫奕。唱名押跪墀下，吏抱紅黑文卷，用算盤互相乘除，似稽生前善惡功過。堂高墀遠，官吏言語不聞，但分別輪廻六道，押付地獄，高聲傳話，同跪墀下，乃得了了。心正惴惴，忽傳上堂，各佃户欠册，免其株累。可見公門陰德，增祿延齡，不自關心，福緣錯過。

觳觫匍匐而前。官霽顔曰：「汝免追佃欠，脱累多人，應延壽一紀，增注食祿。」命卒速送回陽。卒即挾其疾行，黄沙眯目難開，逾時似被空中拋擲，豁如夢醒，乃知死已三日，僕人報家，親丁未到，故未殮耳。其免追佃欠，蓋在嘉興縣幕司度支辦抄案，抽减

鬼穿下棺時衣

臺灣林爽文作亂，吾蘇蔣某死於難，同寅殮厝，未通音耗。其弟忽見慘沮而回，身穿嫣紅青褂，顯舊釘補子痕，布裹其頭，曰：「我被賊匪傷害，棺厝臺灣府城西僧寺，上有標題銜姓，易於尋覓。汝可取歸，與嫂合葬。我無後，應分老屋器皿與爾子，為我雙祧可也。」倏不見。後往扶櫬，遇其舊僕，言下棺服色無異。時弟有二子，以長繼立。不久次子死，竟雙祧，鬼其先知矣。

又羅掌綸家中元祀先，新雇無錫小童十歲，見之，忽言好多客，大熱天男女俱穿棉衣，還有官蟒袍補套，太太帶鳳冠，着綉襖，像新娘拜堂。呵去之。秋陽杲杲，其祖先家庭享祭，褦襶而來，不易紗縠，殆常穿下棺時衣服乎？

卷八

勢利鬼

王月溪彥曾，吴縣諸生，零落舊烏衣也，居昇平坊相國舊第。目能見鬼，嘗言街市道路往往聯肩接踵，究竟虚無縹緲，所以無礙人行。其勢利殊可笑，若見人衣冠濟楚，氣宇軒爽，輒讓道而避；人或偃蹇潦倒，衣敝履穿，豈惟揶揄之，或牽衣不與行，或絆之使跌，且以穢物污其頭面手足，引蛛網塵埃蒙其眼；若持金帛行者，則望塵而拜矣。鬼喜伺聽人言語。曾遇一友從蜀中歸，途次把臂訴契濶，方縷述比來艱苦狀，兩鬼覘聽已悉，即拍手笑，以柴薪挽結，懸其帽簷；及述遊懷已倦，幸囊尚有五百金，欲市半頃田灌花課子，以盡餘年，鬼即再叩，若謝過狀。友翳鬚落腮，言次涎沫星星，鬼為之拂拭；及去，猶跪拜於後，良久而起。噫！陌路同行，毫無干涉，作此惡態，殊令人不解。

月溪比歲家徒四壁，手上金跳脱粲然而黄，知好者恒勸易金謀生計，皆不應，蓋以此金物禦鬼之侮弄耳。月溪又言：人家厠間厨下恒有鬼，是固不但勢利鬼滿道路，臭鬼、偷飯鬼亦何處無之。

牛魂報恩

劉老者，逸其名，途遇一牛將就屠，憐其觳觫，解衣質錢以贖歸，畜之外厩。明年疫死，家人欲取其革，不許，瘞於廢圃。後被盗，揮斧破户，袪篋搜財，一家遭其捆縛，烙炙遍至。劉老潛伏廢圃草莽中，聽所為而已。盗即里中無賴，知劉老有窖金，遂遍覓之。迨將搜得之時，圃中忽湧出黑氣一團，盤旋不定，有病犬臥檐下，已瀕死，聞盗警，力奮不起，瞠目哮狺，聲亦澌嘶。黑氣觸之，即騰噬跳擲，怒吼而前。盗挺刃交下，略不稍避，盗竟負傷竄逸。追至門外，觸仆一盗，僅以蹄壓之，盗不能轉動。迨天明，隣舍共至，執盗跟緝，悉獲伏法，劉老乃免於難。而病犬尩瘠存皮骨，呼之返，一步一蹶，其夜間之猛如哮虎，殆所瘞之牛魂附於犬也。夫牛犬之報德者數矣尚矣，故冥司以人不食牛犬謂持半齋，亦緣功抵罪，而屠者每得慘報，冥罰不爽。

鬼鄙蕩子

某甲，賈人子，其父力勤齒積，頗有資。晚歲得甲，愛如掌珍。每念家世微薄，以甲幼穎慧，延名師課讀，綦望得一科第。而甲舉業亦可造就，特喜狹斜遊，父師督責，僞託以文會友，終日出外，其踪跡實在青樓紅袖間耳。父死，恣逞花柳，呼盧喝雉，無所不為。家業既盡，妻子凍餒弗顧也。

父嘗有友家山東，誼甚摯，曾負千金，以友家中落，作焚券義。及是蕭然四壁，計無所出，鬻妻裙釵促裝去，而恐其不承，僞立舊券以挾之。至是各道近狀，出券索逋。友憮然曰：「債實有之，券則僞也。初以家落，承尊公焚券義，原不即圖報還。今故人子貧無餬口，安敢昧我心。請少緩，當竭產以償。」越日，盡鬻田畝，得千五百金與之，曰：「幸措一本半利，俾足下易恢先緒，勿再戀烟花。家口綦望，宜速歸。足下年已壯，博一秀才，恐誤今歲秋闈，已代納粟為監生。俾早赴鵬程，紆青紫，佩印綬，豈特慰尊公九泉，故人亦有光也。」即日祖餞，與銀及監照以行。

而甲於東昌城外，復惑溺一妓，潛踪兩月餘。揮霍既盡，鴇母訶逐。時秋闈已近，妓偽許以嫁，勉其即就北試，與之矢盟。誓不復接一客。妓割香雲一綹，甲敲齒牙一枚，互為表記，生死以之。既促之行，猶叮嚀得志後毋貽秋扇之悲。

甲於時亦發憤奮志，將謂鶚薦可期，唾手而得，慷慨出門，揮淚珍重。竭蹶先至保定，訪其父執某，告助資斧，抵京就試。甲雖穎慧，荒於嬉，竟不第。落魄向南，痴心猶望麗人可託足也。至則貴客在座，衆擯之於門外。大怒而罵，撞突堂上，出髮索齒，以質前盟。妓命侍兒取齒一小盤與之曰：「齒何足重哉，自撿一枚去！」甲始悟妓盟之詐也，痛涕而出。

中途行裝罄盡，乞食以行。夜宿一古廟，見一襤縷者先睡熟神座下，甲即於左廡藉草臥。半夜聽廡後淅淅作響，頃即二人踱索出，曰：「窮賊踞堂，是渠無可奈何也。蕩子踞廡，曷不箠楚之！」遂共毆，沙泥污穢，捽塗滿面。月下審視，醜惡非人，大駭而叫，奔及門神座下，襤縷者竄出，撞仆於地，甲遂昏厥。賊故久宿此，心知地僻鮮人至，乃取火救甦。告所遇，襤縷者曰：「我誠作穿窬，良非得已也。鬼神既憐我，曷不與以立錐地耶？」甲請教以竊之術，不許，佽助返里門。噫！梁上君子亦慨然有義矣。顧蕩子鬼亦鄙之，能不戒之哉！

劉窮鬼

某商富甲里閈，自恥家世微賤，恒望子讀書致貴。而子故頑鈍，第鄙吝有父風，商以為賢。而所傅師甚嚴，每日課文一篇，不就輒鞭楚之。子不勝其苦，初嘗倩鄰某生捉刀塞責，而生每文索鏹一兩。商子既吝費，又惡其刁難。

一日遊南禪寺，見一人披百結衣，曳破履，穿出雙趾，吟詩題壁。訊之寺僧，僧曰：「人但呼為劉窮鬼，不知何許人。日來寺中坐臥，塗牆污壁，不慮人厭。光景想是窮秀才耳。」商子因與語。倩其作文，即慨然揮毫，不點一字，師見其所作文，大喜，以為竿頭有進。

明日師出題，又私往尋之。劉窮鬼方鼾睡寺廡，呼之醒，大怒，曰：「帖括，釣功名餌耳，非若吟詠足以遣情寫怨。吾世外人，無所用之，昨日之作，不過偶為游戲而已。足下富有銅山，鄰生家徒四壁，便破慳囊，市其文以贍其家，亦無不可，奈何以余文不索鏹，復罔以為利哉！」商子以其知鄰生事，揣必啖以利，而眇其窮肌膚已餓損，定需錢市食，不敢再作喬。因出錢百文，曰：「嗣後日購爾文一篇，百錢定價，子藉此足温飽矣。毋失此機，以貽後悔。」窮鬼大笑曰：「子以千金市我文，吾不能攜金歸泉壤，故不願市賦長安。特笑爾父子積此金穴，迨一棺戢身，萬事都已，誰為爾輩金致泉下耶！亟去，毋嘵嘵狺狺，銅臭薰我！」遂以錢擲堦下。商子愧忿詬詈，窮鬼曰：「貧人仰爾富，爾可欺挾之。劉窮鬼乃鬼之貧窮者，不可以概觀。其不為爾厲祟，我生前未擁金穴，不慣作惡伎倆耳。」拂袖而起，倏滅地下。

忍辱解冤

徐受天，吳之金閶人。嘗於市上遇擔糞者，傾污滿身。徐念擔糞窮民，諒不能賠其衣履，含忍欲走。擔糞者反誣其撞翻，揮拳大罵，掙脱而竄，猶追逐里許。眾為之不平。徐狼狽至家，更衣浣體，妻孥怨悵，以為不祥。徐亦怏怏，第無如之何而已。

至半夜，忽聞叩户聲甚急，啓視之，則擔糞者洶洶而前，囁嚅不語。徐訝曰：「吾不責汝賠衣履，毆我罵我，忍而避之，亦可已矣，奈何又寅夜而來！」答曰：「吾與君有宿世仇，日間以君避我，我已死我家，貧無棺木殮。君能殯我，請解此仇，若得更恤我妻子，且當報德矣。」言罷大哭，燈光慘碧，相對寒凜。徐已戰悚，聞其為鬼，益懼，因曰：「當如汝言。」擔糞者遂告其姓名里址，大嘯而去。

徐次日往訪，果如其語，遂厚殮之，并貽其子千金，營小貿販以贍母。嘗以此事告人，曰：「苟使一時之忿，不忍辱遠避，擔糞者死於吾手，吾已繯首市曹矣。」

懼內鬼

杭州吳四者，狡悍無賴，所至兒童走避，雞犬不寧。而獨畏妻，如鼠見貓，帖然而伏。妻年四十餘，麻臉爛眼，醜若無鹽，而故好塗脂抹粉，日啣五尺長綉囊烟袋，冶裝艷服，媚作妖態，以雙扉斜掩，露半面窺往來過客，常誘人宿，吳四見之不敢禁也。晨夕詬駡其夫，稍不當意，束青竹篠三五枝，喝吳四卸褲伏地，鞭其臀腿，聲聞鄰舍。吳四哀呼乞恩，怒或少息，若挺然忍楚，則又怪變百出。

一日削木尺許，團圓三四寸，命名「本先生」，插其糞門，揉拔數十百，肛為脫落，淹淹垂斃。夜復鞭楚之，且用筆管六枝桚其十指，乞放後，又以圓木將插其臀。吳四情窘，開門狂奔。行二三里，似有從後追至，回視，乃一婦人以杖相逐。月光掩映，覺苗條少艾，不似其妻，復振雄威，盛氣咄之，女即棄杖而退。

吳四方一住足，轉覺憊甚，跬步力怯。時已半夜，又無投宿處，忉怛萬狀，欲覓自盡，奈無可死計。因拾婦杖作拄，勉強復行里許，坐地少憩。覺墻下有飲泣聲，似一人亦負楚狼狽。訊之，支吾不答，但泣更哀。良久轉問吳四曰：「汝一路來，曾見有持杖相追者否？」答曰：「有一少婦。」泣者唧唧作鬼聲，疾逝而滅。吳四乃悟前婦為鬼妻，慨然曰：「鳩盤茶大勢力，幽冥不衰，便尋死路，亦屬無益，拚做老龍陽，消受本先生去！」仍含淚歸。

郭梅亭

郭梅亭錦，余壻序宜鏞之長兄也。工詩善畫，倜儻風流。年二十二，積勞死。有齋曰鳴秋山館，是其日常坐嘯處。死之後，同人有黃公壚在之慨，以是扃閉日多。次弟雨宕鈺篤友于，以梅亭所遺手澤，依舊鋪列几榻，時進焚香掃地。每往啓鑰，輒聽內作繙書弄琴聲，或抽屜擱筆響。

有邵秋山琥，為梅亭中表弟，亦善畫。一日與余同坐鳴秋山館中，適見余《山行詩》有「一樹緑楊橫釣艇，數枝紅杏護山家」之句，秋山以為詩中有畫，欣然作圖。鋪紙濡豪，畫未及半，旋有邀共葉子戲，遂扃户出。晚間秋山將攜歸就燈下成之，乃見淋漓滿紙，圖已成矣，第設色黯淡，如紙背印出狀。家中既無能畫者，而筆意又酷似梅亭，共相駭異。同人復為賦詩紀事。余以此圖什襲數載，客歲覆舟沫涇，與其生前所贈詩畫悉為河伯奪去。追今撫昔，倍增雲散風流之感。

鬼財主

甲寅夏，涿州大水，江浙京報不通者累月。有災民某甲行乞至閩，風餐露宿，無所依棲。一夜，見兩人手中各持一物，途次相遇，互相詢問，皆言從某財主家分得，尋別去。甲大喜，意謂有財生處，地方豐美，足以倚賴。與一人同行，遂乞指財主處。其人指路旁門户曰：「此某財主，彼某財主。」富室接壤，門宇甚卑陋。復問此輩家各有米若干倉，銀錢若干庫，則曰：「此有穀百籮鄉，按閩俗之鄉民糶糴米穀，不按斗斛，曰筲曰管，兩筲曰一籮，幾管曰一斗，大小不等，與倉斗斛異，故輒自謂幾籮鄉。彼有錢數十貫。」大失所望，而腹餒殊甚。適見一舍門半啓，有班白翁挑竹燈向外靜坐。其人指曰：「是大財主，且好善樂施，可與謀也。」因入户相告。翁蹙然曰：「家門不幸，兒孫輩年各長大，錢樹子倒矣，向來心素已違。若十年前，三文五文儘可通融，今則己之一碗麥飯、半陌紙錢久不得，餓且不可忍，將何物啖人耶！」甲聞麥飯紙錢語，訝曰：「是何言哉，翁其鬼乎？」翁慚沮不語，大哭而滅。

嚼蛆

吳人閒談謂「嚼蛆」，以其羣居終日，言不及義耳。有金鶴亭永齡，詼諧善謔，畢歲周旋朋友間，惟以嚼蛆為事。一日訪友蠡口，泊舟小港，乘興步月。忽聞村舍喧笑聲，窺之，見三五老少，席地小飲。門故虛掩，遂闖入曰：「不速之客一人來！」眾延坐，互通姓名後，言笑即涉諧謔。主人遜曰：「吾輩嚼蛆下酒，不知遠客到，有酒無肴，奈何？」鶴亭曰：「吾口中蛆如恒河沙，君輩喜嚼，且可共嚼之。有酒足矣，奚用肴核為？」眾大笑，劇談半夜，莫不冠纓索絕。

一人謂鶴亭曰：「今夕之語，誠海外奇談也。嚼蛆至此，臻化境而無可嚼矣。曷不聯吟嚼蛆詩一首，亦效醋秀才風雅？」衆然之，共聯曰：「聞道嚼蛆好，逢人便嚼蛆。有蛆無不嚼，但嚼便成蛆。嚼到難於嚼，蛆成化外蛆。非蛆耐蛆嚼，吾愛嚼吾蛆。」詩罷復縱談。鶴亭因飲冷酒，屢欲噦吐，索熱茗不得，乃辭出。衆送出户，即大嘔。次早，憶遺扇席上，復登岸往取，但見榛莽荒墟，並無村舍，扇在敗塚間耳。

善爽鬼

新安汪一峰，逸其名，舉博士弟子員，苦貧不遇，浪遊浙江，隱於傭。能詩，善畫梅花，蕭散有致，士大夫見其著作，多有慕一峰之名而不知其溷迹也。余嘗遇於杭州裝潢家，相見趦趄，慨然有「同是天涯淪落人」之嘆。時值秋闈放榜，聽人劇談名場富貴，一峰憮然曰：「二十年前心事，亦望『賜撤金蓮炬，送歸翰林院』，自游黄山遇一老僧，偕憩樹下，與參禪學，覺夫榮妻貴，酒酣更不遠邯鄲夢醒時矣。」因詢僧作何語，曰：「此僧殆仙也。別去行數里，見前僧已坐化茅龕，衣履色笑宛然，而蟰蛸滿檐，苔蘚生其破衲，駭而再拜。所以不即薙髮入山，徒以老母在，不得不作甘旨計耳。」再詰僧所與語，但言「恐違時俗」，不復吐一辭。按《海録碎事》載，人之餐氣學道，功行未滿，不能尸解，成地仙。其精神嘗守軀殼，往來不出軀所數里間，名善爽鬼。一峰所遇僧殆即是耶。

危亭題壁

延平滄峽山中有危亭半楹，壁上題詩曰：「雲籠月色樹籠烟，孤雁時驚蘆葦邊。苦憶金鈿零落處，石闌坐到五更天。」此處四無人居，旁僅白楊孤塚，疑似鬼作。胡湘之鈞見而告余。

溺鬼逐人

杭州淳佑橋東里有巨池，曰楊衙蕩，與清泰門之長慶寺中西偏廢地毘連，土人偶有在寺行由徑者。一日寺僧玉泉見一人袒衣取徑去，一人垢面跣足，踉蹌其後，若逐前行者狀，亦不之省。略頃，聞蕩間譁然呼救。往詢之鄰人，乃見袒衣者從寺奔蕩，投中央，已汩没。衆急趨之起，氣盡不可救。始悟跣足逐之者，溺鬼也，寺僧懼累，今已垛墻阻。

癩　鬼

劉善政，江西安福人。嘗過浙之常山，夜宿旅店，見一人方浴，遍身癬疥，穢惡難近。疑為店中人，亦不問。忽欲小便，即從墻陰溲之。其人突起，跳擲階上，漸縮不見。

雞雛鬼

王溪山卓，松江世家子，居西門外谷陽橋。其厨下嘗有雞雛聲，啾啾然如數十口，舉家怪異，童僕輩夜不敢獨行。廚有母雞，每聽聲輒喀喀作呼雛狀。一日，忽見母雞抱雛三五頭，迫取之，雛即入地而滅。

謝小妹

吳人李良臣國棟，居金閶門外。每喜狹斜遊，勾闌曲巷，到處淹留。後得謝小妹者，鍾愛不忍頃刻離，遂裹足不他往。而小妹重其情，亦肝胆披露，即以身許之。嘗不禮於某豪右，牒官拘捕，良臣為之百計保全。於是心益感其德，兩情歡洽，酒杯歌板間，山盟海誓，願生生世世，常締姻緣。

奈鴇母重索身價，良臣力薄，不得娶，且畏於父兄，彼此私心不遂，恒以為怏，相見時，小妹輒雙眦縈淚。鴇兒愛鈔，以小妹痴情一人，又恐忤豪右沽禍，晨夕聒噪之。

良臣雖日費纏頭，不得博鴇兒喜色。後鴇兒糾游惰之民伏伺，良臣至，羣加毆辱，計以絕其來。良臣遍體被創，欲訴有司究治，乃恐株累小妹。負楚歸家，臥不能起。而小妹偵知鴇之計也，復聞良臣創甚劇，殊自恚恨，私脱金約指咽食之，兩日而死。

一夜，良臣朦朧方睡，忽聞小妹喚語聲。開目斜視，則坐牀上。訝其自來，又恐家人見之，囑藏夾幕。小妹曰：「無妨，不得見也。」即為摩挲傷處，如輕棉拂拭，略覺安適。自訴致死之由，共相涕泣。且言：「冥王憐妾本良家女，誤墮烟花，無誘惑子弟之心，未害人傾家隕命，離間骨肉，故不與凡俗娼妓同科罪孽。許即輪回，投山西哈雲章為女，候給付文牒，當即行矣。特來與君一晤，倘荷踐盟，幸不淪棄。」良臣且喜且愕。枕上喁喁切切，家人以為囈語，亟前呼之，小妹即去，耳畔猶聞其嚶嚶哀哭聲。而傷處得其摩挲者，疼楚頓止，不久，愈。良臣屢欲西行相訪，親老不果去。今閱十餘年矣，未知哈氏女已字人否。

蔣竹所

杭之西湖向多鬼，錢塘門外為決囚地，尤甚。附近民家，夜間有來開户乞火、尋頭，或邀赴靈隱寺聽講經、數羅漢，或邀納涼釣魚，丐酒索食，夜市貨物，往往得紙錢。談者嘖嘖，不可勝記。仁和蔣竹所恩培，於一指庵讀書，僧與同寓居者時驚奇駭怪。竹所每獨行湖上，玩月至午夜，從未遇異。蓋竹所目不邪視，口無褻語，言忠信，行篤實，自有正氣懾之耳。

中菌毒鬼

蘭溪辛林春谷元，吾蘇人，言：前在四川其兄儁鹽茶道署內，聞某邑民鍾六兒者，食菌中毒死。後數日，有鄰張三遠出歸，未知其死，途中忽遇鍾六兒，指山中菌味甚佳，遂摘百十枚，以襟盛歸。其兄見曰：「此菌毒不可食，鄉中食此已死數人，汝從何處得之？」張三具以告。兄曰：「鍾六兒正中菌毒死，殆見鬼耶！」張三不信，詢諸其鄰，果然，始棄去。

余因記先大父仁元公集經驗良方，有解菌毒法：於驚蟄日取大竹，截作筒，去皮，兩頭留節，一頭開一小孔，以甘草研細末滿貯筒中，用木塞緊。再以桐油、石灰封固，浸大糞缸內一年，將筒洗淨陰乾。遇有中菌毒者，取內甘草末一兩，冷水調服，立愈。

嘗聞縊鬼、溺鬼、倀鬼，討替代，不意食菌中毒亦然。前方解法，甚不費錢，第非預備不能，幸仁人君子蓄以濟之。

鬼摸頭

某甲與乙友善，挾貲同往海寧之長安買米居積。途中遇二鬼各摸其頭，甲以為不祥，遽返，乙不為怪，獨往市立券。米存牙棧，價旋日落，甲以為鬼摸頭之征驗也。不一月，杭、嘉、湖三郡颶風霪雨，田禾摧萎泥中，是歲，收成大歉，竟獲利。可知見怪不怪，未可弗信。桐鄉顧夢庚茂才濰與乙比鄰，為余言甚確。

鬼師

候選縣尉張初川世忠，嘗言其友紹興酈生宗魯結廬深山，苦攻經學。有一士人自稱郝隱軒，居鄰山，時來推論經史，每多翻去常解，遂拜為師，留居之。一日，見其所著《幽聞録》一册，酈問：「師其鬼乎，乃作鬼語？」隱軒愀然曰：「以君好學，故來伴讀。今以異物見疑，請從此別。」人與書俱不見。

初川曾述酈生論《樂記》中魏文侯問樂一節，言《禮記》雜出漢儒之手，多錯解脱簡，不可盡信。如云「鄭音好濫淫志，衛音趨數煩志，試讀《衛》之《淇澳》、《鄭》之《羔裘》，安得淫志、煩志概之？」頗有新義。

鬼仇許私

昔表兄陳永齋觀察初哲丁艱回里，言有趙延洪者，性爽直嫉惡。偶見鄰婦與少年調笑，遽告其夫。偵之有迹，詭託遠出，竊伺其寢，駢殺首官，依律勿論。越半年，趙忽發狂，作鄰婦語索命，引刀自斫。家人力救，仍囓舌而死。夫竊談閨閫，已傷陰德，况鄰婦有姦，並非親屬應執，遽以不干己事，致伯仁由我而死，是誠何心！遭游魂為厲，殆其自作之孽也。

酆都鬼

余戚陶蘭坡二尹澧言：聞有病中游魂至冥，見城市略同人世。顧生平從未經歷，惘惘不知所之。忽遇亡友，訝曰：「此地酆都也，君未合死，何遽來耶？宜急歸。幸遇我，當送返。」途遇群卒押數犯偕行，友指一犯有鼻無口者，曰：「是其生時巧於應對，諛詞頌語，媚世悦人。」一胸腹中虛，若無臟腑者，言「是生時心機叵測，播弄是非」。一耳如猪肝兩片、混沌無竅者，言「是生時懷忌多疑，喜聞蜚語」。一尻聳肩，首垂胯，以手支拄而行者，言「是生前妄自尊大，仰面傲人」。一頭長二尺，踵巨如斗者，言「是生前巧於奔走，捷足先登。冥罰限滿，輪迴即生殘疾」。談次，友拉以力擲，大汗而醒。詞似寓言，義足懲戒也。

情鬼

徽人汪小溟茂才福昌言：於山東旅館門前玩月，忽遇一婦，姣媚可人。挑以微詞，即入舍暱就。訂其後會，自云：「家在鄰近，夫常外出，有墻缺可踰，遇隙即來。」詰其姓名邦族，乃曰：「敗節淫奔，何必相告。」每月兩三至，情好甚篤。如是半年，將赴都門，與婦話别，怊悵隨人作計，後會無期，不勝悽惻。婦忽嬉笑曰：「君如此情痴，必相思致疾。今當實告：我鬼之待替也。凡與鬼狎，無不病瘵，惟我相愛之深，故必俟君陽復，方肯再來。有剥有復，乃得無恙。使遇他鬼，縱恣冶蕩，早入枯魚之肆矣。感君義重，後宜自慎，亦勿思我。」語訖，散髮吐舌，長嘯而去。為之震慄失魂，以此心疑，不敢稍近冶容。然每一念及，覺餘香未泯，芳容如在目前，不禁惘惘。

嗟夫，慾火爍精，人且不可旦旦而伐之，況鬼之陰氣蝕陽乎！故樂而不淫，是眞好色，眞有情。

鬼不能攝孝婦

袁月渚守中，杭人，工詩詞，善小楷。係春圃方伯鑒之族姪，因貧困棄儒為道士，住持吾蘇府城隍廟。有徒某，私出遊山，歸迨半夜，不敢叩院户，即坐殿上止宿。逾時，聞鬼曰：「奉牒拘某婦，乃戀其病姑，念念固結，神不離舍，不能攝取，奈何？」一鬼答曰：「固結精誠，以戀病姑，即孝婦，與強魂捍拒不同，不可率夜叉去。宜稟請申岳帝，延其壽，爾勿孟浪。」似偕入內殿去，即寂然。其徒惶懼，急叩院户而進。噫！人徒思延壽，孰知孝之延壽，不求自得也。

才女鬼

曾記表妹壻黄若山壽仁抄示降乩詩曰：「薄命輕如葉，殘魂轉似蓬。練拖三尺白，花謝一枝紅。雲雨期難久，烟波路不通。秋墳空鬼唱，遺恨宋家東。」并綴小跋云：「妾系本吳門，家僑楚澤。偶業緣之相湊，宛轉通詞；詎好夢之未成，倉皇就死。律以聖賢之禮，君子應譏；諒其兒女之情，才人或憫。聊抒哀怨，莫問姓名。」此係縊鬼附乩，才不下李清照，令人可愛可憐。

若山能詩，工隸書篆刻，雅酒量，清談溯晉人。惜年未三十，即赴玉樓之召。遺我翰墨手澤甚多，去冬舟覆，悉付河伯，念之憮然。

活鬼

客歲聞金匱縣蕩口近村人，負布米菜蔬入城鬻賣，往往四更攜燈而行。時有遇林中突出，穿紅衫，面白如粉，散髮吐舌縊鬼，見而驚顫，棄物逃遁，迨邀衆返尋，物已烏有。後有胆力壯者，遇見即以手執扁挑擊之，大叫一聲而仆。駭愕間，復出一男，扭結索命，乃知以妻裝鬼，截掠行客者。

上海喬駕鼇言：昔侍其尊公諱照提督浙江軍門，聞有暴空棺道旁，裝僵尸，俟行客近，掀蓋立起，向前撲抱，無不棄其所有而去。後遇調汛兵丁，拔掛刀殺之。此皆活鬼終成死鬼也。

鬼訂後身緣

憶黃小華殿撰軒言：其友施一貫，江寧鄉試，見曲巷一女，年十三四，雙鬟婑媠，姿致天然，不禁依戀，若有夙緣。賂媒媪計買為妾，見拒，思不置。越二年，復遇於板橋畫舫，乃知其父母遭祝融虐，貧不能自存，旋相繼死。女無親族，里中無賴略於青樓，名小紅。乃厚值購回，詎大婦悍妬，逐居尼庵。施怒，絕裾出門，旋在都中賃屋城外。一夜，小紅忽從床後出，泣曰：「自君之出，妾即潛逃，奔走天涯，今幸樂昌鏡合。」撫其瘦骨一把，淚眼眦紅，泥濺弓鞋，離披羅袖，以憐以喜，暱枕低幃。小紅於雞鳴忽起，曰：「妾已為鬼，狎則陰剥陽，為君不利。且留不盡之情，結後身緣可也。」一大哭而滅。蓋小紅入庵即病，死已半年。不知後身緣、三生公案如何也。

遷孝免罪孽

郊南楊茂才志溥言：某甲病魂離舍，至冥司，遇一吏，乃其故友。為檢籍，蹙眉曰：「子忤逆父母，法當付湯鑊獄。幸壽未終，且去，俟壽終再來。」甲惶怖求解。吏曰：「此罪至重，佛亦難度，我何能哉！」甲泣求不已。吏沉思良久，曰：「諺云：解鈴還要繫鈴人。得罪父母，亟以父母孝順，或可懺悔挽回。」送之反，汗出而愈。即向父母備陳所遇，從此婉容愉色，侍奉惟順。并戒妻溫凊無懈，頗得父母歡愛。及父母故，喪葬如禮。年七十餘壽終，想得悔艾挽回也。

卷九

翠娘

龐氏表妹婿潘雪香元焯，自蘇之官於閩，夜宿黄田驛舍。忽聽舍後有喁喁兒女聲，異之，傾耳壁次間，一秦音老青衣語頗重曰：「翠娘記得阿郎新贅時，方抱花斑狸奴，要遊碧桃樹下。狸奴突撲雙飛蝴蝶，躍湖山石上，翠娘令老身登石去捉。阿郎躲迴廊竹深處偷看，悄向背後摘青梅子打來。狸奴驚跳，我便失足墜損左膝，至今天欲陰輒患朘疼，今又發矣。看月亦生闌，明日必雨。」答者聲細不辨。又曰：「爾時阿郎買參茸膏與老身貼，斜睃着俊眼，嘻嘻的調風情，使老身着惱，又忍笑不止。今日阿郎官高，金釵十二，怕不復憶翠娘，那裏更想雞皮媪。」遂共吁歎。旋聞女子嗚嗚哀泣，小婢撲流螢叫笑，嘈嘈切切間，女子大聲訶曰：「妮子驀地來，直得嚇散魂耶！」一笑答曰：「早是小鬼頭兒春心動，怕我背後聽老婆子想阿郎，調情心熱，快安排角先生去。」詎甚浪，聲雜譁笑，不可復聽，而嗚泣聲甚哀。衆復咨嗟良久，又聞吟詩聲，含酸和淚，幽咽斷腸，不甚了了。僅記一詩曰：「脉脉幽思不記年，但愁花放還花落。羅裙空綉並頭蓮，到底成灰不曾著。」迨半夜，聲始寂。明日果雨，不能啓行。偵視舍後，則碧蘚滿牆，黄葉委地。客歲雪香貶戍烏魯木齊，余候送於錢唐，翦燈話舊，偶談及此。

鵝眼錢

周志沖峻，館穀於吴趨秦氏。如厠，忽見一鬼，長不滿二尺，面如覆釜，帚眉鈴眼，籧篨而前。兩顴高厚，堆積俗塵，拾磚片擊之，中於頰，礴礴作破革聲。嗣後時常見鬼在厠，周笑曰：「此間污穢滿地，有何佳處，而為樂土耶！想海上有逐臭夫，君其是耳。」溺其頂，亦不動。殆返書室未久，鬼即雙手持戈，跳舞而至，身披錦繡，頭戴雉毛紫金冠，軀亦驟長五六尺，面大於車輪。急拔佩刀砍之，錚然倒地，乃一鵝眼錢。周取起，貫以索，曰：「噫，么麼小錢，乞兒所不取，亦裝此大面孔！」命僮棄之市上。

窗外笑語

吳人雷集成副車如蘭，平生不婞阿，坦坦白白，每自詡無事不可質鬼神。一日與客談次，又自矜誇。窗外忽有笑語曰：「世途齷齪，如公亦難得。但以魯酒餉客，以天香玉露吳下美酒名。留供床頭人夜飲，此事便難見我酒鬼。」走視之，無一人。似此小節私心，乃為鬼所揶揄，若薄父母而厚妻妾，諒鬼神自必殛之耳。

貪錢鬼

上元燈市，往往有作燈謎召人猜打，猜得酬之以物。吳錦濤不善作謎，而選事每倩同人著謎粘貼燈下。余為作數十謎，又戲以陽物作謎曰：「全無骨格足超塵，肉眼何曾識好人。憑尒自饒鑽刺力，只堪污下與相親。」「搖搖擺擺逞風流，皮相原非冠帶儔。軒舉人前終福薄，霎時喪氣便低頭。」「花間草畔極歡娛，請問先生懂得無。若是不知眞可笑，勸君收拾後庭蕪。」注：「物一，猜得送錢百文。」

一日錦濤來，曰：「異哉，夜來明明見鬼。燈下多人看謎猜想，有一胖漢先歷觀所送財物厚薄，見陽物謎注送百錢，大笑曰：有錢當猜之。沉思半晌，謂『是錢也』，即索酬。吾恐衆怪惡謔，乃僞然之，以錢相送。彼伸手接取，錢與手俱墮地，錢既四散，胖漢亦滅跡。似此人烟稠集，鬼淆其中，無慧眼識之，安免受鬼之侮弄乎！」余笑曰：「由此可以辨人鬼矣，鬼不知而但貪錢，是鬼也。」

頌廣文對

家憲南朝琛選六合縣教諭。一日方抽豪鋪紙，將書春聯於署齋，忽有一人從階下啓白曰：「歲盡矣，椒盤之獻，小子無所餽，有一對為頌：耀武揚威，隔窗把門斗一指；窮奢極欲，連籃秤豆腐半斤。」訶之，大笑而去，未出户即不見。因憮然曰：「廣文先生氊欲冷，何怪鬼揶揄耶！」由是江浙間多有傳誦前對以謔學師者。

紙皤

吳人金鑑公秉銓從杭之塘棲歸。榜人艤岸造飯，見一叟形神沮喪，蹣跚而行，力甚不支，憐之，呼與共載。見其氣喘聲嘶，亦不與語。過十餘里，辭謝登岸，遺一小黑布囊於舷次。舟子匿之，鑑公不許，亟呼其返。而叟去数步即不見，啓囊共視，乃白紙旛七面，遂棄於河。至半夜，舟子起尿，失足墮水，衆共救起，已死。

木皂隸

昔賢良陸公諱稼書，設木皂隸催科，李煦齋大牧逢春宰吳時，沿其法，刻木為隸，腰間懸小牌，書已故皂役名。鄉民畏鬼神，一木隸到鄉，輸納恐後，不勞鞭撲，科賦及時。木瀆鎮有陳連玉者，入城納課，見而誹笑之。歸家，其僕忽癲癇若狂，謂主人曰：「糧賦頃已「曷不完糧，累我曹敲撲！數十里來，腹餓甚，先備酒飯飼我！」陳怒曰：完，不負絲毫顆粒，狗奴眞病狂耶！」僕曰：「奉牌在前，完納在後，來差不誤，誰為爾狗奴！洶洶作氣，敢毆差拒捕耶！」自褫碎身上衣，扭陳作出户狀。家人惶懼，亟焚冥鏹以祭之。僕即暈地，良久而蘇。陳欲訴宰，恐撓催科良法而止。噫嘻！役之婪索不遂，輒自毀信牌，勾通仵作，捏報傷痕，煅煉毆差拒捕。官不深察，民不白寃，數畝之田，鮮不飽其貪橐。鬼矣，不悛故惡有如此！

古塚清謳

元和沈序東鏞，夜泊舟於野岸，乘興步月。忽聞清歌曰：「春三四月蠶事忙，姊姊妹妹共採桑。共採桑，揎羅袖，扳條拂葉摘滿筐。歡歡笑笑口語香，惱煞道旁遊冶郎。輕敲金鐙勒緑韁，斜睃俊眼綰緑楊。口中不言心已狂，恨不得巫山神女下高唐。那知我小羅敷，不上你的風流當。」鶯聲嚦嚦，蕩魄消魂，跡其餘音，乃在古塚。歌有二三闋，多闕文，此《採桑曲》末句，得風人旨，余故略為貫串以記之。

老人化金

某甲，富室子，月夜醉歸，遺金巷隅。抵家憶及，依路往尋，得金道上。旁有一丐訝曰：「明有一老人卧地，如何爾來，老人化金？」甲訊老人狀，宛似故父。自詡祖宗庇護，幸免失金。吁，甲故富室子，守財虜豈非乃翁耶！

侍御誦諷

許穆堂侍御寶善嘗謂余：某令為政貪黷，民怨沸騰。既罷官，去之日，凉凉踽踽，衿耆吏役賓朋，皆無一人唱《渭城》者。方自沮愧，忽有一民執手版跪送河干，因喜而勞之。其人曰：「小人受恩深重，萬刼難忘，業已沉淪第十八層地獄，賴明府下車後日夜爬羅，層層剥括，因漸穿及第十八阿鼻，乍得脱逃人世。若前官僅將陽間地土刮削，小人安有今日！」訝其為鬼，歡躍而滅。時又遍語座客曰：「君輩為政，自必愛民如子，執法如山。但不可下一轉語曰：『愛民如子，牛羊父母，倉廩父母，共為子職而已矣；執法如山，寶藏興焉，貨財殖焉，是豈山之性也哉！』勉為善政。」論諷中示勸懲不少。

羅　某

羅某有子五六歲，從乳媪過河干，為狗所駭，誤墮於河。媪慌窘呼救，有甲見而惻然，遂投河內，汩没水底，救起，幸無恙，而甲以是中寒，不久死。甲鰥而無子，親族為殮。嫗往痛哭，如喪所天。羅某富而鄙，不以為德，以兒失一帽上綴銀羅漢，值微貲，疑甲竊去，晨夕詈嫗及於甲。一日忽囈語曰：「我一時惻隱，捨命救爾子，轉以我為盗耶！我雖家無儋石儲，不若爾富翁視一錢如車輪，餽一銀羅漢，老婆舌頭便舐人口中去，呵呵拍笑，蕩無羞恥。」一逾時始甦。有問羅漢係何人餽，慚沮不語。

現在地獄

潘樾池奕正言：茂苑某甲私隣人婦。隣病將死，姦情敗露，隣甚恨之。及隣死，甲方惴惴，忽見二鬼卒持檄勾攝，茫茫隨去，抵一公廨。有王者方升堂聽訟，先見其戚某，不知為何事，牛頭鬼押出，謂赴惡狗村受無量怖苦去。繼而即召甲與隣相質姦私。王者稽甲禄壽未絕，命判註籍填報於甲妻，仍仰丹徒縣杖甲四十。鬼卒即押甲返，並未杖也。甲抵家，恍同夢醒。因念丹徒距家數百里，非其子民，諒無由被杖，不以為介。

一夜，天甚溽暑，甲乃散髮裸裎，除褲，穿細葛裙納涼門外。方於墻隅溲溺，適丹徒令已調署吳邑，甲不知也，路過突見，甲不遑避。令大怒，喝役杖於道中。而其戚某，牛頭鬼所押赴惡狗村者，死已月餘，暴棺郊外，棺薄屍臭，為野狗撞破棺板，啣嚼骨肉，狼籍滿地。乃知幽冥地獄即在人間。想姦私填報其妻，應更不爽。

牛班頭

王方伯兆棠有長隨曰華元，籍隸分宜。攜有相府太僕像，晨夕拜祝，云即奸相嚴嵩家人牛信，蓋江西人之為長隨者皆祀之，如百工伎藝中若木匠祀公輸子、藥肆祀神農之類，以其始作之人敬祀耳。適余僕方城投書方伯，見而訾之曰：「彼主人嚴嵩已在卑田院，牛班頭尚有何勢力，亦值拜之！便在卑田院唱蓮花落者，亦當祀鄭元和覺風雅，且不祀嚴奸相，抑奸相勢敗，牛班頭恐亦作餒鬼，安得福庇吾輩耶！」是夜方城宿船內，見一羅帽皂靴穿黑直身者，從兩小廝破艙而進，大聲曰：「爾主人有何勢，敢侮我牛大爺！」揭被揪毆。方城遂與鬨鬥。榜人驚起來視，忽不見。頃即寒熱交作，病憊良苦，知是牛信祟，大懼，焚紙錢祝獻。復見前鬼笑謝曰：「勿怪唐突，不打不成相識。」歸來病未全癒，稟白於余。因笑曰：「爾亟去事勢要之賢主，毋累鬼亦相欺也。」遂致書方伯，索華元所祀牛信像，以刀劃成縷，火之，颺其灰於溷。經宿後，溷中蛆忽多，想即牛班頭化此千萬億身耳。

空中讚歎

先大父仁元公，初宰吉水，鞫一獄。甲被殺於野，有其從弟稱：殺日午後，還甲鏹十兩，手持出户，見乙撞遇，同行為証，指乙圖財謀殺。乙堅供雖遇持鏹，即分袂。久不決，獨坐燈下翻閱供案。忽憶屍褲反穿，乃自語曰：「褲反穿，恐有殺姦情也！」聞背後有人讚歎曰：「頗細心，頗明白。」回顧無影，但覺寒氣嘁嘁。次日覆鞫乙殺姦，乙夫妻俱不承。遍訊屍所近隣，知甲嘗至丙家。時丙遠遁，勾其妻至，艷而少，即先虛詰甲有寄鏹事，諭令繳鏹，亦不必追攝丙至案。丙妻繳出鏹，甲之從弟標記猶在，遂得丙捉姦追殺狀，獄定寃明。

詩鬼愛窮

沈潤庵霈，華亭人。其季父觀察温州，遂從至浙江。後官罷，潤庵依人餬口，為郡縣書記。性迂傲騃戇，動與世相枘鑿。飄泊杭州，寄寓吳山之麓葛仙翁祠宇。蕭然旅館，衣敝履穿，舊交漸次疎淡。春時花麗鶯嬌，裙屐少年，油壁香車，金鞭玉勒，雜沓山上下。潤庵則盡日垂簾枯坐，如新婚女郎，羞見人面，恒久扃其户，即知交相訪，往往偽辭他出。

一日絕糧，咏詩曰：「旁午寒厨突不烟，傷哉貧也影蕭然。可堪曼倩旬三食，底事何曾日萬錢。道路嗟來寧不顧，於陵井李漫垂涎。才名畫餅終無益，枉說書生有硯田。」突有一人蹾索而前曰：「尼父絕糧，仲夫子亦且愠見，尚有心情吟咏耶？」潤庵曰：「顔子簞瓢陋巷，人不堪憂，而不改其樂。阨窮悼歎，已甚愧之。」訊其邦族，答曰：「言之恐駭聽聞，僕實鬼也。姓張氏名倬，茂苑人，客死於此。恥富愛窮，性情孤傲，一生偃蹇，沮志黄泉。重足下意氣相孚，同癖吟咏，倘不嫌異物，無妨惟我與爾相周旋也。」潤庵負胆不畏，正苦無聊，遂訂詩友。自此每夕必至，倡和頗多。恒謂潤庵：「窮字中埋没多少英雄，亦成全多少令德。袁安僵卧山中，終勝石季倫身首異處。」

余時舟覆洙涇，行裝罄盡，僅存一身，手口卒瘏，流離萬狀，亦羈跡武林，與潤庵復聯舊雨。聞其得鬼友，適作《寓齋雜感》二十律，凂其以詩為介。潤庵為之轉辭曰：「詩意壯心未已，雖處阨窮，終是熱中之客。彼僕僕風塵、栖栖宦海者，我必避於三舍。」拒不見。悲夫，窮途潦倒，世既與我相遺，詩鬼愛窮，復以熱中見拒。茫茫宇宙，何處求投分之友耶！附録前詩於左，其有濩落如我者，請作羽聲和之。

咄咄書空倍愴情，可憐蟲是丈夫名。十年遊俠黄金盡，午夜悲歌白髮生。鉄冶何當鑄錯字，酒兵無力破愁城。長卿豈是長貧賤，千古文君獨眼明。

塵緣潦倒太淒其，半載流離強自支。豈是平胸多磈礧，祇因滿肚不時宜。送人作郡朋相笑，假貸為生僕詫奇。蓬轉萍留成底事，鬢間贏得數莖絲。

饑來驅我待何如，搔首頻頻問太虛。自有蘭盟點鬼簿，徐芝庵待詔、沈芷生進士、汪石瓠孝廉、熊芝岡司馬，近來相繼逝者十餘人矣。豈無袖刺絶交書。遣愁瞌睡雖成慣，學佛嗔痴未稍除。昨遇王郎歌斫地，歸來拔劍倍躊躇。

一從蕭索便郎當，雪月風花總斷腸。夢裡見人還痛哭，人前說夢亦淒凉。真堪俠舉袁公劍，羞遇奇緣韓壽香。聞道今朝春又半，清明有客正思鄉。

飄蓬空自試彈冠，此日誰憐范叔寒。破衲漸教雙肘露，空囊只剩一文看。臣飢欲死還為客，我舌猶存未得官。便刮龍鱗拔虎尾，也應不似食貧難。

傷哉貧也欲何之，盡日臨風有所思。待破窮愁強飲酒，怕違時俗戒題詩。牧猪屠狗英雄賤，擊瑟吹竽壯士悲。何事泬寥寬宇宙，不容儂立一錐兒。

屈指辭家已六年，故園咫尺渺天邊。無聊心事占燈蕊，貧鬼生涯縛草船。僕本恨人應有恨，誰為仙吏得如仙。五陵裘馬今陳迹，愁絕春寒欲折綿。

斜月娟娟窺牖虛，可憐寂寞子雲居。頭顱老大悲為客，囊橐蕭條悔讀書。恨事夢中猶解哭，愁緣醉後未能除。幾回拔劍摩挲間，若個知心足起予。

沙蟲野馬滿風前，腸斷登樓王仲宣。但遇多情如見佛，若能不俗勝成仙。用當知己奚辭死，境到無聊恥受憐。昨夜聞雞三起舞，幾時着得祖生鞭。

破浪乘風願已違，學書學劍計全非。草荒三徑妻孥怨，酒乏簞瓢賓客稀。憐我漫郎偏困厄，羡他雛燕會高飛。殘棋一局難收拾，往事驚心悵夕暉。

琴劍飄零強自存，悲歌無那哭聲吞。春愁黯黯湖山合，世事悠悠雲雨翻。豈是酬恩無國士，誰憐乞食有王孫。從來虎鼠尋常事，呼馬呼牛何足論。

悵望家園遠近村，杏花楊柳夠消魂。未緣禁火廚先冷，不到衰年眼已昏。閣閣野蛙驚入室，狺狺隣犬厭開門。埋憂天上應無計，且著奇書記淚痕。

盡日長歌復短吟，春寒剌剌厭春陰。一錢欲喪淩雲氣，百折難迴伏櫪心。貰酒人嗤斟玉斝，絶糧僕勸賣瑤琴。臣之壯也慚牛後，隱几思量淚滿襟。

無復長安車馬喧，途窮誰更問寒暄。衆生佛度應虚語，神鬼錢通是至言。俗薄竟容狐假虎，聖明未許鶴乘軒。早知小草心情悮，悔不耘田與灌園。

年年踪跡溷風塵，不曰堅乎磨不磷。八字每慚雌甲子，三尸時欲鬥庚申。高談捫虱人私笑，彈鋏思魚客正貧。縱有酒澆趙州土，不堪重問武陵津。

每逢佳節暗相驚，河草青青舊夢縈。洗釜待炊愁晌午，移牀避漏坐深更。倦遊却憶家園好，結客偏奇蜀道平。多謝憐余絳燈燭，一堆蠟淚伴盈盈。

一身寥落歎飄蓬，況是愁中與病中。世乏蔡邕桐作爨，醫亡扁鵲藥無功。倔僵到老猶如昔，詩律於窮還未工。孤負清明好時節，呢喃燕子罵東風。

行遍迴廊倚遍闌，兀騰心事淚汍瀾。流離怕聽鳩呼婦，貧賤驚慚蛙號官。爛熟人情錢鬧熱，崎嶇世路味辛酸。天公生我何恩咎，一任牛溲馬勃看。

平地無風三尺瀾，阮生青眼向誰看。鴻毛性命貧兼病，湯鑊奇刑飢與寒。攘臂下車搏虎易，折腰奉檄拜官難。終南捷徑知何處，好着羊裘把釣竿。

不堪顛頽鬥緇塵，強學模棱意未真。萬劫難消惟傲骨，一錢不值是孤身。煙飛霧散當年事，鶯惱花愁此日春。欲寄家書詢妻子，宵來惡夢太驚人。

僵尸

家姑丈周鳴若少府熾嘗言：乾隆乙酉夏，有友錢唐陸筱飲飛讀書半山寺，因往訪之。值月夜，同登山亭玩月。見山下一老人彳亍上山，漸近亭，月光朗照，乃白毛僵尸。急共奔避入寺，鳴鐘鼓，集衆僧，堵禦山門。僵尸雖猛力推撞，門堅不能進，雞鳴而去。次日見門楸指痕深入寸許。是秋筱飲發解，僵尸竟不畏解元。

鴉片鬼

粵俗嗜吸鴉片烟，婦人穉子鮮不結習。官為嚴禁，莫能稍止。蓋初則學時賣富，久即戀而莫釋，名曰「上引」。雖貧無立錐，甘不作饔飱計，必先市吸，謂「過引」，否則垂涕流涎，四肢疲軟，有如病廢。

宋小巖觀察高、廉時，余戚郭亮采往訪。途宿旅店，因雨阻留，忽見鼠從樑上墮地不走，戲提其尾置几上，仍伏而不去。適店主人至，嘆曰：「客住此房，兩日不吸鴉片，鼠無過引，故墮地耳。」亮采不信，乃攜鴉片噴之，少選疾馳，不知所之。遂留其烟管鴉片，效吸消遣。至夜分，握管假寐，聞身畔有呼吸聲。回顧見一人，面白帶青，眼落眶內，兩肩聳耳，骨瘦如柴，側身捧其烟管，斥之滅影。知遇鬼，急呼僕從，告其狀。店主人聞曰：「無妨，鴉片鬼來過引，弗祟也。」

亮采歸吳述及，且曰：「不知六道輪迴，鴉片鬼却从何道？」余曰：「無以過引，亦是餓鬼。」近來鴉片之興，蔓延閩、浙、江南，曾作《勸戒鴉片啓》附左。

竊聞鴉片，乃由外邦，以山禽敗肉，野獸頑皮，埋藏穢穽污坑，歷久成土。流越重洋，內地熬煉為膏，比女禍尤深，較鴆蠱更毒。一經沾染，輒即思量。足以誘惑痴愚，趨迷途而不返；遂有奸邪興販，罔利藪之可漁。誑狂蕩之徒，謂嫖賭能歡娛長夜；引憨蠢之輩，逐希罕以賣弄新時。雖有夙仇，同嗜亦成相契；苟非共好，聯坐便覺生憎。初若振刷精神，漸就損傷氣血。常使有錢呼吸已損肩駝背，幢幢燈影，鬼似其人；卒至不繼晨昏則流涕垂涎，渺渺魂靈，人不如鬼。鮮能誕育宗嗣，多見夭折天年。失業廢時，為古道之親朋厭棄；傾家蕩產，累白頭之父母飢寒。要知却病延齡，不乏衛生之藥；療飢解渴，更多適口之珍。何忍以祖宗汗勞齒積之資，竟浪拋於尺餘竹管；絕不顧子孫仰事俯畜之計，任消磨於一盞油檠。休言有引難除，總是除之不力；並非無藥可救，當知救死不遑。慎輕墮陷馬之坑，亟鑒彼前車之戒。仰祈明哲，俯采蒭蕘，有則改之，無則加勉，幸甚幸甚！吳縣朱海謹啓。

養瞽院

韓雲巢明經穀穎言：普濟堂、育嬰堂收養孤貧老幼，各省皆有。聞滄州又有養瞽院，專恤瞽者。相傳昔有選人在滄州，資斧罄盡，告貸無門，旅食不繼，將投河自盡。突遇瞽者止之，邀至其家，出窖藏金玉器數件，以助其行。選人赴京得官，越數年，洊陞太守，引見。自賫千金來報，至則屋宇毫無，荒塚纍纍。以其姓名年貌所遇之處遍訪土人，有叟八十餘，云是處從無廬舍，止某氏祖塋，少時每見有瞽者來祭。後瞽者死，祔葬於此，久已嗣絕墓荒。殆遇鬼以殉葬物相贈耶！因瞽貌姓氏言似吻合，遂修其墓，并設養瞽院，捐金置產，由州通詳立案，責成吏目主管收恤。院有碑記，不言遇鬼，避荒誕也。嘻！此人不忘德，不諱窮困，與淮陰報漂母何如哉！

鬼客人

上海李念畬觀察心耕言：其尊公柳溪太守官西曹時，私第在保安寺街。有記室周君，暑病昏憒，忽呼僕曰：「某客來，何不奉茶！」旋聽作兩人口音，喃喃問答。所言某客已死數日，觀察潛燃爆竹，拋擲床前。周君大聲呵斥：「誰逐佳客！」時觀察之太恭人在內齋檐下納凉，忽見一人從塞門旁竄入，頭戴緯帽，兩目豎生，目光閃閃，遽趨墻陰。亟呼婢媪查視，毫無踪影，想即周君鬼客，為爆竹驚而迷路也。

飲恨鬼

周道如旭言：有友某，諱其姓氏里門，主申韓，噪聲油幄，某邑宰倚藉如左右手。一夜，忽有豔婦至齋閒坐，為之踽踏退避。次夜復來。詢為何人，云名緑娘。某大駭，急促其去。蓋知緑娘乃居停新納寵妾，恐再牽纏釀禍，明晨託故辭館。主人力留，甚言「君必欲去，我先解組」。不得已，以緑娘屢來直告。主人不信，言臥房距齋十餘門户，萬不能至，且每夕伴寢，無頃刻離。某曰：「惟恐今夜又來，故先束裝奉別，豈敢造誣。」宰因囑其暫避他所，向緑娘僞托公出，匿某齋中。

迨二更人靜，果有豔婦至，見宰泣訴曰：「妾名某，生前拒姦死，例得請旌。同鄉某，時在妾本縣幕，乃辦和姦，陰使賂妾婢媪供露姦自盡，不惟强凌者漏網，妾受污名。飲恨二十年，千里相尋，欲其招尤歸里，使自陳根柢，俾通鄉感知妾貞，方畢其命。彼既辭館，叩乞勿留。」宰詰何以冒認緑娘，玷其名節。則曰：「緑娘生前為妾本縣僉押。官疑拒姦，曾使出外密訪，彼竟淹滯狹斜數日，曲順幕友意，顢頇反命，以是嗛隙耳。」泣求再四，倏滅地下。

某旋來齋探問，宰躊躇不語。疑含慍他變，復辭。即厚贈，遣人送歸。抵家，在門外即發狂痫，悉如鬼語自陳，解腰帶套頸，未勒而死。

溺器上觀書削禄

山西劉戩，少有神童之目。九歲遊庠，中年猶是青衿。恒怨先世有遺行，不應子孫顯達，孤負其才。一夜，故父忽現形曰：「兒當譽播雞林，位列清華之選，乃於大便時溺器上觀書，褻瀆聖賢，削奪福禄。杭州余太史名集者亦犯此愆，幸命註禄厚，尚不失為庶常。再怨尤，必增罪戾。」倏不見。昨歲，劉裹糧來訪余秋室太史，問知果嘗臨溺觀書，大哭而去。余每觀書至不忍釋卷，適下急，亦攜登溺器。不知福命如何，能免削盡餘愆否，為之惴惴。

鬼見怕

虎牙俗名鬼見愁，又名鬼見怕，謂能辟鬼，兒童佩之。陳佛庵一貧徹骨，開門授徒以苟活。而族人親友慮或借貸，輒遠避之。其友某，二子各為鬼憑，索餉祀無厭。佛庵家有虎牙，因攜以贈。鬼已先知，商曰：「陳佛庵來，奈何！」正愁間，闔人已將佛庵拒去，留其虎牙進。鬼遽奪牙擊碎，曰：「活虎會吃人，不會吃鬼，死虎牙好騙人，不能嚇鬼！」

佛庵迂而長厚，不自知其避己，故闔人拒不納，次日復來探問，鬼又預愁。其友因鬼畏佛庵，特邀進。二子見鬼踉蹌遁去。迨佛庵歸，鬼復來。再邀佛庵往，鬼又去，歸後仍又來。人往鬼去，人歸鬼來，如是數日。佛庵恐生徒廢學，邀亦不往，鬼竟無忌。

可知貧士眞是鬼見愁、鬼見怕，虎牙豈敢竊冒其名哉！或言貧士榜門退鬼，不得其財，必得其食，乃大好生涯，焉用課徒，隆猢猻王之尊號！吾知貧士多廉，不肯奪鬼酒食，果己口腹，寧舌耕耳。

鄭子由

鄭子由，逸其名。能書，索者非厚餽潤筆不得一字。且高自位置，必使人奔走敦促而後與。金閶市儈，以耳為目，互相推重，多有受業其門，名益噪，價愈昂，以此起家。

死後半載，其友某夜過葑溪之郊，忽遇子由開一字館。把臂道契濶，子由蹙頞惋悼，言數月無人索書，窘迫迨於餒腹。語次，來一長鬍，草履短褐，持布簾乞書「黃泉第一酒家」。子由索潤筆，給一無字大錢。請益再四，鬍怒叱曰：「鄭字匠毋作僑，急趁此錢買麥餅療飢好！」其友見而訝異，取視錢，乃紙鑿一孔，駭叫見鬼，子由與鬍俱滅。乃身立荒部，並無廬舍字館。

噫！貧士賣文賣字，固亦不傷雅道，若必孳孳為利，貪饕無厭，有如市井，即使起家，一棺戢身，萬事都已，誰為輦金入其壙穴！逮寫黃泉酒簾，猶復錙銖是較，衣冠貽字匠之誚，愈愚愈鄙。哀哉！

陰惡墮犬

余戚陶蘭坡二尹澧言：某甲守父成業，家日饒裕，一鄉以為肖子。死後，子見二隸押甲縲絏而來，曰：「我平生未修一善，五倫但知妻子，重富欺貧，絕情忘義。周親世誼，一至困乏，先戒閽者來即拒卻。凡有作為，一味取巧，功歸於己，咎委他人。冥司責我陰惡，謂犬最欺貧，飼之則搖尾效媚，拂之則反噬無情。今將墮為西隣白蹄黃犬，願爾勿惜家財，廣行陰隲，以贖我愆，亦資爾福。」嗚嗚而去。越日，果見隣有黃犬，四蹄全白。心動，取以畜之，終歲不吠人，其悔前生過惡歟？吁！遲矣晚矣。耳未豎生，毛未戢體，何不思遷善也！

卷十

王四姐

虎邱山有井曰憨憨泉，其水清冽，旱不涸，雨不溢，虎邱之一勝也。嘗有遊人憩坐井闌，誤墮手帕於井，垂鈎撫闌釣之。見水影中一少女，雲鬟霧鬢，螓首蛾眉，齲齒而笑，雙靨生妍，紅袂半掩其耳，露玉纖金甲三寸餘，妖冶絕世。雖知溺鬼誘人，然見此艷色，神魂恍惚，不可自支。適同遊者邀玩龍舟，始棄而走，亦未告人所見。行至山寺門外，忽見一女，彷彿井中窈窕，在小樓倚窗盼望。素知樓系狹斜某家，遂私往，歷觀羣妓，則無前女。述所見倚樓狀，鴇兒曰：「以若所云，則光景似老身外甥女王四姐也。四姐為某豪妾，見逐於妻，留老身家數日，即投憨憨泉死，今一月餘矣。空樓扃鑰，窗且塵封，誰人啓而倚望？迨見鬼耶！」不信。開樓與視，果殘香賸粉，零落妝奩，遺挂猶存，蠨蛸在户，大駭而去。

致富秘囊

江浙間淫祀五聖，商賈詣廟祈禱，稱貸冥資，家即饒裕。愚者惑之，香火日盛。有馮士美者，謂稱貸於神，後日神收債，子孫窮困，庭設五聖位，晨夕叩祝，但求致富術。親友笑之，摘録小說家游戲語，成書一卷，名曰《致富秘囊》，私置神位香案下。馮次日得之，喜求之有驗也。

書中有摘沈蕢漁廣文《諧鐸》「鄙夫訓世」，先治「外五賊」眼、耳、鼻、舌、身為求富綱領，曰：「眼好視美色，嬌妻艷妾，非金屋不能貯，但出數貫錢買醜婦，亦可以延宗嗣。耳喜聽好音，笙歌樂部，非金錢不能給，但登樂遊原聽秧歌，亦可以當絲竹。若置寶鼎，購龍涎，無非受鼻之累，但閉而不聞其香，終日臥馬糞堆，亦且快意。致山珍，羅海錯，則又受舌之欺，食而不辨其味，終日啜酸虀粥，未嘗不飽。至塊然一身，為禍更烈，夏則細葛，冬則重裘，不過他人美觀，破却自己血鈔，但遵皇古之制，剪葉為衣，結草為冠，自頂至踵，不費一錢。」繼除「內五賊」仁、義、禮、智、信，曰：「仁為首禍，博施濟眾，堯舜猶病，須神前立誓，死不妄行一善，省却許多揮霍。匹夫仗義，破產傾家，亦復自苦，何如見利則忘，落得一生受用。至禮尚往來，獻縞贈紵，古人太不憚煩，俾來而不往，先占人便宜一着。知慧為造物所忌，必至空乏其身，只須一味混沌，便可長保庸福。若千金一諾，更屬無益，不妨口作慷慨，心存機械，使天下知其失信，省彼造門而請。」其餘借雞抱卵，糶穀買絲，養子學優，得女賣笑，綱領條目，共二十餘章。

馮以書晝夜揣摩，三五日後，豁然大悟曰：「但以內外五賊勇猛芟除，不患功行不臻精進。況我平生不愛臉，不好名，不惜廉恥，不顧笑駡，早具富翁品格。今又得此潛修，求百萬之富，直易於反掌，若辟穀治生，抱雞養鴨，特其餘緒，且陳腐膚詞耳。」踊躍歡喜間，忽見襤褸窮鬼數十輩齊來拉之，曰：「我等餐風吸露數百年，無一致小康者，君得《致富秘囊》，當不亞陶朱公也。」各餽紙錢為賀。馮曰：「吾生人，安用此！」鬼曰：「爾無四端五常，尚自詡為人乎！」眾起揶揄之。馮駭仆而貪疾成痼，至今猶以《致富秘囊》奉為神賜鴻寶，不自知好事者摘錄舊語侮之也。

巫女關亡

吳俗有巫女曰關亡者，民遇患病或追念已死骨肉，使其關攝亡者魂，與敘語一切事。其術巫女焚香，以亡者姓名禱城隍，即自呵欠不止，伏案良久，起與所親語，若父母之於子女、妻妾、兄弟及疎遠戚屬，稱謂恒吻合。所親與之涕泣訊答畢，仍伏案，謂亡者已去，再詰前語，答不知也。而所關亡者魂，有至有不至，其不至者，則謂亡鬼罪重，大抵多誘惑事。

有某婦，夫出商，途中罹盜扳，畏刑不敢辯，遂論伏誅。婦聞而冤之，浼巫關夫魂，不至。繼關其翁，乃涕泣告曰：「爾夫於某日所作事，汝勸陳不聽，竟自妄行，冥司議絕嗣。因汝事姑孝，不欲使孝婦無後，故借盜口誤扳，大辟其身，以彰國憲。如此不肖子，殊不足卹也。」婦為悚然，曰：「悔吾當日不死，我死彼即不能行此事矣。」一號咷伏地，良久而歸。人詰訊之，不肯告。乃知絕嗣之報，甚於大辟，雖絕嗣之罪，孝可格天以挽。巫女關亡，竟非無鬼。

白衣冠者

陳緑，邯鄲挾瑟倡也。與里中汪生起鳳有囓臂盟，誓以嫁娶。迨陳緑艷名四播，豪華貴介傾倒一時，鴇母遂居奇貨，錢樹子欲日搖十萬錢。而汪生數椽老屋，已鬻作纏頭贈，孑身依隣媪，餬口不給，至則空拳，鴇母拒於門外。汪生雖愧恧，而心旌搖搖，恒不自覺，趾復蹴其閾也。屢被詬詈，含恥吞聲，竊冀再見玉人顔色，乃咫尺天涯，往數十次，咳唾且不可聞。蓋陳緑曩者聲名未噪，猶有小兒女天稟眞性，故囓臂許嫁。是時綺羅習久，黄金糞土，少年公子，日侍妝臺，汪生鬅鬙腐秀才，衣敝履穿，固早厭棄之矣。

既而汪生情益痴，晨夕走伺。一日至半夜，陳緑門已扃，汪猶忍飢耐寒，從門隙窺熒熒燈影，聽守門老龜鼾聲作雷吼。適有司巡邏宵小，見而疑以盜。汪生不敢自白，竟脱褲受杖，至於血肉淋漓，歸家忿病，兩日而死。

汪生不自知也，負痛復至陳緑家，直達其寢，見緑方卸妝，跪持其足。緑見而駡，汪生遽大哭，床上客驚起，將曳以毆，忽不見。寢門已閉，搜括四隅，並無踪跡，客大怖，即皇皇歸去。汪生之魂，畏毆竄出，適遇一白衣冠者坐巷隅，嗚嗚掩袖泣。汪生正忿焰中燒，見此哀泣，腸裂肝迸，復放聲號咷。白衣冠者攬袂而問，告以故。為之不平，慨然曰：「子速歸，吾往畢其命！」飄忽而去。汪因怏怏返。

初，汪生受杖歸，慘痛萬狀，卧榻不起，鄰媪憐其孤子，攜蔴紵紡績床下，時與米漿飲。後見生死，乃扃其室。半夜復聞呼楚聲，始知其返魂。而陳録與客搜生不見，亦悚惕，客去獨寐，即自經於床。人謂其鍾情，殊不知白衣冠者使其然也。夫陳録負盟，不必業鏡臺前照其肝膽，方汪生魂持其足，一見而罵，心可知矣。俗傳無常鬼穿白衣冠，善哭，不意見不平事乃凜凜負俠氣。

鬼義僕

上舍盛鶴汀匯潢，嘉定人。其先世有廝養僕羅斌，依主三世而嗣絶。念其貧苦終身，憫憐無祀，歲時伏臘祭祖畢，另置一杯羹於階下，焚紙錢給之。後鶴汀有嫂少寡，貧無自存。子二，讀書外塾。嫂中夜勤紡紝，常恐修脯不給。一日，聞户外紡車響，疑潛宵小，秉燭視之，無跡。次日，則見絮紡三五斤矣。嘗病不能炊，幼女嗷嗷待哺，力疾往執爨，又見黃粱已熟於釜。自此時或見形，僕之婦媳子女，炊米汲水，辟纑紡絮，中外無間，家計由此稍裕。心啣其德，乃慮兒輩驚，祝勿見形，然紡織之聲恒不絕。今二子俱為名諸生，食廩，娶佳婦，板輿侍母，一庭怡然，僕固有力於其間也。

鶴汀少時投親北上，嘗遇盜於臨清。道中忽覺羊角風起，燈光頓淡如燐，群盜以是竄跡，想亦僕為禦之耳。客歲，鶴汀在吳之泗州寺齋醮，祝其尊公冥壽。見其設義僕羅斌家口位，因具告余。嗟夫！羅斌以一杯羹之祭，鬼矣，而猶舉家報其主，成寡婦之節，禦少主於盜。若今之所謂蒼頭紀綱，食主之食，衣主之衣，一旦官罷家落，其不竊負而逃或從而欺侮其主，則必舍此而去久矣，顧安能不怠厥志，與主三歲食貧耶！

示浦孫湘雲見龍負才逞狂，見丐教犬口啣藤籃，雙足伏地乞於市，則再拜其犬，出百錢餽之曰：「此患難交也。」至村舍農家之犬，以衣冠為怪，見而吠之，則復再拜曰：「不趨勢，不慕富，正是我輩。」此又憤世疾俗，非徒惡譃而已。

財色亡命

長洲諸生尤敬庭世綸，博學宏詞西堂先生之文孫。淹通經史，蒐覽百家，年七十餘，掩卷誦《離騷》，猶能倒讀。所著作刻意於古，以是文不售主司，老死潦倒一青衿。家綦貧，居葑涇西堂先生之遺宅御賜鶴棲堂中，蕭然不蔽風雨。授生徒糊口，恒無儋石儲。盡日鉛黃棐几間，不改其樂。親故來往，從未以貧故言一錢。彭芝庭尚書目為今之古人。與余為忘年交，常載酒問字。

曾言其早歲讀書南禪寺，時寺宇荒廢，榛莽四圍，陰雨晦冥，鬼聲達旦。寓齋比舍有軒三楹，頗幽潔，一人賃居，未幾病頭痛死。後復居一人，病心痛死。越數日，一壯夫來僦其居，半夜又呼頭痛死。從此人目為凶宅，得賤值賃之，即携琴載書於其中。夜分，忽有叩扉聲，啓視，則有少女，妖冶眩目，進而襝衽。訊所來，曰：「妾鄰姬也，見妬於妻，常苦鞭撻。知君無室，不羞浥露之嫌，宵夜私奔，願侍巾櫛。」既正拒之，且亹亹誨誡，以女綣留，盛氣訶斥而去。次夜，門未閉，女又來，出黃金，語曰：「知公義丈夫，盜得主人鏹，奉以為壽，但請設方略，脫羅網。」又拒之，且以金擲棄門外，謂曰：「書生不解預人閨閫事，毋饒舌。」乘女門外取金，即扃户，回視女仍在室，化一醜鬼，猙獰踞床曰：「我實鬼也。得神仙術，食生人心腦至七具，可復生，故以財色誘餌之。爾便心如木石，不可誘，我豈不能力取耶！」伸一掌如巨扇，前來猛攫。惶窘，遂以案上書亂擊之，即應手而滅。及明，走告宅主，掘地得白骨一骸，遍生黄毛，申有司火之。始知向之頭痛心痛而死者，皆此鬼之祟。噫！念此可見非禮之色、非義之財，莫不亡命也。

轉輪王殿下鬼卒

杭州王升者，幼為卑田院乞兒，有某太常僕撫為子，遂粗識字。貌陋而跛，顧好修飾，晨夕盥沐薰香，強學婌媚。太常有佻薄子，喜龍陽，拉以寢。鳥道雖已開徑，而兩峰夾聳甚高，尤覺深溝狹塹，且黄龍府潮水汪洋，汙滿簟席，遂棄之。同供役者多鮮衣華服，王以不得公子歡，終歲布葛襤褸。

一日，竊聞《聊齋志異》陵陽十王殿陸判為朱爾旦妻易首事，遂涉冥想。繼登吳山東嶽廟，見所塑赤髯紫面武判，再拜而祝曰：「富貴貧賤，相貌各殊，我何不辰，生此寒賤骨格，面目可憎，遂為僕役亦不得主人懽。陵陽陸判能易人首，媸者改妍。君既為十王判，定亦如陸公，肯為我脱皮換骨，得一好面目，見悦於人，當焚鏹酌獻。」祝畢，怏怏歸家。

中夜無寐，忽見二人來，曰：「我轉輪王殿下鬼卒，陽間六道輪廻，皆王為定相。凡富貴貧賤之眼耳鼻舌身，妍媸村俏，有億千萬，貯於庫。吾輩司其鑰，如王命與其皮毛筋骨。子欲易相，彼老髯判耿介不苟合，未可與謀。此事但能惠冥鏹十萬，我當與易張六郎貌似蓮花之面，益以祝鮀之佞口；昭王被青鳳毛裘之肩背，益以謝東山呼盧喝雉之手；何曾一食萬錢之腹，益以淳于髡能飲一石之酒量；隋煬御太平如意車之足，益以荀令座中三日猶香之體；董賢、張麗華輩玉樹後庭之臀，益以漢武溫柔鄉占三千粉黛之陽勢。子得此，豈惟見悅於人，衣文綉，饜珍羞，且咄咄富貴，享受佚樂，雖王侯不能兼盡也。」王升大喜，曰：「果如此，冥鏹十萬，奚足以酬盛德，行將歲時祭祀。子即為我易之。」答曰：「世多輕諾寡信，得魚忘筌，須惠而易之。」王升恐受其欺，執不可，鬼卒拂衣去。

王以告於友善者，僉曰：「惜乎！鬼神定不欺人，奈何概以不肖之心輕度？想爾無此福命，乃至坐失機緣耳。」因大悔，再往禱之，前卒渺不復見，遂病瘤。

余聞而笑曰：「比來冥鏹價倍蓰，乃多易好面目、好後庭所致耶？」湯蓉江曰：「想當然耳。果有是鬼，具此神通，我亦拚費萬陌紙錢，只欲易彼石季倫、郭汾陽富貴命耳。」

引魂童子

吳俗：僧道度亡，每紮紙狀人，曰「引魂童子」，攝召亡魂，沐浴度橋，作諸法事。先叔祖立符公諱士敏，少負奇才，善琴，工古文辭。以曾大父喪，哭失明，遂不取室。而目已雙瞽，尚能作擘窠大字，挺然洒落，有出塵之致。尤好《黃庭》內典，依先大夫居，怡然斗室，别有天地。年六十八，自誦《金剛經》已有四千餘部，忽日夜勤誦。先大夫因其病咯血，恒勸止之。答曰：「六月初三日，當與世别，急須滿一藏五千四十八部耳。」有鄰叟金南建，與公交最厚，乃倩代誦之，至期猶未滿數。

是時余八歲，嘗依公膝下聽公講《孝經》。一日見公獨向床隅，嘁嘁作問答語，訊之不答，疑有人在夾幕，搜覓之。公以余大詞，後私謂先大夫曰：「王大倌已來三五日，吾以《金經》誦未滿願，囑渠稍待，於十五日去。戒銀郎余乳字。毋來攪。渠已遭其窘甚。」詢王大倌為何人，乃曰引魂童子。迨十四日，經既誦滿，公邀先大夫作竟夜譚。天將明，命僮僕內外焚香燃燭，每户閾間置清水一盃，訖，自起易衣履而臥，頭方抵枕，已逝。初戒家人臨終時勿遽哭，各誦彌陀、藥師、如來寶號，因如其言。惜余未見童子作何狀，并未知公生天光景耳。

悲夫，轉瞬三十年矣！雙親見背，三徑就荒，一事無成，頭顱漸老，飄蓬異路，妻子分飛。回憶童時，恍驚惡夢，而白雲冉冉，我恨悠悠，擱筆傷心，挑燈顧影，不覺淚彈三指。

張生

張思蓼岵瞻居吳之鸚哥巷，少年豐秀，群呼為張生。每出，婦女流盼，有潘安載果之名。顧自莊重，轉為羞澀，行必低頭，不敢邪睨。嘗游春支硎山麓，途遇一垂髫少女，穿杏花衫子，罩輕棉半臂，緣珠梅邊，繫百合香串於雙葡萄紐，拖地砑綾裙，露弓鞋三寸，濃眉細眼，耳畔披香雲雙綹，薄施脂粉，風韻宜人，扶赤脚婢甜倚柳下，若有所待。兩目相注，生為神蕩，呆立道左，俟其去三五步，始躡而尾之。行半里許，稍縱步，相距咫尺，女忽撲蝴蜨迴身，金紈羅帨，拂略生袂。女兀笑，張生情不自持，遂與目成。信步隨行，恒恐女有父兄繼至。

過里許，夕陽倚山，暮靄漸生林表，遊人匆促歸計，接踵下山。女忽從小徑走，斜眸嬌睇，生魂魄飛摇，俟行人稍隙，乘間亦由徑跡之。見女進一舍，有老媪迎入，諠笑之聲達户外。方踱索牆下，悃悵玉杵難尋，咫尺巫山，恍隔三千弱水。同遊者遥望生誤走入墟莽，呼之不應，亦奔小徑來。見生徘徊丙舍外，若有窺伺，神惘惘欲痴，急拉以歸。家人詰得其故，服辰砂，懸寶鏡，療治半月而安。

老鐵嘴

山西某，富甲一郡。昔朝廷開川運例，將以資為官。途過一小招提，門首粘三尺紙，書「老鐵嘴善相富貴」，遂下車訪之。閴然空宇，返走至佛殿上，見一人坐門坎，訊之，即老鐵嘴，因問相。其人諦視良久，曰：「額間清氣，深入肌膚，本宜翰苑蜚聲，然隱作餓紋，不免凍餒。幸遍體俗骨，五官俱濁，臉蓋犬毛，背生牛脊，但使一丁不識，便可富有銅山。」問以援例求官，功名可否顯達？答曰：「財旺生官，雖天道常理，但麞頭鼠目，觀瞻豈足為民上者？顧妄求耶？」翁聞之大怒，掌其頰，倏滅地下。訊問土人，老鐵嘴已死半月。

迨抵京，捐例已停止，又惜資捐空銜解嘲，僅納粟為監生歸。比晤支鏡軒明府鑑，言老鐵嘴乃其梓鄉，文水人，忘其姓字，論相不諛，以淹蹇死。其直談忤客，至死不變，誠不負老鐵嘴之名也。

婁縣尉

劉又眉近山，紹興山陰人。幼嘗獨行山中，忽有巨石崩下，砉砉之聲甚疾。路狹難避，正倉遽間，聞山頭有言：「勿傷婁縣典史！」石乃為虬蘿糾止，幸無所損。後又眉供事部曹，得職果如其官。噫！一命之榮，鬼神器重如此！乃有卒為污吏，厭絕天人，其自暴自棄，良可慨也。

畫鬼

余戚章青仕穎選嘗謂余：其鄰某家壁懸《鍾馗嫁妹圖》，衆鬼供役，執鞭扶蹬，羅列前後。其兒常以畫中鬼呼為大哥、二哥，以數排之，得十三哥。有果餌，必奠於畫前。如是年餘，值元宵，兒童騎紙馬燈共嬉，是兒馳驟河干，將顛入河，忽見一鬼，狀如畫中大哥，扶掖以免。群兒見鬼驚哭，鬼即滅影。噫！世有訂金蘭，聯宗譜，卒至凶終隙末，顛危不扶持而且排擠之，能無愧於此鬼歟！

吃銅龜

家秋濤潮春日游山，於桃李叢中，見金色蟲二，形如金錢龜，其一稍異而小，狀分雌雄。齊撲落衣上，即伏鈕扣，盤旋唧嚙，以指撩撥，亦不去，遂攜以歸，取放几上。其殼乃能分奮作雙翼揚翅，覺有穢氣，若人病狐臭。同飛至硯旁水池，又伏銅銚對嚙，撩撥不動。

次日猶未去，欲飼之，不知宜用何物。見紐扣銅銚均被嚙損，知其善吃銅也，乃以小木盤，取錢鋪其底而盛之。蟲左吮右咋，似覺口小錢多，不能一時盡歸其腹。笑而置之齋中。

一夜，有小奚奴假寐榻上，恍見男女二人，東步西走，心甚駭異。見女頗有姿，淫心頓熾，乘女走进榻畔，伸手捻其裙帶。女即瞇眼匿笑，登榻偎抱，見男忽縮小進木盤中去，心又恇怯，大叫，女隨下榻縮小。老蒼頭聞叫奔至，述愬前狀。初疑為妄，審視盤中，止一大蟲嚙錢如常，其小者為蒼頭踉蹌入門踏死榻前，覺有異，并委棄之。家秋濤曰：「此不知是吃銅精，抑是吃銅鬼。」余曰：「其形似黿，雌又淫奔，還是吃銅黿耳。」

悍婦孽報

臺灣鎮某總戎，有僕福州李二，娶妻張氏，亦小家女。李二科斂刻薄，頗有家，遂畜童婢。張氏驕悍酷虐，鞭撻童婢之具，恒及其夫。有兩婢稍不如意，撲責至數百，疑李二私嬖，下體椓以非刑，日給一盂粥，飢凍不可忍，屢欲逃竄，以鏈鎖之。李二不能禁，相繼磨滅死。未幾，張氏因所歡遠客，積思病瘵，恍惚見二婢索命而死。

後年餘，張氏見夢於李二曰：「我為婢訟，冥王罰墮為牛。明日市有牛販，牽一白項犢，可買歸，免我將來烹宰。不即嚙殺汝！」醒而異之。次日市中果遇牛販，帶一犢白項，欲不買，犢即咆哮奔逐。李懼，因購歸，畜之後圃，放逸不治耕。常奔與鄰牛媾。且飼必飯，與以草，即踐踏門窗器皿。鄰人有挾李二刻薄積怨者，隱知其故，用毒藥飼之。李二以牛橐葬，復竊剝其皮。嗟夫，死墮畜道，故惡不悛，卒不免於屠割之慘，可不悔懼！

高僧奪舍

錢唐王翁，逸其名，家雖貧而樂善不倦。年五十猶無子，里人有伯道之嘆。清明掃墓歸，夜坐室中，忽見故父杖策而前，謂曰：「我德薄，應絕後，賴爾廣種福田，向鏡山寺求子可得也。」言畢即不見。

因如其言，次年果得一子。幼即穎慧，十二入泮，十六舉孝廉，再試禮闈，不第。有戚官部曹，留之邸。一日忽語其戚曰：「吾鏡山寺僧也，修持戒律，大道垂成，惟心豔少年登科，又未盡華富之慕，尚須兩世墮落。明日吾當託生富家，了結業案。」乃作別父書，囑戚寄歸。其略曰：「兒不幸客死數千里外，又年壽短促，遺少妻弱息，為堂上累。然兒非父母眞兒，孫乃父母眞孫也。吾父曾憶昔年與鏡山寺僧茶話乎？兒即僧也。兒與父談甚洽，心念父忠誠謹厚，何造物者不與之後！一念之動，遂來為兒，兒婦亦是幼年時小有善緣。鏡花水月，都是幻聚，何能久處。父幸勿以眞兒相視，速斷愛牽，庶免兒之罪戾」云云。戚勸慰之，答曰：「去來有定，障限有期。」問轉生何處，曰：「即順承門外姚姓。」明日鼻垂雙柱而逝。

既而訪之姚家，是日果舉一子。姚翁富甲里閈，亦慷慨好施，晚年方得此子。異哉！貧而樂善不倦，富而慷慨好施，何患晚歲無兒，自有高僧奪舍也。

照心袍

刑部司獄謝明軒啓濬言：有與豪強訟，理直弗伸，不勝其憤，中夜攜索抵豪門，結繯欲縊。忽見其父慰曰：「痴兒何自苦也！人可欺，神不肯欺。人有黨，神則無黨。冥中業鏡臺外，更有照心袍，如人間一口鐘之樣。以袍罩體，一生曖昧虧心之事，無不自吐。迨彼惡貫滿盈，觳觫閻羅殿墀，今日之屈自伸，勿遽急也。」言畢，解其繯而去。

嗚呼！昧己瞞心，黨羽阿私左袒，陰謀詭算，人鬼叵測其奸。弱肉強吞，縱横如志，熏天銅臭，無不陷於機阱之中。殊不想及閻老有業鏡臺、照心袍，不得絲毫逃遁遮飾，以至吾佛慈悲，亦不能使無間地獄暫有空時，哀哉！

後身應誓

余戚郭鳳崗，嘗為某甲負債千金，持券往索，甲醉以酒而竊其券。越日，甲遽言債已還。鳳崗知醉酒竊券也，乃誓曰：「吾雖失券，若債已收而復索，世世妻女再醮！」甲亦誓負則妻為娼以償之。由是債即已。

月餘，甲妻死，不復繼娶，知其事者以為天道無知，漏網娼報。逾十餘年，鳳崗薄游白門，適有妓梨雲者，艷名噪譽，為烟花冠軍，烏衣公子日拜石榴裙下。鳳崗一見傾倒，互相愛悅。梨雲絕不以潘郎鬢緑為嫌，即出私蓄千金密贈之，約向鴇兒買為妾。鴇以為錢樹子，執不肯，梨雲遽無疾逝。鳳崗懊喪，即以贈金營窀穸，封阡樹碣，極其美煥。

一夜，忽見梨雲來謝曰：「兒家某甲妻之後身也，所蓄纏頭，原為某甲償債。今蒙澤及枯骨，當又結後身緣以報矣。」倏不見。

嘻！古人以誓明心，近日狡獪之徒比比以誓為飾詐文過，孰知報應昭昭，無不與誓吻合。倖免今世，不免後身。如甲誓妻為娼以償債，或其父有隱德，不應有為娼之媳婦，乃速甲妻死，以其後身應娼償之誓。彼蒼者天，豈憒憒哉！

鬼嘆氣

孔銘齋孝廉傳經謁琅中丞來杭，因聯舊雨於西湖。言及家鄉某甲，重利刻剥千金，得一別墅，樓臺亭榭，池沼峯巒畢備，而逶迤花徑，曲折藥欄，尤極點綴幽趣，價值鉅萬。居後常聞舊主鬼嘆息聲，延玄妙觀李道士步罡驅靖。道士曰：「難驅。只可戒爾子切勿借人利債，免得自又嘆氣可矣。」此言與王大痴謂姚三老賤值所得園林，當效李德裕刻石平泉，垂戒子孫，無可奈何時不宜賤售絶似，惜某甲不及姚三老尚悟空與兒孫作馬牛也。

于忠肅公祠中鬼

鄭蓮峰國粱，江山縣諸生。本素封，父為仇陷傾家，并干連褫衿，遂習申韓術，餬口四方。性抗爽，恃才傲物，每遭排擠，屢至困窮。言於壬子秋赴于忠肅公祠祈夢，以卜終身休咎。祠中遇一叟，頗淹蹇落莫，謂曰：「君身無媚骨，項有強筋，不合時宜，奚免艱苦！」蓮峰曰：「媚骨云何？」答曰：「古今優伶、妓妾、僕隸、小人，諂佞柔媚，無不鮮衣美食，利有攸往，得取悅於當時，享用一生，留豔名於身後，舉世無不愛憐，皆有媚骨也。媚之時義大矣哉！」語未竟，適起溺，叟即不見。是夜反側不成寐，次早詢祠中，並無是叟。或言每遇鄉試，忠肅公入闈監臨，祈夢者輒不得，未知所遇何鬼。余謂此鬼淹蹇落莫，當是有強筋無媚骨者也。

蘇小小

姚雲亭公燮，工詩精篆刻，字仿董香光，惜潦倒文場，至今猶困諸生也。比日來遊西湖，寓漱石居，戲扶乩。其降壇曰：「舊埋香處草離離，只有西陵夜月知。詞客情多來吊古，幽魂腸斷看題詩。滄桑幾劫湖仍綠，雲雨千年夢尚疑。誰信靈山散花女，如今佛火對琉璃。」知為蘇小小，因問：「仙姬生長南齊，何以亦能七律？」乩曰：「性靈不泯，與世俗推移，如釋迦不解華言，今且解駢體疏文矣。」又問：「尚能他體否？」即書《子夜歌》曰：「歡來不得來，儂去不得去。懊惱石尤風，一夜斷人渡。」「歡從何處來，今日大風雨。濕盡杏子衫，辛苦皆因汝。」「結束蛺蝶裙，為歡棹舴艋。宛轉沿大堤，緑波雙照影。」「莫泊荷花汀，且泊楊柳岸。花外有人行，柳深人不見。」辯才如此，能不石榴裙下三千拜也！

按蘇小小墓實在西陵，今改名西興，轄蕭山縣。西泠之塚，後人好事，點綴西湖勝跡。小小曾有詩曰：「何處結同心，西陵松栢下。」此詩亦稱「西陵夜月」，可證，附及之。

李無塵

吾蘇韓梅坡茂才敏，今年來杭遊湖。見其便面自書一詩曰：「策策西風木葉飛，斷腸花謝雁來稀。吴娘日暮幽房冷，猶著玲瓏白苧衣。」詢其詩題，坡曰：「此客歲都門扶乩，李無塵降壇詩。無塵有題曰：頃過某家，見新來穉妾，鎖閉空房，流落仳離，自其定命，但飢寒可念，悵觸我心，遂惻然詠此。敬告諸公，苟無馴獅調象之能，勿輕買妾，亦陰功也。」

按李無塵，明末名妓，祥符人，是詩頗雋峭可誦。吾曹室有河東，勿以此言河漢。夫降乩之說，家香侯茂材元蕙每謂才鬼附託，借人精氣為靈，並非賢聖神仙。故能詩者扶乩詩佳，善書者扶乩字好。香侯婦無色而賢，伉儷分室，中年乏子。遇同儕扶乩，主壇為白香山太傅，忽書：「香侯來，予與爾言。」講「君子之道，造端乎夫婦」，不下千言，透徹精微，闡諸家未盡。香侯時雖心動，歸仍藐聽。後遇乩，忽自飛擊其額，講《孟子》「不孝有三，無後為大」，復不下千餘言。扶乩者力憊，令小奚奴代扶。乩運如飛，兩奚奴目不識丁，始駭神異。旋夫婦諧好，生一男。太傅喜，賜香侯字曰見山子，懸筆題贈一聯曰：「何以利吾身，未若貧而樂。」書法峭勁，自成一家。何、利、若、貧四字，形勢甚長，餘字短小，上下適齊，龍蟠鳳逸，不可思議。

中街路鬼

吳諺有「中街路鬼，揀善者迷」，不知何謂。表姊倩金旭初曰：中街路毘連清嘉坊。昔有二鬼，分界享民血食。中街路鬼饗祭不絕，清嘉坊者經月餒餓，因往求其術。答曰：「余有一箍，罩孩童首，即頭痛身熱，其父兄自來祭矣。」乃請假其箍，旋罩一木工幼徒，果即大呼頭疼，身發寒熱。鬼喜有驗，可冀羹飯，詎其師以徒偷懶詐病，怒謂曰：「我砍破爾頭，當自愈。」持斧洶洶而來。鬼恐碎其箍，急探回，徒疼立止，竟不得饗。反告中街路鬼，其鬼曰：「我自擇儒善者迷，豈可觸窮兇極惡者哉！」造語附會，亦足軒渠，而世之詐欺取財者，既擇儒善，又擇肥而噬，其術更勝鬼一籌矣。

挽帕共縊鬼

陳樹齋軍門大用，世襲一等子爵。工詩詞，書法趙松雪。雍容宏度，岳峙淵渟。提督松江，風清壁壘。好賓客，輕裘緩帶，與諸生雅歌，士林目為祭遵、羊祜。客歲趨謁，酒間言華亭民甲一男、乙一女，同庚共宅，晨夕相嬉。適見鄰家娶媳，童小無猜，輒效交拜合巹。兩家父母笑而不禁，互以新郎新婦戲呼之。如是五六年，稍有知識，情好愈篤。迨十四歲，乙為媒牙所餂，以女鬻醝商千金。將行，男女共縊屋後，兩面相對，互挽二帕，堅不可分。乃以帕剪斷殮棺，有司驗屍，童男處女。後常現形，或拍腕唱山歌，或蒙眼捉迷藏，比肩把臂，不異生前。是二鬼也，兒女之情，夫婦之愛，雖無媒妁之言，實有父母之命。生非淫蕩，死敦義烈，宜與合葬，俾樹生連理，塚號鴛鴦，亦慰幽魂於地下。劉荔裳效《長恨歌》紀其事，軍門極賞識，惜抄稿失去。

鬼厭談詩

杭州湧金門外社廟下，多泊漁舟。比有漁人，夜深聞祠中人語嘈雜，神訶曰：「何物野鬼，敢辱文士！當笞。」又聞剖訴曰：「月明人靜，幽魂暫游水次，聊解窮愁。此二措大剌剌論詩，衆皆不解，厭聞引退則有之，未敢觸犯。」神默然良久，曰：「論詩雅事，亦當擇地擇人，先生休矣。」俄而祠中燐火絡繹而出，遥聞吃吃笑聲不已。適陳默齋騎尉廣寧來，語及，曰：「吾輩從此勿論詩，免貽鬼厭聞也。」

唱歌鬼

某氏有園，地甚遼濶，守園者每夜聞鬼唱曰：「樹葉兒青青，花朶兒層層。看不分明，中間有个佳人影。只望見盤金衫子，裙是水紅綾。」習久不以為異。後園主有妾為大婦妬辱，縊於樹，其衣裙恰如鬼唱。殆縊鬼候替，先知來代之人也。

戀夫為娼免墮落

某甲貧，病將殆，欲鬻婦以圖兩活。婦篤伉儷情，曰：「我去，誰為君治飲食、理醫藥？且我身資一盡，仍餓，奈何！莫如為娼。」遂與里中年少交。越數載，婦病革，絕而復蘇，謂其夫曰：「頃至冥司，吏言娼女當墮雀鴿，以我念念戀夫，得託生某村某家，長為婢媵。相距不遠，可常來一見。」既而訪之，果有其家，甫生一女，相視而笑。金匱錢嘯樓明經俊選言。

江寧郡署鬼

鄭三雲別駕辰，慈溪人，在蘇候補。言有戚昔在江寧郡署，兄司批發，弟司號籍，同室共榻。一夕，弟先睡，兄秉燭閲公牘。忽有紅衣女子拊其案。駭呼，弟驚醒，搴帷而起，則見奇兇鬼直前相搏，並昏仆。次午家人訝其遲起，呼之不應，破扉入視，則兄已死，弟僅屬一息，灌醒，具述前狀。此恐佐理申韓筆墨之間，關人生死，冤譴相尋，現形索命。當軸者能無時時省察！

鴨　鬼

徐果泉學幹，山陰人。言德清徐氏宅極宏敞，御賜修吉堂東，複道深邃，日光不通，黑夜輒聞鴨聲軋軋，宛如放翁笠澤闌邊，燃燭覓尋，一無所覩。值陰雨如霾，日間亦或聞之，名為鴨鬼。

節婦貞魂

吴伊仲翌鳳，工詩詞。嘗摻選政，纂《傳是集》，繼沈歸愚先生《國朝別裁》，惜未剞劂。且顛躓文場，年將四十，屢薦不售。曾言：粤東仁化縣有羅氏雙節婦，例應入祀，廣文需索不遂，屢次阻格。邑宰洪某詢其故，廣文曰：「祠在文廟，婦人不應入也。」宰曰：「向所祀者皆非婦人耶？」遂入祠。越日，宰赴鄉催科，止羅氏村。午後把門役卒見二媪飄忽進，索之不獲。宰適夢二媪來謝從祀，乃悟節婦貞魂不泯。

殺頭鬼

刑部獄卒楊七，與山東偷參者善，事發，臨刑，以人參賂楊，又與三十金，囑其縫頭棺殮。楊竟負約，且記人血蘸饅頭可醫癆瘵，遂如法取血，歸奉其戚。楊七甫抵家，忽兩手扼其喉大叫：「還我血，還我銀！」頃刻喉斷而死。袁簡齋太史《續齊諧》亦記此事。

錫紙錁

杭之箭橋有賣漿子，月夜歸途，遇襤褸者拾一破紙錁，欣欣自言曰：「有財彩，還值一分銀用。」賣漿子笑曰：「一文錢買得十錠，少算錠值一分，好容易起家發業！」襤褸曰：「不破損還值三分。」問從何處用，言：「在敝處酆都，可多多帶來。」長嘯而滅。賣漿子旋病死，彌留時，索所焚紙錁至十萬，喜曰：「今可開典當鋪矣！」

夫富有銅山不能攜寸金於泉下，悉買紙錁歸陰，大是妙算，恐守財虜弗如賣漿子，又捨不得耳。或問靜緣和尚：「鬼需冥資，果否？」答云：「陰陽一體，似亦不免貨財。」大約天地造物之心，為世間一項生業。又藉申「慎終追遠」之意，其言可為儒門致知格物。

冒失鬼

王鐵夫茂才芑孫言：其鄰家子為鬼所憑，父母恐懼，已備牲醴，將延僧道超度祭享。適臘月，乞丐戴破金冠，穿爛蟒衣，循鄉儺遺風，名「跳灶王」，登門討錢。鬼驚惶曰：「神將到，速開後門，容我逃去。」竟免祟。此眞冒失鬼未見食〔一〕面。余曰：「少所見，多所怪，豈乏冒失人哉！」

蓬頭鬼

俗言人目碧色者能視鬼。杭之吳山劉道士，雙瞳碧綠。余戲問之，答曰：「然，來遊山者不若人之多也。」他日顧余寓有小奚奴陳斌，年甫十五，姿色妍麗，道士屢矚不

〔一〕「食」，疑是「世」字之誤。

置。迨去，與余耳語曰：「有蓬頭鬼，似地主，衣茜紅衫子，裝嬌作媚，斜睇陳紀，若甚愛悅，恐為誘蠱。」余不信，疑其文飾屢矚目耳。

後月餘，陳斌肌黃骨瘦，弗勝勞頓。嚴詰之，云：「有蓬頭少女，夜夜奔來淫嬲。嫌其髮蓬，稱梳頭嫗去，不善妝束，以帕包裹。極是親暱，欲拒不能。」訪諸隣舊，有青樓女不得鴇母歡，凌虐死於內。因遷寓絕之。諺云「鴇兒愛鈔，姐兒愛少」，鬼猶結習不除也。

卷十一

白簡

家蓉溪肇基以江西監司致仕歸，焚香掃地，嘯傲衡門。嘗燕寢書室中，似若有物搦其鼻，開目審視，一皂衣烏帽人，執白簡立床下，狀如梨園所扮蒼頭。詰問所自來，不答；視其簡，乃題曰：「銀壺滴，金尊歇，太行山頭月似雪。」轉瞬不見，後亦無異，殊不可解。

禄數

蔡揆敦，吴優，品秀班大淨也。幼係膏粱子弟，好吹彈歌唱，尋花問柳，日馳逐酒肉場。病中嘗至冥司，見一戚似掌禄籍者，招與道契濶。案上文册山積，乘間抽册竊觀，適見己名下載衣食數甚夥。及醒，茫不可憶，但記靴有數百雙，以是自負命合饒富，尤恣意揮霍。未久，家業罄盡，無立錐地，以素善串戲，遂為優。今老矣，唱戲已三十年，計在班中換穿靴子不下數百，乃悟人生衣禄，雖他人之物，僅一上身，亦前定也。

羅刹骷髏

虎阜二發圈內，為三元祭祀孤魂壇。近壇有茶肆，多粉頭坐櫃，數錢撮茗，誘茶客射利。有伍吉者，薄暮過其地，遥見一少婦，彷彿己女，一少年扶肩以行，睨笑暱語，似若夫婦，而少年殊非己壻。異而遡之，二人偕至壇後白楊樹下，形狀甚褻。趨近迫視，婦忽化羅刹，鋸牙鉤爪，面色如靛，目睒睒燃雙燈，少年則面無皮肉，一骷髏僵立。駭而返走，羅刹追於後。踉蹌奇窘，迨至茶肆，避入掩户。人見其狀，咸為驚疑，拉其坐定，訊知前遇。正慰藉間，伍吉見粉頭笑倚屏風，又欲奔竄。再詰之，言羅刹初見時形殊酷肖。悲夫，青樓紅袖，孰非羅刹女哉！顧蕩子暱於所好，不自覺其鋸牙鉤爪耳。

延師禦盜

常熟諸生潭味竹炳，家窶貧，舌耕餬口。因赴省試，生徒散去。下第後，逗留蘇州。忽有一叟踵其寓，自稱李文玉，居鄧尉，聞先生將圖館，問山僻荒涼之所肯枉駕否。諾之，遂訂迓往。次日，叟來促裝共登舟去，越宿至館舍。屋宇雖卑隘，頗幽潔。叟引一弟子出拜，明眸皙齒，丰度翩翩。年十歲，自言已授《毛詩三百》。飲食供奉，頗極豐腆。叟時來與譚，共飯，賓主師弟相得甚懽。一夜，叟忽慘然見曰：「有盜毀我牆屋，請先生為我禦之。」即趨進。譚正驚訝，忽見屋上突漏大孔，仰首遙望，有數人燃炬作畚鍤狀，二健夫以鋤擊屋脊，屋崩，塵沙眯目。譚持界方，躍而訶之，眾辟易而去。顧視漆燈熒熒，始覺身與行裝書篋俱在古壙中。次日問途返里，已半月。壙盡刨開，棺幸未毀，而盜因譚識其面，不久即獲。是鬼亦有靈矣，不能厲祟於盜，何哉？

香粉地獄

河南楊世綸，嘗魂遊香粉地獄。似人間勾闌院，皆以刻薄成家之婦女為妓，奸牙猾儈之妻妾為鴇，許孽輕而少年夭折者給纏頭嫖宿。往往妓出名門，未解獻笑趨承、吹彈歌舞，皆鴇為誨之，雖巫山雲雨、帳中穢褻事，鴇拉泥犁所出男鬼，裝嫖客腔樣，露體橫陳，作淫聲嬌語，演成千態萬狀，使妓羅立床前，視以效之。由是泥犁所出鬼多為龜。

其廬舍高門峻宇，備極奢侈，窈窕文窗，盡垂珠箔，迴廊曲榭，竹映花蒙，内外掛玻璃燈，鋪氍毹滿地，水晶屏風，嵌珊瑚字，五色繡帘，懸金鈎銀蒜，壁上鳳管鸞簫，絃索樂皿，各綴綵鬚玉玦，或覆以湘錦。琴臺棋局，莫不精美。寢中玳瑁床，張海紅帳罩，孔雀一圍七襄，被裹入蠶綿，粲兮角枕，鴛鴦於飛，麝蘭噴溢，沁人肌骨。每寢有梳妝小几，粉籢鏡匣，珍寶沓陳，胆瓶内妥插奇花異卉，名不可識。

妓則塗脂抹粉，衣綺曳羅，雖媸者亦裝扮眩目，見客輒摩兩臂金條脱錚然作響，拂大紅湖縐兩面刺花帕，邀客坐，以五尺長繡囊烟袋，裝杭州蘭花子香絲烟，吸火親遞入手。纔進龍井茶，小丫鬟即捧迷魂湯來。妓與客比肩互呷，鴇母奔走中饋，列肴酌酒，歌唱喧闐。既而脱靴解衣，銷魂樂事，漢武溫柔鄉莫能逾之。獄晝夜與陽世殊，無汝南雞催曉，遊魂僅宿一夜，臥床若死者已半月餘。至今冥想，恍在目前。此等地獄，不啻天堂。若陽世青樓，真阿鼻耳。余曰：如此樂土，尚名香粉地獄，蕩子何苦戀戀阿鼻之青樓耶？

五色綠

大興何古香清為泉州端寮時，其署之後圃，頹室三楹，相傳有縊鬼，因廢為廁所，風雨晦冥，時或見異。一夕，古香如廁，旋風忽來，燭光縮小如豆。見壁上若挖一孔，大可探首，有女子翠眉粉鼻，流盼秋波，立於壁外，舉纖纖玉指招之。古香知是鬼幻，笑曰：「我禄糜五斗，室且懸磬，既無閒錢相贈纏頭，而三寸毛錐，復不堅利，應孤負高唐神女也。謂予不信，敢獻薄觀。」脱褌溲溺，女即慚退。

越日，有火夫日暮往溺，見有小紬囊棄地上，拾納懷内，瀕臥，開囊審視間，聽有人門外呼喚聲，即以囊裹置床頭，急覓一錢貫索，開户疾去。時一門子與同寢，隔幕遙見小囊，疑盜官物，急起攫取，將首之。走至門外，遇一婦人，雞皮鶴髮，形似骷髏者，瞥面相撞，冷風刺刺，發一寒噤，大呼而奔。眾來驚問，見婦人從廁所去，因跡之，而火夫已在廁，將錢貫索作繯欲縊矣，爰救之出。古香詢知其狀，取囊啟視，内一五色絛，非絲非絮，光滑如馬鬃，焚以烈火，腥臭不可聞。自此無復見祟異焉。

窺艷致瞽

表甥金蒼瞻慧松，於鄧尉觀梅，寓某家。同遊者既睡，愛月色甚明，獨自散步庭墀，徘徊不寐。旁有斗室，隱若有人小語，乃從窗隙窺之。見一女子，年可十五六，眉目娟好，梳烏鬟髻，插金鳳釵，短衣花繡，方卸羅裙欲寢，呈大紅吳綾褌，露窄窄弓鞋，褌上垂一玉兔，白於羊脂。有小婢戲拂玉兔，拍手笑曰：「嚦嚦，兔兒何不鑽窟去？」一女指其頰曰：「小丫頭饞貓，貪想鼠，偏生奚落人！」斜坐繡磴，更換睡鞋。婢答曰：「魚羹魚鮓，貓兒呷不得一口汁，那得不想鼠？」女忽愀然曰：「吳郎不至已半月，方纔王三媽說，渠家中正熱鬧，娶婦在明日。劉家女兒年雖小，生來兇悍，怕再不容吳郎來。魚羹既無，那得魚汁？」蓋吳音「魚」、「吳」同聲也。小婢又偎女肩俯耳笑語，女羞怒，又俯耳語為之解頤，聲甚輕，俱不可聞。蒼瞻年少情動，慾火焚灼，精遺滿襠。方擬隔窗挑之，回顧一少年迎而訶曰：「何物狂且，窺人眷屬！」大窘而竄。抵寢所，方欲掩户，少年已追及，握石捽進，雖未中傷，恍若有塵沙觸面，眯目流淚。

猶幸閉户後少年即去，無他語。

次日，遲遲不敢起，日晡，同人拉出遊，心頭小鹿始安。復萌痴念，睨視斗室，瑣窗扃閉，似若空房。竊問其家小童，乃室停主人子女二柩，知遇鬼，大恐，而雙目流淚不止，瞳間各起雲翳。數日，漸障蔽不見物，醫禳無效，至今瞽廢，可為儇薄者戒也。

赤身小兒

張蔚光、吴裕章，皆南濠市儈，誆吞客貨，竄伏黄埭小招提。時客已訟官拘捕，將跡及之。方欲乘夜他遁，忽見佛前琉璃燈下雞子大一物，五色射目，若蛛絲垂掛。戲以烟袋撩撥之，即應手墮地，盤旋間，轉瞬化一赤身小兒，肌白如雪，下庭墀而滅。二人初相駭愕，繼疑墀有藏金，財神幻現，遂共畚掘地。土甚鬆，後見有覆缸，益大喜，並力掘之，天明始啟，但兩缸對合，中間空無一物。方其悵惘，而捕者已跡至矣。

一念解脱

杭州長慶方丈靜緣和尚，金陵人。自言未出家時，嘗山行失路，宿一破廟。半夜，忽見一僧來與語相對，神即惘惘。少頃，漸覺百脈倒涌，肌膚寸裂，腸胃中烈火燔燒，遍身痛如臠割。良久稍定，凝神審視，月光射窗，則見腰間絲帶已作雙繯，自縊櫺上。僧來解繯，大駭曰：「夙無仇隙，身伴無財，何遽謀害？」答曰：「佛家無誑語，身實縊鬼。本欲以君替代，回念生前自縊，楚苦萬狀，惻然不忍，故復解救，毋怪唐突也。」言訖不見。大駭，探首出繯，再拜佛前，惕惕慮鬼又擾。忽聽僧在地下曰：「我以一念之修，伽藍許從解脱。君夙業沉重，但自懺悔，可不墮於惡趣。姑安寢，且毋多慮。」至曉回家，無他異，以是因緣，遂薙髮報恩寺。

鬼怨良醫

錢書田之琛，吳縣諸生，善岐黄術，恂恂儒雅，有古人風，故名不甚噪。而亹亹好學，至老不倦，治人病亦不計酬。

一日隣婦難產，昏暈且死，書田往視，針而產下，母子喜無恙。迨夜挑燈翻書，燈焰忽碧如燐，寒風窣窣，毛髮皆豎。一襤褸少年蓬頭垢面，責之曰：「隣婦，我故妻也，於我生既不貞，死即異醮，幽泉含怨，方將託胎畢其命，與爾何預，逞神針法灸之，良敗乃公事耶！」前撲其面。書田惶悚，案有藍田玉界方，急取以拒，誤格几角而折，琤然作聲，鬼即不見。月餘，其隣嬰兒吮傷母乳，驟生一癰，三日而死。

女伶題句

元和徐花艇麟，嘗與數友載女伶遊西湖，登照瞻臺，憩息僧寮。一伶素不識字，忽援案頭筆書曰：「昨夜東風惡，吹殘陌上花。報瓊應有意，珍重是投瓜。」擲於一友之前。是人覽竟，遽呼有鬼，即變色而仆。詰之女伶，惘惘不解。亟扶是人歸去，中夜命殂。觀其詩意，贈答淫奔，吾輩倘遇奇緣，宜為殷鑒。

壽徵逾數

上虞顧華亭大年，性伉爽而不文，嗜酒使氣，與人寡合。初在户部則例館，忽見一羌似舊識者謂曰：「子壽不過三十六，今止四五年，曷不早歸，摒擋家事？」欲與語，倏不見。惘惘如夢，心甚惡之。迨館滿議敘，揀發福建，年正三十六。途中患病，危於呼吸，醫者咸縮手。日夜瞑然若死，但四肢温軟，存一縷奄息而已。華亭於時魂搖搖不定，所見多冥中狀。恍惚有人撫之曰：「嘻，憊矣！亟服五虎湯。」遂自呼家人，速市五虎湯來，以其數白噤不語，群大喜，而醫者又謂是湯與脈症不甚宜，以其呼之急，姑調劑以進，即漸癒。今官於汀州，竟無恙。

聞其先一年有梓鄉某應禮闈試，落第，即館於京師，娶妻生一子，家有母，屢欲歸，苦囊澀。後某死，其妻將自鬻為人妾，以資遣子歸依孀姑。子幼，有人以華亭與鄉故，乃以子託之。華亭即往告其妻曰：「果欲子歸延宗嗣，奉邁姑，非不能守節，毋自鬻也。母子扶櫬歸里之需，余其肩任之。」其妻大哭曰：「天乎！未亡人豈不知禮法哉！因無父母兄弟，自維年逾三十，多病，恐不久溘朝露，彼煢煢孤子，流落數千里外，不為僕隸，並填滿壑，不得已而失身。天實為之！」母子嗚咽，聽者莫不酸鼻。華亭以己將得官，雙親在京，方欲先送南旋，遂慨然白於父，攜其母子並某旅櫬返里，更周卹之。壽徵三十六，至期不死，或有此盛德，天增其算歟？

鬼酒令

余戚郭梅亭錦，昔訪徐中丞嗣曾至閩，道經漁梁，止宿郵舍。暑溽無寐，披蟬翼敞衣，科頭曳鞣鞋，獨自踱索道上。是時月乍東升，繁星布天，草際飛螢遍野，蛙聲蛩語，相應參差。喜風生樹杪，漸覺涼爽，信步行半里許，見一小門，中有三四人，陳酒榼於庭下，席地談飲。梅亭立户外，即有人出迓，訊問邦族。具以告，遂邀入座。上坐一老者，亦吳人，蒼顏白髯，曰田蒙叟。主人伯仲二，曰樵雲、曰鐵琴，姓胡氏，家山陰，年各四十餘，面作葡萄紫，赳赳若武夫。一少年曰雷劍官，容華雖不甚美，而姿致妖冶，為閩之建安人，隅坐捧壺執盞，狀是主人所暱。

樵雲曰：「僕弟兄自幼往來吳門，每憶靈巖、虎阜諸勝，歷歷如在目前。今久不至矣，不知西施響屧廊、真娘墓風景猶似當年否？」蒙叟曰：「韶光駒隙，轉瞬風流雲散。昔年親友零落如晨星，不意淒其客路，與子解后。忽聽鄉語，倍憶故園松菊。」梅亭各與慰藉，少年亦啁啁嗻嗻，如鳥語半不解，惟頷之。而梅亭見其眉眼傳情，情不自禁，以酒果酬酢間，乘隙指撩其掌，亦不慍，神魂為之搖蕩。

既而主人請舉觴政，蒙叟曰：「古語云：『座中若有一點紅，溝渠之量飲千鍾。』今日雷劍官在此，亦可作一點紅也。請道經書一句，須有一字句讀，師所硃圈，四音作別聲者，取其一點紅之意。」乃曰：「『節彼南風。』」樵雲曰：「『不信頭顱如許，尚爾風騷。但此語出何經書？」蒙叟舉杯自罰曰：「誤矣！『節彼南山』耳。比來男風盛行，老人亦為之魂迷顛倒，錯語經文，大可笑也。」次及梅亭，曰：「死生契濶。」蒙叟拍掌稱善，曰：「子亦知閩人有契弟之稱耶？」少年笑怒。樵雲曰：「奈何解后相逢，亦作惡謔！」鐵琴曰：「可見客之狂也。」順至樵雲，曰：「樂以忘憂。」蒙叟曰：「恐憂弟兄分產時，以雷劍官後庭一宅分為兩院，則不樂耳。」少年扭嘴作態，撿瓜子擲之。次至鐵琴，曰：「去讒遠色。」蒙叟正容曰：「乃弟有以規兄也。」後及劍官，不能語，梅亭請代之，曰：「夫人不言。」蒙叟以扇拍其肩曰：「解人自是不凡，恰破出代道意，而借用本字，作夫人尊貴之雙關湊筍，匪夷所思。」少年怒之以目。樵雲曰：「信是吳兒輕薄。」自舉杯為令曰：「再以劍官譏刺作謔，罰依金谷。」

既而梅亭行令，即指席間所有物舉一典，綴以葩經，曰：「觀魚，南有嘉魚。」蒙叟曰：「分桃，投我以木桃。」樵雲遂引滿觥令釂，蒙叟出百錢乞劍官，曰：「醉矣，余不能飲，以此贖罪。」樵雲曰：「劍官乃財主，豈百文錢賣人作謔哉！」劍官遽以錢笑納諸袖。梅亭曰：「休矣，樵雲猶不知財主取財，如淮陰用兵，多多益善，毋強人一杯酒，而使財主失此百錢。」樵雲見劍官取錢去，罵曰：「偷乞兒貪鄙成痼，家私積鉅萬，尚見一文目中灼火耶？」劍官曰：「吾輩福命薄，若學爾喬作漫揮金如土，視孔方兄若仇讐，不能積鉅萬財而赴餓鬼道矣。」樵雲怒揮拳而毆，劍官仆地暈去。又與蒙叟鬭，梅亭與鐵琴力勸不可解，為之惶急，返呼地隣往救。至其處，乃一墟隴，并無人影。

人最可畏

家青雷嘗言：有避仇竄匿深山者，風清月白時，見一鬼徙倚白楊樹下，遂伏不敢起。鬼見而訝曰：「君何不前？」慄而答曰：「畏君耳。」鬼曰：「最可畏者莫若人，猛如虎豹，人且屠之。試問使君顛沛至此，人耶鬼耶？」一笑而隱。

乞經超度

李敬敷秉鐸家既中落，親戚厭棄，攜妻子寄居蘭若。晨夕赴佛殿禮藥師琉璃光如來，且誦《金剛經》。一夕，壁後有短衣破笠者突出，拉之曰：「我沉淪於此者，年來聽爾誦經，自懺前業，伽藍許申冥王解脫。第恐復墮惡道，乞誦《金經》百卷佛前，祝為沈彙文超度，後必有報。」敬敷聞知為鬼，駭汗浹背，强應之，再拜而去。余嘗記《夷堅志》有載西天三藏法師金揔持釋迦往生真言，凡世人死而未解脱者，或為語之，或為書之，無不獲應。志中載有鬼索真言事甚異，敬將真言附録，若有善知識諷讀書寫，超度先靈及廣濟群孤，無量功德。

唵牟尼摩賀牟那曳莎賀

唵逸啼律呢娑不訶

唵侶呢律呢娑縛訶

金太婆

吴有金媒媪者，奔走巨室，晚年家甚豐，隣里呼為金太婆，便佞口給，與人貨售珠翠，無不成，而壟斷其利，猾於牙儈。一夜自提竹絲燈從葑涇歸家，路遠步蹇，已及二更，人舍既息，徵雨復來。正惶遽間，黑暗中突出一人，擘其袂曰：「金太婆，還我碧霞犀手串來！」大駭，舉燈矚視，殊不識認，而面色黄瘦，雙眼落窠，相對凜凜，肌生寒粟。答曰：「子為誰？未之見也。我何時取爾碧霞西碧霞東耶？」其人即怒而毆，燈亦撲滅。金狂呼「強盜殺人，地隣救命」，又遭土塞其口，聲嘶不響，披髮掙撞，毆愈急。良久，一人前勸云：「已矣，爾妻不思改適人，彼無由得爾物。」先是，某豪有少婦，孀守三五年，金為之媒醮，婦以碧霞犀手串酬之。聞此語，知為鬼，叩頭乞命。少頃，巡更者至，見金搶地哀告，狀如癲癇，呼甦送歸。從此不復敢為孀婦媒醮、圖重酬矣。

吁！少年嫠婦，不為飢寒所迫，儘易守節撫孤者，卒至再醮，雖拘尊長禮法，或不免失身桑濮，莫非花婆媒媪圖財誘惑之也？不許三姑六婆出入，尚慎旃哉！

褻經削禄

徐上舍本敬負才不羈，好作歇後語，每以經文斷章取義，或涉穢褻。曾在某督學幕中作集四書歇後詩，余嘗見之。詩曰：「拋卻刑于寡，妻。來看未喪斯。文。止因四海困，窮。博得七年之。病。既折援之以，手。全昏請問其。目。且過子遊子，夏。乘甲曳兵而。走。」多以虛字押韻，匪夷所思，才大心靈，可以概見。竟偃蹇不第，未及中壽死，家貧，無子弟，又乏嗣可繼。

孀妻刺繡餬口，每念宗祧無望，屢欲自戕。一日忽見形，謂其妻曰：「吾本名列清華，位應顯要，皆因褻瀆聖經，禄籍削盡，尚有餘譴。冥王以吾好作歇後語乃絶後，幸祖宗有陰德，不斬大宗，吾弟將有子也，善撫繼子，勿戚。」妻涕泣欲與語，倏滅影。明年，其弟孿生二子，乃以一繼嗣。

哀哉！褻瀆聖經，冥罰如此之重！余於童年曾集四書句戲作男女居室題文，即此罪案，其隕越先緒，千里飄蓬，艱苦備嘗，坎坷不偶，功名惟送人作郡，家計則假貸為生，豈非孽由自作？尚有目不識丁之子，殆猶祖父之澤，不斬其嗣歟？悔及噬臍，向隅一哭。

十一世身

董文恪公老僕王某，性謙謹，善應門，數十年未忤一人，所謂王和尚者是也。嘗隨文恪公宿傅將軍廢園，月夜據石納涼。遙見一人倉皇隱避，一人邀遮止之，捉臂共坐樹下，曰：「以汝生天久矣，乃在此相遇耶？」因先述相交契厚，次責任事負心，歷數某事乘我急需，故難其詞以勒我中飽，若於某事欺我不諳，虛張其數以紿我，乾沒又若干。凡數十事，一事一批其頰，怒氣坌涌，欲相吞噬。俄一老叟自草間出，曰：「渠今已墮餓鬼道，何必相凌？且負債必還，何必太遽？」其一人彌怒曰：「既已餓鬼，更何還債？」叟曰：「業有滿時，則債有還日。冥律凡稱貸子母之錢，來生有禄則償，無禄則免，為其限於力也。若脇取誘取，雖歷萬劫，亦須填補。其或無禄可抵，則為六畜以償，一世不足抵，則分數世。今夕董公所食之豚，非其幹僕某之十一世身耶？」其人怒略平，釋手各散。意叟是土神也。見鄧葵鄉《異談可信録》。

噫嘻！狡黠攘竊，嚇詐欺吞，無非種受刲烹、供匕箸之因果。雖貪囊豐厚，而一旦無常，萬般將不去，惟有業隨身，可不悔哉！

周許閑

余表伯周許閑宗，買閶門外回回墳前隙地，欲搆屋收租。家人悉嫌孤舍，慮無租者。已鳩工庀料，擇日上樑，患中風猝故，尚未殮。次女撫屍哭，忽昏暈倒地，旋起，作拂袖整冠狀，呼子至前，曰：「我擇造房上樑日時，乃天干一氣，地支同流，諺所謂屋婆日。勿慮地僻。」親朋有來慰唁者，一一問訊，悉肖生前。良久作別而甦。此余少時目見，今所搆屋多有相接起房，名富安街，竟成里落，殆屋婆生子孫耶？

鬼乞伸冤

山陰陶生，年十八，無父母兄弟，從戚習幕。戚死，流落淮安，充某邑刑胥。遂賃屋為家，買幼婢執炊，情如父女。越數年，稍有蓄，娶妻。時婢已及笄，妻欲賣之。陶生不忍，乃贈奩嫁一民壯，常恤其家。陶生疑妻之妬也，亦不言。年餘，邑署前寓一星士，推測富貴壽夭多有驗。適公暇，過而問焉，星士決其立冬日必死。為之憂疑，妻勸慰不解。迨秋杪，生雖無疾，憂甚。妻曰：「恐或有無妄之災，曷赴縣乞假，勿出户，且邀平日至交為伴？」生從之，招友歡呼暢敘，流連晨夕。至立冬日，幸如故。及更餘，客皆半酣，主人連日酬酢，極困憊，因而留客再飲，自退少息。逾時，忽聞其室響如雷電。眾驚而趨，見陶生頭面上血流滿衣，披髮奪户而出。眾共追之，行甚疾，竟投河而沒。打撈數日，亦無屍獲，莫不以星士如神，謂陶負前生宿孽也。陶生妻無所依，即再醮某甲，平日與陶生交好者皆聽之。而舊嫁民壯之婢，一夜夫供役未返，忽聞鬼哭聲，漸見陶生謂曰：「我為人謀死，含冤莫伸，爾當為我報之。」婢驚啼，鬼即滅。

告於夫，不信。未數日，民壯復路遇陶生浴血而前，責負往日情，不代報冤。遂以夫婦所見狀稟白本官。適某進士為令，年少有治才，極留心民隱，不畏事。陶生舊住屋尚無人居，往勘之，壁脚有未淨血痕。周視内外，徘徊半日，覺房後地有鬆處，命畚掘，竟得陶生屍。拘究其妻，乃知所醮某甲素善泅水，少即私通，嫁後仍往來。先囑星士惑之，並諗陶生每至二更神倦不可支，必就寢，乃藏其家，乘機殺死，自穿其血衣，披髮蒙面，奪户投水。妻勸招友飲酒為伴，實使為證。囑陶生賣婢，亦碍見甲之來耳。凡謀殺親夫，詭計百出，未有如此周密。縱使鬼能鳴冤，非賢令尹，孰肯聽鬼語，實心查勘哉！仁和姚蔗田茂才師韓為余言。

鬼打牆

蔣味村承培，杭城人，言：某甲由種菜小有家，平生惜字，遇街路牆壁所貼告示招紙為風雨飄搖欲墮者，檢藏回家，彙焚惜字社洪爐。年九十餘不倦。一夜遇祟迷路，奔走三更，輒遇墻阻，諺所謂「遭鬼打牆」也。摩摸間，似有紙飄摇，即揭取之，頓覺手中發光，隱約知是村中社廟，因得循其門而扣之，遂止宿焉。

夫倉頡造字，天雨粟，鬼夜哭，何等鄭重！故甲手揭字紙，即鬼不能迷。嘗聞太上垂訓：「惜字十萬，延壽一紀。」其食報科名、富貴、康健、智慧，植福各有區别耳。彼種菜者，年逾九十，豈非惜字之報歟？

馬面鬼卒

紹興胡香地言：乾隆五十五年，其友在河南修武縣主申韓。有某役市肉歸家，道經土地祠，適遇官喚急，遂掛肉祠內。事畢往取，肉已失去，將神怒駡。夜見祠中所塑馬面鬼卒，攝至城隍座下，神怒愬褻嫚城隍，懲役三十板，判土地不示賊姓名，輕率冒瀆，罰俸三個月，即令役歸。恍如夢醒，而臀腿青腫，負楚甚於陽間受杖。數日後，有丐斃祠內。官往驗收，時屆炎天，恐又有丐宿祠，褻瀆神明，飭暫封閉，至冬始開。香火斷絕三月，適如罰俸。

鬼戲弄慳吝妄想

上海喬鷗村刺史鍾沂言：淮上富賈某，慳吝刻薄，不捨一錢。忽於曲巷見一女，挾婢倚門，丰姿冶艷類天人。訪其鄰，云來未匝月，祇母女攜婢數口居，不知何許人。因賂媒媪覘之。其母言：杭州，金姓，同一子一女往山東依壻，途中子遘疾死，二僕乘隙捲逃，懼遭强暴，税屋權住，俟親屬來迎，尚不知其肯來否。語訖淚下。媒媪慰之曰：「既無所歸，又無地主，將來作何究竟？有女及笄，何不就近擇一佳壻，即可相倚？」母言：「甚善，我不求閥閱名家，亦不多索聘幣，但弱女嬌養久，我又鍾愛，終不肯草草。嫁裝乏人料理，先世遺有金獅子一對，當贈以代，有能製衣服奩具，約值千餘金，即與締姻。所辦仍留渠家，我遣婢一視，不取纖芥也。」媒以告，賈大喜，旬日內趣辦金珠錦繡，殫極華麗，一切器用，亦各精好。賈倩媒媪邀婢同往，見母，婢具述所覩，母即出金獅示媒媪。來媪重約百兩，目嵌貓兒眼甚大，世不易得，許諏吉親迎，金獅攜去。迨吉日，簫鼓至門，乃堅閉不啟。自午至暮，呼亦不應，似無人居者。詢之鄰舍，又未見其移家。不得已，踰牆入視，則闃無一人。遍索諸室，惟破床堆骷髏數具，乃知遇鬼。回視家中，幸一物不失，然無所用，鬻去已虧半價。此殆鬼怒慳吝刻薄，見色起妄想，因而戲弄歟？

鬼畏持咒人

汪厚庵上舍師淳，居吳之宋仙洲巷。其尊公為雲南廉訪，因公緣事抄產。前一月，家中嘗有鬼擾甚，至白晝現形，明見一鬼縮入牆壁，如粘畫圖，良久始滅。僮僕婢媪出入不敢獨行，蓋禍患將來，鬼乘衰衅。獨厚庵在家，眾鬼寂然。或因厚庵幼持《大悲楞嚴咒》，仗咒法力也？

瑜珈會上大啖鬼

聞杭州江干大放瑜珈，有慧眼者，見一鬼狼吞虎咽，羨其有斗米十肉之風，或從旁笑曰：「酒囊飯袋，真是餓鬼！」忽聞暗中答曰：「勝爾昏夜乞憐，奴顏婢膝。」其人漸沮而去。

鬼篋片

宋厚夫茂才福載，零落烏衣，家無儋石，賴舌耕，又連年失館。妻勤女工，自為

「鬼銀匠」。以錫箔為冥鏹，名鬼銀匠。有世僕子宜禄，年十五，炊於廚，騃戇性成，日常淘氣。一日忽整衣冠，向主人半跪請安，侍立問：「虎丘龍舟熱鬧，可喚幾家小姐伺候一觀。」厚夫駭異，未答。又問：「揚州新來玉娥，姿色妍麗，年方十七，彈唱俱精，不惟應酬周到，並好牀面功夫，大老官可曾見過？」知有邪憑，叱問：「是妖是鬼？」乃婉容叉手曰：「大老官吩咐。」厚夫曰：「狐狸精怪，不附人體，莫非是鬼？」答曰：「大老官明鑒，一點不差。」因笑曰：「是田九兄？」乃叉手稱不敢。問姓名，又言：「大老官吩咐。」厚夫曰：「張三李四，自有本名，究竟誰何？」言：「本叫張三，出繼李四。」凡有所問，輒請「吩咐」而頌「明鑒不差」，呼「大老官」不絕於口。問有無妻子，則曰：「先年有，目下無。」問：「生前居住，離此三里五里？」則曰：「弓絃走三里，弓背走五里。」問：「生前做閑漢，死後做閑漢？」則曰：「生前學學，死後混混。」所答皆兩可。厚夫念鬼有五通，問己功名壽數，則曰：「一品官還小，一千歲還少。」無不曲意奉承，絕無違忤。時已晌午，宜祿為鬼所憑，突煙未起，怒詈則屈膝請罪，鞭之忍痛求饒。又言：「大老官談久，恐受餓，門下亦飢，何不酒館先點幾菜，吃杯酒？」糾纏不離左右。厚夫曰：「我守先公遺訓，讀書之外，一無所好。柳巷花街，未曾失脚，亦不解呼盧喝雉，爾當速去。」乃指冥鏹答曰：「滿屋金銀，若不及時行樂，孤負洛陽春色。」厚夫曰：「吾連年失館，不得已作此可憐生活，晚餐賴此易米。」因取典庫質券示以證窮，乃嘆悔氣而仆，即蘇甦如常。嘻！富室子弟往往遭此輩誘惑傾家，貧為鬼銀匠，鬼猶圖之，可不畏哉！

卷十二

楊參將

楊參將，逸其名，上海人。家貧而勇，雙手能舉百鈞，身不甚長而善走。投軍門入行伍數年，猶潦倒為步兵。緬匪之役，調往從征，適大師敗績，楊手掖肩負七大炮，轟擊賊匪，遂得殊功，累官至參將。未貴時，嘗奉差守某汛，途次事糾，離汛數十里，而時已半夜，不能趕及，即止一荒廟暫息。睡未熟，忽聞劃然作響，月光射庭，見殿東隅停一黑棺，蓋自開，有人從棺中立起，靜覘所為，乃跨步走出，即芒芒下庭去。楊疑盜潛於中，悄往捫棺，灰炭滿內，知是僵屍，乃即踞棺而臥，以俟其回。少選，屍至棺畔，嗚嗚作聲，若乞其出，已而伏地叩哀狀。楊終不動。漸次漏交子刻，屍窘急，捧棺蓋來掩，楊乃坐起，奪蓋擊之。屍力甚巨，相持不脫。迨雞大鳴，東方將曙，屍自倒，則白骨委地而已。

溺鬼化羊

家軼凡佺謂余：海鹽有某甲，狡悍無賴，嘗於河干洗足，似有人以手曳之。知為溺鬼，偽自解衣語曰：「汗垢遍體，水甚清，何不一浴？」遽立起作脫褌狀，即奔上岸，靜覘之。良久，水忽作腥，河中砉然作聲，一朽板長數寸突浮水面，即不見，而衣袂間又若有曳之者。向空驟攫朽板在手，笑曰：「爾其溺鬼耶？我且以火焚汝。」木唧唧作哀乞聲。甲曰：「吾連日博場大敗，爾能償賭債，方可釋也。」答曰：「鬼有冥資，人不堪用，無已，吾且化一羊，爾牽入市，得價以償，如何？」於是牢握至近市，離河甚遠，始擲地，曰：「急化羊！」轉瞬間，木果化羊一頭。遂以索牽至羊肆，得錢三緡。行未遠，肆中羊失，僅存一索，疑甲挾去，追及之。甲故空身獨行，並無羊也。爭角搆訟，吐以實，官坐其妄，追價給肆，杖而遣之。噫！此鬼亦遭甲困阨矣，卒受其殃，可見聖人敬鬼神而遠之，斯足驗也。

羊角旋風

吳人沈翰文開雜貨肆於右市。里有某甲，擕銀百兩，途次中暑痧，借憩肆前，頃即死。沈因匿其銀。妻勸返之，沈已心許。次日，見其子來殮，知是富室，銀仍隱沒。由是家小康，恒於歲時伏臘虔祭甲，月杪焚紙錢於門外，若償其利。每焚帛，輒有羊角風旋其灰去。隣里共見之。銀經富翁手，雖死不捨，想因月焚冥鏹得其重利，故甲不為祟耳。

金絲燈

余舊居碧鳳坊，有園名渌水，亭臺池榭，具體而微。其臨衢粉垣一帶，下有一井，凹砌牆外，供居民汲飲。父老言，井有溺鬼，恒見怪異，但不祟害人。余幼從院試歸，值晦夜，纔進巷，遥見牆上一小紅燈，冉冉而升井際。牆內有白皮松二株，高數尋，燈透樹杪而滅。余問輿夫，乃悄聲戒勿語，謂是井中金絲燈，不知何所云然也。

痴土地皂役

桐廬山中有土穀廟，其判役極靈異，民往祈財禳病，無不應，香火熾盛，神賴以廟宇閎麗，酬願者亦具牲牷肥腯，以饗於神；若向神禱，則妄〔一〕驗。以是譏神有痴福，相傳為痴土地。

仁和陸三倌者，妻從姦夫逃，控官緝捕，久不得。自跡至桐廬，過其廟，因禱之。嗣行數里，忽遇一人，皂衣紅帽，狀如公役，攬袂問曰：「子非陸三倌耶？」曰：「然。」曰：「爾妻與姦夫由船來建德矣，須急趕之。」於是芒芒偕去，抵一汛，語曰：「子於此守其來，我且覓舟迎之。」旁晚，有一舟泊汛口，果得其妻，協汛兵拏解有司，械送本籍。其實承緝差捕，並無是人，乃悟為痴土地之皂役也。

〔一〕「妄」，疑為「亡」字之誤。

小老鼠

吴縣有無賴子，曰小老鼠。死後半載，隣有倚坐其門者，忽見其乘輿導從而來，狀如官府。將及門，以隣踞坐不起，遂加訶責。隣乃忘其死，心甚怒之，以素狎習，遂詈曰：「爾便做秃頭判官，亦恐嚇不得鄉里！忘却偷雞時被人拿住，我為爾說情分，免送捕衙拷下截耶？」正喧嚷間，家有黄犬咆哮而出，輿從忽不見。未知無賴子以何陰德遽作冥官。

好良醫

張景衡者，吴人，本獸醫。有富翁某病喘，百藥罔效。張以治牛之法治之，應手而愈。復有某内司病心痛，張曰：「心虚也。」乃使食狼心以補之。某胥病咯嗽，曰：「此肺虧也。」使食狗肺。某妓病目，張視一豆如箕，一錢如車輪，刺狗眼液調其目。各即痊效，以是名噪里閈。

一日，李雲從副總新生一駒，下部患瘡，召張治之，乃謂贅疣，割之而死。副總大怒，杖以遣歸。張遂憤懣發厥，恍惚至冥司，見騶作人言責之曰：「好良醫，孱且不知耶？」

鬼秀才

婁東陳岳生蓮橋別業中恒見鬼，青衿朱舄，老少四五輩，咿咿唔唔，盡夜攪擾。岳生疑文鬼必有才，顧聽其所語文，俱陳腐俚鄙，不可向牀頭婆子讀，甚厭之，而無法可驅。一日值歲試，學師奉憲牌遣門斗傳考，夜至岳生別業，因留以宿。門斗置傳票於案頭，擁被方臥，見有數衿譁然入座，高談濶論，旁若無人。門斗僞睡以聽，語喃喃多不解，第覺其點頭搓手，搖步擺肩，盎然腐態，格格笑不可忍。少頃，一老者趨近案，突見傳考票，大駭曰：「催命符又來耶！」衆環視失色。一少年笑曰：「此無我輩名，局外漢且驚惶如是乎？」一衿睨之曰：「好太平語，恐『任是深山最深處，也應無計避征徭』耳。」又一少者曰：「驚弓之鳥，固如是哉？我輩在生，見此自當裂膽碎心，今已奄然物化，終不畏狼宗師牒閻羅勾攝矣。」門斗素亦聞有鬼，大聲曰：「今有新例，陽間歲試之期，下令城隍司搜括鬼秀才，赴修文殿考，優者薦芙蓉城為仙客，劣則押入刀山獄刳剔腸胃。君輩未知耶？」群聞之嗒然木立，繼各搔首曰：「奈何奈何，時也運也！」良久，一衿狀似黠，拍手曰：「計得矣！吾等原是錢買秀才，拚再費百十貫貲財，賄轉輪王，急速投生畜道去。從此明倫堂、修文殿，饒有狼主司、牛生員、馬秀才，盡給頂矣。」老者揣摩曰：「計雖善，但牛馬太辛苦，寅緣之費又重於捐監出學。前聞白監生輪廻兔子，只用一文紙價，宜共圖之。」眾復稱善曰：「慎之。此去人間，須謀三窟，有人顧犬，亦曰殆哉。」聯肩大笑而出，鬼於此絕。

黑氣

表兄章二梧方伯棠，以部曹從軍勦王倫，滅匪後外授濟東觀察，尋遷監運使，署方伯。一日，因公至臨清，忽見黑氣數百團，隱若焦頭爛額鬼，啼泣而前，遂得病。未久，卒於官。殆臨清經大炮轟城，凶悖之魄聚為妖厲耶？抑玉石俱焚，良民冤魂不散耶？

森羅殿前對

金舜功秉鉒，郡諸生，晚年佞佛，茹齋誦經，一鄉皆稱善士。後抱病，昏瞀數日，病中恍至一公廨，見吏役雜沓走內外，縲絏者，擊械者，多狼狽墀下。懸匾大書「森羅殿」，柱掛一對曰：「讀聖賢書，以儒術殺人，國網漏天網不漏；授菩薩戒，借空門造孽，王法饒佛法難饒。」方悚然毛豎，忽遇一故友，訝其何來，答以誤走，遂送之歸。及門，駭汗一身，乃知臥床第間，見家人環坐而哭，悟魂遊地府。病癒後，遂以前對書助郡廟儆人。

狂言鬼逮

唐直夫大烈，太醫院吏目。嘗遊學宮，見魁星右手持筆，左手持金，笑曰：「此老亦捨不得放下元寶，毋怪士林多有貪夫也。」歸家後更闌未寐，忽見二鬼卒逮之去。至一殿宇，輝煌金碧，乃平生未至處，令於廡下蓁待。少頃，聞隔舍吆喝聲，若有官聽訟狀。正芒芒無措，前卒呼以行。見一官坐堂偏鞫案，召與語曰：「星君垂象於天，金、筆並持，以示禍福兩端，由人趨舍。人果淡泊明志，自然才富聲華；若徒利欲薰心，卒至喪身敗節。狂子何知，敢加訕謗！」唯唯不敢辯，乞恩良久，即斥之出。卒押以歸，及門而去。

觀此可知金與筆雖相害而實相須，所以朝廷仁孝治民，文章華國，亦不廢賦斂。但使才高八斗，四壁蕭條，富有銅山，一丁不識，則才而窮者終歲飢寒困苦，亦無罪而受湯鑊奇刑，富而愚者蠢然如牛，雖有銅臭薰人，金山便是冰山，皆何取哉？大抵才不可傲，金不可貪，以德潤身，以財發身，素位而行，不願乎外，斯聖人所稱為君子耳。

空舍白骨

郭蓀谷曰墀嘗與其姪士衡銓應鄉試，歸，見其神魂飄蕩，色滯眉宇。比隣有空舍一椽，屢見怪異，扃閉已數十年，士衡恒望舍徬徨，詰訊不答。慮有災眚，囑其閉門頤養，攜榻與共，禁其出。一夜，士衡忽疾呼隣舍火起，踉蹌欲奔，其實無火，因拉止之。知為空舍怪祟，遣奴守視其寢，獨往舍外靜俟。良久，忽見一女子從舍門隙走出，向郭門欲入。攔户訶問，女低頭不答。既而歛衽，乞其讓路。罵曰：「誰家妖婢，死且淫奔！」要遮不容進。乃掩袖泣，仍投舍去。次日，乞隣空舍，毁而復築，掘地得白骨一具，申有司焚於郊外，士衡得無恙。

鬼避窮交

閩人田和者，小有家。死後半載，其友某尚未知也，特來候訊，欲以塵囂之。將及門，見田立門外，適有同里富室先至，田脅肩諂笑，迓以進，而富室昂昂弗顧。私笑金蓄多寡，便作此態，恥與酬應，遠立俟其去。少頃，富室出，見田又卑躬相送，其傲睨仍若未知。恐田進内以窮交見拒，託辭他出，即遥呼之，見田驟縮頭進。及趨視，中户扃閉，門内僅有一龜，四足頭尾俱縮於殼，蹴之，仰腹不動。叩户而問，乃知田死已久。轉瞬龜失所在，浩歎而返。

犬能驅鬼

内戚州吏目李涵齋文齡，月夜由城南歸，有一少年問其所往，具答之。同行至報國寺前，遥聞犬嘷，少年牽其袂，要李為護。走數步，犬忽咆哮而前，即作鬼聲不見。時夜已靜，人舍盡閉，乃駭汗而回。

秀野亭

上海張參將全得，戍烏魯木齊。昨歲函書回，述及其城外有秀野亭，樹木蓊鬱，堪夏日納涼。一日散步於此，忽見三五人，音語錯雜，坐地悲泣，不禁憮然添羈客之思，欲通問訊，即飄忽不見。蓋窮荒異域，往往白晝見鬼，後習以為常，亦不為異。

鬼猶爭寵

姜上舍晉於嘉禾邸次，中夜忽聞隣婦詬誶聲，聽之，知為妻妾爭寵，言甚穢褻，遂塞耳不欲聞。明日，居停主人言：比隣某老，年八十餘，臥病半月，夜間死，貧無棺木，眼見其當年居然一富翁也。姜因慨曰：「奈何其子婦昨猶與妾爭寵相詬？」答曰：「是老無子，且無眷口，何所聞耶？」具以告。主人曰：「此老向有一妻一妾，恒爭枕席，無旦夕安，中歲已相繼逝。今此老乍死，鬼又爭乎？」

鬼念子孫

八月十八日為潮生日，杭州錢塘江是日潮勢更盛，人多往觀。有王鼎臣者，挈其徒觀潮後，攜酒榼飲於江干，席地玩月。忽見一老人鬚鬢皓白，旁睨垂饞，流涎不止，旋來索食，時已杯盤狼藉，且視老人非乞丐，遂不吝與之。老人色喜，額手而謝。且問姓氏，乃訝曰：「汝勿怖，我實爾祖，不為禍也。」斥其妄。具述家世里居，悉吻合。轉詢家事，悲喜交集。臨行囑曰：「鬼伺焰口求食外，別無繫念事，惟不忘子孫興廢，愈久愈切，但苦幽明間阻，止遇親友歸冥，一通音問。冥中鬼亦勢利，若其子孫熾昌，則群相恭敬，零替則相踐之也。今喜汝猶溫飽，慎勿浪蕩敗家，克承堂構，是所勉旃。」其徒譁然笑王受侮，王欲毆之，即不見。

鬼推磨

吳江諸生趙厚齋穀瑞，客歲從閩謁浦中丞霖回，曾謂余：途次延平，聞有某甲磨豆腐者，夫妻辛勤，日夜僅堪餬口。後以妻賣姦，家遂饒裕，雖執故業，花粉錢積滿磨箱矣。而妻既與人宿，甲獨自力作，運磨甚快，所磨豆較前轉多，因不復雇人幫替。心正竊異，一夜倦臥磨所，睡夢中忽聽磨聲礱礱，開目審視，乃有一蓬頭鬼代為推運。大駭，假寐以俟，及豆盡，鬼即不見。由是每夜置豆磨所，長役鬼推，甲但安睡牀後，聽妻淫媾聲也。諺稱「有錢使得鬼推磨」，若無花粉錢堆積磨箱，安得哉？

冥訶蕩檢

太學姚希曾宗省，山陰人，久居京師。言琉璃廠有王陽明先生故址，藤花廳三楹，至今庭下藤花爛熳，一年兩度花開。客歲有會試舉子賃居其中，攜妓夜宿。方淺斟低唱間，聞有訶者曰：「婢子無恥，士夫亦蕩檢至此耶！」疑為居停主人，欲與詬誶，忽寒風撲索，燈碧於螢，一老人朱袍紗帽，從屏間走出。怖甚，各蝟縮几下。良久，絕而復蘇，明日病不能起，迨試後漸痊。未知此即陽明先生神魄否？踰閑蕩檢，為鬼神訶斥如此，況偷香竊玉有甚於命妓侑酒乎！

詩發陰私

某大僚戚，夜宿黃田驛。乍寢，突有一人，形容猥陋，衣服襤褸，來欲見。驛卒以其寢阻之。其人遂握案頭管題壁曰：「春遲新水漲，河上柳如烟。二月多風雨，花朝最可憐。」後款「羅洋山人」。書畢，忿忿而去。次早，大僚戚忽見壁上詩，面如灰土。訊驛卒，具以告，遂大呼「寃家路窄」數聲，隕絕地下。僕人為之殮棺而去。驛卒稽察題詩者，既非驛之隣近人，狀其貌，是夜亦無是過客，大抵鬼發其陰私耳。

良友規箴

前輩張瞻園梓，上海名士，能百家書，其漢隸專攻《曹全碑》，尤為世重。早歲嘗著《齊東野語筆記》、《衢談巷說》。一日他出，忽有舊雨李紹章踵門候問，直達書室，於其所著書面頁題曰：「借譚果報，勿事罵人。拔舌有獄，君子懷刑。」即飄忽而去。時紹章墓木已拱。歸家，僕以所題啟白，大駭，而視墨痕慘淡，筆跡宛然，知良友有以規之。因念雖據耳食載録，恐造無心口業，遂焚其稿。余與張氏先世為中表，令子謹堂默尤莫逆。聞余作《妄妄録》，書前事相戒，足紉愛人以德也。夫嘻笑怒駡，終傷天地之和，余淪落至此，安知非平生口業所召？第所記録，其實不敢譏刺時流，倘偶言矮話，恰遇矬人，幸為諒之，勿設拔舌獄待我。余於此亦不復妄聽妄言，記妄言望人妄聽矣。

風雲月露，譜豪士之才華；牛鬼蛇神，多名流之寄託。是以《齊諧》誌怪，《山海》名經，讀者或慮虛無，要之不離風雅。蕉圃先生以慧業文人，作騷壇領袖。黄金散盡，原非司馬之長貧；白髮欲新，乃效郗生之入幕。偶遊東浙，小住西湖。杯酒澆蘇娘之墓，感深黄土紅顔；瓣香爇坡老之祠，慨對青山白水。爰推罔聽罔言之旨，著罕聞罕覯之篇。情愈幻而文愈奇，致倍深而趨倍别。上林作賦，不廢蒐羅，滑稽寓言，豈為諷刺。僕浪遊閩嶠，萍聚榕城，示我琳琅，快披珠玉。尺幅見神龍之首尾，一斑窺全豹之文章。喜添文字之緣，翻恨相逢之晚。用聯膚語，妄附末篇。定宜飾以縹緗，共相什襲；亟須付之梨棗，壽此鴻文。道光甲申仲春，筠谿弟俞克承拜撰。